I0573615

TROVARE MONICA

Forze Speciali alle Hawaii, Libro 4

SUSAN STOKER

Difendere Morgan
Difendere Harlow
Difendere Everly
Difendere Zara
Difendere Raven

Delta Force Heroes

Salvare Rayne
Salvare Emily
Salvare Harley
Il Matrimonio di Emily
Salvare Kassie
Salvare Bryn
Salvare Casey
Salvare Sadie
Salvare Wendy
Salvare Mary
Salvare Macie
Salvare Annie

Armi e Amori

Proteggere Caroline
Proteggere Alabama
Proteggere Fiona
Il Matrimonio di Caroline
Proteggere Summer
Proteggere Cheyenne
Proteggere Jessyka
Proteggere Julie
Proteggere Melody
Proteggere il Futuro
Proteggere Kiera
Proteggere i figli di Alabama
Proteggere Dakota

Stuart "Pid" Hall non era sorpreso: i loro piani, come al solito attentamente studiati a tavolino, erano andati al diavolo quasi nel secondo stesso in cui erano atterrati in Algeria. Le missioni di soccorso e recupero come quella non andavano mai secondo i piani, ma i SEAL della squadra speravano comunque in un'eccezione, almeno per una volta.

Avevano sempre a che fare con persone molto emotive e sotto pressione, poi c'erano quelli che amavano istigare la folla alla violenza per puro divertimento, perché potevano; tutto contribuiva a mandare all'aria ogni previsione. Il presidente in carica era rimasto al potere ininterrottamente per vent'anni, i cittadini algerini ormai erano stufi della corruzione di quel governo. Le proteste erano scoppiate dappertutto, prima con toni pacifici, poi, col tempo, con manifestazioni sempre più accanite; la violenza stava dilagando nel paese.

Il governo aveva iniziato a sopprimere le proteste ma non era riuscito a spegnere l'entusiasmo e il desiderio delle folle che lottavano per un cambiamento. Anzi, la repressione alimentava il fuoco dei ribelli. C'erano anche dei gruppi che incitavano le proteste per portare avanti degli interessi di parte. In più, le notizie indicavano che partiti politici contrapposti, rappresentanti dei paesi stranieri e persino gruppi privati partecipavano attivamente alle proteste nel tentativo di trasformare le manifestazioni pacifiche in sommosse violente, con folle fuori controllo che distruggevano tutto ciò che incontravano al loro passaggio.

Edifici privati e negozi venivano invasi e bruciati. Gli omicidi erano aumentati del 403 per cento e tre stranieri erano stati rapiti. Una vera e propria polveriera.

Per questo era stato richiesto l'intervento di Pid e degli altri SEAL della squadra nella zona. L'incarico era evacuare l'ambasciata degli Stati Uniti, facendo espatriare tutti i dipendenti finché la situazione nel paese non si fosse stabilizzata.

La squadra di SEAL era arrivata per via aerea nella città di Algeri, sulla costa del paese nordafricano, proprio al tramonto. Gli incendi appiccati dalle folle in protesta spiccavano sul buio della notte incipiente, mentre i SEAL raggiungevano in volo l'edificio della missione.

L'evacuazione sul tetto dell'ambasciata USA era andata liscia, almeno fino a un certo punto... fino a quando un bambino aveva detto che gli mancava la tata.

Normalmente, Pid non si sarebbe preoccupato più di tanto. Magari quella donna era partita con un convoglio precedente, oppure il bambino si sbagliava e non conosceva la nazionalità della tata, che poteva essere evacuata solo se statunitense. Il destino delle persone di altre nazionalità non era nelle mani dei SEAL, ma l'agitazione di quel bambino aveva trasmesso qualcosa a Pid, che si era subito allarmato.

Prima che arrivasse un altro elicottero c'era da aspettare un po' di tempo. Non molto... ma abbastanza. La casa dell'ambasciatore non era lontana dall'ambasciata, solo qualche isolato. Pid era sicuro di poter arrivare alla casa, cercare la donna in questione e tornare prima che l'ultimo elicottero ripartisse.

Slate si era offerto di andare con lui e dopo una breve conversazione con Mustang, il caposquadra, che aveva approvato la mossa, i due compagni si erano allontanati nel buio della notte per trovare la tata mancante. Il ragazzo aveva detto che si chiamava Monica. Bisognava verificarne l'identità e la cittadinanza, tornare all'ambasciata e filarsela.

Un intervento che doveva essere molto semplice, un raid per prelevare qualcuno, per così dire, si era rivelato tutt'altro. La folla fuori dall'ambasciata era cresciuta sempre più, nel tempo relativamente breve trascorso da quando la squadra era atterrata in elicottero. Ormai le proteste non erano più rivolte al presidente in carica, nella speranza di ottenere più democrazia, ma si erano trasformate in azioni distruttive per il puro gusto di demolire, almeno così sembrava. Le razzie e i saccheggi erano incontrollati, c'era gente che correva ovunque con le braccia piene di tutto ciò che si poteva trasportare. Nessun edificio era stato risparmiato; non solo i negozi, anche le case private erano state attaccate da uomini e donne ormai senza freni.

Da quel che poteva vedere Pid, tra i saccheggiatori più accaniti c'erano molti che non sembravano affatto algerini.

Alla vista di una violenza tanto spudorata e profondamente depravata, Slate e Pid scossero la testa e cercarono di evitare al meglio i più facinorosi. Impiegarono più del previsto a raggiungere la residenza dell'ambasciatore, dove il bambino si era detto sicuro che Monica stesse aspettando il ritorno della famiglia.

Quando arrivarono alla casa, il frastuono delle sommosse che si avvicinavano sempre più da ogni parte fece venire la pelle d'oca a Pid. Mustang aveva già comunicato via radio che era impossibile tornare all'ambasciata senza incorrere in scontri con ribelli: l'edificio era completamente circondato dalle proteste e non era più sicuro. Così Mustang aveva ordinato a Pid e Slate di tenersi in contatto e di informarlo dell'eventuale ritrovamento di Monica. In seguito avrebbero deciso il luogo e l'orario per arrivare a prenderli in elicottero in una zona più sicura, portando a termine il salvataggio.

Pid e Slate si avvicinarono in silenzio alla casa dell'ambasciatore. All'interno non c'erano luci accese, il che non alimentava la speranza di ritrovare la persona da recuperare. Arrivarono dal retro, lontano dalla strada.

"Merda," disse Slate una volta giunto di fronte a una porta scorrevole di vetro, frantumata in mille pezzi che scricchiolavano sotto i loro piedi mentre i due SEAL avanzavano con le armi in pugno.

Pid si fermò per ascoltare, ma non sentì alcun rumore provenire dall'interno. Il cuore gli batteva forte in petto, prese l'iniziativa ed entrò nella casa buia prima di Slate.

Perlustrarono il salotto e la cucina, nessuna traccia né di Monica né di altri. Consapevoli che la folla in rivolta si stava avvicinando e che la finestra temporale per trovare la tata mancante si stava riducendo drasticamente, Pid e Slate salirono le scale.

Arrivati al piano di sopra, Pid fece cenno al compagno di andare a controllare i locali sulla destra, mentre lui procedeva verso quelli a sinistra. Controllò il bagno, poi quella che doveva essere la stanza del bimbo, infine la camera da letto matrimoniale. Era tutto buio, come il resto della casa, nessuna traccia della tata.

Dopo aver perlustrato il bagno, aver guardato sotto il letto e nell'armadio, Pid abbassò l'arma per un attimo. Non c'era nessuno. La casa era vuota.

Allora perché si sentiva così a disagio? Perché la vetrata al piano terra era stata rotta dall'esterno? Qualcuno era entrato, costringendo Monica a scappare?

Guardandosi intorno nella camera da letto principale, Pid si acciglià. Nulla sembrava fuori posto. Il letto era ancora fatto, i cassetti chiusi, gli abiti nell'armadio erano ancora appesi per bene. Nessun segno di effrazione. Eppure... c'era ancora qualcosa che non gli tornava.

Fece un passo verso la cassettiera più vicina e aprì il primo cassetto.

Bingo.

Anche se a prima vista la casa sembrava in ordine, intatta, qualcuno *c'era* stato. I vestiti nel cassetto erano tutti spiegazzati, come se avessero frugato in cerca di qualcosa. Pid aprì qualche altro cassetto e capì che erano stati tutti rovistati. Chiunque fosse entrato nella casa era stato abbastanza furbo da non lasciare tracce del proprio passaggio.

Pid sentì un rumore dietro le spalle e si girò di scatto con l'arma puntata.

"Il resto della casa è vuoto," affermò Slate tranquillamente.

Annuendo, Pid si sforzò di rilassarsi. Poi decise di correre il rischio, per evitare rimpianti, fece un respiro profondo e parlò ad alta voce: "Monica? Se sei in casa, puoi uscire tranquillamente! Sono un SEAL della marina e sono venuto a portarti in salvo."

La voce riecheggiò nella stanza, ma non ci fu risposta, né di Monica né di altri.

Slate fece spallucce e disse all'amico: "Valeva la pena tentare."

Sentirono prima un'esplosione all'esterno, poi un gruppo di persone esultanti.

"Merda, dobbiamo svignarcela prima che mettano a ferro e fuoco questa casa," disse Slate.

Pid annuì e seguì il compagno di squadra, che stava uscendo dalla camera da letto... quando qualcosa lo fece voltare per guardarsi alle spalle un'ultima volta.

"Aspetta," si affrettò a dire.

Slate si girò: "Cosa? Cosa c'è?"

"C'è qualcosa di strano," disse Pid, "guarda questa stanza. Non è... storta?" Gli sembrò incredibile non essersene accorto prima, quando era entrato.

La finestra sulla parete più lontana non era centrata, il che sarebbe stato perfettamente normale... se non fosse che in tutte le altre camere da letto, la finestra della parete opposta all'ingresso si trovava proprio al centro del muro. Invece, nella camera da letto matrimoniale, a destra della finestra c'era circa un metro e mezzo di parete, mentre a sinistra c'era poco più di mezzo metro. Poteva essere una scelta voluta dal costruttore... ma Pid era di un altro avviso.

Scrutò a fondo la camera, senza sapere bene cosa cercare...

Finché non sentì un picco di adrenalina, nel vedere un punto del muro non perfettamente liscio.

Pensò che se ne sarebbe accorto subito, se ci fosse stata più luce, ma almeno l'aveva notato; il fatto che contro la parete non ci fosse alcun mobile, laddove il resto della casa aveva mobili dappertutto, librerie, cassettiere e persino una poltrona, indicava che dietro quel muro c'era un qualche tipo di spazio.

Pid fece cenno a Slate, che annuì e alzò l'arma, puntandola contro il punto del muro non perfettamente liscio. Avvicinandosi in sordina, Pid riuscì a intravedere la sporgenza quasi impercettibile del contorno di una porta.

Che complicazione: Pid non sapeva bene come aprire quella porta, ma armeggiare per trovare il meccanismo avrebbe allertato chiunque fosse nascosto dietro, avvertendo del tentativo di aprirla.

"Siamo SEAL della marina degli Stati Uniti," disse di nuovo a voce alta, aggrappandosi alla speranza che fosse Monica a nascondersi dietro quella porta e non qualcun altro. Fece un passo per avvicinarsi e gli venne in mente che forse era stata proprio la tata a rovistare tra i vestiti dell'ambasciatore.

Con sua grande sorpresa, non dovette più escogitare il modo di entrare in quell'ambiente nascosto. La fessura che aveva notato nel muro si spalancò...

...e all'improvviso Pid si ritrovò a fissare la canna di una pistola.

"Non avvicinarti. Non ho problemi a farti saltare le cervella," disse una donna.

———

Monica Collins non poteva fare altro che cercare di non vomitare. Aveva perso la cognizione del tempo, da quando si era chiusa nella stanza di sicurezza. L'ambasciatore aveva creato quella camera nascosta subito dopo essersi trasferito; l'aveva riempita di viveri, coperte... ma soprattutto ci aveva messo anche una pistola.

Quando un SEAL era entrato dalla porta sul retro, lei era corsa su per le scale ed era andata dritto in quella stanza. I muri non erano antiproiettile, ma l'ambasciatore sperava che quello spazio tenesse al sicuro la famiglia, che vi si sarebbe nascosta qualora qualcuno si fosse introdotto in casa in cerca di oggetti di valore da rubare.

Monica aveva sempre creduto che non fosse una grande idea. Il papà le aveva insegnato che la peggiore posizione possibile in cui trovarsi era quella che avrebbe consentito agli altri di metterla con le spalle al muro. La sua infanzia era stata un inferno, ma almeno un insegnamento le era rimasto ben saldo nella memoria: mai arrendersi. *Mai.*

Aveva visto il SEAL perlustrare la casa dell'ambasciatore. Un altro era arrivato subito dopo, Monica li aveva sentiti imprecare a voce bassa, sempre più frustrati perché non riuscivano a trovarla. Era rimasta in silenzio dietro la parete ad aspettare, guardando i piccoli monitor di sorveglianza, li aveva osservati mentre aprivano i cassetti e rubavano tutti gli oggetti di valore a portata di mano.

Poi li aveva visti andarsene dalla casa e aveva pensato di essere finalmente salva... finché sui monitor nel nascondiglio non aveva visto comparire qualcun altro. Osservando da vicino, aveva capito che non erano gli stessi uomini che avevano perlustrato la casa in precedenza.

Aveva sentito uno di loro gridare di essere un SEAL e le era venuta la pelle d'oca. Poteva immaginare solo che anche loro fossero con gli altri due che avevano affermato di far parte della marina degli Stati Uniti; magari erano tornati per una perlustrazione più approfondita. Ormai sembravano decisi a non andarsene se non dopo averla trovata.

Ottimo, se quegli uomini volevano un confronto diretto, lei li avrebbe accontentati.

Monica non era una stupida, sapeva che le probabilità di uscire da quella casa incolume erano basse, anche perché era da sola contro due uomini. Però poteva cercare di eliminarne subito uno con un proiettile e poi magari, chissà, sarebbe potuta uscire da quella casa e sparire dalla circolazione. Andare a zonzo per le strade di Algeri, oltretutto al buio, non era certo il suo ideale di divertimento, ma era costretta ad accettare ciò che passava il convento. L'importante era sfuggire a quei militari, chiaramente corrotti, il resto lo avrebbe deciso in seguito. Tale padre, tale figlia: il papà era stato un grande maestro.

Non fidarti di nessuno, solo di te stessa.
Proteggi ciò che ti appartiene.
Non esitare a premere il grilletto.

Il pensiero delle "lezioni" che il padre le aveva impartito le fece venire i brividi, così Monica strinse la mano destra intorno alla pistola.

Rumori lievi di passi si avvicinavano al suo nascondiglio e Monica capì che era giunto il momento. In qualche modo, il SEAL aveva scoperto dove si era nascosta, eppure l'elemento sorpresa l'avrebbe avvantaggiata anche in quella situazione.

Le dita mancanti della mano sinistra le pulsavano. Le erano state amputate vent'anni prima, ma il dolore immaginario perdurava ancora. Tutto ciò che rimaneva delle dita erano quattro monconi, tutti amputati alla seconda nocca. I medici avevano tentato di salvarle la mano, ma il danno era troppo esteso e quando i genitori l'avevano portata in ospedale ormai erano passati troppi giorni da quello che avevano chiamato "incidente".

Sentendo un rumore dall'altra parte della parete, Monica si sforzò di concentrarsi. Alzò la mano sinistra per tenere la pistola in equilibrio, fece un respiro profondo... e spinse la porta per aprirla, abbastanza per far vedere a chi era dall'altra parte la canna della pistola. Poi disse con il tono più minaccioso possibile: "Non avvicinarti. Non ho problemi a farti saltare le cervella."

Monica non aveva programmato più di tanto quel momento, immaginava che il SEAL avrebbe fatto di tutto per convincerla ad abbassare l'arma. Magari si sarebbe messo a ridere di lei. Negli anni, si era sempre sentita sottovalutata dagli altri. Era alta uno e sessanta, arrivava appena a cinquanta chili, era una donna minuta. Il papà le diceva sempre di sfruttare la propria corporatura esile per adescare il nemico, lasciando credere di non essere una minaccia, per poi colpire.

Le dava fastidio tornare continuamente con i pensieri all'uomo che le aveva reso la vita un inferno per sedici anni, tuttavia Monica strizzò gli occhi per cercare di vedere il SEAL attraverso la fessura della porta.

Quel momento soprappensiero le costò caro.

Nel tempo di un battito di ciglia, il SEAL fece la sua mossa.

Monica urlò dal dolore quando la porta si spalancò all'improvviso e lui le fece cadere l'arma dalla mano così rapidamente da non darle il tempo di sparare. Prima ancora che la pistola toccasse terra, lui l'aveva tirata fuori dal nascondiglio e l'aveva fatta girare, mettendole un braccio enorme intorno al petto e intrappolandola contro di lui.

Monica si agitò il più possibile per sgusciare fuori da quella presa, senza successo. L'aveva disarmata e immobilizzata in meno di cinque secondi. Se Darren Collins fosse stato ancora in vita, si sarebbe indignato.

"Immagino che tu sia la tata," disse lentamente l'uomo dietro di lei.

Quel tono quasi divertito fece incazzare Monica: il SEAL non sembrava minimamente turbato dal fatto che lei gli avesse quasi sparato. "Lasciami andare!" gli ordinò con tutta la forza che aveva.

Lui non allentò la presa nemmeno di un briciolo, altrimenti lei avrebbe potuto trovare il modo di sfuggirgli, ma per andare dove?

"Arma neutralizzata," disse una seconda voce dietro di loro.

Merda. Si era già dimenticata dell'altro SEAL. Monica sentì il corpo pervaso dal panico.

Come se le avesse letto nel pensiero, l'uomo che la teneva ferma le disse: "Calma. Sei al sicuro. Non hai sentito quando dicevo di essere un SEAL?"

"Ti ho sentito," gli rispose lei, con un tono di voce volutamente aspro, forte e chiaro.

"Dobbiamo andare, Pid," disse l'altro uomo.

Monica si rabbuiò. Non aveva idea di che nome fosse Pid, ma non le piaceva.

"Se ti lascio andare, cercherai di lottare?" le chiese l'uomo che la teneva ferma.

"Dipende," gli rispose lei con sincerità.

"Da cosa?"

"Se cercherai di violentarmi o no," gli spiegò senza mezzi termini.

"Che cazzo?!" imprecò l'uomo che stava dietro, incredulo.

"Mi chiamo Stuart, o anche Stu, ma gli amici mi chiamano Pid," le disse il SEAL che la teneva.

"I tuoi amici non sono molto carini," ribatté lei, capendo all'improvviso come fosse nato quel soprannome.

"Purtroppo non puoi sceglierti il soprannome, è un epiteto che ti si attacca addosso," rispose Stuart.

"Davvero, Pid... dobbiamo andare via," ripeté l'altro tipo.

"Tra un secondo. L'uomo dietro di me si chiama Slate, ma il vero nome è Duncan Stone. Slate, Stone... capito?[1]"

"Ho capito cosa cerchi di fare," gli disse Monica, che avrebbe voluto vedere in faccia l'uomo che la tratteneva; ma la presa era troppo salda e lei non riusciva nemmeno a girarsi per dare una rapida occhiata e guardarlo in faccia.

"Cosa cerco di fare?" le domandò lui.

"Cerchi di conquistare la mia fiducia facendomi credere che voi due siate innocui. Non ci casco. Per nulla. Specialmente non dopo che un *altro* tuo amico ha sparato alla porta da basso."

"Un altro mio amico?" le chiese lui.

Monica strinse i denti. Non sopportava quella ridicola falsa innocenza. "Sì."

"Mi dispiace dover contraddire una signora, ma non era qualcuno che conosco. Cosa ti fa pensare il contrario?"

Monica sbuffò. "Ma certo che lo conosci! Quante persone

pensi che vadano in giro a bussare alla porta dicendo di essere SEAL della marina?" gli chiese.

"Cazzo," mormorò Slate di nuovo.

"Non stava con me," ripeté Stuart con calma.

Monica sbottò: "Certo che no."

"Quanto tempo è passato?"

"Non lo so. Forse una mezz'ora? Se n'è andato poco prima che arrivaste voi." Non capiva il motivo per cui stava assecondando quello stronzo.

"Appunto. Mezz'ora fa, io e Slate eravamo sul tetto dell'ambasciata americana. Abbiamo incontrato l'ambasciatore e la famiglia, un bambino mi ha pregato di venire a trovare la tata che, a detta sua, aspettava che lui tornasse a casa con la mamma, il papà e il fratello. Io gli ho promesso che ti avrei trovata e che ti avrei portata in salvo."

Monica rimase immobile e deglutì sonoramente. Sembrava proprio il tipico atteggiamento di August, un bambino di sette anni molto sensibile. Sentirlo preoccuparsi per lei le fece sciogliere il cuore.

"Lo vedi? Mezz'ora fa eravamo da tutt'altra parte, impegnati a fare altro. Non ci sono tanti SEAL in giro dal momento che, tranne noi due, sono tutti impegnati a completare l'evacuazione dell'ambasciata. Sei sicura che anche l'altro abbia detto di essere un SEAL?"

Monica sbuffò di nuovo. Perché gli uomini la credevano sempre tanto stupida? Perché non era alta? Perché era una donna? Perché era bionda?

"Ecco, ovviamente sei sicura. Slate?"

Per un secondo, Monica pensò che si stesse rivolgendo ancora a lei, ma quando l'altro cominciò a parlare rapidamente a voce bassa, Monica capì che il SEAL aveva chiesto qualcosa all'amico, solo chiamandolo per nome.

Prima che lei riuscisse a concentrarsi sulla risposta di Slate, Stuart la fece girare. La teneva ben salda con le braccia, in modo che non potesse allungare la mano per afferrare una delle tante armi contenute nel giubbotto del militare. Trovandosi faccia a faccia con lui, Monica fu ancor più sicura che non fosse uno degli uomini che aveva visto prima, ma il fatto che non avesse sparato alla porta, non significava che non fosse in combutta con quell'altro.

L'uomo davanti a lei aveva una barba appena accennata... che nulla toglieva al suo aspetto. Anzi, lo migliorava. Era alto, anche se rispetto a lei lo erano un po' tutti. Lo stimò sul metro e ottanta, forse di più. Aveva gli occhi scuri, al momento fissi su di lei, il naso storto, come se in passato glielo avessero rotto. La fissava dritto negli occhi con la fronte aggrottata.

"Che c'è?" sbottò lei, a disagio per il modo in cui lui la scrutava.

"Puoi descrivermi l'uomo che ha detto di essere un SEAL?"

Monica ci pensò per un secondo. Poteva descriverlo? Sospirò. "Non proprio, era più vecchio di te, pantaloni verdi mimetici, maglia, bocca e naso coperti da una sciarpa o qualcosa di simile, davvero inquietante."

Stuart la guardò con occhio torvo. Monica ebbe la netta sensazione che quello sguardo minaccioso non fosse causato da *lei*, ma da qualcosa che gli era passato per la mente.

"Abbiamo al massimo tre minuti prima che la folla faccia irruzione in casa," avvertì Slate.

L'uomo che la tratteneva non distolse lo sguardo mentre annuiva. "Allora senti," le disse con calma, "dobbiamo filarcela di brutto, ma voglio anche assicurarmi che nel frattempo tu non spari in testa o nella schiena a me o al mio amico. Noi siamo quelli buoni. Non si chi cazzo fosse quello che ha detto di essere un SEAL, ma non sta con noi. Noi siamo qui solo perché c'è un bambino che vuole bene alla tata e ha trovato la forza di dircelo. Vorrei tener fede alla promessa che gli ho fatto… ma per farlo mi serve il tuo aiuto.”

Monica strinse i denti, travolta dai pensieri. Se quell'uomo non avesse parlato di August, lei avrebbe continuato a opporre resistenza… ma l'ultima cosa che voleva era traumatizzare quel bambino più di quanto lo fosse già. Il fatto stesso che August avesse pensato a lei, mentre veniva tratto in salvo, la convinse a cedere.

“Non vi sparerò,” disse con sincerità, senza accennare al fatto che, in ogni caso, le avevano già sequestrato la sola e unica pistola in suo possesso.

“Fidati di me,” le disse Stuart tranquillamente.

“Non mi fido di nessuno,” ribatté secca Monica.

Lui la fissò per un lungo momento, come se volesse leggerle la mente o farle cambiare idea solo guardandola negli occhi.

Era impossibile, Monica aveva detto la verità: gli unici che non l'avevano mai delusa erano i bambini di cui si era occupata per lavoro. Non erano ancora stati macchiati e corrotti dalla vita, erano aperti e onesti.

Ogni singola persona adulta che aveva conosciuto l'aveva delusa, in un modo o nell'altro. A partire dalle due persone che avrebbero dovuto custodirla e proteggerla dagli altri: i genitori.

Il padre le aveva solo insegnato che i militari facevano paura e non erano affidabili, la madre le aveva insegnato che avrebbe dovuto arrangiarsi da sola in tutto.

“Potrai anche non crederci, ma di me ti *puoi* fidare,” le disse Stuart. Lei non riusciva a immaginare di chiamarlo Pid, era un soprannome ridicolo. Pur sapendo che non lo avrebbe mai più rivisto, una volta raggiunta la destinazione in cui l'avrebbero portata, si rifiutava di considerare il soprannome usato dai militari.

“Sono arrivati davanti alla casa,” disse Slate.

Monica si meravigliò del fatto che nella voce di quell'uomo non ci fosse traccia di panico.

Senza aggiungere altro, Stuart lasciò andare le braccia di Monica e si girò leggermente, infilandole le dita della mano destra nella propria cintura, dietro la schiena. "Qualunque cosa succeda, non staccarti da me," le disse, "se succede un casino, stammi vicino, a qualunque costo."

"Non hai paura che prenda il coltello tattico dalla fondina che hai al fianco per usarlo contro di te?" gli chiese Monica.

Stuart scosse la testa: "No."

"Perché?" insisté lei, mentre uscivano rapidamente dalla camera da letto, per poi scendere le scale verso il retro della casa.

"Perché se lo fai, siamo tutti morti. Ti sei impegnata tanto per sopravvivere così a lungo, per cui credo di essere al sicuro, almeno finché non usciamo di casa e non ci allontaniamo dalla folla che si sta avvicinando."

Monica sospirò. Accidenti a lui, aveva ragione. Anche se a lei non piacevano i soldati, come non le piaceva aver bisogno dell'aiuto di Stuart e Slate, non aspirava certo a morire.

Usa le risorse che hai a disposizione.

Un'altra massima che il padre le aveva inculcato nella testa. In quel preciso momento, per quanto le desse fastidio, Stuart e Slate *erano* risorse. Solo il tempo le avrebbe fatto capire se le sarebbero state d'aiuto anche in seguito o se si sarebbero trasformati in pesi da scaricare. Monica non era ancora convinta che non fossero d'accordo con l'altro SEAL che aveva sparato alla porta. Magari erano due coppie che collaboravano e che stavano approfittando della situazione instabile nella città per rubare tutto ciò che potevano dalla casa dell'ambasciatore, mentre la famiglia era evacuata.

Senza dire una parola, si aggrappò alla cintura di Stuart, che seguiva Slate fuori dalla casa, attraverso la vetrata in frantumi. Le vennero i brividi al pensiero dello sguardo dell'altro SEAL che la fissava dall'altra parte di quel vetro.

All'improvviso capì perché l'aveva spaventata così tanto: le ricordava il padre. Aveva qualcosa negli occhi... uno sguardo da squilibrato.

Invece negli occhi di Stuart non aveva visto nulla di simile, non la guardava come il padre, ma questo non voleva dire nulla: il papà era riuscito a nascondere a tutti la sua follia, quasi sempre. Solo quando era a casa con la famiglia si permetteva di essere veramente se stesso.

"Rimani con me," le ricordò Stuart, "qualunque cosa succeda."

Monica annuì. Sentiva le urla della folla, le sembravano centinaia di persone. Erano vicini, troppo vicini. In quel quartiere, le case non erano protette da recinzioni, particolare per il quale fu grata quanto mai, mentre Stuart e Slate la precedevano al buio, lontano dalla casa in cui aveva vissuto nell'ultimo anno.

Quando furono a meno di un isolato, un sibilo sinistro fece voltare Monica, che seguiva Stuart a fatica.

Se avessero lasciato la casa anche solo trenta secondi più tardi, sarebbero stati ancora dentro quando qualcuno gettò la bomba Molotov in salotto. Monica vide decine di persone esultare e saltare di gioia, mentre la bella casa andava a fuoco.

Dentro c'era tutto ciò che le apparteneva, compresi i vestiti e i disegni che August e Remington le avevano regalato. Aveva già ricominciato da zero in passato, poteva farlo di nuovo. Aveva con sé i documenti d'identità, quelli li portava *sempre* con sé. Aveva anche un po' di soldi.

Darren Collins era stato uno stronzo, un padre terribile, un paranoico molestatore, ma negli anni le aveva insegnato qualcosa di utile. La lezione più importante: mai abbassare la guardia, mai fidarsi degli altri, portare sempre documenti e contanti, non si sa mai.

Monica non aveva idea di cosa le riservasse il futuro, ma se la sarebbe cavata. Era una sopravvissuta.

Muovendo i monconi della mano sinistra, fece un respiro profondo, mentre Stuart le faceva strada nel buio di Algeri. Era solo questione di tempo, poi avrebbe detto addio a lui e al suo compagno di squadra e se ne sarebbe sbarazzata. Più lontana sarebbe stata da chiunque e da qualunque cosa le ricordasse l'ambiente militare, più si sarebbe sentita al sicuro.

CAPITOLO DUE

Pid sentiva molto la presenza della donna che lo seguiva, nonostante lei non avesse detto una parola da quando erano riusciti per un soffio a scappare dalla casa, prima che venisse incendiata. Anche se le aveva detto di non avere paura che lei gli prendesse il coltello per usarlo contro di lui, non era sicuro al cento per cento che lei non l'avrebbe pugnalato.

Pid non si era mai trovato in una situazione del genere, salvare una persona così apertamente ostile. Alcune delle persone che lui e la squadra avevano tratto in salvo erano fuori di testa, altre non si fidavano subito, ma di solito si ammorbidivano dopo aver capito che stavano per essere salvate. Altre ancora erano pieni di pretese.

Quello era un caso unico: Pid era sicuro al cento per cento che Monica gli avrebbe sparato, se lui non si fosse mosso rapidamente. Più tempo Monica passava con lui e con Slate, più sembrava perdere fiducia. Era snervante.

Il fatto che chi aveva sparato per aprire la porta della casa avesse detto di essere un SEAL di certo contribuiva a quella sfiducia, ma lui sospettava che quell'atteggiamento insofferente avesse radici più profonde, al di là di quel frangente.

Come faceva a saperlo? Non ne aveva idea, ma quando l'aveva guardata negli occhi, aveva intravisto una paura profonda a un livello che lui raramente aveva incontrato prima. Monica agiva con spavalderia, ma qualcuno l'aveva trattata di merda e Pid era incazzato con quel qualcuno, avrebbe tanto voluto prendere a pugni chi le aveva fatto perdere ogni fiducia nel prossimo.

Non gli era sfuggita nemmeno la mano mutilata; per questo le aveva afferrato la destra, facendola aggrappare alla propria cintura.

Pid si accorse di volere delle risposte. Come si era ferita alla mano? Chi l'aveva resa così prevenuta nei confronti dei militari? Come mai Monica aveva cambiato atteggiamento non appena aveva sentito parlare dei bambini di cui si occupava?

Tuttavia, si trattava di una missione, niente di più, niente di meno. Appena raggiunti gli altri della squadra, lui e Slate avrebbero ricongiunto Monica con le altre persone evacuate e i SEAL si sarebbero messi in viaggio per tornare alle Hawaii.

Il rumore della folla fuori controllo alle loro spalle spinse Pid a camminare un po' più di fretta. Slate lo precedeva di alcuni passi, girava la testa di continuo in cerca di potenziali rischi. Monica rimaneva in silenzio e seguiva Pid per i cortili e i vicoli di Algeri, evitando le strade principali.

Proprio quando Pid pensava di essere in salvo e di poter raggiungere senza problemi gli altri, Slate si fermò sul posto, si girò e tornò indietro; aveva un'espressione in volto che non aveva bisogno di ulteriori spiegazioni.

"Non possiamo andare di là," disse Slate.

Pid sentiva le grida di un altro gruppo di riottosi in protesta, i rumori si facevano sempre più forti, il gruppo si stava avvicinando. Si voltò per assicurare a Monica che lui e Slate l'avrebbero tenuta lontano da ogni pericolo. Lei aveva lo sguardo fisso, lo guardava al centro del petto senza alcuna espressione.

"Servirà più tempo, ma dobbiamo girare verso est," spiegò Slate.

Pid annuì e si misero di nuovo a camminare a passo svelto, cercando di aggirare le proteste. Monica inciampò una volta, ma si tenne in piedi rimanendo aggrappata alla cintura di Pid, che allungò un braccio all'indietro per cercare di aiutarla; ma lei si scrollò di dosso la mano del militare.

"Ce la faccio," gli disse, con tono quasi indignato.

Molti uomini se la sarebbero presa per quella reazione, lasciandosi influenzare dal modo in cui Monica li trattava, ma Pid non era come gli altri. Più lei si comportava in modo distaccato e indispettito, più lui voleva sapere il perché. L'atteggiamento di Monica era diverso da quello delle altre persone nella stessa situazione, doveva per forza esserci un motivo.

Pid era anche abbastanza onesto con se stesso da ammettere che, nonostante l'atteggiamento spigoloso, quella donna gli sembrava attraente. Notare la bellezza di qualcuno nel bel mezzo di una missione non era *affatto* da lui. Pid era sempre professionale, non aveva mai sentito un briciolo di attrazione verso una donna, durante una missione di soccorso.

Però Monica aveva qualcosa di strano, la contraddizione tra l'aspetto fragile e l'atteggiamento altero lo aveva conquistato. Pid non aveva un tipo di donna ideale, aveva frequentato donne coi capelli castani, fulvi, biondi... donne alte e basse, atletiche o più morbide, slanciate... donne dalla mentalità più artistica, analitica, liberale o tradizionale... era uscito con donne di ogni tipo.

Tuttavia, dal momento in cui Monica aveva minacciato di sparargli, nella mente di Pid si era come accesa una spia e lui se n'era accorto. Era più bassa di lui di una spanna, ma mentre la tratteneva Pid ne aveva sentito i muscoli, nonostante la corporatura minuta. Monica aveva i capelli tirati indietro in una pratica coda di cavallo, alcune ciocche leggere gli si erano impigliate nella barbetta. Negli occhi azzurri si intravedevano emozioni intense, anche se il resto del viso era quasi sempre privo di espressione, salvo per le guance leggermente arrossate, quando si arrabbiava.

Pid sospettava che ci fosse più passione nel mignolo di Monica che in tutto il corpo di altre persone. Lei faceva di tutto per mascherarla, ma Pid vedeva la passione ribollirle negli occhi ed ebbe la netta sensazione che se si fosse scatenata, se si fosse davvero lasciata andare, sarebbe diventata uno spettacolo unico.

Di una cosa Pid era certo: chi fosse riuscito a superare quelle barriere molto spesse sarebbe stato un uomo fortunato.

Anche se quel pensiero era del tutto fuori luogo, pensò di poter essere lui quell'uomo.

Poi scosse la testa sentendosi ridicolo. Nel momento stesso in cui si fosse riunita agli altri cittadini evacuati, Monica se ne sarebbe andata senza guardarsi alle spalle, lui su questo non aveva dubbi.

Memore di ciò, Pid fece del suo meglio per tornare a concentrarsi sulla missione. In particolare, dovevano filarsela da quel quartiere, mettere al sicuro se stessi e la tata.

Tuttavia, non sembrava una missione così semplice come lui aveva sperato. Da quando erano arrivati lì, il numero di persone in protesta nel quartiere era cresciuto. Sembrava quasi una caccia aperta alla razzia delle case di quel quartiere bene.

Appena quel pensiero gli passò per la testa, Pid capì che era *esattamente* quello che stava succedendo. Secondo la logica del saccheggio, bastava che qualcuno cominciasse a derubare, perché tanti altri lo seguissero a ruota.

"Dobbiamo trovare un posto dove nasconderci per un poco," disse Pid a Slate.

L'amico annuì. Il problema era trovare un nascondiglio che non diventasse bersaglio degli sciacalli che andavano in giro in cerca di qualunque cosa da rubare, un luogo in cui non ci fosse niente su cui mettere le mani. L'aria era già irrespirabile per l'odore del fumo delle case che venivano incendiate dopo essere state ripulite.

"C'è una certa fabbrica abbandonata poco più avanti," disse Monica.

Sia Pid che Slate si girarono verso di lei. Lei sollevò il mento, come sentendo il bisogno di difendere la propria idea. "Quando non lavoro, mi piace camminare. Mi rilassa, mi dà spazio per pensare. L'edificio sembra sicuro, dentro non ci sono più macchinari, ma solo pile di scatoloni vuoti e del legname. Quando il tempo è brutto, alcuni ragazzini ci vanno per giocare a calcio... perché c'è un grande spazio aperto, senza pareti interne."

"Da che parte?" chiese Slate.

Monica sospirò, chiaramente aveva trattenuto il fiato, aspettandosi che i due SEAL scartassero ciò che lei aveva suggerito. Alzò la mano dalla cinta di Pid per indicare verso destra.

Slate annuì e si avviò in quella direzione. Monica cominciò a seguirlo e Pid fece per prenderle la mano. Si mosse distrattamente e appena le chiuse le dita intorno alla mano si accorse di averle preso la sinistra, quella senza le dita.

Monica si staccò da lui tanto alla svelta da coglierlo impreparato, tirò via la mano e gli disse con tono basso ma deciso: "Non toccarmi!"

Pid alzò le mani in segno di resa: "Scusami."

"Dico davvero. Nessuno mi tocca la mano. *Nessuno*."

Lui annuì: "Scusami ancora."

Si guardarono negli occhi per un momento con intensità, poi Monica abbassò lo sguardo e le sue guance arrossirono di nuovo.

"Stavo solo cercando di aiutarti, per farti aggrappare di nuovo alla mia cintura."

"Non c'è bisogno di toccarmi, basta aprire la bocca e parlare," gli disse con tono caustico.

Con sua grande sorpresa, Pid non si sentì respinto da quelle parole, anche se non se la sentì di sorridere: era convinto che lei avrebbe male interpretato un sorriso, credendo che stesse ridendo di lei. Non era così; l'ultima frase di Monica sembrava quella di una mamma ai propri figli. Lui non aveva sette anni, ma ne capiva il senso.

"Hai ragione, scusami. Puoi aggrapparti di nuovo a me, Monica, ho bisogno di sapere costantemente che mi stai seguendo da vicino."

Lei lo squadrò con aria confusa.

"Che c'è?" le chiese Pid.

"È solo che... ti sei scusato."

A quel punto fu Pid a sentirsi confuso. "Sì. Non avrei dovuto prenderti la mano in quel modo. Anche perché non ti conosco. Nessuno si è mai scusato con te per un comportamento fuori luogo?" La domanda voleva essere quasi retorica, leggera, invece lei non commentò subito dicendo "ma certo" e alzando gli occhi al cielo... così Pid capì che forse davvero *nessuno* si era mai scusato con Monica.

"Non importa," borbottò lei. "Possiamo andare? L'ultima cosa che voglio è finire in mezzo a una folla di gente impazzita." Poi alzò la mano destra e si aggrappò alla cintura di Pid, stringendola leggermente.

In quel momento, lui avrebbe voluto dire tante cose, aveva molte domande da farle, ma aveva ragione lei: dovevano andarsene da quelle strade, mettersi in salvo. Così Pid si avviò nella direzione indicata da Monica, raggiungendo rapidamente Slate, che non era stato così paziente da aspettarli.

"Se sapevo che vi fermavate a fare due chiacchiere, vi mollavo da soli," si lamentò Slate.

Pid scosse la testa e replicò riprendendolo: "Sempre così impaziente."

"Come ti pare," commentò Slate con un filo di voce.

I tre continuarono a camminare per le strade tenendosi lontani da qualunque rumore di assembramento, poi finalmente arrivarono sul retro di un edificio in laterizio scuro. Si trovava ai margini del quartiere bene e Pid capì al primo sguardo che sarebbe stato il posto ideale per nascondersi, almeno per un po' di tempo.

Tutto intorno all'edificio c'erano erbacce incolte, gran parte delle vetrate sembrava distrutta da tempo. Non c'erano porte, era un posto dall'atmosfera davvero inquietante.

"I ragazzini vengono *qui* per giocare?" chiese Slate incredulo.

Pid fu sorpreso di sentire Monica quasi divertita rispondere: "Ho pensato anch'io la stessa cosa, la prima volta che l'ho vista, ma se vuoi giocare a calcio e il tempo fa schifo, è il posto perfetto."

"Scommetto che è anche stregato," commentò Slate.

"Ora che ci penso, ho sentito dei rumori strani all'interno, ma non ci ho fatto caso," disse Monica.

Lo sguardo di Slate era impagabile, doveva averlo pensato anche Monica, che si lasciò sfuggire una risatina. Anzi, una *risata*. A Pid non interessava affatto di non essere stato lui a farla ridere. Era troppo colpito dal modo in cui quella risata le aveva cambiato totalmente l'espressione del viso. Per la prima volta, si accorse che Monica aveva una fossetta in una guancia.

Una cacchio di *fossetta*.

Accidenti, lui andava matto per le fossette.

"Cazzo, senti, ti prego, dimmi che stai scherzando," la implorò Slate.

"Stavo scherzando," gli rispose Monica compiacendolo, era evidente che lo stava prendendo in giro.

Un'esplosione a una strada di distanza rimise i tre in movimento. Slate entrò subito in quell'edificio dall'aspetto minaccioso, seguito a ruota da Pid e Monica.

"Da che parte?" domandò Slate.

Pid sentì Monica sbuffare appena e poi dire: "Lo chiedi a me? Sei tu il SEAL grande e grosso della marina."

Lui non poté far altro che sorridere. Ecco di nuovo l'atteggiamento sfrontato. Del resto, Pid non si aspettava certo che Monica continuasse a vivere quel frangente con leggerezza.

"Un SEAL grande e grosso che non è mai stato qui, a differenza tua. Da che parte?" le chiese Slate di nuovo, senza alcun segno di irritazione nella voce.

"Sulla sinistra c'è un cumulo di scatole. L'ultima volta che sono stata qui a controllare che fosse tutto a posto, quando c'erano i ragazzi che giocavano, ho visto un bambino che invece di giocare stava costruendo un fortino con quelle scatole," spiegò Monica.

Senza dire altro, i tre andarono in quella direzione.

Monica aveva ragione, l'edificio della vecchia fabbrica era un nascondiglio perfetto per un po' di tempo. Nessuno dei rivoltosi sarebbe stato interessato a quel posto, perché era abbandonato da tempo e dentro non c'erano oggetti di valore da rubare. La gente per le strade stava assalendo le case dei dipendenti governativi.

Nel giro di cinque minuti, Pid e Slate avevano sistemato gli scatoloni vuoti in modo da creare uno spazio in cui sedersi tutti e tre, al sicuro dallo sguardo di chiunque decidesse di entrare in quell'edificio. Gli scatoloni non proteggevano dai proiettili, ma Pid era piuttosto sicuro che in quel momento non c'era il rischio di essere bersagliati dagli spari.

Monica si era seduta a più di un metro da lui e Slate, Pid non era contento di non averla a portata di mano, ma dato che non sentiva alcun pericolo imminente tenne la bocca chiusa.

"Allora... Monica, qual è la tua storia?" le chiese Slate.

Pid trattenne una risata. Slate non era certo il tipo che girava attorno ai discorsi, gli piaceva andare dritto al fulcro della questione. Forse era dovuto al suo carattere impaziente.

Pid si era già lamentato che quella notte la luna fosse quasi piena, perché la luce impediva loro di aggirarsi per le strade senza essere visti, ma dovette ricredersi. La luce che entrava dalle finestre prive di protezioni gli permetteva di intravedere Monica, seduta contro la parete vicina. Aveva le ginocchia piegate, con le braccia intorno, come per tenersi strette le gambe. Non gli piaceva quella posizione, stava sulla difensiva, del resto per lei i SEAL erano due estranei, quindi non c'era nulla di strano nel sentirsi a disagio.

"Non ho nessuna storia," rispose lei, senza assecondare il tentativo di Slate di farla parlare.

Slate commentò con un lamento di gola, poi proseguì con un certo sarcasmo: "Ecco. Allora, come fai di cognome?"

"Collins."

"Quanti anni hai?"

"Trenta."

"Non sei molto alta, sarai uno e sessanta, uno e sessantadue."

"Uno e sessanta."

Pid fece una smorfia. La conversazione non stava andando bene, ma lui ebbe l'impressione di sapere di cosa parlare per farla sciogliere un po', così le chiese: "Come hai ottenuto il lavoro dall'ambasciatore?"

A quella domanda, Monica rilassò un poco i muscoli e abbassò le spalle. "Ho fatto domanda e mi hanno assunta," rispose, con un tono di voce un po' meno sfrontato.

"Ti piace fare la tata?" le chiese Pid.

"Mi piace tantissimo. Una volta volevo fare l'insegnante, ma non ci sono riuscita perché non avevo i soldi per l'università, così ho cominciato a fare la baby-sitter per mantenermi, finché non ho scoperto che mi piaceva. Coi bambini vado d'accordo, più che con gli adulti. I più piccoli sono onesti, anche troppo. Ti dicono sempre quello che pensano, come stanno."

Dopo una pausa, Pid fu sorpreso di sentirla proseguire.

"Ho lavorato a lungo come baby-sitter in varie famiglie, poi qualcuno mi ha chiesto se potevo impegnarmi a tempo pieno per seguire un bimbo di due anni. Sono rimasta in quella famiglia per due anni, poi si sono trasferiti all'estero. Ho accettato altri incarichi come tata, finché non mi hanno messa in contatto con una coppia che stava per trasferirsi in Israele, il padre era diventato ambasciatore. Volevano assumere una persona che facesse anche da insegnante per i tre figli e io avevo ottime credenziali. Quando poi quella famiglia è dovuta tornare negli Stati Uniti, mi hanno chiesto se mi interessasse andare a lavorare in Algeria per Desmond Laws. Io ne ho approfittato subito, ed eccomi qui."

Pid era molto soddisfatto; Monica era felice di parlare del proprio lavoro, tanto che aveva risposto, forse senza rendersene conto, anche alla prima domanda, spiegando come era arrivata a lavorare per l'ambasciatore.

"È evidente che sei molto brava nel tuo mestiere," le disse Pid, "quel bimbo era molto preoccupato per te, anche se aveva tanta paura ha trovato il coraggio di avvicinarmi per chiedermi di te."

Sul viso di Monica spuntò un sorrisetto, ancora una volta Pid vide di sfuggita la fossetta. "Abbiamo parlato tanto di sicurezza e di cosa sia giusto fare," spiegò lei, "non mi ricordo dove l'ho sentito per la prima volta, ma questo proverbio mi è rimasto impresso e lo insegno sempre, soprattutto ai maschietti: 'Se hai paura è perché stai per fare qualcosa di coraggioso'. Penso che August... immagino che sia stato August a farsi avanti, perché Remington è il fratello più grande... dicevo, credo proprio che August fosse nervoso quando si è fatto avanti, ma poi si sarà ricordato il proverbio e sarà stato fiero di se stesso.”

Pid la sentì parlare con tono sicuro, mentre raccontava del suo lavoro. Sembrava addirittura cordiale, un atteggiamento agli antipodi rispetto alla scontrosità che aveva mostrato da quando l'avevano trovata.

Pid aprì la bocca per farle altre domande su August e Remington, ma sentì dall'auricolare la voce di Mustang che trasmetteva via radio.

“Parla leader squadra uno. Siete in ascolto?”

“Dieci-quattro,” rispose Slate.

Pid indicò il proprio orecchio e disse a Monica sottovoce: “È il nostro caposquadra che si fa sentire.”

Lei annuì.

“Sappiamo dove siete, ottima scelta per nascondersi per un po' di tempo, fuori c'è un casino pazzesco,” disse Mustang.

“È un'idea di Monica,” rispose Slate.

“Beh, nessuno farà casino in un edificio abbandonato, soprattutto se ci sono delle case da razziare dall'altra parte della strada. Rimanete al sicuro più a lungo che potete, appena questa maledetta folla si disperde, mandiamo un elicottero a prendervi.”

“Dieci-quattro,” ripeté Slate.

“Mustang?” chiamò Pid.

“Sì?”

“Monica ha detto che qualcun altro è entrato nella casa dell'ambasciatore dicendo di essere un SEAL. Era un tipo inquietante, lei si è nascosta, il tipo ha sparato alla porta per entrare.”

Ci fu silenzio radio per un attimo, poi Mustang proseguì: “Porca troia, davvero?”

“Sì.”

“Immagino che non l'abbia trovata,” osservò Mustang.

“Immagini bene, ma ci sono prove che la casa è stata

setacciata. Quel tipo è stato furbo, non ha distrutto tutto, ha cercato di lasciare il più in ordine possibile."

"È stato rubato qualcosa?"

"Non abbiamo avuto il tempo di rimanere per controllare."

"Sta chiedendo se il SEAL ha rubato qualcosa?" chiese Monica.

"Aspetta," disse Pid a Mustang, poi annuì a Monica. "Sì, ha rubato qualcosa?"

"Sì," rispose lei senza esitare.

"Come fai a saperlo?" le chiese Slate.

"Desmond ha installato dei monitor di servizio nella camera di sicurezza. Niente di eccessivamente costoso, solo un sistema di sicurezza economico comprato su internet, l'ha installato da solo. Ho osservato il SEAL e il suo complice che giravano per casa, una camera dopo l'altra. Hanno preso delle armi che Desmond aveva nascosto, poi dei gioielli e dei soldi in contanti, sono riusciti ad aprire anche la cassaforte dell'ambasciatore, era nascosta dietro l'armadio."

"C'era qualcun altro?" chiese Slate.

"Sì, ma non sembravano nella stessa squadra... capisci cosa intendo? Non parlavano tanto e il SEAL sembrava quasi infastidito dalla presenza di quell'altro."

"Merda, ho capito. Cosa c'era nella cassaforte?"

"I passaporti, i certificati di nascita e un sacco di soldi."

"Quanti soldi?" domandò Mustang in radio, Pid lo sentì nell'auricolare. Ovviamente Slate aveva tenuto il microfono aperto cosicché il caposquadra potesse ascoltare Monica.

"Quanto contante, tu lo sai?" le chiese Pid, dato che Monica non poteva sentire Mustang.

Lei scosse la testa. "Non ne sono sicura, ma credo che ci fosse qualche migliaio di dollari. Desmond era fissato, voleva sempre tenere certi capitali a portata di mano, per le emergenze."

"Non gli è servito a molto, vero?" mormorò Slate.

Era una domanda retorica, ma Monica sembrò non rendersene conto. "No, non gli è servito. Avrebbe fatto meglio a tenersi addosso qualcos'altro di più importante."

Pid ebbe come un'illuminazione e le chiese: "Come fai tu?"

Monica sembrò sorpresa, ma nascose subito la propria reazione. "Non capisco, cosa intendi?"

"Stavo solo pensando che la tua vita sarebbe molto più semplice se avessi con te il passaporto, in questo preciso momento," le spiegò Pid.

Per un lungo momento nessuno parlò, poi Monica fece spallucce e disse con la massima indifferenza: "Ce l'ho il passaporto."

"Furba," disse Mustang alla radio, "ma in questo momento mi preoccupa di più lo stronzo che va in giro spacciandosi per un SEAL a saccheggiare le case."

"Idem," commentò Slate.

Pid tenne gli occhi incollati su Monica. Lo affascinava. Man mano che scopriva qualcosa su di lei, voleva saperne di più.

"Mi sembra sospetto che una zona della città lontana dalle proteste più importanti sia improvvisamente il nucleo delle rivolte," disse Slate.

"Lo penso anch'io," confermò Mustang.

"Sembra quasi che qualcuno abbia sparso la voce che gli abitanti sono scappati e che le case sono pronte per essere saccheggiate," ragionò Slate. "Il compare di quello stronzo probabilmente era uno del posto ed era bello contento di entrare per primo nelle case, in cambio dell'aiuto a sobillare gli animi."

"Probabile. Parlerò col comandante," disse Mustang. "Se c'è qualcuno in giro che fa finta di essere un SEAL, bisogna stroncarlo alla radice."

"Sono d'accordo," disse Slate.

"Rimanete al coperto, mi faccio sentire quando la situazione si calma. Potrebbero passare alcune ore," disse Mustang.

"Dieci-quattro."

"Passo e chiudo."

Pid non distolse mai lo sguardo da Monica. Era più che ovvio che non le sfuggiva nulla. Probabilmente tante persone la ignoravano perché era minuta, o anche solo perché era una donna, ma era evidente dallo sguardo che era una persona molto intuitiva e sveglia... bastava osservarla.

"Allora rimaniamo qui per un po'?" chiese Monica.

"Sì. Mustang sa dove siamo e ci manderà un elicottero appena possibile," disse Slate.

"Come?"

"Come che cosa?" le chiese Pid.

Monica lo guardò. "Come fa il vostro amico a sapere dove siamo?"

"Abbiamo dei dispositivi di localizzazione," rispose Slate.

Lei quasi strabuzzò gli occhi, poi chiese incredula: "Lasciate che il governo vi metta dentro dei dispositivi?"

Pid scoppiò a ridere. "Ma no, accidenti, però quando siamo in missione abbiamo imparato che è importante far sempre sapere ai compagni dove siamo quando ci separiamo, in ogni momento." Si mise una mano nella tasca del giubbotto e ne tirò fuori un oggetto di metallo delle dimensioni di una moneta. "Tracciatore."

"Cosa succede se perdi il giubbotto? Se te lo rubano?" gli chiese lei.

Slate indicò lo stivaletto.

"E se ti prendono gli stivali?"

Sembrava un cane che non mollava l'osso, ma aveva perfettamente ragione. Qualcuno le aveva insegnato non solo a fare attenzione, ma anche a non fidarsi mai... oltre a qualche tattica militare. "Abbiamo un amico che è molto pratico di questi dispositivi. Lavora col governo, ma è indipendente, siamo più che contenti di lasciare che ci rintracci sempre, quando siamo in missione."

Monica spostò il corpo in avanti, chiaramente vinta dalla curiosità: "Come ci riesce?"

"Potremmo dirtelo, ma poi dovremmo ucciderti," rispose Slate scherzando.

Pid sentì ogni muscolo del corpo irrigidirsi. Avrebbe voluto prendere a cazzotti Slate per un commento del genere. Monica già non si fidava, quella battuta non era d'aiuto.

Invece, con grande sorpresa di Pid, Monica ridacchiò di nuovo.

Maledizione, Slate l'aveva già fatta ridere due volte.

Pid voleva essere quello in grado di farle saltare fuori la fossetta.

"Endovena o via orale?" chiese lei, straordinariamente intuitiva.

"Via orale," ammise Slate senza esitare.

"Ma nello stomaco resisterà sì e no un giorno o due. Non è di grande aiuto per una missione a lungo termine," commentò Monica.

Pid si accomodò ad ascoltare il dialogo tra Slate e Monica, che si stava rivelando estremamente affascinante.

"È vero, ma questo tracciatore non rimane nello stomaco, si trasferisce nella circolazione e rimane nel sangue anche fino a due settimane, prima di sciogliersi del tutto. Non conosco bene il principio tecnico, ma il nostro amico è un genio."

"Avete anche delle scorte in caso la missione duri più di due settimane?" gli chiese Monica.

Slate annuì.

Lei tirò un sospiro e tornò ad appoggiare la schiena al muro, osservando: "Fortissimo, da far paura."

"Già," confermò Slate, "Tex è uno forte, meno male che sta dalla nostra parte."

"Sei *sicuro* che sta dalla vostra parte? Potrebbe sempre vendervi al nemico. Sono in tanti che vorrebbero mettere le mani su una squadra di SEAL, anche governi interi."

"Sono sicuro al cento per cento," rispose Slate senza esitare.

Monica non commentò.

I tre rimasero seduti in silenzio per qualche minuto, ascoltando le grida lontane dei rivoltosi nel quartiere vicino.

"Allora... avete dei soprannomi strambi," disse Monica dopo qualche altro minuto.

Pid non la prese affatto male, anzi, al contrario: era contento di sentirla avviare una conversazione qualunque, così le rispose minimizzando: "Poteva andar peggio."

"Peggio di Stu-*Pid*?" gli chiese, enfatizzando la seconda parte della parola.

"Sì," ribadì lui.

"Ad esempio?" gli chiese lei.

"Culetto," rispose Slate.

"Maiale," aggiunse Pid.

"Scorreggia," proseguì Slate.

"Ma finitela," intervenne Monica scuotendo la testa, "ve li state solo inventando."

"No no," rispose Slate, "un tipo che ha fatto l'addestramento con me si è beccato l'epiteto di Scorreggia, ma se lo meritava. Quel ragazzo emetteva tanto gas che doveva per forza avere dei problemi intestinali. Parlo di scorregge silenziose ma puzzolenti da morire. Erano talmente schifose che tutta la caserma voleva vomitare."

Ecco di nuovo la fossetta. Pid si stava ormai abituando: lui proprio non ci riusciva a farla sorridere, era troppo preso ad ammirarla.

"Ti ricordi Lumaca?" chiese Pid a Slate.

"Ma certo, quello scemo era il figlio di buona donna più lento che abbia mai conosciuto."

Pid si voltò verso Monica. "In realtà mi ha fatto piacere quando mi hanno affibbiato Pid come soprannome, quando ero ragazzino mi chiamavano Little, oppure Topo, ormai non ne potevo più di sentirli. Non credo avrei resistito a sentirmi chiamare in quel modo per tutta la vita."

"Come Stuart Little, il topo del film?" gli chiese lei.

Pid sussultò e annuì.

"Ma è un film carinissimo," protestò lei accennando un sorrisetto. Non abbastanza per farle saltar fuori la fossetta, ma Pid la considerò comunque una vittoria.

Lui finse di agitarsi scuotendo la testa e le disse: "No, ti prego, no."

"Beh, io penso che non ci sia niente di male a chiamarti Stuart," gli disse Monica, "mi rifiuto di chiamarti con quel soprannome *stupido*."

A quelle parole, Pid desiderò che la situazione fosse diversa. Avrebbe preferito incontrarla al negozio di alimentari, alle Hawaii. O magari sulla spiaggia. Accidenti, quasi quasi avrebbe preferito che Monica gli saltasse in testa, come aveva fatto Kenna con Aleck, quando si erano conosciuti.

Invece, nel giro di poche ore, avrebbe dovuto salutare Monica Collins, probabilmente per non rivederla mai più. Davvero un peccato, Monica era la prima donna che gli interessava, dopo tantissimo tempo. Aveva talmente tante sfaccettature che gli sarebbe servita una vita intera per conoscerle tutte. Avvertì un tipo diverso di dispiacere, quello di perdere qualcosa che non aveva mai avuto.

"Che c'è?" gli chiese lei, con il tono di voce scontroso che aveva usato all'inizio.

Pid fece spallucce. "Puoi dirmi quello che vuoi."

Lei lo fissò per un momento che gli sembrò carico di intensità, poi gli disse tranquillamente: "Come ti pare."

"Cosa ti è successo alla mano?" le chiese Slate, interrompendo il silenzio imbarazzante.

Pid trattenne il fiato. Per una volta, era contento che Slate non si facesse riguardo a parlare con gli altri.

"Sei un po' maleducato," gli rispose Monica.

Slate alzò una spalla. "Prendimi come uno dei bambini che segui, vado dritto al punto, dico le cose come stanno."

Lei ridacchiò: "Come no. Tu sei l'*opposto* dei bambini di cui mi occupo. Sei un militare."

"Lo dici come se fosse un insulto," le disse Slate, "mi farai venire un complesso."

"Seee, di sicuro," ribatté lei alzando gli occhi al cielo.

"Insomma, allora, la tua mano? Un giorno ti sei incazzata e ti sei strappata le dita a morsi?" le chiese Slate.

Pid non fu sorpreso per la stupidata che l'amico aveva detto scherzando: era solo un trucco per farla parlare.

"No. Mio padre voleva insegnarmi una lezione, quindi mi ha fatto mettere la mano sullo stipite di una porta di metallo e poi l'ha chiusa sbattendola." La voce di Monica sembrava quasi atona.

Pid spalancò la bocca dalla sorpresa. Poi fu preso dalla rabbia.

Monica continuò a raccontare, sempre con la stessa voce priva di emozioni, come se ormai non le importasse più com'era andata. "Mi ha fratturato le dita e la pelle si è tutta tagliata. Il giorno dopo mi ha detto di smettere di lamentarmi come una poppante e mi ha portata a caccia. Mi ha minacciata di rimanere fuori al freddo finché non fossi riuscita a sparare a un cervo. Niente da mangiare, niente casa. Ci ho messo due giorni, anche perché ero mancina e dovevo sparare con la destra. Poi l'ho dovuto scuoiare e pulire, alla fine siamo tornati a casa."

"Porca puttana," mormorò Pid con un filo di voce, troppo sconvolto per aggiungere altro. Non riusciva a immaginare che un padre potesse comportarsi in quel modo con una figlia.

"Quanti anni avevi? Che lezione stava cercando di insegnarti?" le chiese Slate con tranquillità.

"Avevo dieci anni. Quella mattina mi aveva fatta correre nel percorso a ostacoli che aveva preparato sul nostro terreno, però io non sono riuscita a completare la salita verticale e gli ho chiesto di aiutarmi. Lui è salito in cima e mi ha aiutata a salire e a passare dall'altra parte, però più tardi, dopo avermi distrutto la mano, mi ha detto che chiedere aiuto comportava delle conseguenze. Sempre. La conseguenza è stata frantumarmi la mano dominante."

"A ogni modo, dopo aver pulito il cervo all'aria aperta, la mano ovviamente si è infettata. Ma il papà mi aveva dato una bella lezione, quindi non ho chiesto aiuto. Dopo un mese, mi ha detto di entrare in macchina. Io non gli ho chiesto il perché. Mi ha portata in ospedale, dove ci hanno fatto un sacco di domande, il papà è riuscito a schivarle tutte. Mi hanno amputato le dita... fine della storia."

"Tuo padre non mi piace," commentò Slate dopo una lunga pausa.

Monica ridacchiò. "Benvenuto nel club."

Pid avrebbe voluto aggiungere tanto altro. Dove si trovava il padre di Monica? Dov'era la madre, mentre il padre la maltrattava? Aveva fratelli o sorelle? Perché mai il padre aveva messo in piedi un percorso a ostacoli? Dov'era cresciuta?

L'odio per tutto ciò che riguardava il mondo militare cominciava a spiegarsi. Pid immaginò che il padre fosse in qualche modo legato all'esercito o a qualche altra arma, non importava quale.

Avrebbe voluto rassicurare Monica, dicendole che poteva chiedergli aiuto, senza alcun impegno, ma ebbe l'impressione che non fossero né il luogo né il momento giusto. Peraltro, il tempo a disposizione per conoscersi scorreva verso una fine inesorabile. Maledizione.

Non poteva starsene seduto senza dire nulla.

"Ti do la mia parola, ti tirerò fuori incolume da questo posto," le disse con un tono di voce profondo e rassicurante.

Monica alzò appena le spalle.

Pid non era felice, proprio per nulla. Non si era mai sentito tanto frustrato come in quel preciso momento. Non sapeva cosa dire per far star meglio quella donna. Voleva confortarla, rassicurarla... voleva picchiare a sangue suo padre. Invece non poteva fare altro che lasciarle lo spazio di cui aveva chiaramente bisogno.

Gli seccava, parecchio.

Non era certo tanto illuso da credere che chiunque lo conoscesse lo guardasse con gli occhi pieni di ammirazione. Forse non sarebbe mai riuscito a restituire a Monica Collins una certa fiducia nei militari, ma sarebbe andato all'inferno piuttosto che ripetere un qualunque gesto che perpetuasse quel disagio verso di lui o verso chiunque altro combattesse per la patria.

Quel pensiero lo riportò allo stronzo che fingeva di essere un SEAL, l'uomo che l'aveva spaventata quel pomeriggio e che aveva approfittato dell'instabilità del momento per fare razzia. Era molto probabile che, se avesse trovato il nascondiglio di Monica, l'avrebbe assalita. Anche *quello* era un pensiero inaccettabile.

Pid era fiero di essere un SEAL. Aveva lavorato molto duramente per guadagnarsi il contrassegno delle forze speciali. Non sarebbe rimasto a lungo nella vita di Monica, ma era disposto a fare di tutto per dimostrarle che c'era almeno un militare degno di onore.

CAPITOLO TRE

Monica era arrabbiata con se stessa per aver parlato così tanto con quei due. Le avevano insegnato a non rivelare mai informazioni che non fossero strettamente necessarie, invece si era messa a straparlare, raccontando un sacco su di sé. Per un attimo, sentì nascere nella pancia e in gola la sensazione di malessere che le tornava ogni volta che sapeva di aver fatto qualcosa che il padre avrebbe disapprovato. Però reagì spingendo via il malessere.

Era una donna adulta, ormai non era più sottoposta al controllo del padre. Era ridicolo: quattordici anni dopo essere sfuggita dal suo pugno di ferro, si scopriva ancora a prendere decisioni in base alle malsane lezioni che il padre le aveva impartito. Monica era andata in psicoterapia; razionalmente sapeva che continuare a seguire i precetti del padre significava dargliela "vinta", ma la paura che le aveva instillato e il controllo che aveva esercitato su di lei erano difficili da rompere.

Una cosa però Monica doveva ammetterla: il disgusto mostrato dai due SEAL per quanto le era successo alla mano la faceva stare... bene. Una parola semplice, forse banale, ma adatta. Nelle voci di quei due non aveva sentito traccia di compassione, si erano arrabbiati per lei.

Monica aveva avuto un'infanzia infernale. Un vero e proprio *inferno*. Se non era diventata una serial killer o peggio era stato per puro miracolo. Se n'era andata di casa appena ne era stata in grado, a sedici anni. Aveva concluso le scuole e ottenuto la maturità alloggiando in motel squallidi e lavorando a salario minimo per mantenersi. Stranamente, dopo che se n'era andata di casa, il padre non aveva nemmeno tentato di ritrovarla.

In quel periodo aveva cominciato a fare la baby-sitter per arrotondare, poi il colpo di fortuna: il primo incarico come tata a tempo pieno, vitto e alloggio inclusi. Da allora non si era più guardata alle spalle. Nemmeno quando aveva sentito che il padre era morto. Era andato a caccia ed era caduto dal capanno mimetico rialzato. Dato che viveva in Wyoming e che l'incidente era avvenuto a gennaio, era morto per congelamento prima che qualcuno lo trovasse.

Alla buon'ora.

Poi c'era la madre... Monica non l'aveva mai davvero capita. Nemmeno un pochino. Come mai era rimasta con quell'uomo? Perché non aveva protetto la figlia dalla malvagità del padre? Non le aveva mostrato nemmeno un briciolo di affetto, rimanendo invece fedele al marito fino all'ultimo. Gli ultimi aggiornamenti arrivati all'orecchio di Monica parlavano di un secondo matrimonio con un uomo esattamente tale e quale a Darren Collins.

Ovviamente l'ultima psicologa da cui Monica era andata le aveva sottolineato che i militari non erano tutti uguali a lui. In gran parte, erano uomini e donne tutti d'un pezzo, che non avrebbero mai fatto del male ai figli. Le aveva persino suggerito di frequentare dei militari, perché le avrebbe fatto bene...

motivo per cui Monica aveva cominciato a fare da tata per dei diplomatici. Non erano militari, ma lavoravano a stretto contatto con gli uomini in divisa, quindi ci andava vicino. Era stata una delle scelte più difficili che Monica avesse mai preso, si era messa di proposito in una situazione in cui avrebbe dovuto interagire di frequente con dei militari... eppure ce l'aveva fatta.

Alcuni giorni, pensava di fare passi avanti quando non veniva assalita dal terrore alla sola vista di qualcuno con l'uni-forme, altri giorni faceva più fatica.

Voleva lasciarsi alle spalle tutto ciò che le aveva insegnato il padre, voleva andare avanti con la sua vita, guarire... non sospettare immediatamente di chiunque appartenesse all'ambiente militare e non aspettarsi di venire in qualche modo attaccata. Tuttavia, faceva ancora fatica a bloccare la voce del padre, le dure lezioni che le aveva impartito dettavano ancora le sue azioni.

Dopo aver pensato un po' troppo a tutto ciò che aveva detto ai due SEAL, che erano rimasti in silenzio, con suo gran stupore Monica si appisolò.

Si risvegliò di soprassalto con la voce profonda e senza tensione di Stuart. "Sei pronta? Ce ne andiamo da qui."

Monica si era addormentata e risvegliata nel giro di un secondo. Non le succedeva *mai*. Non abbassava mai la guardia in presenza di estranei. Un altro dei principi che il padre le aveva trivellato nella mente.

Osservò Stuart. Le aveva promesso di riportarla in patria al sicuro, le era sembrato molto serio e sincero, tanto che era tentata di credergli. Ormai aveva accettato il fatto che il primo uomo, quello che aveva detto di essere un SEAL per poi saccheggiare la casa, probabilmente non era davvero in marina, ma le rimaneva sempre una certa sensazione di dubbio. A lei era *sembrato* un militare... non solo per come vestiva, ma anche per come si muoveva, per il modo in cui aveva rovistato in tutta la casa e aperto la cassaforte dell'ambasciatore con una certa facilità.

Monica era cresciuta avendo intorno uomini come il padre e gli amici del padre; aveva la netta sensazione che, se quello non era un SEAL, doveva comunque far parte di qualche organizzazione militare. A ogni modo, tenne la bocca chiusa. Quel tipo non era più un problema per lei; nel giro di poche ore si sarebbe riunita alla famiglia dell'ambasciatore tornando a fare il lavoro che amava.

"Monica?" Stuart tentò di nuovo di chiamarla.

Lei fece un respiro profondo. "Per quanto tempo ho dormito?"

"Per un paio d'ore."

Monica spalancò gli occhi. "Sul serio?"

"Sì. È chiaro che ne avevi bisogno. Adesso come stai?"

Stava molto meglio di prima. Si sentiva meno irritabile, ma in quel momento non voleva parlarne. Non voleva accennare al fatto che era riuscita ad abbassare la guardia abbastanza da addormentarsi profondamente.

"Sto bene. Comunque sì, sono pronta, possiamo andarcene," rispose.

Stuart la scrutò per un lungo momento. Monica si preparò a sentirsi fare altre domande, ma Slate si alzò e si avvicinò a una delle finestre per sbirciare fuori.

Ormai era notte e regnava il silenzio. Monica non sentiva più le grida di rabbia e la gente esultante del pomeriggio. Si tirò su in piedi barcollando un po'. Stuart si avvicinò a lei in un batter d'occhio; non la sfiorò, il che le fece piacere, ma era evidente che l'avrebbe aiutata, se lei ne avesse avuto bisogno.

Monica non voleva aiuto. Chiedere assistenza le faceva tornare in mente troppi ricordi dolorosi. Mosse i monconi delle dita della mano sinistra e fece un respiro profondo. Il giorno in cui avesse chiesto volutamente aiuto sarebbe stato quello in cui le sarebbero cresciute le corna e avrebbe imparato a volare.

Drizzò la spina dorsale e alzò la testa, poi fissò Stuart come sfidandolo a dire qualcosa riguardo a quel momento di debolezza.

Lui si limitò a fissarla, poi annuì e si girò per raggiungere alla finestra il compagno di squadra.

Dopo un lungo sospiro, Monica si rimproverò mentalmente. Sapeva di essere estremamente sulle difensiva, di giudicare gli altri troppo alla svelta. Era quello il motivo per cui, nonostante tutto il percorso di psicoterapia, preferiva passare il tempo coi bambini.

Stuart tornò verso di lei: "Sembra tutto a posto ma dobbiamo fare comunque estrema attenzione. Se ci sono ancora dei violenti nella zona, appena si sentirà arrivare l'elicottero, accorreranno tutti verso il punto di raccolta."

"Può succedere davvero? Cioè, non sono terroristi, sono solo persone che approfittano del caos per mettere le mani su della roba, per vivere un po' meglio," disse Monica.

"Può darsi, ma non è detto. La situazione non è la stessa, ma io penso sempre a quanto successo a Mogadiscio," le disse Stuart.

Monica sentì i brividi. Sì, sapeva tutto di quanto era successo ai soldati americani a Mogadiscio.

"È probabile che se ne siano tornati tutti a casa a riposare, per riprendere a distruggere domani," disse Stuart, nel chiaro tentativo di farla sentire meglio.

Monica avrebbe potuto ribattere che non doveva trattarla come una bambina, ma si limitò ad annuire. I tre si diressero verso la stessa porta sul retro dell'enorme edificio abbandonato. Slate uscì per primo, mentre Monica e Stuart rimasero dietro la porta, lasciandogli il compito di perlustrare la zona circostante. Slate tornò dopo un paio di minuti e annuì al compagno di squadra.

Stuart annuì di rimando e Monica si aspettava di vederlo incamminarsi subito fuori dall'edificio... invece lui si girò e le porse qualcosa. Era un coltello, lo stesso coltello che lei gli aveva visto nella fondina allacciata al giubbotto, quel pomeriggio.

Monica lo guardò, poi spostò lo sguardo su Stuart, ma non cercò di prendere il coltello tattico.

"Prendilo," insisté Stuart.

Monica continuò a non muoversi e gli chiese: "Perché?"

"Perché?" ripeté Stuart confuso.

"Sì, perché proprio adesso? C'è qualcosa che non mi stai dicendo?"

"No! Ma ho ripensato a quello che mi hai detto e dopo aver visto come maneggiavi la pistola, in casa, è ovvio che sai come usare un'arma. Nei tuoi panni, io non vorrei andare in giro disarmato. Non posso darti una pistola, ma almeno posso consegnarti questo. Non si sa mai."

Monica era combattuta. Voleva quel coltello più di qualunque altra cosa; voleva essere in grado di difendersi da sola, qualora si fosse imbattuta in qualche forsennato per la strada, ma non voleva sentirsi in debito con un SEAL; non voleva andare contro tutto ciò che le era stato insegnato.

Appena quel pensiero si formò nella sua mente, Monica sentì riecheggiare la voce di uno dei tanti psicologi che l'avevano seguita mentre le diceva che non era più sotto l'ala del padre e che gli uomini in divisa non erano tutti come lui.

"Niente impegno," le disse Stuart tranquillamente, dimostrandole senz'altro di averla ascoltata quando stava chiacchierando a vanvera, prima di addormentarsi, "ma ti sarei grato se non mi pugnalassi alle spalle."

Monica alzò gli occhi e incontrò lo sguardo di Stuart. Stava scherzando? La fissava anche lui, senza accennare minimamente a un sorriso. Di sicuro non stava cercando di canzonarla. Lei non sapeva come prendere il dubbio di quell'uomo nei suoi riguardi, se sentirsi offesa o appagata.

Alzò la mano buona lentamente e gli prese il coltello.

"È molto affilato," le disse Stuart, "ti consiglio di tenerlo nella fondina se non ti serve."

Monica estrasse l'arma dalla fondina di pelle e tastò il filo della lama. Stuart non stava scherzando... era *davvero* affilata. Un taglio letale. Monica sentì un impeto scomodo di gratitudine verso l'uomo che le stava davanti e annuì per ringraziarlo. Non avendo un giubbotto militare a cui attaccare la fondina, se l'agganciò alla cintura dei jeans e controllò che fosse ben salda prima di tornare a guardare Stuart.

Non si era mosso dal punto in cui si trovava, sull'uscio, e aveva gli occhi fissi su di lei. "Va bene?" le chiese.

"Sì."

"Fai come prima, attaccati a me e non lasciarmi andare. Per nessun motivo, intesi?" le chiese.

Monica si sentì di nuovo irritata e fu quasi un sollievo. Era abituata a irritarsi nei confronti degli altri. L'irritazione la faceva sentire più... a suo agio rispetto alla gratitudine di qualche secondo prima. Strinse i denti e annuì.

"Non sto cercando di trattarti da bambina," le disse Stuart con infinita pazienza, dimostrando di essere riuscito chissà come a leggere le emozioni di Monica, "solo che non ho idea di ciò che troveremo quando usciamo e se ti aggrappi alla mia cintura almeno so dove sei e posso muovermi di conseguenza."

Era una spiegazione logica e Monica apprezzò il tempo che Stuart si era preso per fornirgliela. Era proprio ciò che il padre non aveva mai fatto, con lei; le diceva qualcosa e si aspettava obbedienza immediata, senza mai preoccuparsi di spiegarle il motivo di quegli ordini.

"Con un po' di fortuna, saremo sull'elicottero in meno di

dieci minuti, così potrai tornare dai tuoi bimbi appena tutto sarà organizzato. Aggrappati, così ce ne andiamo."

Monica non sapeva bene il perché, ma tutto d'un tratto non era più tanto entusiasta di tornare da August e Remington. Forse perché vederli significava dover parlare coi loro genitori. Sotto sotto, provava risentimento nei loro confronti, perché l'avevano abbandonata da sola in quella casa. Non era stato l'ambasciatore a segnalare la sua presenza e nemmeno la moglie: era stato il figlio. Monica sapeva bene di essere solo una dipendente come tanti altri, però le seccava che l'ambasciatore non avesse subito avvertito dell'esistenza di un'altra cittadina americana nella casa, da sola e in pericolo.

Camminare per le strade era inquietante. Il silenzio era quasi assoluto, tranne per qualche cane che ogni tanto abbaiava. Monica vedeva lo scintillio delle fiamme di qualche incendio ancora attivo in lontananza, un po' in ogni direzione rispetto al loro percorso. La gente si era data da fare in città.

Sentì anche Slate che parlava con qualcuno alla radio, lui e Stuart avevano gli auricolari. Slate aggiornava continuamente via radio sugli spostamenti e sulle coordinate del punto in cui l'elicottero sarebbe venuto a prenderli.

Dopo una decina di minuti a camminare, arrivarono al limite di un parco enorme. Monica c'era stata con August e Remington, in passato. Non c'erano tanti alberi, lo spazio aperto in cui i bambini giocavano a calcio era il punto perfetto per far atterrare un elicottero.

Sentì Slate che confermava le coordinate, mentre Stuart la invitava ad accovacciarsi subito vicino a un capanno sul bordo del campo.

"Tra qualche minuto la situazione precipiterà alla svelta," la avvertì.

Monica prese fiato e annuì. D'istinto, si guardò attorno in cerca di possibili pericoli. Era tardi... o presto, a seconda del punto di vista; molti degli abitanti di quel quartiere erano senz'altro chiusi in casa, al sicuro, considerato quanto era successo nei paraggi, ma c'era sempre il rischio che ci fosse qualcuno in giro a cercar rogna.

Slate teneva gli occhi puntati verso il cielo in cerca dell'elicottero, cercando di sentirne l'arrivo in anticipo, mentre Stuart si guardava attorno in cerca di pericoli... proprio come Monica.

Nel giro di tre minuti, che sembrarono molto più lunghi, Monica sentì il suono caratteristico di un elicottero avvicinarsi da lontano.

"Aspettiamo che sia vicino, prima di andare allo scoperto," disse Slate.

Monica voleva replicare "ma va là?" ma scelse di non aprir bocca. Non era mai il caso di rispondere male a un soldato con l'adrenalina al massimo.

Quando Slate fece il segnale convenuto per muoversi, lei ancora non poteva vedere l'elicottero nel cielo, nero come l'inchiostro, ma poteva sentirlo bene dato che era quasi sopra la sua testa. Nonostante la luna piena, era difficile intravedere l'elicottero nero, anche se ormai era sul punto di recupero.

I tre corsero al centro del campo... quando per una frazione di secondo Monica pensò di aver visto qualcosa muoversi dalla parte opposta di quello spazio aperto. Aveva intravisto solo una sagoma buia, ma non esitò a comunicarlo a Stuart.

"Movimento ore una," gli disse mentre correva, utilizzando il codice che il padre le aveva insegnato, quello che i militari usavano in battaglia.

Stuart guardò nella direzione indicatagli da Monica. Lei vide altro movimento e aprì la bocca per dirlo a Stuart, che la anticipò chiamando di fretta il compagno di squadra.

"Slate! A ore due!"

Non fece in tempo a finire di pronunciare quelle poche parole che il silenzio della notte fu interrotto dagli spari.

"Cazzo!" imprecò Slate. "Ci sparano, ci sparano!" gridò.

Monica immaginò che lo stesse comunicando alla radio, perché lei e Stuart avevano sentito chiaramente gli spari.

Stuart si spostò più rapidamente di quanto lei si aspettasse, la prese intorno alla vita e praticamente la gettò a terra. Non le fece del male, controllò facilmente la caduta in modo da non farla sbattere a terra. Poi la sorprese accovacciandosi su di lei, coprendole la schiena con il petto e tenendo i gomiti sull'erba rada ai lati della sua testa, in modo da coprirla col proprio corpo, mentre scrutava i bordi del campo.

L'elicottero era ormai sul punto di atterraggio, le pale dei rotori sollevavano la terra, era quasi impossibile sentire altri rumori oltre a quello dei motori dell'elicottero.

"Portala dentro!" gridò Slate, che si era inginocchiato e teneva il fucile puntato verso il pericolo.

Monica non riusciva a capire se qualcuno stesse ancora sparando o meno, non aveva nemmeno idea se gli spari fossero rivolti a loro o all'elicottero. Immaginò che ormai non facesse differenza: se l'elicottero fosse precipitato, avrebbe schiacciato tutti e tre come insetti. Un proiettile in testa o lo schianto di un elicottero sotto quintali di metallo: il risultato alla fine era lo stesso.

Non ebbe il tempo di pensare a ciò che stava succedendo: all'improvviso vide una scaletta calata davanti a lei e Stuart la strattonò verso l'alto. La teneva stretta, afferrandola per un bicipite, mentre con l'altra mano si aggrappava alla scaletta.

Poi, sorprendendola, la lasciò andare e salì di qualche piolo.

Monica si convinse che la stesse lasciando dov'era per mettersi in salvo e non ne fu affatto sorpresa finché lui non si fermò con le ginocchia all'altezza della testa di Monica. La scaletta oscillava seguendo i movimenti dell'elicottero, che era circa sei metri sopra le loro teste. Stuart armeggiò con qualcosa sulla scaletta e poi si abbassò, porgendole una mano.

Monica la fissò... ma non si mosse di un millimetro.

Un altro giorno... un'altra mano... le conseguenze di quella presa le attraversarono la testa in un baleno.

"Monica! Prendi la mia mano!" le gridò Stuart.

Lei però non si mosse. Non poteva. I muscoli non rispondevano: accettando quell'aiuto, le sarebbe successo qualcosa di brutto, lo sapeva.

Sentì la voce di Stuart imprecare, come dalla fine di un lungo tunnel, per poi trovarselo di nuovo davanti. Stuart le mise una mano sotto al mento e le fece alzare lo sguardo per osservarla negli occhi. Nel profondo dell'animo, Monica sapeva che non c'era tempo per fermarsi; c'era qualcuno che stava sparando, bisognava salire sull'elicottero e andarsene al più presto.

"Devi salire sulla scaletta," le disse una voce profonda, "ce la fai?"

Monica annuì senza pensarci.

"Va bene, io te la tengo ferma. Ecco. Metti su il piede... bravissima. Adesso anche l'altro."

Monica seguì le istruzioni senza esitare.

"Afferra la scaletta ai lati, ecco, così. Salì su di un passo. Brava." Stuart la incoraggiò rapidamente ma senza perdere la calma a salire di un altro paio di pioli. "Tieniti stretta, qualunque cosa succeda non mollare. Non lasciarla a nessun costo, ce la fai?"

Poteva farcela? Sì. Era la soldatina del papà, poteva tenersi stretta come le aveva insegnato lui. Non voleva affrontare le conseguenze, qualora non ce l'avesse fatta.

In parte, si rendeva conto che quell'uomo non era suo padre. Lei non aveva più dieci anni, non era più in Wyoming, sottoposta agli "addestramenti" del papà. Ma i ricordi che affioravano erano troppi e il cervello di Monica si era spento per proteggerla, per evitare di farle rivivere la sofferenza legata all'aver accettato un aiuto.

"Adesso non ti spaventare, salgo dietro di te," sentì dire Monica; dopo un secondo, sentì dietro la schiena il calore di un altro corpo, molto più alto di lei, pur essendo coi piedi qualche piolo più sotto. Lo vide attaccare un moschettone alla scaletta, sulla destra, e dopo un momento un altro sulla sinistra. Poi le coprì la mano sinistra con la propria, tenendola stretta alla scaletta.

"Sei al sicuro," le disse.

Quelle parole fecero tornare Monica al presente. Dietro di lei c'era Stuart che parlava alla radio. Il vento smosso dai rotori continuava a turbinare tutt'intorno mentre l'elicottero si alzava di un paio di metri.

Guardando verso il basso, Monica vide Slate che saliva sulla scaletta, più sotto. Era una scala molto lunga e una parte era appoggiata a terra quando lei e Stuart erano saliti.

"Ci sono, vai!" Slate urlò con tanta forza che Monica lo sentì, pur non avendo un auricolare addosso.

L'elicottero si alzò subito in volo, prendendo quota alla svelta e dirigendosi fuori da quella zona.

Monica tenne gli occhi ben chiusi durante il volo. C'era buio, ma aveva visto di sfuggita alcune case ancora incendiate e le era bastato per capire quanto stessero volando in alto.

"Stai andando alla grande," le disse Stuart avvicinandosi e parlandole in un orecchio. "Tieniti stretta per un minuto o due finché non ci tirano su."

Proprio mentre Stuart le parlava, Monica sentì la scaletta vibrare mentre qualcuno la tirava su dall'interno dell'elicottero.

Le vennero in mente tante cose da dire a Stuart, ma per fortuna era quasi impossibile parlare durante quel volo verso la sicurezza, anche perché le parole le si bloccavano in gola.

Si sentiva strozzata. Avevano rischiato tutti e tre di farsi sparare da quelle ombre che si muovevano nel buio, ai bordi del campo. Monica aveva anche capito che Stuart era salito per primo sulla scaletta per stabilizzarla così da aiutarla, invece lei aveva complicato tutto rifiutando di farsi aiutare. Così lui era stato costretto a salire dopo, in una posizione per nulla comoda, eppure non l'aveva accusata, non si era spazientito. Aveva semplicemente optato per un piano diverso.

Monica si sentì male. Erano passati degli anni dall'ultima volta che aveva sentito quel panico intenso che le stringeva lo stomaco. Stuart avrebbe avuto ogni ragione per prenderla a male parole, una volta raggiunto un posto sicuro. Lei aveva messo tutti in pericolo, era impossibile che a lui fosse sfuggito.

Con qualche movimento arrancato, sia lei che Stuart entrarono nell'elicottero. Monica capì un altro motivo per cui lui era salito per primo sulla scaletta posizionandosi un po' più in alto di lei: sarebbe stato molto più semplice entrare nell'elicottero. Invece, salendo così com'erano, gli uomini all'interno dovettero tirare su entrambi a fatica, afferrando sia lei che Stuart dal bordo del portellone aperto e issandoli a bordo.

Stuart le indicò un angolo e Monica fu contenta di rannicchiarcisi, cercando di rendersi più piccola che poteva, mentre guardava Stuart tornare verso il portellone aperto e aiutare Slate a salire. Non appena il portellone fu chiuso, il volume del rumore calò di molto, ma non abbastanza da poter parlare normalmente.

Stuart prese delle cuffie da un elicotterista e gliele portò, poi fece per mettergliele in testa, ma all'ultimo secondo si fermò, gliele indicò e annuì inarcando un sopracciglio.

Lei era troppo stanca e sfasata per prenderle, quindi accennò col capo un segno di assenso.

Stuart gliele fece indossare con delicatezza e Monica sospirò sollevata appena il rumore del motore che rimbombava tutt'intorno fu silenziato.

Stuart continuò a guardarla per un lungo momento, poi

annuì e si girò per andare a prendere delle cuffie per sé. Monica gli tenne gli occhi incollati addosso e lo vide accomodarsi non troppo lontano e cominciare a parlare nell'interfono; ma lei era troppo scossa dai ricordi che le erano riapparsi come dei flashback per prestare attenzione a ciò che dicevano gli altri.

Dopo una decina di minuti, Monica sentì il motore dell'elicottero che cambiava regime, le sembrò quasi che volasse all'indietro. Si girò verso Stuart e lo vide che la osservava, le fece un segno col pollice in alto e un accenno di sorriso.

Poi Monica sentì un tonfo sordo, l'elicottero era atterrato.

Tirando un sospiro di sollievo, aspettò che si spegnessero i motori per potersi togliere le cuffie. Il portellone si aprì e lei vide che fuori c'erano quattro uomini in piedi con la stessa divisa di Stuart e Slate.

"Era ora!" esclamò uno di quegli uomini.

"Se volevate fare un giro, potevo darvi un permesso per andare a Disneyland," scherzò un altro.

Gli altri si limitarono a sorridere mentre Slate saltava giù dalla cabina dell'elicottero.

Stuart lo seguì, poi si girò verso di lei: "Andiamo, adesso sei al sicuro."

Monica notò che non le aveva porto la mano. In parte gliene fu grata, ma fu anche infastidita da quella precisione, perché Stuart aveva capito esattamente quanto fosse stata male prima di salire sull'elicottero.

Monica si avvicinò carponi al portello e sporse le gambe all'esterno, un po' irritata perché i piedi erano ancora ben lontani da terra, per via della sua altezza.

"Ce la fai?" le chiese Stuart.

Lei annuì e saltò fuori. Le gambe quasi le cedettero, probabilmente per via dell'adrenalina che ancora le scorreva nelle vene e la rendeva instabile. Stuart le fu subito vicino per assicurarsi che non si rendesse ridicola cadendo faccia a terra.

La prese per un braccio, lasciandola andare non appena fu certo che non stesse per cadere.

Di nuovo, una parte di lei era contenta di quell'attenzione. Stranamente... un'altra parte desiderava che lui l'avesse tenuta più a lungo. Dire che era confusa era un eufemismo.

"Monica Collins, presumo?" le chiese uno degli uomini.

"Sì, sono io," rispose lei guardandosi intorno e accorgendosi che l'elicottero era atterrato su quella che poteva essere solo la pista di un aeroporto. C'erano lunghe file di lucine lampeggianti e in lontananza si intravedeva un edificio molto ben illuminato.

"Ci sono due ragazzini che saranno contentissimi di rivederti," le disse un altro uomo.

Sentendo che August e Remington erano sani e salvi, Monica sentì i muscoli sciogliersi.

"Questi sono i miei amici," le disse Stuart, "Midas, Aleck, Jag, mentre il tipo con il telefono attaccato all'orecchio è Mustang, il nostro caposquadra."

"Piacere di conoscervi," rispose Monica sbalordita, perché il terrore che l'assaliva sempre quando vedeva degli uomini in divisa, in quel momento era scomparso. Non ebbe il tempo di scoprire il perché, in quanto Mustang si girò verso Stuart porgendogli il telefono.

"È il comandante, vuole parlare con te."

"Adesso?" domandò Stuart.

"Adesso," confermò Mustang.

Monica sentì di nuovo un certo disagio nel ventre quando notò che Mustang la fissava, per poi distogliere lo sguardo, come se ci fosse qualcosa che non andava.

Stuart prese il telefono e si allontanò da lei di qualche passo, ma Monica seguì l'istinto e lo prese per una manica dicendogli: "Se si tratta di me, voglio sentire."

Lui scosse la testa, ma Monica si avvicinò di un passo.

"Ho diritto di sentire," insisté.

Si fissarono negli occhi, come trasmettendosi qualcosa; poi, proprio quando lei era ormai sicura che lui la rifiutasse, Stuart annuì.

"Non penso che..." esordì Mustang, ma Stuart alzò una mano interrompendo l'amico, poi guardò il telefono e premette un pulsante dicendo subito: "Parla Pid, Mustang ha detto che deve parlare con me, signore?"

CAPITOLO QUATTRO

Pid aveva la sensazione che il comandante Huttner dovesse dirgli qualcosa che non gli sarebbe piaciuto, così si preparò al peggio.

"Ho ordinato a Mustang di portare Monica Collins qui alle Hawaii."

"Può ripetere?" gli chiese Pid.

"Devo parlare con Monica Collins, è una questione di sicurezza nazionale," disse il comandante.

Pid ci rimase di sasso. Era sicuro che Monica non avrebbe preso *affatto* bene quella novità. La guardò e ne ebbe la prova: aveva la bocca spalancata e fissava il telefono che lui reggeva in mano.

"Lei non è nell'esercito, signore," disse Pid.

"Lo so bene, ma è anche l'unica persona in grado di descrivere questo stronzo che va in giro dicendo di essere un SEAL. Devo sapere tutto quanto è successo e quello che ha visto. Dovrà anche incontrare uno dei nostri disegnatori esperti per aiutarlo a creare un identikit."

"Ehm... credo che sarebbe felice di dire tutto anche con una chiamata video."

"Non è abbastanza. Hall... sappiamo già dell'esistenza di questo tipo, è in circolazione da molto tempo."

"Ma cosa fa, signore?"

"Approfitta dei conflitti in tutto il mondo, si infiltra nei paesi in cui ci sono delle sommosse e incita i cortei di protesta per scatenare la violenza. Sparge voci fasulle e balle completamente inventate per prolungare le rivolte. Poi, quando ha fomentato abbastanza e la situazione non è più sotto controllo, irrompe in alcuni edifici per rubare tutto ciò che trova. È uno che sa sempre dove colpire. Ha già rubato milioni di dollari in contanti, armi, titoli e libretti al portatore, gioielli. È bravissimo in ciò che fa... anche troppo... va fermato al più presto. Per quanto ne sappiamo, quella donna è l'unica ad averlo visto in faccia ed essere sopravvissuta per raccontarlo. La voglio qui alla base entro domani. È tutto chiaro?"

Pid deglutì a fatica e tenne gli occhi fissi su Monica. Non era contenta, era comprensibile. Non le avevano nemmeno chiesto se volesse collaborare. Il comandante poteva ottenere le informazioni che voleva in altri modi, senza costringerla ad andare dall'altra parte del globo, alle Hawaii, per interrogarla di persona. Accidenti, lo stesso comandante Huttner avrebbe potuto prendere un aereo e raggiungere Monica, ovunque lei andasse.

Pid non poté trattenersi dal chiedere: "Se non volesse venirci?"

"Non ha scelta," rispose Huttner senza mezzi termini.

Pid strinse le labbra dalla frustrazione e disse, senza trattenersi: "Quindi vuole che la costringiamo con la forza, se lei non fosse d'accordo."

"Sì," rispose il comandante senza esitare, sorprendendo Pid. "È una questione di sicurezza nazionale. Quel tipo è una spina nel fianco da molto tempo, più di quanto non siamo disposti ad ammettere."

"Come mai non ne abbiamo mai sentito parlare?" chiese Pid.

"Perché è fonte di imbarazzo. Non solo per la marina, ma per tutti gli Stati Uniti."

"Ma, allora è *davvero* un SEAL?"

"Non sono pronto a condividere ulteriori dettagli al telefono," disse il comandante, "Mustang mi ha riferito che vi hanno sparato durante l'estrazione della donna."

A Pid non piaceva il modo in cui il capo chiamava Monica, "la donna", ma confermò.

"Come pensi che si sia saputo il punto in cui l'elicottero sarebbe arrivato a prendervi?" Il comandante non aspettò una risposta. "Quel tipo conosce le nostre tattiche. Sa che sareste rimasti al coperto finché la situazione non si fosse calmata, per poi trovare uno spazio disponibile e vicino in cui far atterrare l'elicottero. È un tipo furbo. Ripeto: va fermato. Ad oggi, la signora Collins è la nostra opportunità migliore di scoprire chi sia. Riportatela con voi alle Hawaii. È un ordine."

Pid sospirò: "Sissignore."

"Ripassami Mustang," gli ordinò Huttner.

Pid porse il telefono satellitare al caposquadra senza proferire parola.

Avrebbe voluto dire tante cose a Monica, ma non aveva idea da dove cominciare. In parte era contento che lei avesse insistito per ascoltare la conversazione. L'ultima cosa che Stuart voleva era darle la brutta notizia che, invece di tornare alla sua vita da tata per la famiglia Laws, era costretta a prendere un aereo per le Hawaii con i SEAL.

"Io..."

Quella fu l'unica parola che gli uscì di bocca, prima che Monica scuotesse la testa. "Lascia perdere. Posso almeno salutare August e Remington prima di partire?"

Pid guardò Mustang, che aveva chiuso la conversazione

con il comandante e sembrava frustrato come tutti gli altri. Il caposquadra annuì: "Sì."

La mezz'ora successiva fu forse la più struggente della vita di Pid. Andarono tutti nell'edificio in cui i cittadini americani aspettavano l'arrivo dell'aereo che li avrebbe riportati negli Stati Uniti.

Era palese che Monica tenesse al suo incarico di tata, così come i bambini tenevano a lei. Passarono un po' di tempo insieme, lei cercò di rassicurarli che stava bene e li ascoltò mentre raccontavano dell'esperienza di volare in un vero elicottero.

Mustang spiegò all'ambasciatore che avrebbe dovuto trovare un'altra tata, perché Monica doveva essere portata alle Hawaii. Il piccolo August pianse, quando scoprì che se ne sarebbe andata.

Anche Monica era molto infelice; da quando era arrivato l'ordine di portarla alle Hawaii, non aveva detto una parola né a Stuart né agli altri. Sembrava che ogni progresso fatto nel conoscerla, nelle ultime ore, fosse stato spazzato via in un batter d'occhio.

Pid non riusciva a smettere di pensare a ciò che era successo in quel campo. Lui voleva disperatamente farla salire sull'elicottero e portarla via da quel posto, dove qualcuno stava cercando di spararle; era salito per primo sulla scaletta per stabilizzarla, poi voleva aiutarla a salire per fissarla alla scaletta. Stando sopra di lei, avrebbe avuto una posizione di maggior vantaggio per rispondere al fuoco, qualora avesse intravisto il tipo misterioso che stava sparando.

Invece lei si era irrigidita quando lui le aveva porto una mano. Col senno di poi, gli venne in mente che forse quel blocco era dovuto a quanto successo col padre; lei aveva raccontato a lui e Slate abbastanza da poterlo capire. Però Stuart non si aspettava quella reazione, Monica soffriva di disturbo da stress post-traumatico.

L'orrore le aveva oscurato gli occhi abbastanza da fargli capire quasi subito cosa stesse succedendo, così lui era passato al piano B. Tuttavia, rimpiangeva di averle causato quell'angoscia. Gli aveva fatto piacere notare, nell'elicottero, che lei era riconoscente e che gli aveva permesso di aiutarla, facendole indossare le cuffie.

Però era sicuro che qualunque progresso verso di lei, nel guadagnarsi almeno un pochino della sua fiducia, era ormai svanito nel nulla.

Monica non disse una parola, quando lui le comunicò che era ora di partire. Non fece alcun commento mentre l'accompagnavano verso l'aereo militare che li avrebbe riportati negli Stati Uniti e poi alle Hawaii. Tenne le labbra serrate anche mentre si sistemava sul sedile, poi si girò dalla parte opposta rispetto a Pid e al resto della squadra.

Lui sospirò e si sedette qualche fila più indietro, lasciandola da sola, come lei chiaramente desiderava.

Slate gli si sedette di fianco, Mustang dall'altra parte.

"Non l'ha presa bene," osservò Mustang dopo il decollo.

"Ma va là?" chiese Pid con sarcasmo.

"Non ha una grande stima degli uomini in divisa," spiegò Slate.

"Perché?" domandò Mustang.

"Suo padre era uno stronzo, un maniaco del controllo," rispose Pid al caposquadra, "immagino che in casa comandasse col pugno di ferro. Ha insegnato alla figlia che chiedere aiuto era severamente proibito." Poi raccontò a Mustang la storia di quanto era successo alla mano di Monica. Quando finì, Mustang era furioso tanto quanto Pid, la prima volta che aveva sentito quel racconto.

"Beh, ma cazzo, essere costretta a venire con noi non servirà certo a migliorare la sua opinione dei militari, non è vero?" commentò Mustang.

"No. A proposito, hai mai visto il comandante Huttner tanto agitato?" chiese Pid.

"Assolutamente no. Di solito è sempre molto equilibrato. Quel tipo deve veramente avergli fatto saltare i nervi," rispose Mustang.

"Tanto che in pratica ci ha ordinato di rapire una donna che probabilmente non avrà abbastanza informazioni per identificare quel bastardo," aggiunse Slate.

Pid era d'accordo; non che avesse tanta voglia di separarsi da Monica, ma quello non era *di sicuro* il modo in cui preferiva rimanere nella sua vita, senz'ombra di dubbio.

"Beh, speriamo che dica a Huttner ciò che deve sentire, così potrà tornare alla svelta dove vuole, a fare quello che vuole," disse Mustang scuotendo la testa.

Rimasero tutti in silenzio mentre l'aereo prendeva quota, così Pid si prese il tempo di pensare alla situazione. Era davvero una rottura di scatole. Monica non aveva con sé nulla, se non ciò che indossava. Il fatto che si portasse sempre dietro il passaporto rendeva il viaggio e il rientro negli Stati Uniti molto più semplice, ma tutto il resto era una grande incognita. Gli venne in mente che Huttner avrebbe organizzato un alloggio per lei alla base. Doveva farglielo trovare per forza. Lei però aveva bisogno anche di vestiti, di cibo e magari anche di un mezzo di trasporto.

Più Pid ci pensava, più si arrabbiava con il comandante.

Avrebbe senz'altro potuto interrogarla in collegamento video; aveva anche molti contatti, avrebbe potuto inviare qualcuno a raggiungere la famiglia dell'ambasciatore. Invece aveva sfruttato la sua posizione di potere per costringere la squadra a portare Monica alle Hawaii.

Per forza Monica confermava l'opinione che già aveva dei militari.

Con un sospiro, Pid si voltò a guardare la donna che non riusciva a togliersi dalla testa. Aveva le mani intrecciate sulle ginocchia, lo sguardo perso nel vuoto. Il viaggio sarebbe stato lungo.

———

Quando l'aereo atterrò alla base navale di Honolulu, ormai fuori c'era già buio. Il viaggio era durato venti ore, Pid era esausto. Non voleva fare altro che tornare a casa e gettarsi sul letto a dormire. Prima però voleva assicurarsi che Monica fosse sistemata e che avesse tutto ciò di cui aveva bisogno.

Mustang, Midas e Aleck desideravano rivedere al più presto le rispettive compagne, anche Jag e Slate si concentrarono sui loro telefoni nel momento stesso in cui il carrello di atterraggio toccò la pista. Pur non essendo impegnati, almeno non ufficialmente, era quasi come se lo fossero, tanta era la voglia di ricontattare rispettivamente Carly e Ashlyn.

Pid rimase indietro ad aspettare Monica, mentre gli altri uscivano dall'aereo.

"Va tutto bene?" le chiese tranquillamente mentre lei gli si avvicinava.

"A posto," gli rispose lei, con tono rigido.

Pid accusò il colpo mentalmente. Non poteva biasimarla per il cattivo umore. Anche lui, se si fosse trovato in mezzo a una rivolta, costretto a nascondersi da un uomo che voleva fargli del male, a scappare per non rimanere intrappolato in una casa che andava a fuoco, per poi nascondersi e sentirsi sparare addosso mentre oscillava su una scaletta appesa a un elicottero in movimento, fino a sentirsi dire che non era libero di tornare al suo lavoro, ai bambini che amava, perché doveva prendere un aereo con delle persone che non conosceva e di cui non si fidava, in uno stato che non aveva mai nemmeno visitato, senza la minima idea di cosa gli riservasse il futuro... ecco, sì, anche lui sarebbe stato di pessimo umore.

"Per la cronaca, mi dispiace," le disse di getto.

Lei lo guardò negli occhi per la prima volta da quando erano saliti su quell'aereo. "Per cosa?"

"Per tutta questa situazione da schifo. Però sappi che farò in modo che il comandante ti tratti col massimo rispetto e che tu sia compensata adeguatamente per tutto il disturbo."

Monica lo squadrò per un attimo, poi lasciò cadere le spalle e spostò lo sguardo, concentrandosi su un punto in mezzo al petto di Pid: "Penso che non sia una sorpresa, se non mi fa piacere questa forzatura. Però voglio essere d'aiuto. Chiunque fosse quel tipo, era molto intraprendente e sicuro di sé. Aveva negli occhi un'espressione che mi ha spaventata a morte, per questo mi sono nascosta. Se è uno che approfitta dell'instabilità che c'è nel mondo e che è arrivato a terrorizzare, magari a uccidere altre donne... voglio fare la mia parte per fermarlo."

Pid fu sollevato, anche se sentiva arrivare un "ma".

"Ma non significa che sia felice di essere qui. Non mi sento a mio agio a rimanere in una base militare, mi sento tanto fuori posto che non mi va nemmeno di scherzarci sopra," terminò.

Al che Pid prese una decisione veloce. Non aveva idea se il comandante avrebbe o meno accettato, o se la stessa *Monica* avrebbe accettato, ma non aveva alcuna intenzione di tenersi per sé le preoccupazioni per quella situazione.

"Andiamo, Pid!" urlò Midas fuori dall'aeroplano. "Datti una mossa! Voglio tornare a casa e rivedere Lexie prima della fine dei tempi!"

Pid sapeva bene che era meglio non toccare Monica, anche se gli prudevano le mani per il desiderio di sfiorarla. Gli tornò in mente il ricordo limpido di quando stavano risalendo insieme la scaletta, la sensazione della pelle calda che riusciva a sentire anche attraverso i vestiti; nonostante la differenza di altezza, i loro corpi si completavano perfettamente.

Che pensiero ridicolo, pura fantasia... eppure quel momento gli si era stampato in mente.

"Monica? Mi guardi per un attimo?" Pid attese che lo guardasse negli occhi, poi proseguì: "A prescindere da quanto succederà, sappi che non sei da sola. So che non ti fidi di me e anche se mi dà molto fastidio, lo capisco e non posso certo biasimarti. Se ti serve qualcosa, non devi far altro che dirmelo. Se avrai fame, ti porterò da mangiare. Se avrai paura, farò il possibile per fartela passare. Se qualcuno insiste troppo per farti rivelare delle informazioni, mandalo a fanculo che ci penso io a farlo smettere."

Monica deglutì sonoramente e gli chiese con tono talmente flebile che quasi lui non lo sentì: "Perché?"

"Perché non ti meritavi tutto questo. Perché mi piaci."

Lei corrucciò la fronte: "Ti piaccio? Ma se non mi *conosci* nemmeno."

"So che sei una tosta. Puoi sparare a un cervo, scuoiarlo e pulirlo. Hai più integrità morale in un mignolo che tanta altra gente in tutto il corpo. Ami i bambini, sei molto coraggiosa anche quando hai paura, non esiti a fare ciò che ritieni giusto e non ti lasci prendere dal panico in situazioni che spaventerebbero a morte tanti altri. Non conosco i dettagli, come il tuo colore preferito, se ami di più il mare o la montagna, cosa ti piace di più mangiare... ma queste sono minuzie, rispetto agli aspetti che per me contano davvero."

Pid non aveva idea da dove gli venisse quel discorso, sapeva solo che voleva far capire a quella donna che aveva un alleato, che non era da sola.

Poi si ricordò della storia di quanto lei aveva chiesto aiuto al papà... e di cosa le era successo come conseguenza.

Monica non gli avrebbe mai chiesto aiuto. Impossibile.

Quella certezza lo rese ancora più determinato a tenerla d'occhio, a considerare sempre ciò che era meglio per lei. Se Monica non era disposta a chiedergli aiuto, lui avrebbe cercato di anticipare le sue esigenze per darle ciò di cui aveva bisogno.

"Pid!" A quel punto fu Aleck a chiamarlo con impazienza.

"Dovremmo andare," gli disse Monica.

"Appunto." Pid si girò e attraversò la porta aperta dell'aereo, pronto ad assicurarsi che Monica fosse sistemata in tutto e per tutto, che avesse ciò di cui aveva bisogno, prima di uscire dalla base navale.

Il comandante Huttner li stava aspettando, lo videro appena entrati nel piccolo terminal collegato alla base aerea militare.

"Bentornati a casa," disse ai SEAL. Poi si rivolse a Monica: "Benvenuta alle Hawaii, signora Collins. Avrei preferito le circostanze fossero diverse, ma apprezzo la sua volontà di collaborare, il suo aiuto sarà molto importante per le indagini."

"Non ricordo di avere avuto scelta," rispose Monica con un tono assolutamente rispettoso, che però esprimeva forte e chiaro ciò che pensava.

Pid non poté far altro che trattenere un sorriso per l'espressione di sorpresa sul volto del comandante.

"Ecco, beh... se vuole seguirmi, ci togliamo il pensiero del colloquio preliminare. Prima ci dirà tutto ciò che sa, prima sarà libera di andarsene," concluse il comandante Huttner.

Pid fece un passo in avanti, senza arrivare a mettersi davanti a Monica, ma quasi. "No," disse, con un tono un po' più secco di quanto avesse voluto.

"Come sarebbe a dire 'no'?" replicò Huttner.

"È tardi," spiegò Pid, sforzandosi di tenere presente con chi stava parlando e temperando il tono, "siamo in viaggio da molte ore, abbiamo tutti fame e siamo stanchi, abbiamo bisogno di una doccia, di sicuro Monica sarà distrutta. È arrivata, non va da nessuna parte. Magari il colloquio si può fare domani? O meglio ancora, dopodomani? Più sarà riposata e a suo agio, meglio potrà ricordare."

I due uomini si fissarono, le loro intenzioni contrapposte, anche senza dire una parola.

Alla fine il comandante fece un lungo sospiro e disse: "Va bene, ma l'aspetto nel mio ufficio alle otto in punto di dopodomani."

Pid si guardò alle spalle e vide che Monica lo osservava con gratitudine; lui preferiva di gran lunga quell'espressione allo sdegno che le si leggeva tanto spesso negli occhi. Inarcò un sopracciglio, come per chiederle se fosse d'accordo. Lei annuì, così Pid tornò a rivolgersi al comandante. "Sissignore," gli disse, anche se un po' in ritardo.

Huttner si passò una mano tra i capelli già scompigliati e Pid si accorse per la prima volta che il comandante era estremamente provato; l'uomo misterioso che affermava di essere un SEAL aveva agitato Huttner, non sembrava più lo stesso.

L'interesse di Pid si acuì, ma in quel momento aveva qualcos'altro in testa. "Dove ha organizzato l'alloggio di Monica?" domandò.

"Gabrunas Hall."

Pid si irrigidì e vide Mustang altrettanto sorpreso. "Le caserme del personale senza famiglia?" domandò incredulo.

"C'era un posto libero, è vicino al mio ufficio," spiegò Huttner.

"Perché non negli alloggi esterni riservati alla marina?" chiese Pid. Gli alloggi esterni erano più simili a un albergo rispetto alle caserme. Le camere non erano lussuose, ma in molte c'era un cucinotto e soprattutto, nell'interesse di Monica, tanti degli ospiti erano militari in pensione, che vi alloggiavano con le famiglie. Non indossavano più l'uniforme, per cui lei si sarebbe sentita più a suo agio.

"È pieno," rispose Huttner, "siamo in alta stagione, tutte le camere sono prenotate."

"Può stare a casa mia," sbottò Pid.

Gli era già venuto in mente di offrirle ospitalità, se necessario, anche per potersi occupare meglio di lei; ormai era arrivato al punto di insistere.

"Posso alloggiare nelle caserme," disse Monica dietro di lui, in tutta tranquillità.

Pid si voltò verso di lei: "Ci alloggiano uomini e donne senza famiglia, vanno e vengono a ogni ora del giorno e della notte. Nonostante le lamentele, ci sono spesso festini chiassosi e sarai circondata da personale della marina in uniforme, in qualunque momento. So che non ti fidi di me, che non mi conosci affatto, ma ti giuro sulla mia vita e sulla vita dei miei compagni che a casa mia sarai al sicuro. C'è una stanza per gli ospiti, è un ambiente tranquillo, vivo fuori dalla base."

Pid quasi trattenne il fiato, in attesa della risposta di Monica. Sapeva che avrebbe dovuto chiedere al comandante Huttner il permesso di farla uscire dalla base, ma alloggiando nelle caserme caotiche si sarebbe stressata e ciò non avrebbe giovato alla collaborazione, avrebbe faticato a ricordare le informazioni che interessavano al comandante.

"Non sarai di alcun peso," insisté Pid cercando di convincerla, "avrai tutto lo spazio che vorrai, non dovremo nemmeno parlare, se non ti andrà. Non è una casa enorme, ma ti garantisco che sarà più comoda e rilassante delle caserme."

"Va bene," disse Monica dopo un altro lungo momento.

Sollevato, Pid tornò a rivolgersi al comandante: "La porterò nel suo ufficio alle otto di dopodomani."

"Non sono sicuro..." esordì Huttner, ma Pid lo interruppe: sapeva di essere un po' troppo insistente, molto probabilmente sarebbe stato rimproverato, ma non gli importava. Era una questione importante.

"Non ha avuto voce in capitolo, è stata costretta a venire qui," ricordò all'ufficiale superiore, "il minimo che possiamo fare è offrirle un alloggio il più comodo possibile. Sa bene come me che alla Gabrunas Hall non c'è un'atmosfera tranquilla, per chi non è un militare."

Per un attimo, Pid pensò che il comandante stesse per rifiutargli il permesso di ospitare Monica... come forse avrebbe dovuto. Invece, dopo un lungo e scomodo silenzio durante il quale Huttner scrutò Pid molto attentamente, alla fine annuì. "Approvo l'idea di farla stare a casa tua, ma significa che sarai responsabile per lei."

"Lo so," rispose Pid, ignorando il modo in cui Monica si muoveva, a disagio per le parole del comandante.

"Ti ricordo che si tratta di una questione di sicurezza nazionale," insisté Huttner.

Di nuovo, Pid avrebbe voluto sapere esattamente cosa tormentava tanto il comandante, cosa mai poteva aver visto Monica. In quel momento, però, si preoccupava soprattutto di farla sistemare mettendola a suo agio, nonostante la situazione tutt'altro che gradevole.

"Inteso," ribadì Pid.

Huttner annuì verso di lui, poi verso gli altri SEAL della squadra, infine uscì dal terminal senza aggiungere altro.

Appena fu lontano abbastanza da non poter sentire, Aleck fece un fischio lungo e profondo, poi disse retoricamente: "Sembra proprio che dovremo fare due chiacchiere col comandante."

"Vengo io a parlargli domani," rispose subito Mustang.

"Grazie, lo apprezzo," gli disse Pid, che poi si girò verso Monica: "Sei pronta ad andare?"

"Starò in un albergo fuori dalla base," dichiarò Monica con voce tesa.

"Vai con Pid," insisté Jag, "con lui sarai più al sicuro."

Monica raddrizzò la schiena: "Posso arrangiarmi da sola, non mi serve un badante."

"Ma certo che non ti serve," disse Aleck, "sei una donna

tosta, ma a giudicare da come si comporta il comandante, c'è qualcosa sotto. Qualcosa di grosso. Non credo sia una buona idea lasciarti da sola, in questo frangente."

"Quello stronzo ti ha vista," intervenne Slate, "probabilmente avrà dei contatti. L'ultima cosa che ti serve è che ti dia la caccia per evitare che lo identifichi."

"Tra l'altro, sei alle Hawaii," osservò Mustang, "anche se non per tua volontà, ma ormai sei qui. Potresti anche goderti la permanenza il più possibile, prima di andartene. Se rimani alla base o in un albergo, senza macchina, non riuscirai a vedere molto. Almeno, se sei con Pid, ti farà vedere un po' l'isola."

"Casa di Pid è tranquilla... anche se c'è un casino che metà basterebbe," aggiunse Midas.

"Ma stai zitto," lo riprese Pid, che sapeva di non essere molto ordinato, ma non apprezzava lo sforzo dell'amico di farlo sapere anche a *Monica* prima che lei avesse accettato di stare da lui.

"Stasera parlerò con Lexie di questa situazione, sono sicuro che sia lei che Elodie e Kenna saranno felicissime di prenderti qualche vestito e altre cose, te le porteranno domani," disse Midas.

"El probabilmente vorrà preparare anche qualcosa da mangiare, quindi non ti sorprendere se la vedi arrivare domani con borsoni pieni di cibo," aggiunse Mustang.

"Se ne hai l'occasione, portala al Duke's. Kenna sarà felice di offrirti da mangiare," aggiunse Aleck.

"Grazie ragazzi, ma forse sarebbe meglio lasciare un po' di spazio a Monica, almeno il primo giorno. Tra l'altro, non sappiamo nemmeno per quanto tempo rimarrà. A Elodie non farebbe piacere se ciò che cucina andasse a male nel mio frigo, se ne porta troppo," spiegò Pid. Mentre gli altri discutevano, si era accorto che Monica si girava ogni volta per osservare chi parlava, probabilmente le girava la testa.

"Cercherò di convincere El a non esagerare," disse Mustang con un sorriso.

"Grazie."

"Io vado a casa," affermò Aleck, "ci vediamo."

"Vado anch'io," disse Jag, "buon rientro a tutti."

Nel giro di un minuto, Pid si ritrovò in piedi da solo con Monica, in un terminal praticamente deserto. Si mise le mani in tasca, anche per evitare di avvicinarsi e sfiorarla. "Andiamo, si è fatto tardi, di sicuro sarai sfinita."

Lei non confermò e non smentì, lo affiancò e lo seguì verso l'uscita. Senza dire una parola, attraversarono il parcheggio verso il retro, dove lui aveva lasciato la macchina.

Monica si fermò all'improvviso appena lui premette sul telecomando per sbloccare le porte e le quattro frecce si accesero e si spensero. "Guidi un minivan?" gli chiese incredula.

Pid era abituato a sentirsi prendere in giro per il veicolo che aveva scelto, ma non gli importava. La sua Honda Odyssey era fantastica, ci portava di tutto in giro. Ci entravano tutti e cinque i suoi compagni di squadra e rimaneva ancora spazio nel retro per i bagagli. Per quanto lo riguardava, il minivan era il veicolo perfetto.

Così le rispose con un gran sorriso e senza alcun imbarazzo: "Sì."

"Mi sorprendi di continuo," ammise Monica tranquillamente.

Pid non le aveva mai sentito dire qualcosa di tanto positivo: "Ottimo." Le aprì la portiera sul lato passeggero e le vide negli occhi di nuovo un'espressione di sorpresa. Lei non commentò, si limitò a saltar su e accomodarsi sul sedile.

Mentre guidava verso casa, Pid le disse: "Se vuoi, possiamo fermarci a prenderti qualcosa per la notte, benché sia sfinito e anche tu sarai spossata. Altrimenti puoi prendere una mia maglia o dei pantaloni della tuta, anche se ti andranno larghissimi, possiamo lavare i tuoi vestiti in lavatrice durante la notte, mentre dormiamo. In bagno troverai sapone, shampoo, balsamo, ho anche uno spazzolino in più, così ti dai una rinfrescata, intanto che troviamo le marche che preferisci. Però se ti vuoi davvero fermare stasera, non è un problema."

"Posso aspettare," rispose Monica. Poi lo sorprese aggiungendo: "Hai anche il balsamo?"

Pid ridacchiò: "Eh, lo so, non è tipico per un uomo... proprio come il minivan, ma ho i capelli spessi e col balsamo si ammorbidiscono." Fece spallucce.

"Non era per giudicare, ero solo curiosa," spiegò Monica.

Rimasero in silenzio per il resto del viaggio verso casa di Pid. Lui pensò di indicarle i punti di maggiore interesse, ma era buio e non si vedevano bene, così rimase in silenzio e guidò in santa pace, dato che era tardi e non c'era traffico.

Una volta arrivato, accostò nel vialetto e fu contento di vedere che le luci di sicurezza che aveva installato funzionavano. Si erano accese davanti alla casa e illuminavano a sufficienza il piccolo bungalow. Trovare quel posto in affitto era stato un colpo di fortuna: era delle dimensioni giuste per lui e gli piaceva che fosse stato costruito in un angolo del terreno. Da un lato, un grande campo separava il bungalow dalla casa padronale, sul retro c'erano molti alberi che lo riparavano dai raggi del sole.

Elodie si lamentava, dicendo che quel giardino era troppo buio, ma quello era proprio uno degli aspetti che a Pid piacevano di più. Era cresciuto in Alaska, dove il sole d'inverno era scarso, poche ore al giorno. Gli piaceva di più l'oscurità, perché gli ricordava la casa in cui era cresciuto. Non amava avere le finestre esposte ai raggi diretti del sole fino a sera.

La zona era tranquilla, come aveva detto Midas. L'anziano proprietario del terreno e delle case non riceveva mai visite e non disturbava Pid. Bastava pagare l'affitto per tempo, al padrone di casa non interessava altro. La strada statale era abbastanza lontana da non sentire rumore, si sentivano solo gli animali che avevano trovato ospitalità intorno a quel terreno.

Pid saltò giù dal minivan pensando di andare ad aprire la portiera di Monica, che però era già uscita e stava camminando intorno al veicolo verso di *lui*. Così, all'improvviso... Pid si sentì nervoso. Si chiese se avesse commesso un errore. In fondo, forse Monica poteva stare più comoda in un albergo. Magari avrebbe dovuto chiedere ad Aleck di ospitarla nella stanza per gli ospiti del suo attico. Probabilmente il panorama dal balcone di Aleck le sarebbe piaciuto molto più di quella casetta piccola e buia. Kenna le avrebbe tenuto compagnia.

Ormai però era troppo tardi. Pid non aveva intenzione di fare qualcosa che facesse pensare a Monica di non essere la benvenuta. Aprì la porta e le fece cenno di precederlo.

Lei entrò nella casa, lui la seguì e chiuse la porta. Poi accese le luci... e sussultò accorgendosi delle condizioni in cui aveva lasciato il salotto. Gli amici della squadra lo conoscevano e sapevano che non era il massimo dell'ordine, lo prendevano in giro di continuo, ma vedere casa con gli occhi di un'estranea gli fece capire che era passato troppo tempo dall'ultima volta che aveva fatto delle pulizie a fondo.

Il bungalow era piccolo, compatto, il salotto era uno spazio aperto con angolo cottura. Un mobiletto lungo separava la cucina dal resto dell'ambiente. Nel salotto c'erano un divano in pelle, un tavolino da caffè di forma ovale e una poltrona reclinabile con un tavolino di fianco. La TV era montata a muro, sotto c'era un tavolino stretto su cui Pid teneva la console per i videogiochi, il lettore DVD e il router per internet.

Un corridoietto sulla destra portava alle due camere da letto e al bagno. Lui non le aveva detto che avrebbero condiviso il bagno, ma ormai era troppo tardi.

Non erano i mobili o l'aspetto rustico della casa a imbarazzare Pid, ma il disordine generale che regnava dappertutto. Non che la casa fosse sporca, anche se nel lavandino c'erano dei piatti da lavare, rimasti da prima della missione in Algeria. Più che altro, era la roba lasciata in giro *dappertutto*. Pid intravide almeno due maglie (una sul pavimento e una sul divano), due paia di stivaletti e un paio di scarpe da ginnastica gettati in giro sul pavimento, un numero eccessivo di tazze e bicchieri di plastica sui tavolini. La posta inevasa era impilata sul mobiletto che separava la cucina dal salotto, le buste erano chiuse, i vestiti che lui non aveva nemmeno finito di piegare erano gettati in un cesto vicino al divano.

Pid era in imbarazzo... e decise che non sarebbe mai più partito per una missione senza prima dare una sistemata alla casa.

"Sì, ehm... è chiaro che dovrò dare una ripulita," mormorò.

Monica minimizzò dicendogli: "Ho visto di peggio."

Pid la prese come una risposta di cortesia, ma fu felice di cambiare argomento. "Serviti pure, prendi quello che vuoi dalla cucina. Anche se, ti avverto, devo andare a fare la spesa. Ci saranno delle verdure andate a male nel cassetto del frigo. Lasciale perdere," le disse scherzando, "però ho tante barrette di cereali e polveri per fare drink proteici. La lavanderia è da quella parte," le spiegò, indicandole una stanzetta sulla sinistra. "Le camere sono di qua," indicò il corridoio.

Lei si avviò in quella direzione, così Pid le aprì la porta della camera per gli ospiti. "Nell'armadio del corridoio ci sono le lenzuola pulite. Ti preparo il letto."

"Posso prepararmelo da sola," gli disse Monica.

"Va bene. Comunque, questa è la tua stanza; non è enorme, ma ti garantisco che è più comoda della caserma."

"Andrà benone," gli disse Monica.

Pid avrebbe voluto farle trovare di più in quella camera, oltre al letto a una piazza e mezza, con la libreria a ponte, piena dei romanzi storici che lui amava tanto e una piccola scrivania zeppa di componenti per il computer. "Il bagno è qui fuori sulla destra, ce n'è uno solo, ma ti basterà chiudere la porta, io non entrerò. Nell'armadietto sopra il water ci sono asciugamani puliti e vari prodotti. Lo spazzolino da denti nuovo che ti dicevo è nel cassetto a destra del lavandino."

"Grazie."

Monica non stava parlando molto, ma Pid non voleva insistere, anche perché lei era in un ambiente nuovo e lui era quasi un completo estraneo. "Ti serve altro?"

"No."

"Va bene, allora vado a prenderti una maglia e dei pantaloni comodi. Ah, Monica?"

"Sì?" gli rispose, finalmente guardandolo negli occhi.

"Mi dispiace per tutto quanto è successo… ma non mi dispiace che tu sia qui. Non ti avrei offerto la stanza degli ospiti se non ti avessi voluta qui." Pid non sapeva il perché, ma voleva assicurarsi che lei lo capisse bene.

Monica annuì con un'espressione in viso che lui non comprese. Capendo di non poter stare lì in piedi nella stanza degli ospiti a osservarla per tutta la notte, Pid arretrò verso la porta: "Torno subito."

Lei non gli rispose, così lui si girò e andò in camera sua, tirò fuori una maglia e un vecchio paio di pantaloni della tuta per portarglieli. Quando glieli passò, le loro mani si sfiorarono… e Pid sentì come una scossa alle dita.

"Sentiti libera di usare il bagno, dopo esserti cambiata," le disse, sentendosi di nuovo a disagio.

"Va bene."

"Ottimo, allora immagino che ci vedremo domattina."

Monica annuì di nuovo, poi si incamminò verso la porta. Pid intuì che era il momento di andarsene, poi sussultò sentendo la porta chiudersi dietro di sé.

"Merda," mormorò; non sapeva perché, ma voleva far sciogliere quella donna tanto fiera, sperava che gli parlasse. Molto probabilmente, si sarebbe fermata solo un paio di giorni, tre o quattro, al massimo, poi se ne sarebbe tornata all'estero per tornare al proprio lavoro e andare avanti con la sua vita. Che importanza aveva se gli parlava o no? ...eppure a lui importava.

Con un sospiro, Pid si passò una mano nei capelli. Era sfinito e doveva dormire. Inoltre, non voleva che Monica si sentisse a disagio uscendo dalla camera per mettere i vestiti sporchi in lavatrice. La cosa migliore che lui potesse fare per aiutarla a sentirsi a suo agio era starle lontano. Così, dopo aver controllato la porta sul retro e le finestre, verificando che fossero ben chiuse, se ne andò in camera sua.

CAPITOLO CINQUE

PUR ESSENDO ESAUSTA E STRESSATA, Monica non riuscì ad andare a dormire prima di aver lavato e messo nell'asciugatrice i vestiti. Doveva assicurarsi di avere qualcosa da indossare il giorno dopo, non la maglia e i pantaloni che le aveva dato Stuart, di troppe taglie più grandi. Ciononostante, apprezzava più di quanto potesse esprimere a parole quei vestiti presi in prestito: erano comodi, anche se le andavano molto larghi per via della corporatura minuta.

Tuttavia, anche dopo aver avviato l'asciugatrice ed essersi messa nel comodo letto della stanza degli ospiti, Monica non dormì bene. C'era troppo silenzio e lei era troppo nervosa per l'ambiente, affatto familiare.

Rimase sveglia per almeno un'ora, girandosi e rigirandosi nel letto, prima di riuscire ad addormentarsi. Poi fu svegliata da qualcosa.

Si mise seduta e guardò l'orologio. Erano le quattro e ventuno; notte fonda, fuori c'era buio pesto. Girò la testa cercando di scoprire cosa l'avesse svegliata, poi sentì un rumore provenire dal salotto.

Il cuore le batteva a mille all'ora, si chiese se per caso

l'uomo che aveva visto ad Algeri fosse riuscito chissà come a trovarla. Spostò le coperte e uscì pian piano dal letto, poi prese il coltello che le aveva dato Stuart; non le aveva chiesto di restituirglielo e lei non gliclo aveva ricordato. Lo estrasse dalla fondina e si avvicinò alla porta in punta di piedi.

Andando a letto, aveva notato che la porta della stanza non faceva rumore, particolare che le tornava utile. L'aprì lentamente e percorse in silenzio il corridoio fino a fare capolino nel salotto della casa di Stuart.

Sbatté le palpebre sorpresa e abbassò lungo il fianco la mano che impugnava il coltello, fissando ciò che le stava davanti.

Stuart stava spruzzando un detergente sul tavolino da caffè, per poi pulirlo con un panno. Lei si rese conto che il rumore che aveva sentito era lo spruzzo della bottiglietta di detergente che lui stava usando.

"Cosa stai facendo?" gli chiese.

Stuart sussultò sorpreso e si girò di scatto verso di lei. "Merda!" imprecò in tutta risposta con un filo di voce.

"Non mi *sembra* che sia quello che stai facendo," scherzò Monica, stupita della propria battuta.

Lui accennò un sorriso, raddrizzò la schiena ma non riuscì a guardarla negli occhi. Lei ebbe quasi l'impressione che fosse imbarazzato. "Mi sono svegliato e non riuscivo a dormire, quindi ho pensato di dare una ripulita. Non volevo svegliarti."

"Non stavo dormendo bene," gli rispose Monica.

"Eri pronta a usarlo?" le chiese Stuart, indicando il coltello che lei stava impugnando.

Monica annuì. "Sì, se devo proprio."

"Ottimo."

Monica non si aspettava quella risposta. Pensava di sentirsi riprendere con una ramanzina, perché il coltello era affilato e pericoloso. Tornò in camera e lo ripose nella fondina, lasciandolo vicino al letto, poi tornò in salotto.

Ormai era sveglia e l'esperienza le diceva che non sarebbe riuscita ad addormentarsi di nuovo.

Inoltre, Stuart la incuriosiva sempre di più. Ovviamente non si fidava di lui, non poteva certo mettere al primo posto gli interessi di una sconosciuta; il papà le aveva insegnato: "Conosci il tuo nemico". Anche se Monica non considerava Stuart un nemico, non poteva nemmeno considerarlo un amico.

"Non dovevi fare le pulizie per me," gli disse, mentre lui continuava a spolverare il tavolino da caffè. Anche se, sistemati i piatti, le scarpe e i vestiti che erano sparsi in giro per il salotto, bisognava ammettere che la casa sembrava molto più in ordine.

Stuart fece una smorfia. "Invece sì che dovevo pulire. Non mi ero accorto di quanto sporco ci fosse in questa casa finché non siamo rientrati la notte scorsa."

Anche Monica si era sorpresa per le condizioni in cui l'aveva trovata. Secondo la sua esperienza, i militari erano sempre maniaci del pulito e tenevano tutto in ordine meticolosamente. Almeno così era stato il suo papà. Lei doveva rifarsi il letto tutte le mattine, raccogliere sempre i giocattoli e rimetterli a posto; se lasciava una tazza sporca nel lavandino (o peggio ancora in salotto), invece di sciacquarla semplicemente e metterla in lavastoviglie, le conseguenze erano sempre problematiche.

Negli anni, Monica si era impegnata per perdere alcune delle abitudini ossessive che il padre le aveva inculcato, ma era comunque abituata a tenere molto in ordine, più di tanti altri. Trovare casa di Stuart in un tale disordine era stato un vero shock.

"Pensavo che l'ambiente militare fosse pieno di maniaci dell'ordine," disse, senza riuscire a trattenersi. Per quanto si fosse ripetuta mille volte che non voleva sapere nulla di Stuart o degli altri, lui continuava a sorprenderla... facendole venire voglia di conoscerlo meglio.

Lui ridacchiò e si avvicinò al mobile della cucina per appoggiare il detergente, poi gettò via le salviette di carta e andò a lavarsi le mani nel lavandino. "Penso sia perché all'addestramento sono stato costretto a mettere sempre tutto a posto, le lenzuola non potevano avere una sola piega, quindi mi sono come ribellato. Quando ero ragazzo, non ero così disordinato."

"Però sei cresciuto coi tuoi genitori, vero?" gli chiese Monica.

"Sì, ma se stai insinuando che mia mamma rimetteva in ordine le mie cose, hai ragione. Alle superiori, giocavo a calcio e mia madre mi rompeva sempre le scatole perché mettessi via il pallone e i parastinchi. Al contrario, mia sorella era sempre impeccabile e questo non aiutava. Teneva camera sua sempre in ordine e pulita, non lasciava mai nulla in giro per casa."

"Hai una sorella?" gli chiese Monica.

Stuart annuì mentre si asciugava le mani con uno strofinaccio appeso al frigorifero. "Sì, ha un anno meno di me, è una rompiscatole unica." Nel dirlo, le sorrise per farle capire che stava scherzando.

"Siete in contatto?"

"Siamo in contatto per quanto *possibile*, dato che io sono in marina e lei viaggia molto per lavoro, è un'infermiera. Da ragazzo pensavo fosse una rompipalle, lei invece mi considerava un deficiente."

"Aveva ragione?" gli chiese Monica senza nemmeno pensare a ciò che diceva.

Stuart non sembrò offeso da quella domanda. "Probabilmente sì. Penso che tanti ragazzi si comportino da deficienti. Tra gli ormoni, la ricerca di un'identità e di un posto nella società," le rispose tranquillamente, appoggiandosi al mobile della cucina.

Stuart indossava una maglietta blu della marina con scritto NAVY a grandi lettere bianche, più un paio di pantaloni grigi della tuta. Lei non aveva mai capito il motivo per cui tante donne fossero affascinate da quel tipo di abbigliamento, ma improvvisamente si ritrovò a cercare di smettere di guardare in mezzo alle gambe di Stuart. Il materiale morbido dei capi di abbigliamento che indossava gli fasciava molto bene il corpo... era più che evidente che fosse un uomo ben dotato.

"Tu invece, che mi dici di te?" le chiese.

"Eh?" rispose lei, infastidita per non aver prestato maggiore attenzione.

Stuart fece un gran sorriso, sembrava essersi accorto che lei aveva la testa fra le nuvole, ma non glielo fece notare. "Tu hai fratelli, sorelle?"

"Oh, no, grazie al cielo, sono molto contenta che nessun altro abbia dovuto patire le sofferenze di un'infanzia come la mia."

Stuart non rispose subito a quell'affermazione, Monica rimpianse le proprie parole nel momento stesso in cui le pronunciò. Non rivelava a tanti l'inferno che aveva dovuto sopportare a casa col padre, ma quelle poche volte che ne aveva parlato era stata trattata subito in modo diverso, come se fosse una polveriera pronta a esplodere.

Invece l'espressione sul volto di Stuart non cambiò. Le disse solo: "Per questo sei tanto brava come tata. Sei determinata a trattare i bambini di cui ti occupi in modo opposto a come sei stata trattata tu."

Monica fu sbalordita da quella lettura attenta. Ci aveva preso quasi in pieno. Il giorno in cui se n'era andata dalla casa paterna, si era ripromessa di non far mai sentire un altro bambino nello stesso modo in cui si era sentita *lei* per così tanto tempo. Spaventata. Sempre in punta di piedi, terrorizzata dal rischio di dire o fare qualcosa di sbagliato che scatenasse le ire del padre. Ecco perché cercava di anticipare le esigenze e i desideri dei bambini, prima ancora che si esprimessero a parole.

Sentì un groppo in gola, ma lottò con se stessa per tenere sotto controllo le emozioni. Come diavolo faceva quell'uomo? Sembrava conoscerla benissimo, nonostante avessero trascorso insieme pochissimo tempo. Era quasi snervante, Monica si sentiva molto a disagio.

Di nuovo, come accorgendosi di ciò che lei stava vivendo interiormente, Stuart cambiò argomento. "Hai fame?"

"Non sono nemmeno le cinque del mattino," gli rispose Monica.

Lui fece spallucce. "Sei sveglia, io sono sveglio, possiamo anche avviare la giornata."

"Mangio volentieri," disse Monica senza sbilanciarsi.

"Come ti dicevo stanotte, devo andare a fare la spesa perché non ho uova in frigo, ma ho il preparato per i pancake, oppure posso preparare dei biscotti; penso che mi sia rimasto anche del bacon. Prima che tu faccia commenti, lo so che non sono scelte molto salutiste. Oggi comprerò un po' di frutta, cereali, uova e dell'altro latte. Se hai voglia di frutta, dovrei avere delle pesche sciroppate."

Monica lo fissò confusa. Si comportava con estrema gentilezza, ma lei non voleva sentirsi in debito, non più di quanto già non fosse. "Posso prepararmi io qualcosa," gli disse.

"Faccio io... a meno che tu non sia contraria a lasciare che ti prepari io la colazione?"

"Non ti capisco," sbottò Monica, con un tono di voce chiaramente frustrato.

Stuart si accigliò. "Non so cosa ti passi per la testa, ma non c'è niente da capire. Sei ospite a casa mia, ti sto solo offrendo di prepararti qualcosa da mangiare."

"Cosa vorrai in cambio?" gli chiese Monica.

Il volto di Stuart espresse prima sorpresa... poi subito irritazione. Raddrizzò la schiena, staccandosi dal mobile della cucina a cui era appoggiato. "Nulla, assolutamente *nulla*. Nessuno ha mai fatto qualcosa per te senza chiederti nulla in cambio?"

"No." Fu una risposta immediata.

"Beh, un bello schifo," commentò Stuart, "allora immagino che sarò il primo... se me lo concederai. Fatti una doccia, senza fretta. Anche se casa mia non è una reggia, ho un boiler che scalda l'acqua alla grande. Intanto io preparo un po' di tutto, così potrai scegliere ciò che preferisci mangiare. Se ti fa sentire meglio, quando torno dal supermercato puoi preparare tu il pranzo."

Monica si rilassò. "Sì, va bene."

Quella risposta non sembrò accontentare troppo Stuart, che rimase col viso imbronciato; poi, finalmente, sospirò. "Che stress, Mo," le disse sottovoce, talmente sottovoce che Monica non era sicura di averlo sentito bene. Poi le indicò con la testa il corridoio. "Vai, il bagno è tutto tuo."

Lei esitò per un attimo, voleva rimanere per parlare ancora un po' con Stuart, pur essendo sollevata per la via d'uscita che le stava offrendo. Alla fine prevalsero le vecchie abitudini e Monica se la filò.

Stuart la innervosiva e lei non riusciva a capirlo. Non la trattava come tutti gli altri. Monica si rendeva conto di essere scontrosa e di emanare forti vibrazioni che dicevano "alla larga", però Stuart non sembrava risentirne, forse non se ne accorgeva. La trattava come una vecchia amica. Era strano.

Allo stesso tempo, era anche una tentazione incredibile.

Per anni, Monica aveva sperato di trovare un uomo di cui potersi fidare. Un uomo di cui innamorarsi, con cui avere dei figli... ma non un militare. Non uno come suo padre.

Molte persone con lo stesso suo passato avrebbero avuto

paura di avere figli, invece lei no. Lei si sarebbe occupata dei figli, facendoli sentire le persone più importanti nella sua vita, ne era *convinta*. Non avrebbe mai fatto loro del male, non li avrebbe mai trattati come un peso inutile di cui sbarazzarsi, come suo padre aveva fatto con lei.

Abbassò lo sguardo verso ciò che rimaneva della sua mano sinistra, chiuse gli occhi e si sforzò di bloccare i brutti ricordi che le tornavano sempre, alla vista della sua mano spappolata. Dolore, confusione, paura.

Decisa a non consentire a quell'uomo di superare le barriere che lei aveva eretto per tutta una vita, Monica fece un respiro profondo e si chiuse a chiave in bagno. Se Stuart voleva prepararle la colazione, bene, lei non ci avrebbe visto nient'altro. Nel giro di un paio di giorni, Monica sarebbe andata via per tornare alla sua solita vita, prevedibile e un po' solitaria.

CAPITOLO SEI

LA GIORNATA di Pid era trascorsa con sorprendente rapidità. Sul presto, aveva lasciato Monica a casa per correre a comprare qualcosa da mangiare, prima che i negozi si riempissero di gente. Sperava di trovarla più rilassata al rientro, ma non era andata così.

Come previsto, Elodie era passata con due casseruole e una zuppiera di saimin: una zuppa con spaghetti all'uovo, brodo di pesce, cipolle verdi e surimi tagliato sottile, aveva aggiunto anche delle alghe sminuzzate. Stava facendo pratica cucinando piatti tipici hawaiani. Pid all'inizio non era convintissimo di quella ricetta, ma dopo aver vissuto alle Hawaii per un po' di tempo, si era abituato e ormai gli piaceva.

Monica era stata educata, ma distaccata. Pid si era accorto che Elodie era rimasta un po' delusa, per quanto avesse sempre negli occhi la solita scintilla di determinazione. Era evidente che avrebbe fatto tutto ciò che poteva per far sciogliere Monica.

Dopo pranzo, Lexie si era fermata con qualche vestito da far scegliere a Monica e non era sembrata infastidita quando l'aveva trovata reticente; le aveva raccontato allegramente che

Kenna era dispiaciuta perché non era riuscita a liberarsi, ma che sperava di incontrare Monica prima che questa dovesse andarsene.

Ormai si era fatta ora di cena. Pid aveva impiattato parte della casseruola di pollo e riso che aveva portato Elodie e stava mangiando insieme a Monica sulla pedana sul retro della casa. Ci aveva messo un tavolino che usava raramente, ma in quel frangente gli era sembrato appropriato.

Monica non parlava molto, ma Pid cercò di non prenderla sul personale. Non aveva mai conosciuto una persona tanto silenziosa. "Mi dispiace, non hai ancora visto molto di Oahu," le disse, cercando disperatamente di avviare una conversazione qualunque.

Monica lo guardò negli occhi, lui la osservò deglutire lentamente, poi prendere un tovagliolino e asciugarsi con grazia la bocca. Era una donna di ottime maniere, al confronto Pid si sentiva un uomo di Neanderthal.

"È passato solo un giorno," gli rispose dopo un momento.

"Sì, ma è un posto fantastico e mi piacerebbe fartelo visitare."

Monica fece spallucce.

Passarono vari minuti, poi lui riattaccò discorso. "Non parli molto." Non era una domanda, più che altro un'osservazione.

Lei sospirò e posò la forchetta nel piatto. "A casa dei miei, non era consentito parlare a tavola."

"Davvero? Cioè, ho sempre pensato che la cena fosse un momento in cui la famiglia si raccontasse gli avvenimenti della giornata," disse Pid.

"La mia famiglia non era così," gli spiegò Monica, "peraltro, mio papà sapeva cosa facevamo io e la mamma, perché era sempre presente."

"Non andavi a scuola?" le chiese Pid.

"No. Ho studiato a casa."

"Non praticavi degli sport? Non partecipavi a delle attività, fuori di casa?" Pid era quasi sicuro di conoscere la risposta a quelle domande, ma valeva la pena di tentare.

"No."

Fine del discorso. Un semplice "no".

Pid era un po' deluso da quelle risposte stringate. Ogni minuto che passava con lei, voleva conoscerla meglio. Così appoggiò i gomiti sul tavolo e le disse: "Come avrai notato, io non sono un tipo che segue le regole e le convenzioni. Sono uno disordinato, discuto persino col mio superiore e non mi preoccupo sempre di comportarmi nel modo più educato."

"Come quando metti i gomiti sul tavolo?" gli chiese Monica.

Pur non vedendola sorridere, Pid capì che lo stava solo provocando.

"Precisamente," le rispose con un gran sorriso, "è ovvio che non ti piace parlare dei tuoi genitori, ma va benissimo. A casa mia, però, puoi fare quello che vuoi. Parlare con la bocca piena, cominciare un pasto dal dessert, cazzeggiare tutto il giorno davanti alla TV. A me non importa, voglio solo che ti rilassi, Mo. Ho la sensazione che non ti sia rilassata molto in vita tua, ma dato che sei qui alle Hawaii, è un'occasione perfetta per riposarti. Qui nessuno ti giudica. Nessuno ti farà del male. Nessuno ti costringerà a fare qualcosa contro la tua volontà... beh, a parte essere qui," concluse con meno entusiasmo.

Monica lo fissò con i suoi occhioni azzurri, in cui lui notò confusione, desiderio. Pid non sapeva a cosa fosse dovuto quel desiderio, ma voleva donarle tutto ciò che le serviva per sentirsi più a suo agio. Il problema: lui sapeva che lei non gli avrebbe fatto richieste. La mano sinistra le ricordava il dolore di quanto era successo, quando aveva chiesto aiuto.

"Mo?" gli chiese.

Pid ridacchiò quando comprese che, di tutto ciò che le

aveva detto, lei si era concentrata solo su quello. "Sì, Mo ti si addice proprio, secondo me."

"Perché, com'è fatta una che si chiama Mo?" gli chiese.

Lui fece spallucce rispondendole: "Come te."

Lei accennò un sorriso, non abbastanza per farle comparire la fossetta. "Sei strambo," gli disse.

Al che lui scoppiò a ridere. "Eh, sono un secchione dell'elettronica, l'avrai intuito di certo dai componenti per computer che hai trovato in camera tua. Però sono impacciatissimo. Vivo alle Hawaii, ma preferisco le giornate piovose a quelle soleggiate. Casa mia è sempre incasinata. Sì, è vero, sono strambo, ma sono fatto così e ci sto bene. La vita è breve," le disse, "potrei anche vivere sempre alla ricerca della perfezione, cercando di soddisfare le aspettative di tutti quelli che conosco, ma così impazzirei. Sarei infelice e diventerai uno stronzo. Quindi mi faccio scivolare addosso tutte quelle cavolate."

Monica lo fissava negli occhi, come se ogni parola le arrivasse dritta nell'anima. Così lui continuò.

"La mia infanzia è stata felice, avevo dei genitori fantastici. Anche quando facevo delle cazzate, come saltare scuola o fumare erba con gli amici, ho sempre e comunque saputo che mi amavano, non ho mai avuto paura di cosa potessero farmi, se decidevo in modo sbagliato. Non posso far finta di capire com'è stata la tua infanzia... ma *posso* ammettere di essere contento che tuo padre sia morto. Mi dispiace per la tua mamma, ma allo stesso tempo sono incazzato con lei perché non ti ha protetta come doveva."

"Però, Mo, in un modo o nell'altro te la sei cavata. Ne sei uscita. Adesso guardati: hai successo, i tuoi bambini ti vogliono bene, infatti sono stati loro a tirarti fuori da quel brutto casino in Algeria, hai un carattere d'acciaio."

"Ho anch'io i miei problemi," gli disse lei.

"Chi non ne ha?" le rispose Pid, non sapendo bene come

fossero arrivati a quell'argomento, ma contento almeno di parlarne. "Non sto cercando di sminuire quanto ti è successo, però, a dirla tutta, gli esseri umani sono delle bestie. Ho visto delle cose a cui non vorrei mai più ripensare, cose di cui non vorrei parlare, vicende orribili. Però ho scelto volutamente di non soffermarmi su quei ricordi. Altrimenti sarei da qualche parte, appallottolato a terra col cervello in pappa."

"Quel che ti è successo non definisce chi sei. Definisce più che altro il tipo di persone che erano i tuoi genitori. Tuo papà era un bullo violento, tua mamma una persona debole. Tu non sei né l'uno né l'altro, sei una sopravvissuta. Sei Monica Collins... una persona davvero fantastica."

Pid non rimpianse le lacrime che intravide negli occhi di Monica. Voleva farle sapere quanto l'ammirava. Aveva l'impressione che nessuno l'avesse mai lodata, in passato.

Alla fine, Monica riprese il controllo sulle proprie emozioni (di nuovo, Pid non ne fu sorpreso), poi gli disse: "Immagino che Mo sia molto meglio che sentirsi chiamare Stu-pid."

Lui le fece un gran sorriso. "Infatti."

"Stuart?"

Sentire il proprio nome pronunciato dalle labbra di Monica gli piaceva molto. "Che c'è, Mo?"

"Questa non è la mia specialità."

"Quale?"

"Questa. Chiacchierare del più e del meno. In modo... amichevole. Ci riesco solo con i bambini."

"Se non vuoi parlare, non devi parlare," le rispose Pid, "a me non dà fastidio. Posso anche parlare per conto mio. Però non voglio che tu abbia *timore* di parlare con me. Se vuoi chiacchierare di smalto per le unghie o di trucco, fantastico. Se vuoi conversare di politica e della situazione mondiale, ottimo. Però se vuoi startene qui seduta e lasciare che sia io a blaterare, anche questo va benissimo."

"Qui con me sei al sicuro, Mo. So che in questo momento ancora non mi credi, ma finché rimarrai qui, che sia un giorno, una settimana o un mese, ti do la mia parola. Anzi, mi sbilancio e ti dico che vale anche per i miei compagni di squadra, Mustang, Midas, Aleck, Jag e Slate. Puoi sentirti al sicuro anche con loro e con le rispettive donne, Elodie, Lexie e Kenna. Accidenti, anche con Carly e Ashlyn. Non dovrai far altro che essere te stessa, con tutti loro, hai capito?"

"No."

Pid ridacchiò. "Mi piace la tua onestà."

"È solo che... io so chi sono. Metto a disagio. Vado giù scorbutica e diretta, a volte. Non piaccio alla gente," spiegò Monica.

A quelle parole, il cuore di Pid quasi si spezzò. "A *me* piaci," le disse tranquillamente.

"Perché tu sei strambo," gli disse.

Lui non trattenne un sorriso. "È vero. A dire la verità, anche tu sei stramba. Ognuno di noi è strambo, a modo suo. Sii stramba come ti pare, Mo. Convinta. A chi vuoi che interessi, se sei un'introversa? A questo mondo, non possono essere tutti estroversi. C'è bisogno anche di chi preferisce stare da parte a guardare, a osservare. Qualcuno che sappia ragionare, quando diventa necessario. Voglio solo che tu sappia che, mentre sei qui alle Hawaii, qualunque cosa succeda, ci sono delle persone che ti supportano."

Monica abbassò lo sguardo sul cibo che aveva nel piatto e fece un respiro profondo, poi rialzò la testa e lo guardò di nuovo negli occhi. "È davvero buono, Elodie è una cuoca fantastica."

Con quelle parole, la conversazione profonda ed emotiva si concluse. Pid ne fu soddisfatto, almeno si era fatto capire. "È davvero una cuoca fantastica, anche la sua storia è molto interessante."

"La sua storia?" gli chiese Monica.

"Mangia," le disse Pid indicandole con la testa il piatto, "intanto ti racconto come ci siamo conosciuti. Eravamo su una nave in Medio Oriente, discutevamo di come salire a bordo di un mercantile dirottato, quando sentiamo alla radio una voce femminile..."

Nei venti minuti successivi, Pid raccontò la storia straziante di Elodie, di com'era arrivata a vivere alle Hawaii e a sposare Mustang. Quando la storia finì, Monica aveva ripulito il piatto e si stava sporgendo in avanti, ascoltava ancora con attenzione.

"È difficile credere a tutto ciò che le è successo, è una persona così aperta e amichevole," commentò Monica.

"Penso che molto sia dovuto a Mustang. Inoltre, lei è una persona amichevole di natura. Mentre era in fuga, doveva sempre tenere le antenne alzate, ma adesso che è al sicuro ed è felice, è tornata a essere se stessa e ha smesso di lavorare su un peschereccio charter."

La fossetta che Pid tanto sperava di vedere finalmente fece capolino quando Monica si mise a ridere. Anzi, si fece una bella risata potente. "Non c'è da biasimarla."

"Adesso lavora con Lexie per Food For All, un'organizzazione di beneficenza che aiuta le persone bisognose portando loro dei pasti pronti. Siccome non era contenta dei pasti che venivano distribuiti prima, patatine fritte e panini con la marmellata e il burro d'arachidi, francamente un po' insipidi e poco sani, si è data da fare per preparare agli assistiti dei pasti più sani e ricchi."

"Bella storia."

"Eh sì," confermò Pid, che non aveva notato che il cielo si era annuvolato; se ne accorse solo quando sentì il suono delle gocce di pioggia che cadevano sul tetto del pergolato. Si era fatto anche più freddo. "Vuoi andare in casa?" le chiese.

Monica fece spallucce. "Se ti va."

"Cosa va *a te*?" le chiese Pid. "Non devi fare quello che voglio io."

Lei si morse un labbro sospirando. "Scusa. Forza dell'abitudine."

"Lo so," le disse cortesemente. La capiva. "A me, personalmente, i temporali piacciono. Non che mi manchi il freddo che c'era in Alaska, dove sono cresciuto, ma in genere preferisco il fresco al caldo. Però se tu hai freddo puoi entrare. Oppure puoi prenderti una coperta e tornare qui fuori. Se invece sei comoda dove sei, puoi rimanere. Oppure puoi andare dentro a guardare la TV, o prendere qualcosa da mangiare, se vuoi un dessert. Oppure leggere un libro, o andare a dormire."

Per la seconda volta nel giro di pochi minuti, Monica rise. "Va bene, va bene, ho capito l'antifona. Non porrò limiti alla fantasia."

"Bravissima," commentò Pid, finalmente soddisfatto. "Comunque, per la cronaca, io pensavo di rimanere qui fuori per un poco, mi piace ascoltare la pioggia. Tu sentiti libera di rimanere qui con me o no, fai come preferisci."

"Che facciamo coi piatti?" gli chiese lei.

"Ci penso io, più tardi."

"Più tardi significa stasera o tra tre giorni?" gli chiese Monica.

Pid ridacchiò. "Per caso era una battuta?"

"Forse," gli rispose con un sorrisetto.

"Spiritosa. Li porto dentro tra poco. Per onorare la tua presenza a casa mia, li metterò persino direttamente in lavastoviglie."

"Posso farlo io, anche subito," gli suggerì lei.

"No no. Lasciali a me. Tu sei ospite a casa mia, non tocca a te sparecchiare."

Pid si aspettava che lei protestasse un poco, invece lei

annuì. "Mi farebbe piacere rimanere un po' di tempo seduta qui fuori."

Pid si sentì pieno di gioia, ma non la esternò; invece, le sorrise dicendole: "Forte."

Nei trenta minuti che seguirono, rimasero seduti in silenzio, persi ciascuno nei propri pensieri, guardando e ascoltando la pioggia.

Poi Monica disse: "Adesso pensavo di entrare in casa, se per te va bene."

A Pid dispiacque che in pratica gli stesse chiedendo il permesso, ma almeno Monica stava prendendo l'iniziativa, era un primo passo nella direzione giusta. "Nessun problema. Io rimango qui fuori ancora un poco."

"Intanto che rientro, posso portare anche i piatti," si offrì lei.

"No no. Ci penso io. Stavo pensando, domattina dovremo partire verso le sette e mezza per arrivare alla base entro le otto," le disse.

"Va bene, sarò pronta." Monica spinse indietro la sedia e si alzò in piedi.

Quando raggiunse la porta per rientrare in casa, Pid la chiamò: "Mo?"

Lei si girò per rispondere: "Sì?"

"Mi dispiace per il motivo che ti ha fatto arrivare qui e che il comandante ti abbia costretta a venire alle Hawaii, ma sono contento di conoscerti meglio."

Lei lo fissò per un attimo, poi annuì e scivolò in casa.

Pid sospirò, chiuse gli occhi e appoggiò la testa allo schienale della sedia. Il suono ripetitivo della pioggia lo rilassava, ma in quel momento desiderava trovare un modo per mettere Monica più a suo agio. Non aveva idea di quanto a lungo si sarebbe fermata alle Hawaii; c'era la possibilità concreta che l'indomani, dopo aver parlato con Huttner, la sera salisse su un aereo per tornare dalla famiglia dell'ambasciatore, ovunque fosse.

Però era anche possibile che il comandante la volesse tenere nei paraggi fino a quando non avesse trovato l'uomo misterioso che cercava. A Monica probabilmente non avrebbe fatto piacere, ma Pid non trovava minimamente sgradevole quell'ipotesi.

Non le aveva mentito: a lui Monica piaceva. Sì, era molto particolare, difficile da conoscere, ma per lui era ancor più interessante poter scalfire pezzo dopo pezzo la corazza che lei si era costruita. Aveva anche la netta sensazione che, passando più tempo con Elodie e le altre, Monica avrebbe conquistato anche loro.

Pid rimase fuori per un'altra mezz'ora, finché la pioggia non rallentò, poi rientrò in casa. Sciacquò i piatti e li mise in lavastoviglie, proprio come le aveva promesso. In casa non c'era molto altro da sistemare, quindi se ne andò in camera sua. Si soffermò davanti alla porta della camera di Monica, ma non sentì nulla all'interno.

In quel momento gli venne un'idea. Ripensò al modo in cui l'aveva conosciuta, ad alcune cose che lei gli aveva detto da allora. Era un'idea un po' pazza, ma più ci pensava e più si convinceva.

Doveva ottenere il permesso dal proprietario della casa, ma il piano avrebbe funzionato solo se Monica si fosse fermata per più di un giorno o due. Doveva aspettare l'esito dell'incontro col comandante, l'indomani.

Pid proseguì verso camera sua e si sentì un po' in colpa perché sperava che Huttner chiedesse a Monica di rimanere alle Hawaii. Non era giusto nei suoi confronti, Monica aveva il diritto di tornare alla propria vita, ma c'erano tante cose che Pid avrebbe voluto mostrarle. Nella mente gli passarono tutti i posti in cui avrebbe voluto portarla, tutte le attrattive che rendevano le Hawaii un posto speciale e che voleva condividere con lei.

Gli venne il dubbio che tutto quell'entusiasmo, all'idea di passare più tempo con una donna ferita, avrebbe dovuto metterlo in allarme, ma non era così.

Pid si addormentò un paio d'ore dopo, pensando a Monica... e quando si svegliò, dopo solo tre ore, gli venne il forte impulso di alzarsi per controllare che fosse tutto a posto. Non aveva mai avuto quell'istinto, in passato, ma con Mo in casa, voleva assicurarsi che porte e finestre fossero chiuse bene.

Non si chiese nemmeno il perché, uscì dal letto e andò in silenzio per casa a controllare che fosse tutto ben chiuso a chiave. Era tutto a posto; quando Pid tornò a letto, era soddisfatto, perché almeno per quella notte Monica era al sicuro.

Con un po' di fortuna, l'indomani avrebbe portato più risposte, rivelando cosa sarebbe successo nell'immediato futuro della sua ospite, magari anche su ciò che riguardava l'uomo misterioso che il comandante cercava disperatamente di identificare. Anche se Pid non era felicissimo di come si era mosso Huttner, non poteva negare di essere contento di avere la possibilità di conoscere meglio Monica.

CAPITOLO SETTE

MONICA ERA PIUTTOSTO A DISAGIO, seduta sulla sedia davanti al comandante di Stuart. Dylan Huttner era un uomo dalla corporatura imponente, purtroppo le ricordava molto il padre: aveva gli stessi occhi, capelli castani molto simili, oltre alla presenza decisamente carismatica. Era un uomo abituato a farsi obbedire senza discussioni.

D'altro canto, era anche agli antipodi rispetto al padre. Il comandante era chiaramente in ottima forma, a differenza del papà, almeno rispetto all'ultima volta che l'aveva visto. Inoltre, Huttner si stava impegnando per metterla a suo agio, mentre Darren Collins non si era mai preoccupato tanto per lei.

Monica trovava ancora difficile credere che Stuart avesse parlato al suo ufficiale superiore in quel modo, la mattina in cui erano arrivati. Quando aveva saputo che non gli era permesso essere presente all'interrogatorio, Stuart era uscito dai gangheri, era diventato proprio furioso, tanto che lei era convinta lo mettessero sotto processo per insubordinazione, o per qualche altro crimine contro la marina; invece il comandante, dopo quel momento di tensione, alla fine aveva annuito una volta sola.

"Andrà tutto bene," le aveva detto Stuart prima di farle strada per la sala degli interrogatori in cui si erano sistemati. La sedia che occupava Monica era stranamente comoda. Lei si aspettava invece una semplice sedia pieghevole di metallo, magari con una lampada puntata in faccia. Un pensiero ridicolo, chiaramente, ma di certo non credeva di trovare una sedia imbottita girevole, con tanto di brocca d'acqua e bicchieri, con illuminazione soffusa. Se non avesse saputo dov'era, avrebbe quasi scambiato quella stanza per una sala riunioni di un'azienda esclusiva. Del resto cos'era la marina, se non un'azienda?

Monica andò con gli occhi verso l'altro uomo nella stanza. Era Mustang, il caposquadra di Stuart, anche lui presente all'interrogatorio. Anche se loro non lo chiamavano "interrogatorio", a lei sembrava proprio lo fosse. Era presente contro la sua volontà e aveva la netta sensazione di essere incolpata di qualcosa.

"Mi dica cos'è successo il giorno dell'evacuazione. Non ometta alcun dettaglio," esordì il comandante Huttner senza troppi preliminari.

Monica ebbe l'istinto di alzare gli occhi al cielo, ma si trattenne: non era il caso di affrontare di petto quell'uomo. Anche se non le aveva dato alcuna scelta, in quel frangente, almeno le aveva concesso di alloggiare a casa di Stuart e aveva accettato di farlo entrare.

Così cominciò a ripercorrere ciò che era successo in Algeria. Spiegò la propria preoccupazione, non vedendo tornare a casa come previsto la famiglia Laws, l'idea di andare da sola in ambasciata, il rumore che aveva sentito provenire dalla porta scorrevole in vetro sul retro. Descrisse l'uomo che aveva visto, la sensazione che le aveva trasmesso, la stanza segreta in cui si era nascosta, nella camera da letto di Desmond e Ophelia.

Spiegò al comandante che aveva osservato quell'uomo nei monitor di sicurezza, lo aveva visto perlustrare e razziare le varie stanze.

Non trascurò alcun dettaglio nel raccontare, incluso il momento in cui era pronta a sparare a Stuart e Slate.

Stava descrivendo il modo in cui erano scappati da quella casa, quando il comandante la interruppe.

"Può dirmi altro dell'uomo che ha sparato alla porta?"

"Cos'altro?"

"Se può ripetermi la descrizione."

Monica quasi sospirò: aveva già fornito una descrizione molto dettagliata, cercando di ricordare il più possibile, ma non si lasciò prendere dall'irritazione. Si limitò a ripetere: "Era più basso di Stuart e Slate," raccontò, "anche più vecchio. Non sono brava a intuire l'età, ma se dovessi tirare a indovinare direi sulla cinquantina. Teneva una specie di fazzoletto sulla bocca e sul naso, ma i capelli si vedevano bene, erano neri, leggermente brizzolati. Non aveva molti capelli bianchi, solo qualcuno. So che non vuol dire nulla, non per questo dev'essere più vecchio, ma l'ho dedotto dalle rughe intorno agli occhi e dal suo atteggiamento, in generale. Era in ottima forma, occhi scuri, forse neri, anche se non è possibile. Direi marrone scuro."

Monica smise di parlare e aspettò la domanda successiva del comandante.

"Che altro?"

Lei si accigliò. "Che altro *cosa?*"

"Che altro può dirmi su di lui? Mi servirà di più per poterlo identificare."

"Ehm... aveva un tatuaggio sul braccio sinistro," aggiunse Monica.

Il comandante si sporse in avanti. "Che tipo di tatuaggio?"

"Non lo so."

Monica sussultò sulla sedia appena il comandante sbatté il palmo della mano sul tavolo, gridando: "Ci pensi!"

"Signore..." esordì Mustang, ma Stuart non fu altrettanto contenuto.

Si alzò di scatto e mise una mano sul tavolo, sporgendosi verso il suo superiore. "Non lo consento," disse con un tono che Monica non gli aveva mai sentito usare prima, una voce profonda e tremendamente incazzata. "Sappiamo bene tutti che costringere la signora Collins a venire qui non è stata una mossa del tutto lecita, eppure lei è venuta. Sta solo cercando di aiutarci e lei vuole spaventarla a morte, così non si ricorderà nient'altro. Con... calma."

Monica trattenne il fiato. Era sicura che Stuart stesse per essere cacciato in galera da un momento all'altro. Non sapeva bene se la marina usasse ancora quel tipo di punizioni, ma era impensabile che il comandante accettasse che uno dei suoi subordinati gli parlasse in quel modo. Infatti aveva ragione.

"Lo sai che potrei scrivere una lettera di richiamo ufficiale, se continui a parlarmi in questo modo?" chiese il comandante a Stuart, con voce decisa.

Monica si irrigidì ulteriormente: non le piaceva essere il motivo per cui Stuart si metteva nei guai.

"Mi scusi, signore," rispose Stuart, "ma Monica sta facendo tutto il possibile."

Il comandante la sorprese, tornando ad appoggiarsi sullo schienale. "Lo so." Poi si voltò verso di lei. "Apprezzo il suo aiuto."

Monica fu sorpresa per quell'improvvisa accettazione.

Il comandante si alzò in piedi e cominciò a camminare avanti e indietro, spiegando: "Si tratta di una situazione delicata."

"Allora ce la spieghi," gli disse Mustang. "Quando ho cercato di parlarne con lei, ieri, mi ha detto che ci avrebbe spiegato più avanti. Più avanti significa adesso."

"Non davanti a una civile."

"Monica sarà anche una civile, ma per lavorare nella casa dell'ambasciatore ha passato tutti i controlli di sicurezza," puntualizzò Stuart. "Poi è coinvolta anche lei, è ovvio che è forse la pista migliore che abbiamo per catturare quel tipo, chiunque sia; sembra anche sempre più chiaro che quell'uomo costituisce un pericolo e potrebbe cercare di ucciderla. Il minimo che possiamo fare, dopo averla costretta a mollare tutto per venire alle Hawaii, è condividere i motivi per cui è così importante identificarlo."

Il comandante si lasciò andare un sospiro di frustrazione. "Perché quel tipo è furbo. *Davvero* troppo furbo, cazzo. Si è procurato un'infinità di documenti falsi, è in grado di intrufolarsi in qualunque paese straniero senza lasciare traccia. Il suo modus operandi è sempre lo stesso, ovunque vada. Preferisce i paesi in cui ci sono delle rivolte, si confonde con la cittadinanza in protesta. Cerca di incitare alla violenza, parte alla carica nel fare razzia, si prende tutto quello che può e poi sparisce nel nulla quando la situazione diventa fuori controllo."

"Come facciamo a sapere tutto questo?" domandò Mustang.

"Lo sappiamo perché oltretutto si prende gioco di noi," rispose il comandante.

"In che modo?" chiese Stuart.

"Manda delle mail cifrate."

"A chi?" insisté Stuart.

"Alti ufficiali della marina, a me, a Storm North, Dag Creasy, Patrick Hurt, anche altri. Tutti comandanti dei *SEAL*," spiegò Huttner.

"Merda!" imprecò Mustang.

"Allora era un SEAL per *davvero*?" chiese Monica sottovoce.

"Probabilmente sì," confermò il comandante, "mi ci gioco la carriera."

"Potrebbe essere qualcuno di una squadra assegnata alla zona?" domandò Stuart.

"No, ho già controllato. C'erano altre due squadre di SEAL che aiutavano a tirar fuori i nostri connazionali da Algeri e conoscevamo la posizione di tutti nel momento in cui Monica ci ha riferito di aver visto quel tipo. Inoltre è più anziano, come ha indicato Monica, penso che sia in pensione... o magari è stato cacciato dalla marina e se l'è legata al dito."

"Allora usa il suo addestramento per 'farcela pagare' arricchendosi," commentò Mustang.

"Esattamente, ma ha portato la sua vendetta a livelli inaccettabili. Un po' di tempo fa, c'è stato un incidente particolare a Hong Kong: quel bastardo ha affermato di aver picchiato, violentato e ucciso tre donne approfittando del caos... l'episodio è stato confermato. Lo stesso è avvenuto a Barcellona, a Beirut, a Santiago... ormai è diventata una questione di orgoglio, ci manda via mail i dettagli della gente che ammazza."

Il comandante smise per un momento di camminare e prese il tablet su cui aveva preso appunti mentre interrogava Monica. Cliccò sullo schermo alcune volte, poi passò il tablet a Mustang. "Mentre eravate in viaggio per rientrare dall'Algeria, ha inviato questa mail a me e agli altri comandanti."

Monica aveva una gran voglia di leggere quella mail, ma rimase seduta tranquilla, mentre Mustang osservava lo schermo. Poi, senza dire una parola, Mustang passò il tablet a Stuart. Monica lo scrutò in volto mentre leggeva, era chiaro che nella mail scritta da quell'uomo misterioso non ci fosse scritto nulla di buono.

"Maledizione," borbottò Stuart appena finito di leggere,

mentre restituiva il tablet a Huttner, dall'altra parte del tavolo.

"In parte, è questo il motivo per cui ho insistito che la signora Collins venisse con voi," aggiunse il comandante.

"Cos'ha scritto?" chiese Monica, ormai incapace di trattenersi.

"Non è tanto quello che ha scritto, quanto l'immagine allegata alla mail," rispose Huttner.

"Posso vederla?" domandò Monica.

Tutti e tre gli uomini si irrigidirono. "No," risposero all'unisono Mustang e Stuart, proprio mentre il comandante diceva: "Sì."

"Non c'è bisogno che veda questa foto," insisté Stuart.

"Forse vedendola capirà che non sto cercando di fare lo stronzo," ribatté Huttner. "Lei è una delle pochissime persone che ha visto quel tipo, per quanto ne sappiamo, potrebbe essere in grado di identificarlo. Se quel che penso è corretto, se è stato un SEAL, forse lei potrebbe riconoscerlo dalle fotografie di servizio."

"Lei sa che le possibilità sono prossime allo zero," argomentò Stuart, "aveva la faccia coperta e non possiamo sapere quanto tempo sia passato da quando era in servizio attivo."

"Lei è tutto ciò che abbiamo, al momento. Più quello rimane in giro, più persone mette in pericolo," insisté Huttner.

Stuart e il comandante si fissarono a lungo, nessuno dei due voleva cedere.

"Se siete preoccupati di farmi vedere qualcosa di orrido, non è il caso: ho già visto un corpo morto in passato."

A quelle parole, tutti e tre gli uomini si voltarono per squadrarla sbalorditi.

"*Cosa?*" le chiese Stuart.

Monica non poteva certo biasimarli per quella reazione di stupore; ciò che aveva detto era come un fulmine a ciel sereno, ma lei voleva solo rassicurarli che non sarebbe svenuta guardando la foto che l'ex SEAL aveva inviato via email, qualunque cosa ritraesse.

Monica si rivolse al comandante: "Mio padre non era un brav'uomo, era paranoico, ossessionato con la sorveglianza intorno al nostro terreno. Quando avevo dodici anni, un uomo impegnato a cacciare è entrato per sbaglio nei terreni di nostra proprietà e ha pestato una delle trappole che mio padre aveva approntato; gli ha maciullato mezza gamba, era in preda a un dolore straziante. Mio padre mi ha costretta ad andare con lui ad affrontare quell'uomo; non ha creduto alla storia che fosse solo un cacciatore e che si era perso, così gli ha sparato alla testa, a bruciapelo. Poi mi ha costretta ad aiutarlo a trascinare il corpo di quell'uomo sul suo camioncino e siamo andati in montagna, dove ho dovuto scavare una fossa per seppellirlo."

Monica avrebbe potuto sentire uno spillo cadere per terra, tanto silenzio c'era in quella stanza.

Si era fatta talmente prendere dal desiderio di rassicurare quegli uomini, spiegando che poteva reggere qualsiasi orrore fosse in quella foto, che non aveva pensato bene a ciò che stava confessando. Cominciò a tremare, chiedendosi se a quel punto avrebbero gettato lei in galera, dato che aveva ammesso non solo di aver assistito a un assassinio, ma anche di aver contribuito a nascondere la salma.

"Quando sono scappata da mio padre, ho scritto una lettera anonima alla polizia," continuò con voce flebile, incapace di smettere di tremare. "Ho raccontato ciò che era successo e dove si trovava il cadavere di quell'uomo. Immaginavo la sofferenza della famiglia, era scomparso da anni, i parenti si saranno chiesti dove fosse, cosa gli fosse successo. Dico solo che, se quel tipo ha inviato una foto con delle immagini cruente... non crollerò certo, guardandola."

Con grande sorpresa di Monica, invece di tirarla su di

peso per ammanettarla, il comandante sospirò e si accomodò sulla sedia, scrutandola.

Stuart si avvicinò e le prese la mano sinistra, stringendola, mentre col pollice le accarezzava il dorso per calmarla. Per una volta, lei non sussultò perché qualcuno le stava toccando le dita martoriate.

"Dimmi che tuo padre è andato in prigione," le disse Mustang.

Monica scosse la testa. "Purtroppo no. La polizia ha indagato, ma posso solo immaginare che mio papà a un certo punto avesse spostato il corpo. Quindi non c'erano prove contro di lui, solo la mia parola. Però il karma alla fine lo ha raggiunto: un inverno, è caduto da un osservatorio per cacciatori ed è morto per congelamento."

"Bene."

Quella singola parola fu pronunciata in modo sentito, con tanta soddisfazione, che Monica non poté trattenere un sospiro di sollievo.

"Gliela mostri," disse Stuart.

Il comandante spinse il tablet sul tavolo e Monica lo raccolse con la mano destra, mentre Stuart le teneva ancora la sinistra.

Monica inspirò di scatto, vedendo la foto allegata alla mail. Una donna minuta, bionda, giaceva su un piumino rosa. Era nuda, gli occhi azzurri fissavano inespressivi il soffitto, gli arti estesi in posizione di stella: ovviamente era una posa. Intorno al corpo, c'era una chiazza di sangue rosso vivo, vistosamente contrastante con i bei fiori rosa della coperta. Aveva un coltello piantato in mezzo al petto, proprio all'altezza del cuore.

Monica deglutì a fatica, accorgendosi che quella donna le somigliava molto, poi spostò l'attenzione alle parole che accompagnavano la foto.

. . .

Permeattetemi di presentarvi la mia opera d'arte più recente. Non è bella? Le foto sono come il Rock'n'Rawl. Non sono un Toro in un negozio di porcellana. Ho avuto i migliori maestri. Hanno detto che ero pazzo... ma questo vi sembra opera di un matto? La risposta è no. Ho sempre il controllo della situazione, so esattamente quello che faccio e non mi beccherete mai, a meno che non voglia farmi beccare.

"Porca di quella vacca," commentò Monica con un filo di voce. Per quanto non volesse proprio rivedere quella foto, provò a esaminarla di nuovo.

"Cosa ci vedi?" le chiese Stuart con tranquillità.

"È successo alla svelta," rispose Monica. "Non ci sono ferite di difesa alle mani, a meno che non le abbia ripulite. Mi ricorda molto l'atto di finire un animale ferito, dopo avergli sparato, per porre fine alle sue sofferenze. Era il momento preferito di mio papà, quando andava a caccia. Ficcava un coltello nel cuore dell'animale."

"Ha ragione," intervenne Huttner.

Lei lo ignorò e proseguì. "Poi, quel coltello somiglia molto a quello che mi hai dato." Monica conosceva bene il frangente in cui Stuart le aveva prestato il coltello d'assalto, ma in quel momento era inutile specificare i dettagli.

"L'ho notato anch'io," commentò Mustang, "è il tipo di coltello che ricevono quasi tutti i SEAL, quello che preferiamo usare."

Monica fece un respiro profondo e spinse di nuovo il tablet sul tavolo verso il comandante. Poi strinse col pollice la mano di Stuart, in quel momento aveva bisogno di un contatto con un'altra persona. "Non ho visto bene il tatuaggio. Cioè, l'ho visto, ma nella mia mente è un ricordo sfocato. Era tutto nero, questo me lo ricordo. Gli ricopriva quasi tutto l'avambraccio. Forse c'era il disegno di un serpente? Mi dispiace. In quel momento ero più preoccupata a scappare e a fare in modo che non mi trovasse, che a memorizzare i suoi segni particolari per identificarlo."

"È già molto di più di quanto sapessimo prima," le disse il comandante, "grazie."

"C'è qualcosa di strano in quella mail," fece notare Mustang.

Stuart annuì. "La grammatica è tutta giusta, però c'è un errore di battitura in permeattetemi e anche Rock'n'Rawl non è scritto correttamente."

"Ha detto di non aver lasciato alcuna traccia," disse Mustang, "ma l'ultima frase fa immaginare che voglia essere identificato."

"Ma quale sarebbe la motivazione?" chiese Stuart.

"Vendetta?" ipotizzò Mustang scrollando le spalle.

"Se è stato espulso, forse sta cercando di dimostrare che la marina ha commesso un errore," disse Stuart.

"Poi c'è il punto in cui parla di pazzia... magari dovremmo cercare nei registri di servizio qualcuno congedato per instabilità mentale? Un tipo di problema non sufficiente per una pensione di invalidità?" chiese Mustang, rivolgendosi al comandante.

"Ci stiamo già lavorando," lo rassicurò l'ufficiale anziano.

Guardare Stuart e il suo caposquadra intenti a farsi venire delle idee in una sessione di brainstorming era affascinante, si scambiavano ipotesi ininterrottamente, ma erano chiaramente sulla stessa lunghezza d'onda.

"Capisce quanto è importante per noi catturare questo tipo?" chiese il comandante Huttner a Monica. Aveva gli occhi color cioccolato puntati dritti su di lei, tanto che Monica non riusciva a distogliere lo sguardo. "Prima si limitava a causare disordini, incitando alla rivolta, poi è passato al furto, infine all'omicidio. Dobbiamo fermarlo, lei è l'unica persona che se l'è trovato faccia a faccia ed è sopravvissuta per poterne parlare... per quanto ne sappiamo. È una donna molto fortunata, signora Collins. Poteva senza dubbio esserci lei su quel letto, col coltello piantato nel cuore. Ho bisogno del suo aiuto. La nazione ha bisogno del suo aiuto. Tante donne, letteralmente in tutto il mondo, hanno bisogno del suo aiuto per evitare di diventare le prossime vittime di questo mostro."

Il comandante stava calcando la mano... ma funzionava. Monica capì che si sarebbe sentita molto in colpa, se fosse successo qualcosa a un'altra donna e lei avesse potuto evitarlo. Eppure... "Non sono sicura, che altro posso dirvi?" chiese tranquillamente.

"Forse potrebbe esaminare i file degli ex SEAL, guardare le loro foto potrebbe suscitarle un ricordo in più, come un flashback."

"Di quanti file stiamo parlando?" chiese Monica.

Huttner fece una smorfia e abbassò lo sguardo. "I SEAL costituiscono solo l'uno per cento del personale di marina, ma noi faremo in modo di aiutarla restringendo il campo in base all'età tra i congedati con disonore o per problemi mentali."

Monica ebbe la netta sensazione che, nonostante quel tentativo di minimizzare, la quantità di foto da passare in rassegna fosse enorme. Comunque avrebbero fatto una preselezione per restringere il campo, era già qualcosa. Altrimenti si sarebbe ritrovata a esaminare file otto ore al giorno per un anno, probabilmente senza riuscire a esaurire tutti gli ex SEAL in circolazione.

Del resto, che altra scelta aveva? Non poteva certo alzarsi e andarsene, dicendo al comandante "buona fortuna" e tornandosene alla sua vita. Se poi quel tipo avesse deciso di fare in modo che lei non potesse più fornire informazioni al governo? Chiaramente, lei era stata l'unica a sfuggirgli, non sarebbe stato troppo difficile rintracciarla, se fosse tornata a lavorare per l'ambasciatore.

Si voltò a guardare Stuart e si sorprese trovandolo che la

fissava negli occhi. Lei si aspettava che provasse a convincerla a rimanere, come ovviamente stava facendo il suo superiore, invece lui la stupì dicendole: "Qualunque sia la tua decisione, hai il mio supporto. Non è una scelta facile, mi dispiace che ti ci trovi in mezzo."

"Se rimane, la marina è disposta a ricompensarla," le disse il comandante, "di sicuro potremo trovare presto un alloggio, può trasferirsi in una camera a nostro carico. Le daremo anche un salario per le spese correnti. Sentirò anche l'ambasciatore, per fargli sapere che sta lavorando per la patria e che non ha mollato il lavoro mandandolo al diavolo."

"Assumerà qualcun'altra," disse Monica, guardando il comandante, dall'altra parte del tavolo. Sentì una fitta di rimorso al pensiero di non rivedere mai più August e Remington, ma il loro papà avrebbe trovato un'altra tata e si sarebbero adattati presto, anche se lei sperava conservassero ottimi ricordi di lei.

"Quando tutto sarà finito, la marina l'aiuterà a trovare un lavoro," aggiunse il comandante.

Monica strinse le labbra: non aveva idea di quanto tempo sarebbe servito per identificare quell'uomo, ma aveva la sensazione che non sarebbe stata un'impresa rapida. Era chiaramente un tipo capace di non farsi notare; se il comandante e tutti gli ispettori della marina non erano stati in grado di scoprire chi fosse, lei di certo non sperava di identificarlo di punto in bianco. Se avesse deciso di rimanere, probabilmente si sarebbe dovuta adattare per un bel po' di tempo.

Poteva farcela? Poteva sopportare di avere tanti militari intorno tutti i giorni, mentre esaminava i documenti del personale? In tutta sincerità, non ne era sicura.

Poi sentì Stuart che le stringeva di nuovo la mano, quella con le dita martoriate.

All'improvviso tutto le fu chiaro. Non conosceva quell'uomo nemmeno da una settimana, eppure con lui si sentiva a proprio agio, tanto da lasciare che le toccasse i monconi delle dita. Non le veniva il panico, non sentiva il bisogno di sottrarsi al suo tocco, lo stesso istinto di qualche giorno prima. Che confusione, era di nuovo un territorio del tutto sconosciuto.

Ciononostante, si ritrovò a dire con tranquillità: "Rimarrò e farò tutto il possibile per aiutarvi."

Huttner si lasciò sfuggire un sospiro di sollievo. "Ottimo. Le farò preparare un computer, potrà usarlo per esaminare i registri del personale. Se vuole, posso contattare una detective molto brava nel suo campo, potrebbe essere in grado di farle delle domande più specifiche per farle tornare in mente dei dettagli che al momento non ricorda. In passato, la marina ha sfruttato anche dei servizi di ipnosi, posso organizzare una sessione."

"Con calma, signore," disse Stuart mantenendosi tranquillo, "Monica ha detto che rimarrà a darci una mano, non c'è bisogno di fare tutto in un giorno. Adesso le servono vestiti e altri generi di prima necessità, è arrivata alle Hawaii con nulla, ci sono anche delle pratiche da avviare per garantirle il rimborso delle spese."

"È vero, ma certo, però bisogna che si presenti ogni giorno feriale per esaminare i registri."

"Lo farà."

Monica avrebbe dovuto prendersela, perché quei due parlavano di lei e della sua vita come se lei non fosse seduta proprio lì... ma sentire Stuart che la proteggeva la faceva sentire troppo bene, per quanto al contempo la innervosisse. Non le sarebbe dispiaciuto cominciare a esaminare i file della marina anche in quel preciso momento, ma poteva ammettere di essere emotivamente sovraccarica. Benché ci fosse una possibilità remota di avere fortuna, riuscendo rapidamente a individuare l'uomo che il comandante cercava disperatamente di trovare, era comunque assai improbabile.

"La terrò aggiornata appena si libera un alloggio alla base," disse Huttner.

Monica non era sicura che stesse parlando a lei o a Stuart, ma immaginò che non facesse troppa differenza.

"Ehm... sono nei guai, per quanto vi ho raccontato?" chiese; non che volesse davvero tornare sull'argomento, ma se il comandante intendeva denunciarla per complicità in omicidio, lei preferiva saperlo subito, piuttosto che venire sorpresa dalla polizia che si presentava alla porta di casa, in un secondo momento.

Per la prima volta da quando aveva incontrato il comandante, gli lesse negli occhi un'espressione di bontà. "No. Aveva dodici anni, è successo tanto tempo fa... e ho l'impressione che abbia già sofferto le pene dell'inferno con l'uomo che si diceva suo padre."

"Ha ragione," sussurrò lei, sentendosi spossata. Si sentiva anche fuori fase. L'incontro di quel mattino non era andato nemmeno lontanamente come lei se l'era immaginato. L'esperienza le diceva che i militari erano tipi tosti, molto pratici, a cui non interessava affatto ciò che non rientrava nel loro dovere. Il comandante di Stuart era chiaramente professionale e pratico, e per un attimo si era lasciato prendere dalla frustrazione, ma era evidente che avesse anche un lato più morbido, un lato che la lasciava senza parole.

Lei non avrebbe mai e poi mai accettato di trovarsi in quella situazione, ma fu piuttosto sorpresa dall'impulso che la spingeva a fare ciò che le chiedevano, più che a filarsela dalle Hawaii il più alla svelta possibile. Forse la psicoterapeuta che le aveva consigliato di passare del tempo in un ambiente militare sapeva ciò che stava dicendo, in fin dei conti. Monica stava capendo che gli uomini con cui aveva passato il tempo dopo il grande casino in Algeria, per quanto intensi, non avevano nulla a che fare con suo padre.

Fu un sollievo inestimabile.

Huttner si alzò in piedi, Stuart e Mustang si alzarono dopo di lui, Monica seguì il loro esempio.

"Grazie per essere stata così comprensiva, in questa situazione," le disse il comandante, "so bene di avere sfruttato la mia autorità per costringerla a venire qui alle Hawaii, ma spero che adesso capisca l'urgenza della situazione e il motivo per cui ho agito in quel modo."

"Sissignore," gli rispose Monica, non sapendo bene che altro potesse dire, a quel punto.

"La riporta alla base domani?" chiese il comandante a Stuart.

Lui sospirò. "Dopo pranzo abbiamo la revisione della missione, può cominciare a esaminare i profili mentre siamo in riunione."

Monica trattenne il fiato, in attesa di vedere se il comandante avesse accettato.

"Direi che va bene." Poi si girò e uscì dalla sala riunioni.

Monica si lasciò andare a un lungo sospiro.

"Sei pronta ad andare?" le chiese Stuart, come se nell'ultima ora non fosse successo nulla di straordinario. Lei annuì.

"Parlo io con il resto della squadra," disse Mustang, "li aggiorno su tutto."

"Ottimo."

"Voglio beccare questo tipo," aggiunse Mustang.

"Idem," concordò Stuart.

"Quella dei SEAL è una delle professioni più prestigiose a cui qualcuno possa ambire. Sapere che quello là mette il proprio addestramento contro il paese che gliel'ha fornito, contro *altri* paesi, contro le donne... è uno schifo inaccettabile," concluse Mustang con tono più acceso.

"Sono d'accordo."

Monica rimase immobile: sentiva le vibrazioni di rabbia che emanava l'amico di Stuart e non voleva che quell'ira si ritorcesse contro di lei.

Invece Mustang fece un respiro profondo e sembrò in grado di contenere la furia. "Scusami," le disse.

Monica sbatté le palpebre sorpresa.

"È solo che sono incazzato da morire."

"Scommetto che Elodie ti aiuterà a star meglio," gli disse Stuart con un sorrisetto malizioso.

"Certo che mi aiuterà, diamine, mi basta averla vicino a me per rilassarmi. Monica, grazie mille, lo so che ti trovi in una situazione di cacca e che non te lo meritavi, ma se c'è qualcosa che io ed Elodie possiamo fare per alleggerirti il peso, tu faccelo sapere."

"Eh... va bene," rispose Monica, pur sapendo che non avrebbe mai chiesto quell'aiuto.

Stuart allungò una mano per stringere quella di Mustang. "Grazie per essere venuto, oggi."

"Quando vuoi. Il comandante avrebbe dovuto dirci di questo tipo già da tempo. Almeno potevamo stare più all'erta, mentre eravamo in Algeria. Specialmente considerando che era proprio il genere di situazione di cui quel bastardo ama tanto approfittare."

"Sono d'accordo," ripeté Stuart.

"Ah, cambiando argomento, per caso hai parlato con Aleck stamattina?"

"No, perché?"

"Sembra che non resista più dalla voglia di sposare Kenna. Stanno già organizzando un matrimonio all'hawaiana in stile luau," spiegò Mustang.

"Ma davvero?" chiese Stuart con un gran sorriso.

"Davvero! Penso che il tipo della reception, Robert, si sia incaricato di organizzare le nozze più belle di sempre, proprio sulla spiaggia davanti al complesso residenziale di Coral Springs."

"Che meraviglia! Non vedo l'ora di conoscere tutti i dettagli," disse Stuart.

"Anch'io. Ci vediamo domani," concluse Mustang incamminandosi nel corridoio.

"Luau?" chiese Monica, appena rimasta da sola con Stuart.

Stuart sorrise di nuovo. "Ah, sì, è la festa hawaiana per antonomasia, vedrai, ti piacerà un sacco."

"Ah, ma... perché, sono invitata?" chiese mentre Stuart le appoggiava una mano dietro la schiena, invitandola a precederlo nel corridoio.

"Ma dici sul serio?"

"Sì?" chiese lei perplessa, guardandolo.

Stuart aspettò di essere all'aperto, mentre raggiungevano il suo minivan nel parcheggio, per dirle: "So che per te non sarà semplice da comprendere, ma finché sarai qui, farai parte del nostro gruppo. Sarai invitata alle grigliate, alle serate tra ragazze, potrai contare sulla protezione della mia squadra. Se Aleck e Kenna si sposano mentre sei qui, certo che sei invitata."

Monica rimase senza parole. Non aveva mai conosciuto qualcuno come Stuart e i suoi amici. Erano generosi all'inverosimile. *Non* la conoscevano, altrimenti non l'avrebbero nemmeno apprezzata più di tanto probabilmente, eppure Stuart le stava dicendo che l'avrebbero trattata come un'amica. Era un'assurdità.

"Vedrai," aggiunse Stuart, come leggendo la confusione nei suoi pensieri.

Dopo aver aspettato che Monica si accomodasse sul sedile del passeggero, le chiuse lo sportello e si incamminò verso il posto di guida. "Pensavo di fermarci al centro commerciale di Alana Moana, è sulla via di casa. Anche se Lexie è stata molto brava a intuire le tue taglie e a portarti qualcosa da indossare, penso proprio che vorrai sceglierti da sola i tuoi vestiti. Non preoccuparti della spesa, la marina ti darà un rimborso che coprirà abbondantemente le tue necessità."

"Va bene." Monica non aveva mai amato andare a fare

shopping, ma non le sarebbe affatto dispiaciuto scegliere qualcosa da indossare, proprio come Stuart si era immaginato.

"C'è qualcos'altro di cui vorrei parlarti."

Monica si tenne forte.

"So che il comandante ha detto che ci farà sapere quando si libera un alloggio della marina alla base... ma vorrei chiederti di considerare di rimanere a casa mia."

Monica a quel punto fu esterrefatta. Credeva che Stuart sarebbe stato più che felice di vederla uscire dal proprio spazio personale il prima possibile.

"Penso davvero che saresti più comoda a casa mia che alla base. Ho notato come ti irrigidisci, sei a disagio ogni volta che incontri qualcuno in uniforme. Dato che comunque dovrai passare un bel po' di tempo alla base per esaminare i profili degli ex SEAL, avere un posto dove non dovresti tenere sempre la guardia alzata probabilmente ti farebbe bene."

Era un ragionamento che non faceva una piega, ma Monica proprio non voleva essere un peso. Per nessuno. Se le stava offrendo ospitalità solo per senso del dovere, lei avrebbe rifiutato in un baleno.

Stuart proseguì. "Poi... mi piace averti a casa, mi è bastata la tua compagnia ieri per capire quanto fosse silenziosa e solitaria casa mia. Anche senza dover per forza chiacchierare, è bello non stare da solo. Gli altri ormai sono sempre impegnati con le rispettive compagne, devo ammettere che mi manca poter passare il tempo con qualcuno."

"Mustang, Midas e Aleck sono gli unici impegnati o sposati, però, non è vero?" gli chiese Monica, non rispondendo subito al suo invito.

"Brava, hai un'ottima memoria. Sì, ma anche se Jag e Slate non sono ufficialmente impegnati con Carly e Ashlyn, sono comunque interessati, anche se stanno agendo con molta calma. Jag sta sempre a sentire come se la passa Carly, che si sta ancora riprendendo da quanto è successo col suo ex; Slate invece passa molto del suo tempo libero a cercare di contenere Ash, con fortune alterne: è una donna piena di spirito, Slate non si annoia di certo, con lei."

Stuart ridacchiò, Monica non poté far altro che starsene seduta a fissarlo, mentre lui guidava verso il centro commerciale.

"Comunque, se davvero non ti va di rimanere a casa mia, va bene, ma sappi che a me non dispiacerebbe affatto se rimanessi, gradirei la tua compagnia."

In verità, Monica *non* voleva alloggiare nella base; anche se stava cercando di non lasciare che il passato dominasse la sua vita presente, essere circondata continuamente da militari non le sembrava la scelta più opportuna per la propria psiche. "Rimarrò da te, se non ti sono di peso," gli disse.

Stuart le fece un gran sorriso. "Ottimo; se non ti dispiace, vorrei fermarmi anche in ferramenta prima di tornare a casa."

"Per che motivo?" gli chiese.

"Vorrei mettere una serratura migliore alla tua porta, così ti sentirai più al sicuro."

"Non è necessario," gli spiegò Monica, nonostante sentisse una punta di sollievo. Le piaceva Stuart, ma non per questo si fidava di lui completamente. Era pur sempre un militare. Conoscendosi meglio, lui si sarebbe potuto mettere in testa strane idee sul loro rapporto. Stuart era diverso dal padre di Monica, ma per quanto lei continuasse a ripeterselo, una briciola di dubbio le rimaneva sempre.

"Io penso di sì, ma ho anche qualcos'altro in mente e devo comprare un po' di cose."

"Cosa sarebbe?"

"È una sorpresa," le disse con un sorrisetto sornione.

Monica ormai era in preda alla curiosità: aprì la bocca per fargli altre domande, ma lui svoltò a sinistra in un parcheggio coperto a più piani e le disse: "Siamo arrivati."

Lei a quel punto lasciò cadere l'argomento. Si accorse che non vedeva l'ora di sedersi sulla pedana in legno dietro casa di Stuart, senza troppi pensieri, almeno per un po'. Le era venuto il mal di testa, con tutti i brutti ricordi che aveva dovuto ripercorrere, per non parlare del fatto che, per quanto si fosse sforzata, non era riuscita a ricordare il tatuaggio sul braccio di quel SEAL. Ebbe la netta sensazione che quel dettaglio fosse uno degli elementi chiave più importanti, nel ricostruire l'identità di quell'uomo.

Chissà perché, quella casa accogliente circondata dagli alberi, nonostante il poco tempo che vi aveva trascorso, già le sembrava più familiare di qualsiasi altro posto in cui era vissuta.

CAPITOLO OTTO

ERA difficile credere che fosse passata una settimana intera da quando Pid era tornato con Monica dall'Algeria. Dopo la riunione di revisione della missione, Pid aveva chiesto qualche giorno di licenza per poter completare la sorpresa che aveva ideato per la sua ospite. Ogni mattina, andavano insieme in macchina alla base e lui le faceva strada fino al piccolo ufficio in cui il comandante Huttner aveva fatto installare un computer che lei poteva usare per esaminare i profili degli ex SEAL.

Era un compito oberante, ma Monica non sembrava affatto scoraggiata: sembrava più che altro... rassegnata. Chiaramente non era proprio entusiasta di dover esaminare tutte quelle foto, ma non si era nemmeno rifiutata di farlo.

Mentre lei lavorava alla base, Pid si dava da fare al massimo a casa per completare la sorpresa che le stava preparando. Lei si era incuriosita per il caos che lui faceva misurando e tagliando assi di legno, ma non si era lamentata della polvere sui pavimenti o degli attrezzi che lui lasciava in giro per casa.

Finalmente era arrivato il giorno in cui avrebbe mostrato a

Monica ciò a cui aveva lavorato. Quel mattino, il padrone di casa (che peraltro si occupava di edilizia) era venuto a dargli una mano per una parte del progetto.

Poi Pid aveva chiesto ad Aleck di raggiungerlo nel pomeriggio, per aiutarlo a completare i lavori, alla fine erano arrivati un po' tutti quelli della squadra e lui li aveva ringraziati molto. Pid non era mai entrato prima nella stanza di Monica, se non per prendere delle misure, perché non voleva fornirle degli indizi su cosa fosse la sorpresa. Quindi gli facevano comodo altre cinque paia di braccia. Gli uomini della squadra riuscirono a terminare tutto il progetto entro la fine della giornata lavorativa.

Quando Pid fece due passi indietro per esaminare il risultato finale, Midas gli diede una pacca sulla schiena dicendogli: "Ottimo lavoro, Pid."

"Se non sapessi dove guardare, non saprei nemmeno che c'è," commentò Jag.

Pid osservò la stanza con occhio critico. Non era perfetta, ma lui non aveva né il tempo né le conoscenze adatte per spostare fisicamente la finestra o anche per pareggiare le dimensioni della camera; si convinse che sarebbe bastato.

"Quante probabilità ci sono che Monica riesca a identificare quel tipo?" chiese Slate.

Mustang era partito da cinque minuti per andare alla base a prendere Monica e riportarla a casa. Lei si sarebbe sorpresa nel vedere che Pid non era andato a prenderla, come aveva fatto ogni altro giorno della settimana, ma lui doveva fare un minimo di pulizie, prima che lei rientrasse.

Pid sospirò e si abbassò per prendere alcuni attrezzi dal pavimento. Gli altri seguirono la sua iniziativa e cominciarono a mettere in ordine e pulire, in modo che la camera fosse uguale a come Monica l'aveva lasciata quella mattina, quando era uscita. Quasi uguale.

"Sinceramente? Quasi nessuna," rispose a Slate.

"Lo penso anch'io," replicò l'amico.

"È un compito che rasenta l'impossibile," intervenne Midas, "in giro ci sono migliaia di ex SEAL di età compresa tra i quarantacinque e i cinquantacinque anni. Se poi la stima dell'età fosse sbagliata, dovremmo aggiungerne altre migliaia. Immagino che dovrà esaminare *tutti* i profili, se la scrematura in base al tipo di congedo non funziona. Tra l'altro, la foto del profilo di quel tipo potrebbe essere stata scattata quando lui era *molto* più giovane."

"Lo so," rispose Pid.

"Anche il tatuaggio non è di grande aiuto, potrebbe esserselo fatto dopo aver lasciato la marina," aggiunse Midas.

"Per non parlare del fatto che aveva la faccia coperta," intervenne Aleck.

"Lo *so*," disse di nuovo Pid.

"Allora qual è il tuo piano?" gli chiese Jag. "Pensi che vivrà qui per sempre, in questa piccola fortezza che hai costruito per lei?"

"No," rispose Pid un po' irritato.

Monica era senza dubbio una peperina difficile, ma accidenti, gli era entrata nel cuore, nella settimana che avevano trascorso insieme. Lui non voleva farla vivere per il resto della vita nella camera degli ospiti. Non gli sarebbe affatto dispiaciuto, a un certo punto, cercare di scoprire se erano compatibili anche diventando *più* che amici e conviventi.

Lui sapeva bene che le sarebbe servito del tempo per fidarsi: lei non si fidava di *nessuno*, almeno così gli era sembrato, soprattutto dei militari; un pensiero che lo opprimeva. Una donna forte e coraggiosa come lei, dopo tutto l'inferno che aveva superato, non doveva vivere un'esistenza chiusa e intimorita a causa di un solo uomo.

Pid non aveva idea se poteva essere lui la persona giusta per aiutare Monica ad abbassare la guardia e imparare a godersi la vita, ma almeno voleva provarci.

"Tutto qua? Solo no?" lo stuzzicò Slate.

"Tutto qua," ribadì Pid all'amico.

"Ecco. Allora, cambiamo argomento, prendetevi una giornata libera esattamente tra un mese: io e Kenna ci sposiamo e se non siete tutti presenti dovrò fare del male a qualcuno."

Aleck si beccò le pacche sulla schiena da tutti gli amici, che si congratularono con lui.

"Come pensi di riuscire a organizzare le nozze in così poco tempo?" gli chiese Slate. "Io pensavo che le donne ci impiegassero dei mesi a decidere tutti quei dettagli barbosi."

"Spesso è così, ma ci aiuta Robert," affermò Aleck con un gran sorriso.

"Ah, il portiere magico. Un altro vantaggio dell'essere ricchi," scherzò Jag.

"In realtà penso che si sarebbe incaricato di organizzare tutto anche gratis. È merito di Kenna. Chissà come, ma fa venir voglia agli altri di fare i salti mortali per accontentarla," disse Aleck.

Un anno prima, Pid non avrebbe mai immaginato di parlare con gli amici dei dettagli delle nozze, ma quando Aleck disse che sarebbero arrivati i genitori di entrambi e che Robert era riuscito in qualche modo a farsi dare il permesso per sotterrare un maiale nel giardino del complesso residenziale, per la cerimonia del luau, lui si ritrovò a sorridere. Ad alcuni avrebbe dato fastidio il modo in cui la loro amicizia era cambiata, per via delle compagne e delle mogli che erano entrate in scena, ma Pid non era fatto così. A lui faceva estremo piacere vedere gli amici felici.

"Oh, Kenna sta organizzando una festa di addio al nubilato e mi ha detto di dirti che vorrebbe tanto invitare anche Monica," gli disse Aleck.

Il sorriso di Pid si affievolì un poco. "Non lo so," rispose evasivamente. Per quanto avesse già detto a Monica che ormai anche lei faceva parte del loro clan di amici e amiche, un conto era andare alla cerimonia di nozze, un altro partecipare all'addio al nubilato, insieme ad altre donne che lei non conosceva: sarebbe stato più difficile convincerla.

"Ho cercato di spiegare a Kenna che era strano invitare una donna che non conosce all'addio al nubilato, ma lei ha insistito. Ha detto che Monica è amica tua e quindi è *anche* amica sua e vuole invitarla."

"Monica fa fatica a legare emotivamente con gli altri," spiegò Pid. Gli dispiaceva molto dire qualcosa di negativo sulla donna che cominciava a piacergli, probabilmente più di quanto si rendesse conto, dato che presto se ne sarebbe andata, ma voleva solo preparare i suoi amici, perché a loro volta avvertissero le loro compagne.

"Penso che sia ovvio," commentò Midas, "Lexie le ha inviato dei messaggi per cercare di farla sciogliere un po', ma non ha avuto molta fortuna."

"È solo che... fa fatica a fidarsi delle persone," spiegò lui.

"Per via di quel bastardo di suo padre," aggiunse Slate con voce profonda.

Pid annuì.

Ormai sapevano tutti la storia del padre di Monica, che l'aveva costretta a sotterrare un uomo. Per non parlare del modo in cui le aveva martoriato la mano.

"Che ne dite di andare tutti fuori a cena, andiamo al Duke's una sera, prima dell'addio al nubilato? Se passiamo del tempo insieme in un ambiente più neutrale, si conosceranno meglio," suggerì Aleck.

Pid annuì. Voleva davvero che Monica andasse d'accordo con le compagne dei suoi amici, ma... se non avesse funzionato? Per lui non sarebbe stato un ostacolo insormontabile. Monica gli piaceva esattamente com'era. Tranquilla, introspettiva. Aveva un carattere più propenso a osservare, ad ascoltare, più che a tuffarsi nel mucchio e far baldoria. Lui non aveva dubbi che sarebbe andata d'accordo con Elodie,

Lexie e Kenna, ma diventare una delle loro migliori amiche non era indispensabile per costruirci un rapporto insieme.

Ecco, di nuovo... ma che cavolo stava pensando? Monica era alle Hawaii per un motivo e solo per quello: identificare l'uomo che aveva fatto razzia nella casa dell'ambasciatore. Nient'altro. Quando ci fosse riuscita, o qualora fosse diventato ovvio che era *impossibile*, se ne sarebbe andata, tornando alla sua vita da tata.

"Ottimo, chiedo a Kenna quando pensa sia il momento migliore per andare al Duke's," proseguì Aleck.

"Io parlo con Lexie, che lo farà sapere a Elodie."

"Niente in contrario se viene anche Ashlyn?" chiese Slate.

"Per me no," gli rispose Aleck, "più siamo, meglio è."

"Vorrei tanto che Carly uscisse di casa, ma potrebbe essere un po' troppo presto per farla tornare al Duke's," disse Jag.

"Pensi che verrà alle nostre nozze?" gli chiese Aleck.

Jag si chiuse nelle spalle. "Non lo so, ma farò del mio meglio per convincerla."

"Ma guarda un po'," scherzò Midas, "siamo qui che organizziamo una serata divertente per le nostre donne."

Risero tutti e Pid non poté far altro che unirsi a loro. In quel momento, non sembravano certo un gruppo di SEAL della marina capaci di tutto, ma a nessuno di loro interessava.

Pid sentì il telefono vibrare, gli era arrivato un messaggio; abbassò lo sguardo per leggerlo. Era Mustang, gli faceva sapere di aver prelevato Monica alla base e che stavano tornando a casa. "Va bene, adesso tutti via, vi ringrazio molto per l'aiuto, ma Mo sta tornando."

Aveva già spiegato a tutti il motivo per cui non li voleva presenti quando le avrebbe mostrato ciò che aveva fatto, agli amici andava bene così. Monica non gradiva essere al centro dell'attenzione, sentirsi addosso gli occhi di tutti gli uomini della squadra, in attesa di una sua reazione; non sarebbe stato un momento facile per lei.

Pid non riusciva a capacitarsi di quanto fosse nervoso, camminava avanti e indietro in attesa che Mustang arrivasse con Monica. Voleva che la sua ospite si sentisse a proprio agio: non aveva scelto lei di venire alle Hawaii e stava facendo un favore enorme al comandante e alla patria. Il minimo che lui potesse fare era assicurarsi che si sentisse sicura il più possibile, mentre era sull'isola.

Il suono delle gomme sulla ghiaia fuori casa attirò Pid alla porta; fece un cenno a Mustang, seduto al volante del suo vecchio pick-up. Quel veicolo sembrava pronto per lo sfascia-carrozze, ma Mustang ne aveva una cura meticolosa. Il motore era probabilmente in forma migliore del novanta per cento delle altre macchine in circolazione.

Pid osservò Monica che si avvicinava, sembrava stanca. Esaminare profili tutto il giorno le risucchiava un sacco di energie, lui lo trovava odioso. Decise che avrebbe parlato sia con Monica che col comandante perché accorciassero il tempo che doveva passare ogni giorno alla base, anche se ciò significava allungare i tempi per controllare tutti i profili... Pid sorrise alla sua ospite.

"Va tutto bene?" gli chiese lei un po' accigliata.

"A me? Ma certo, perché?"

"Mustang non ha voluto dirmi perché non sei venuto tu a prendermi, oggi. Mi ha detto solo che eri impegnato. Non ho capito se era una parola in codice macho per dire che eri malato... o magari che eri stanco di farmi continuamente da autista."

"Non sono malato e di sicuro non sono stanco di accompagnarti dove devi andare," le disse Pid, "sai quello a cui stavo lavorando?" Aspettò che lei annuisse, poi continuò: "Beh, oggi l'ho finito."

L'interesse accese lo sguardo di Monica. "Ah sì?"

"Sì. Vuoi vederlo?"

"Non sono sicura."

Pid aggrottò la fronte. "Non sei sicura?"

"Le sorprese non mi appassionano un gran che," gli spiegò.

"Fammi indovinare," disse lui, "per via di tuo padre?"

Monica lo guardò con espressione dimessa. "Eh sì. La più memorabile è stata quando mi ha detto di uscire perché aveva una 'sorpresa' per me. Cinque delle nostre galline erano state uccise nella notte da qualche predatore, più una sesta ancora viva che non riusciva a camminare e arrancava per terra, ovviamente in preda al dolore. Lui mi ha detto di ucciderla, di spennarle tutte e sei, di tagliare teste e zampe, di rimuovere gli organi interni e di portarle dentro dalla mamma, che le avrebbe lavate e riposte in dei sacchetti per cucinarle in un secondo momento. Avevo sei anni."

Pid chiuse gli occhi e fece un respiro profondo, cercando di rimanere composto.

Solo quando sentì un tocco sul braccio, riaprì gli occhi. Monica era in piedi davanti a lui con un'espressione preoccupata in volto. "Non è stato così brutto," gli assicurò.

"Non dire così," le rispose Pid scuotendo di netto la testa, "non cercare di difendere quello che ti ha fatto quel coglione. Ti ha ferita, e anche se adesso sei una donna meravigliosa, una donna che ammiro un casino, tutto ciò che ti ha fatto ti è rimasto addosso e io lo *odio* per questo."

Si fissarono a vicenda per un lungo momento. Pid aveva voglia di abbracciarla, ma non voleva spaventarla, o farle credere che fosse un abbraccio di pietà, perché così non era. Come poteva provare pietà per una persona che aveva fatto tutto il necessario per sopravvivere?

"Magari, se avessi alle spalle più sorprese positive, il mio atteggiamento cambierebbe," gli disse dopo un momento, regalandogli un sorrisetto.

Accidenti, Pid aveva un debole per la fossetta che riusciva a intravedere di tanto in tanto. Le sarebbe bastato un bel sorriso per fargli fare i salti mortali e accontentarla in tutto, pur di rivedere quella fossetta.

"Va bene, devo ancora finire di ripulire, quindi ignora la polvere e lo sporco che troverai."

"Vuoi dire, come ho fatto per tutta la settimana?" gli rispose stuzzicandolo.

Pid ridacchiò. "Esatto, proprio così."

"Sai che c'è?" gli chiese mentre entrava.

"Che c'è?"

"Mi sto abituando a vivere in una casa non immacolata. Non mi ero accorta che quella parte della mia infanzia mi fosse rimasta appiccicata con tanta forza. Ovunque vivessi, ho sempre tenuto la mia stanza molto pulita, letto costantemente rifatto, niente fuori posto. Mi sono sempre impegnata per tenere pulita anche la casa dei miei datori di lavoro. È una liberazione non dovermi preoccupare della polvere sul pavimento, o di un piatto sporco nel lavello."

Pid rise. "Non so bene se reagire con orgoglio o con dispiacere, per l'influenza negativa che sto avendo su di te."

"Senz'altro con orgoglio," gli rispose Monica, mentre appoggiava la borsetta sul mobiletto della cucina guardandosi intorno.

Il salotto non era messo tanto male: gli altri lo avevano aiutato a spolverare, ma il divano e il tavolino erano ancora spostati contro il muro e coperti dal lenzuolo che li aveva protetti dalla polvere e dalla sporcizia.

"Wow, cosa ci avete fatto, qui, la breakdance?"

Pid scoppiò a ridere. Quando riuscì a riprendere il controllo, le chiese: "Sul serio, mi ci vedresti a fare la breakdance?"

Lei lo guardò negli occhi con espressione seria e gli

rispose: "Penso che probabilmente potresti fare qualunque cosa decidessi di fare."

Cacchio, lo stava distruggendo.

"Grazie, Mo. Va bene, la sorpresa è in camera tua. Vai a dare un'occhiata."

Lei diventò nervosa, ma si incamminò lentamente nel corridoio verso la camera in cui aveva dormito nell'ultima settimana.

Pid la seguì e incrociò le dita, sperando che le piacesse ciò che le aveva preparato.

Dapprima, lei rimase ferma in piedi sull'uscio della stanza a guardarsi attorno, confusa. Era tutto esattamente come l'aveva lasciato quel mattino. Pid si era impegnato a rimettere tutto a posto, dopo aver finito.

Monica si girò per guardarlo. "Ehm... grazie?"

Pid sorrise. "Non noti qualcosa di... strano... nelle dimensioni della camera?" le chiese.

Lei si voltò di nuovo a osservare l'ambiente e quando la sentì ansimare Pid si accorse che aveva capito.

"Non ci credo, Stuart! Ma hai..."

"Eh sì," le rispose, sempre sorridendo. "Non sono riuscito a esaminare la camera segreta nella casa dell'ambasciatore, in Algeria, ma ho costruito qualcosa del genere. La parete sulla sinistra è una controparete, dista circa un'ottantina di centimetri dal muro. Dentro non c'è un sacco di spazio, ma con la tua corporatura penso che sia più che abbastanza per muovertici."

Monica non riusciva a proferire parola, continuava a esaminare quella parete come se avesse avuto la vista a raggi X e potesse vederci attraverso. Così Pid entrò in camera passandole vicino e andò verso il punto in cui aveva occultato l'interruttore che apriva la porta della camera segreta, vicino al pavimento. Col piede, spinse su un punto del parquet.

Vicino a lui si aprì una porticina, era alta appena un metro e quaranta, molto meno delle porte standard. Lui doveva abbassarsi per poter entrare, ma non l'aveva costruita per sé, l'aveva pensata solo ed esclusivamente per la tranquillità di Monica.

"Volevo che potessi aprire la porta anche con le mani impegnate, per questo ho messo il pulsante di attivazione vicino al pavimento," le spiegò, "per adesso c'è una coperta con un cuscino, ci ho messo un altro telefonino, una radio con gli auricolari e un tavolinetto. L'unica cosa che ancora manca è l'aggancio alla rete elettrica della nuova presa a muro. Lo farò in un secondo momento. Però la presa nel muro originale funziona bene, quindi ci puoi attaccare la radio e il caricatore del cellulare. Ah, c'è un'altra cosa importante."

"Un'altra?" sussurrò Monica.

Pid annuì. "Ho cominciato a pensare alla stanza in Algeria e mi è venuto in mente che se io e Slate non fossimo arrivati in tempo, ti saresti ritrovata in trappola e i ribelli avrebbero incendiato la casa." Le immagini dal satellite avevano confermato che tutto il quartiere era stato distrutto dalla folla.

"Se c'è una cosa che proprio non voglio è che tu entri in questa stanza di sicurezza per poi trovartici intrappolata. Così ho chiamato il vicino di casa e mi ha aiutato a creare una scappatoia. È una via di fuga ancor più piccola di questa porticina, quindi per usarla dovrai metterti in ginocchio con le mani a terra, ma ci ho provato anch'io e sono uscito, quindi ce la farai anche tu. Di recente ho piantato qualche arbusto su questo lato, dietro la casa, ti daranno abbastanza protezione per allontanarti indisturbata senza che nessuno ti veda. Se poi vuoi chiedere aiuto, puoi sempre raggiungere la casa del vicino o andare dove vuoi, a quel punto."

Pid si era accorto di parlare alla svelta, ma non riusciva a interpretare bene la reazione di Monica alla sorpresa che le aveva preparato.

"Volevo solo che ti sentissi al sicuro," le disse con tranquillità, "e quella cameretta in Algeria ti ha tenuta lontana da quel bastardo, che altrimenti ti avrebbe senz'altro fatto del male. Non che sia preoccupato che il pericolo bussi alla mia porta, ma non si sa mai, potrebbe anche succedere. Sai, col mio lavoro mi sono fatto dei nemici; anche se la mia identità rimane per lo più segreta, c'è sempre il rischio che trapelino dei dettagli, o che magari qualche vagabondo prenda di mira casa mia perché è lontana dalla strada principale. Comunque... pensavo solo che, con un posto sicuro in cui nasconderti, saresti stata più a tuo agio rimanendo qui da me."

Pid era in piedi vicino all'apertura della stanza segreta, si muoveva sul posto a disagio. Monica non gli aveva ancora detto una parola e lui cominciava a innervosirsi; la guardò dritta negli occhi mentre lei si avvicinava lentamente. Poi lei si abbassò per guardare all'interno dello spazio tra il muro e la controparete che lui aveva costruito. C'era anche un'abat-jour collegata alla presa nel muro, per poter illuminare bene l'ambiente.

Quando lei raddrizzò la schiena, Pid vide che era in lacrime.

Quella reazione lo mandò un po' nel pallone, cercò di pensare a cosa potesse aver sbagliato, che le desse tanto fastidio. A quel punto, ricominciò a farfugliare, nel tentativo di evitare che le lacrime le scendessero sulle guance. Aveva la netta sensazione che nulla avrebbe potuto ferirlo di più che vedere Monica piangere.

"Non devi usarla per forza, è solo un pensiero che mi è venuto. So che la camera è un po' più piccola, ma non è poi così male. Se davvero non ti piace, possiamo anche scambiarci le camere. Posso dormire io in questa e tu prendi la camera più grande."

Monica alzò una mano e la appoggiò in mezzo al petto di Pid, che smise immediatamente di parlare. Quasi gli mancava il fiato, mentre la guardava, nell'attesa che gli dicesse qualcosa.

"Nessuno, in tutta la mia vita, ha mai fatto qualcosa di tanto meraviglioso per me," gli confessò dopo un momento. "Mai nessuno. Grazie, Stuart."

"Non c'è di che."

"Non riesco a crederci, hai fatto tutto questo in un giorno solo?" gli chiese, tenendogli la mano sul petto ma tornando a guardare la porta che aveva alle spalle.

"Ho costruito il telaio durante la settimana, tutte le assi erano in camera mia. Poi è bastato portarle qui e metterle su."

Monica alzò gli occhi al cielo. "Poi l'intonaco, la pittura, il buco nel muro per creare l'altra uscita." Tornò a guardarlo. "Immagino che ti abbiano aiutato i tuoi amici?"

Pid annuì.

"Davvero, sono senza parole," sussurrò lei.

Pid alzò una mano e la mise su quella di lei, poi le disse: "Non devi dire nulla, sono solo contento che non mi prendi per un matto catastrofista o chissà che altro."

Non stava cercando di essere divertente, ma a quelle parole Monica lasciò andare all'indietro la testa e scoppiò a ridere come una pazza. Lui non poté far altro che guardarla meravigliato, mentre lei cercava di riprendere il controllo come poteva.

Pid non aveva mai visto nulla di più bello di Monica in preda alla gioia. Voleva ricordare quel momento, nel caso non l'avesse mai più vissuto. Voleva fermare il tempo e cristallizzare quella risata di gioia contagiosa.

Fin troppo presto, Monica riprese il controllo di sé e scosse la testa. "Mio padre era uno di quei matti catastrofisti, tu non saresti mai al suo livello. Neanche lontanamente. Secondo lui, l'unica sicurezza era il bunker di cemento armato sul retro del nostro terreno. Odiavo quell'obbrobrio. Ogni volta che ci costringeva ad andarci dentro, quando ci chiudeva, mi sembrava il coperchio di una bara che sbatteva. C'era un brutto odore, entrava acqua, l'unico modo per uscire era l'ingresso. Questa cameretta non ha nulla a che fare con quel coso. *Nulla.* È il regalo migliore che abbia mai ricevuto. Grazie."

Poi lo sbalordì, avvicinandosi e abbracciandolo. Non fu un contatto lungo, ma Pid non aveva mai risentito tanto del tocco di una donna come in quel breve abbraccio.

Monica si allontanò e gli chiese timidamente: "Posso provare ad aprire la porta?"

"Ma certo." Pid fece un passo indietro e chiuse la porta, che fece solo un clic, quasi senza rumore; un ottimo lavoro, ne era davvero soddisfatto. Quando la porta si chiuse, lui quasi non riuscì a vedere dove fosse. Senza conoscerne la posizione esatta, nessuno avrebbe mai notato la leggera imperfezione nel muro.

Mentre la osservava con un gran sorriso, lei spinse col piede nel punto in cui anche lui aveva spinto il parquet e la porticina si aprì. Lei si accovacciò e andò dentro, perlustrando lo spazio. "Posso anche uscire?" gli chiese.

Pid si abbassò per fare capolino all'interno della stanzetta segreta ricavata tra le pareti. "Ma certo. Non c'è alcun meccanismo nascosto per aprire quella porta, è chiusa da un doppio chiavistello, basta girarli e abbassare la maniglia."

Lei seguì le istruzioni e i raggi del sole entrarono in quello spazio angusto dall'esterno. Monica si abbassò in ginocchio, con le mani a terra, poi andò fuori per metà. Quando tornò indietro, lo guardò e gli disse: "Si può entrare da fuori?"

Pid scosse la testa. "No. Qui piove molto, non ero convinto di poterci mettere una leva nascosta che fosse abbastanza resistente da sopportare l'aria umida senza rovinarsi. Non volevo mettere una maniglia all'esterno della casa, perché così sarebbe ovvio che c'è una porta. Quindi, per adesso, è solo una via di fuga, non un ingresso."

Monica rientrò e tirò la porticina per chiuderla. Poi richiuse i chiavistelli e si diresse verso di lui. Pid fece un passo indietro per lasciarla uscire dalla stanzetta. Lei chiuse anche quella porta e rimase lì in piedi per un momento, fissando la parete con un'espressione pensierosa in viso.

"Tutto bene?" le chiese Pid.

Lei si girò per guardarlo. "Alla grande," gli rispose con un gran sorriso, regalandogli un accenno di fossetta.

"Bene, hai fame?"

"Da morire."

Pid si fece serio. "Hai pranzato?"

"Sì, però sono passate delle ore."

Lui ridacchiò. "Appunto, che ne dici di una bistecca, per cena?"

"Idea deliziosa, come posso aiutarti?"

"Vuoi preparare l'insalata?"

"Certo."

Passarono in salotto e poi nel cucinotto, che però non era grande abbastanza per lavorarci comodamente in due, ma a Pid non dispiacque: gli piaceva averla vicina. Gli piaceva scontrarsi con lei, quando si muovevano troppo alla svelta. Non poté fare a meno di notare che Monica non si scansava da lui, ogni volta che i loro corpi si incontravano per sbaglio.

Mentre preparava le bistecche, Pid le chiese: "Hai avuto fortuna, oggi?"

Lei capì esattamente ciò a cui lui si riferiva. "No."

"Almeno la ricerca procede bene? Sei abbastanza comoda nell'ufficio in cui ti ha messa il comandante?"

"Me la cavo," gli rispose Monica, "ma a dire il vero, non credo che funzionerà."

"Perché no?" le chiese Pid; non era del tutto sorpreso da quell'affermazione, ma voleva sentire il motivo per cui lei non si sentiva molto in grado di individuare l'uomo che aveva visto.

"Perché sembrano tutti molto diversi dal tipo che ho visto. Sono più giovani, in quelle foto. Sono molto più formali, hanno gli occhi diversi."

"In che senso?"

"Non so bene come spiegarlo. L'uomo che ho visto in Algeria aveva il volto parzialmente coperto, dal naso in giù, ma ho capito che stava sorridendo. L'ho capito dalle rughe di espressione intorno agli occhi. Però ho intuito che non fosse un sorriso molto amichevole, piuttosto era... bramosia. Aveva gli occhi freddi," disse sussurrando. "Ho capito che voleva farmi del male, voleva entrare e fare qualcosa di orribile."

"Mo," le disse Pid con delicatezza, voltandosi e tirandola a sé, come avrebbe voluto fare anche prima. Non pensò a cosa stava facendo, reagì solo d'istinto alla paura e al dolore con cui lei si esprimeva.

Sorprendendolo, lei non si tirò indietro di scatto, anzi: sembrò quasi avvicinarsi e accoccolarsi contro di lui, con le braccia intrappolate tra i loro corpi. Lui sentì che gli appoggiava le dita sul petto, poi anche la fronte.

"Gli uomini in quelle foto sembrano tutti... fieri. Sono felici di farsi scattare la foto del profilo ufficiale. Del resto, perché mai non dovevano esser fieri? Erano dei SEAL. Si erano fatti il mazzo per arrivarci. Magari, se potessi vedere le loro foto in mimetica, al naturale, potrei riuscire a riconoscere qualcuno, ma così, in alta uniforme, tutti eleganti, pieni di entusiasmo e con gli occhi orgogliosi... è solo che, non credo sia possibile individuarlo con un certo grado di certezza."

Pid condivideva la frustrazione di Monica e del comandante, era una situazione schifosa. Quel tipo se ne andava in giro dove e come voleva e faceva i suoi porci comodi senza alcuna esitazione. Incoraggiava gli altri a comportamenti violenti, uccideva delle donne, rubava delle fortune. Causava quanta più sofferenza poteva.

Con le mani dietro la schiena di Monica, Pid la tenne stretta a sé, trasmettendole tutto il supporto che poteva, senza farla sentire in trappola.

La sentì fare un respiro profondo e capì prima ancora che si muovesse che desiderava staccarsi, così abbassò subito le mani, lasciando che lei si allontanasse di un passo.

"Immagino che sarai costretto a tenerti in casa un'ospite più a lungo di quanto ti aspettassi, eh? Per quanto tempo pensi che il tuo comandante mi tratterrà a guardare profili, anche se è ovvio che non riconoscerò nessuno?"

"Sinceramente, non ne ho idea," le rispose Pid.

"È molto agitato per quel tipo, non è vero?" gli chiese.

"Eh sì."

"Posso dirti una cosa?" gli domandò.

"Puoi dirmi quello che vuoi," le rispose Pid convinto.

"Non è che mi dispiaccia, stare qui. Pensavo di odiare questo posto. Cioè, circondata continuamente da militari, non è proprio il mio ideale di divertimento. Però finora le persone che ho incontrato alla base sono state tutte molto cortesi. Almeno, *non* sono state scortesi, se mi capisci."

"Ti capisco."

"Passare del tempo con te e coi tuoi amici mi ha fatto capire che ho affrontato la psicoterapia senza troppa convinzione, negli anni."

"Cosa intendi dire?" le chiese Pid.

"Solo che... mi hanno detto tutti che il mio odio totale nei confronti del mondo militare era irrazionale, che mio padre era solo una persona e che non rappresentava tutti quelli che indossano l'uniforme. Io annuivo e dicevo che capivo, però... non penso di aver mai capito, almeno veramente. Finora. Che *schifo*, dopo tutti questi anni, mio padre mi influenza ancora."

"Non essere troppo severa con te stessa, Mo."

"Ci provo," gli rispose, guardandolo negli occhi, "e tu mi

stai aiutando. Molto. Sei stato sempre gentilissimo, anche quando non te ne ho dato motivo."

Lui le sorrise. "Il tuo carattere da peperina non mi dispiace affatto."

Lei alzò gli occhi al cielo. "Però è anche vero che, se mi piace star qui, potrebbe essere per il bel clima."

Lui fece una risata.

"Mi manca lavorare coi bambini, ma è anche una pausa piacevole."

Pid annuì. "Pensi che ti piacerebbe visitare un po' meglio l'isola? Uscire di più?"

"Con te?"

"No, pensavo di darti le chiavi del mio prezioso minivan con una mappa e di scaraventarti fuori dalla porta," le disse per provocarla.

Lei gli fece un gran sorriso chiedendogli: "Il tuo prezioso minivan?"

"Sì."

Monica fece una faccia esasperata. "Non mi dispiacerebbe vedere qualche altro posto, oltre a casa tua. Non che non mi piaccia casa tua, anzi, è molto comoda e adoro il giardino. Però credo di sì; dato che sono alle Hawaii, potrei anche fare un po' la turista. Non si sa mai, potrebbe tornarmi utile, quando cercherò di far divertire i bambini di cui mi occuperò in futuro."

Pid non voleva pensare a quando Monica se ne sarebbe andata, anche se forse era inevitabile. "Ottimo. Ah, c'è un'altra cosa."

"Che cosa?" gli chiese con sospetto.

"Kenna vorrebbe invitarti alla sua festa di addio al nubilato. So che è un invito strano, dato che non vi conoscete, ma lei è fatta così. È una persona estremamente amichevole."

"Non saprei," rispose Monica prendendo tempo.

"Ho parlato con gli altri, pensavamo che forse potremmo

incontrarci tutti al Duke's per una cena, una di queste sere. Sarebbe una serata molto tranquilla, senza alcuna pressione. Pensavo sarebbe una buona idea per farti conoscere lei e le altre, prima che tu dica sì o no alla festa." Pid trattenne il fiato, mentre aspettava la risposta di Monica.

"Che succede se dico di no?" gli chiese.

Pid non riuscì a sottrarsi a una fitta di dispiacere, ma si concentrò per evitare che gli si leggesse in volto. "Allora non andiamo."

"Non sono brava a fare amicizia, Stuart. Non perché pensi che Kenna o le altre non siano brave persone, è solo che non so mai di che parlare, così gli altri pensano che io sia distaccata, altezzosa, perché non partecipo alla conversazione."

"I miei amici non lo penseranno," le disse Pid.

Monica sembrava scettica.

"Te lo garantisco, non lo penseranno."

Lei sospirò. "Va bene, ci vengo, ma se poi non vado d'accordo con gli altri mi devi consentire di sfogarmi con un 'te l'avevo detto'."

Pid sentì le mani che gli prudevano dalla voglia di abbracciarla di nuovo, ma riuscì a trattenersi. "Va bene, affare fatto."

Proprio in quel momento, lo stomaco di Monica brontolò e Pid fece una risata. "Appunto, basta parlare. Devo darti da mangiare." Tornò a girarsi verso le bistecche che aveva appoggiato sul mobile della cucina.

"Stuart?"

"Dimmi, Mo."

"Grazie."

"E di che?"

"Di tutto. Della stanza segreta, della pazienza che hai sempre con me, della tua ospitalità, di tutto."

"Non è un peso stare con te, Mo," le rispose Pid, sforzandosi di concentrarsi sulla cena. Altrimenti, probabilmente le avrebbe detto più di quanto lei fosse pronta ad ascoltare. In particolare, rischiava di confessarle che era già pronto a offrirle il mondo, qualora glielo avesse chiesto.

La rapidità con cui si stava infatuando di quella donna era folle, ma a lui non interessava. Anche perché non sapeva proprio se sarebbe rimasta nella sua vita per un giorno solo, per una settimana, per un mese. Però Pid aveva intenzione di fare tutto ciò che poteva per dimostrarle che era al sicuro alle Hawaii, con gli amici, con la squadra, con lui. Poteva abbassare la guardia per essere se stessa, tutti l'avrebbero comunque apprezzata... le avrebbero voluto bene.

Pid non era innamorato di lei. Non ancora, ma aveva la netta sensazione che, passando più tempo con lei, si sarebbe invaghito... pazzamente.

Quel pensiero non lo spaventava nemmeno. Per nulla.

Un giorno alla volta, si disse, *tutto può succedere*. Monica poteva identificare l'uomo che il comandante cercava e poi andarsene... o magari, chissà, Pid poteva sperare in un bel colpo di fortuna: Monica poteva decidere di restare, a prescindere dall'identificazione del tipo che aveva visto in Algeria.

In ogni caso, Pid era determinato a non lasciar passare nemmeno un giorno senza farla sorridere. Si era posto come obiettivo vedere quella fossetta il più possibile, prima che se ne andasse.

"Si può sapere cos'hai da sorridere?" gli chiese Monica, guardandolo con sospetto.

"Stavo solo pensando alla cena," le rispose Pid.

"Beh, allora datti una mossa, ho lo stomaco che brontola."

"Sissignora," le rispose con un gran sorriso.

Eh sì, gli faceva davvero piacere avere quella donna intorno.

CAPITOLO NOVE

La settimana successiva passò più o meno come quella precedente: ogni giorno Stuart andava alla base con Monica, che passava lunghe ore a esaminare i profili ufficiali della marina, mentre lui andava in un altro edificio a svolgere il suo lavoro.

Lei non sapeva bene cosa facesse Stuart tutto il giorno, ma sembrava essere costantemente molto impegnato. Inoltre, la mattina presto usciva sempre di casa per andare ad allenarsi con gli altri della squadra. A volte si limitavano a una nuotata nell'oceano di "soli" otto chilometri, altre volte correvano una mezza maratona, mentre in altre occasioni andavano tutti insieme alla base della marina per degli allenamenti comuni, con altri colleghi.

All'inizio, Monica era stata molto restia a rimanere da sola in casa, ma dopo un po' si era rilassata. Come poteva non esserlo? Seduta sul retro della casa, circondata da alberi da frutta, con lo spettacolo occasionale dei polli che se ne andavano in giro in cerca di qualcosa da mangiare, si sentiva come a casa, una sensazione che non aveva mai provato prima, da nessuna parte.

Infatti Monica era persino preoccupata, tanto stava bene a casa di Stuart, anche perché non era mai stata tanto a lungo senza un impiego, da quando era scappata di casa, da ragazzina. Per quanto doveva ammettere che ci stava bene, dato che aveva del tempo per sé, non doveva preoccuparsi di cosa preparare per colazione ai suoi pargoli, non doveva farli svegliare, farli vestire, occuparsi del milione di esigenze legate alla responsabilità dei bambini.

Finalmente poteva semplicemente essere... Monica.

Il che le comportava un problema: senza un lavoro su cui concentrarsi, senza qualcuno che determinasse ogni sua mossa... non era del tutto sicura di chi fosse veramente Monica Collins.

Con un sospiro, bevve un altro sorso di caffè, godendosi la tranquillità di quel mattino del fine settimana. In passato, non era solita bere molto caffè, ma da quando aveva assaggiato il caffè Kona con le selezioni perla o peaberry (chissà che cavolo era) ormai si era convertita.

Tornò con la mente a Stuart... le capitava spesso, ultimamente. Era stato oltremodo generoso, lei lo sapeva bene, anche perché non era una persona qualunque in visita, era un'estranea, che oltretutto non era stata molto grata per l'aiuto che lui e Slate le avevano offerto in Algeria. Anzi, Monica sapeva di essere stata scontrosa nei loro confronti, eppure lui l'aveva invitata in casa sua, perché sapeva quanto lei si sentisse a disagio circondata dai militari e le aveva risparmiato un alloggio alla base.

Non solo: Stuart si era fatto in quattro per costruire quella fantastica stanzetta segreta. Lei faceva ancora fatica a convincersi che l'aveva davvero realizzata apposta per lei. La prima notte, si era alzata dal letto per andarsi a sedere nella stanza segreta, poi si era messa a piangere.

Aveva pianto perché Stuart era stato maledettamente gentile con lei. Anche gli amici di Stuart erano stati gentili.

Aveva pianto perché, per la prima volta in vita sua, qualcuno sembrava riuscire a comprenderla, a capire davvero le sue paure. Il che la spaventava a morte, perché Stuart non la conosceva nemmeno, non sapeva quante ne aveva passate, da ragazzina. Eppure capiva d'istinto di cosa avesse bisogno... eppure si era impegnato per assicurarsi che lei si sentisse sicura in quella casa.

Da allora, ogni giorno che passava, Monica si rilassava un po' di più. Al punto che si ritrovava con un problema diverso da quando era arrivata su quell'isola.

Prima, non vedeva l'ora di parlare con il comandante dei SEAL per filarsela a gambe levate e tornare al suo lavoro. Poi, dopo solo due settimane, si era ambientata. Le piaceva svegliarsi senza una routine predeterminata. Cominciava ad abituarsi a incontrare regolarmente alla base gli stessi uomini, le stesse donne, nell'edificio in cui passava le giornate.

Ma soprattutto c'era Stuart.

Monica si sentiva in preda a un conflitto tremendo. Quell'uomo le piaceva. Le piaceva tantissimo. Però non era ancora completamente sicura di potersi fidare di lui, e per questo odiava ancora di più il padre, per quanto le aveva fatto: era riuscito a farla dubitare di tutto e di tutti, le aveva insegnato benissimo a cercare in ognuno dei segnali di inganno. Anche quello era un motivo per cui aveva cominciato a lavorare coi bambini, che non avevano ancora imparato a ingannare, specialmente quando erano molto piccoli.

Monica bevve un altro sorso di caffè e chiuse gli occhi. Fiducia o non fiducia, doveva ammettere (se non altro, almeno a se stessa) che il desiderio di conoscere meglio l'uomo con cui in pratica conviveva stava diventando ogni giorno più forte. Dato che lei non aveva voluto parlare della propria famiglia, Stuart aveva fatto altrettanto. Lei sapeva che era cresciuto in Alaska e che aveva una sorella, ma niente di più.

Sentì un rumore in casa, dietro di lei, si voltò e vide Stuart in cucina. Un'altra piccola attenzione per cercare di metterla a suo agio: lui faceva sempre un po' di rumore quando andava avanti e indietro, per non farla spaventare. Monica non dubitava che lui potesse muoversi in assoluto silenzio, se l'avesse voluto, in fondo era nelle forze speciali, in servizio attivo, invece camminava per casa con passo pesante, come uno dei tanti bambini che lei aveva accudito nel corso degli anni.

Con un sorriso, bevve un altro sorso mentre Stuart apriva la porta per unirsi a lei sul retro.

"Wow, che bel panorama, ti fa venir voglia di tornare a casa," disse lui tranquillamente prendendo una sedia e accomodandosi vicino a lei.

"Che panorama?" gli chiese lei, scrutando il giardino per capire cosa gli piacesse tanto.

"Tu," le rispose, sorprendendola, "tu che sorridi, non sorridi tanto spesso."

"Sì che sorrido," ribatté lei, pur sapendo che aveva ragione lui.

Stuart si chiuse nelle spalle. "Dico solo che mi piace."

Quel complimento la mise a disagio, così lei gli chiese: "Com'è stato l'allenamento?"

"Faticoso, ma ottimo. Mustang ha deciso che bisognava attraversare un altro circuito nel percorso a ostacoli con tanto di zaini."

"Non riesco a credere che siate andati alla base per allenarvi di domenica," disse Monica.

Stuart bevve un sorso di caffè e si rilassò, accomodandosi sulla sedia; incrociò le gambe all'altezza delle caviglie e sospirò, appoggiando la tazza sulla pancia e chiudendo gli occhi. "Il giorno della settimana non ci fa differenza," le disse con semplicità, "tenersi in forma è molto importante per noi, capita spesso che usiamo le attrezzature della base nel fine settimana, perché ci sono meno persone."

Monica lo capì.

Per un po' rimasero tranquillamente in silenzio, godendosi la temperatura mite del mattino. Ormai Monica sapeva per esperienza che le giornate potevano diventare molto calde, quando usciva il sole.

"Se vuoi, oggi pensavo di offrirti un giretto sull'isola. Potrei portarti ai giardini di Moanalua e farti vedere l'enorme albero della pioggia che c'è là. È molto interessante, ha la chioma ampia quanto l'altezza dell'albero. Di sicuro è da vedere, anche se in quei giardini non ci sono molti fiori. Poi pensavo che potremmo andare in centro. Non si può visitare Oahu senza andare al National Memorial Cemetery del Pacifico e vedere la zuppiera."

"La zuppiera?" gli chiese Monica.

"Sì, la chiamano così, la zuppiera è il cratere di un vulcano estinto. Il nome hawaiano è Puowaina, la traduzione più diffusa è 'collina del sacrificio', un nome davvero azzeccato, dato che c'è un cimitero. Però c'è anche un panorama mozzafiato."

Monica cominciò a sentirsi entusiasta per quella giornata; da quando era arrivata, non era uscita molto, visitare un po' l'isola le sembrava un'idea divertente.

"Se poi ti piace osservare gli animali, possiamo andare all'osservatorio Tantalus al parco di Puu Ualakaa. C'è un panorama molto bello del vulcano Diamond Head o testa di diamante, si vede Waikiki, il centro di Honolulu e in lontananza persino l'oceano. Aspetta... tu non soffri di mal d'auto, vero?"

Monica scosse la testa. "Mal di mare sì, mal d'auto no."

"Meno male, perché per arrivarci ci sono delle strade un po' tortuose. Potremmo concludere il pomeriggio a Waikiki, se vuoi ci puoi trovare dei bei souvenir e possiamo incontrarci con gli altri della banda al Duke's."

Monica sospirò con lo sguardo fisso nel cortile. Sapeva

che quello era il giorno concordato per il ritrovo al popolare ristorante di Waikiki. Non che sprizzasse gioia da tutti i pori, ma se Kenna era decisa a invitarla alla festa di addio al nubilato del fine settimana successivo e anche alle nozze, allora trovarsi prima era una buona idea, così almeno potevano conoscersi tutte un po' meglio.

"Andrà tutto bene," la rassicurò Stuart mettendole una mano sul braccio e stringendolo.

Monica si sentiva malissimo per quella reticenza a incontrare le altre, ma non aveva mentito, quando aveva detto a Stuart che faceva fatica a stringere amicizia. Sembrava non aver mai nulla in comune con tanti altri, era sempre in imbarazzo, quando cercava di chiacchierare del più o del meno. Quindi finiva spesso per starsene seduta ad ascoltare, tanto che a volte chi le stava vicino la trovava strana. "Lo so," gli rispose.

"Non ti farei mai conoscere qualcuno, se non sapessi che verrai ben accolta," le disse Stuart tranquillamente.

Monica annuì.

Lui sospirò. "Non ti chiederò di fidarti di me, perché so che per te è davvero difficile, ma vedrai. Andrà tutto bene; poi, se non altro, proverai la torta hula del Duke's. È troppo buona! Ti piace bere qualche drink?"

Lei scosse la testa. "Perché, è un problema?"

"Niente affatto."

"È strano," borbottò lei guardando il caffè nella propria tazza, "un altro motivo per cui non vado d'accordo con gli altri, specialmente nei contesti in cui si socializza di più."

"Non è un problema. Te lo chiedevo solo perché al Duke's ci sono dei cocktail famosi, ma li fanno anche in versione analcolica, quindi non importerà a nessuno se bevi alcol o no, Mo."

"A volte ordino dell'acqua naturale in un bicchiere per

Martini," ammise Monica, "solo per evitare che le persone sparlino alle mie spalle perché non bevo alcol."

"Furba, ma non dovrai ricorrere a dei trucchetti quando ti vedi con Elodie e le altre, vedrai che per loro non farà alcuna differenza."

Più Monica sentiva parlare delle compagne degli amici di Stuart, più sperava di venire accettata; ma era un percorso difficile e pericoloso, per lei. Prima di tutto, perché non sapeva bene quante possibilità ci fossero che l'accettassero con piacere, in secondo luogo, perché era probabile che dovesse partire presto. Il comandante ormai si stava stufando della sua incapacità di riconoscere qualcuno. Stuart continuava a ripeterle di portare pazienza, ma era difficile, quando il suo superiore era così palesemente *impaziente*. Lei stessa stava diventando sempre più ansiosa di scoprire chi fosse quel tipo misterioso.

"Mo, guardami."

Lei deglutì a fatica e guardò Stuart negli occhi. Era ridicolo quanto riuscisse a essere affascinante dopo un allenamento di un'ora e mezza, se non di più. Sulla maglia gli erano rimasti segni bianchi di sale, dove si era asciugato il sudore. Aveva i capelli tutti arruffati e gli era cresciuta la barba dal giorno prima. Lei riusciva quasi a sentirne l'odore, da dov'era seduta... e non era il massimo, in quanto a freschezza e profumo di pulito.

Eppure, nonostante tutto, l'attrazione che provava per lui non sembrava affatto cedere.

Monica avrebbe dovuto perdere la calma, per quella scoperta, invece non riusciva a fare altro che fissare quei suoi occhi marrone scuro... e chiedersi se avessero la stessa luce, quando lui si eccitava.

Merda.

Doveva smetterla di fantasticare e concentrarsi su quanto le stava dicendo.

"...sarà uno spasso. Se poi, per qualunque motivo, non ti diverti, basta che tu me lo dica e ce ne andremo."

Monica sbatté le palpebre. "Cosa?"

"Se proprio ti senti giù, trova il modo di farmelo capire. Potremmo anche inventarci una parola in codice, così nessun altro se ne accorgerà e potrò riportarti a casa. C'è quel nuovo libro che è uscito questa settimana, quello che non sei ancora riuscita a leggere, giusto? Puoi anche metterti a leggere tranquilla in camera tua."

Monica non riusciva a fare altro che fissarlo. In effetti aveva accennato a Stuart di un libro che era appena stato pubblicato e che lei voleva leggere, ma era convinta che lui non stesse facendo troppa attenzione. Il fatto che lui fosse disposto ad abbandonare un'uscita con gli amici per *lei*, una persona che *probabilmente* sarebbe scomparsa ben presto dalla sua vita, la lasciò di stucco.

Un momento... cos'aveva appena pensato? Probabilmente? Non c'era nulla di probabile, lei se ne *sarebbe* andata.

"Mo?" Stuart la chiamò con un tono chiaramente preoccupato.

"Scusa, sì, ti ascolto, andrà tutto a posto."

"Non voglio che sia solo *a posto*," le disse, "voglio che tu ti diverta davvero. Non devi per forza parlare o bere alcol per divertirti. Elodie, Lexie e Kenna sono persone molto divertenti e spassose. Se poi viene anche Ashlyn, ci sarà da spanciarsi. Aspetta di vedere le frecciate che si scambiano lei e Slate. Si piacciono, ma non vogliono ammetterlo. Da crepar dal ridere."

Una fitta che Monica non aveva mai sentito prima le strinse lo stomaco: lei non aveva mai avuto un gruppo di amici molto stretti, ascoltare Stuart che parlava degli altri le fece venire nostalgia di ciò che non aveva mai avuto.

"Mettiamoci d'accordo, se ti tiri il lobo dell'orecchio destro, vuol dire che te ne vuoi andare," suggerì Stuart.

Monica lo fissò per un attimo, poi accennò un sorriso, infine si mise a ridere così forte che quasi rovesciò il caffè.

"Cosa c'è?" le chiese Stuart sorridendole.

"Mi tiro il lobo dell'orecchio?" chiese Monica. "Per un SEAL, che dovrebbe essere una specie di superuomo spia e soldato, è un segnale davvero banale."

Il sorriso di Stuart non svanì. "Va bene, allora *tu* cosa suggerisci?"

Lei fu contenta di non averlo offeso. "Non lo so, ma dai, il lobo dell'orecchio mi sembra preso da un film di spionaggio di terz'ordine."

"Mi piaci così," le disse Stuart.

Monica arricciò il naso. "Così come?"

"Felice."

Lei dovette ammettere che piaceva anche a se stessa, ma non lo disse ad alta voce. "Facciamo così: se ho voglia di andarmene, te lo dico, che ne pensi?" gli suggerì.

"Va bene, Mo, d'accordo."

Stuart si appoggiò allo schienale della sedia e inspirò profondamente.

"Allora... sei cresciuto in Alaska?" gli chiese Monica. A quella domanda, lui fece un gran sorriso e annuì.

"Sì, a Palmer, un paesino a nord di Anchorage. Ci vivevano solo circa settemila persone, era un ambiente molto accogliente, intimo. Intendo dire che tutti sapevano sempre tutto di tutti." Fece una risatina.

"Era freddo?" gli chiese Monica.

"È pur sempre l'Alaska, quindi sì," la stuzzicò, "ma a me non dava fastidio, c'ero abituato. L'aspetto di cui si lamentavano sempre tutti erano le giornate corte d'inverno, ma a me piaceva molto il buio, mi piace tuttora. Non vivevamo abbastanza vicini al circolo polare per avere buio ventiquattr'ore, ma in pieno inverno la giornata durava solo circa quattro ore. Invece d'estate era l'opposto, ovviamente. Mia mamma soffriva le pene dell'inferno per mettere a letto me e mia sorella, quando fuori c'era ancora così tanta luce. Hanno tutti le tende oscuranti alle finestre, durante l'estate."

"Per me è difficile immaginarlo."

"Io..." la voce di Stuart svanì.

"Tu che cosa?" gli chiese Monica.

"Nulla. Di sicuro è un posto molto originale in cui vivere. I miei genitori ne sono innamorati e non se ne andranno mai."

Lei si chiese cosa stesse per lasciarsi scappare, quando si era interrotto. Stava per dirle che ce l'avrebbe accompagnata? No, sarebbe stata una follia, dato che la loro era solo una convivenza occasionale e temporanea. "Allora, vivono ancora là?" gli chiese.

"Sì. Stanno bene e sono felici. La mamma fa la volontaria in un rifugio per senzatetto, il papà è medico e lavora all'Alaska Heart and Vascular Institute, è un centro specializzato in medicina cardiovascolare."

"Wow. Impressionante."

Stuart fece spallucce. "Per me è solo il mio papà. A volte mi dà noia, ma poi sono orgoglioso di lui, non so dire quanto."

Lei non riusciva a immaginare quella sensazione.

"Mi dispiace."

Monica si voltò verso Stuart. "Per cosa?"

"Per aver parlato un po' troppo della mia famiglia."

"Te l'avevo chiesto io," gli spiegò lei, "non hai motivo di dispiacerti. Solo perché i tuoi genitori sono stati meravigliosi e ti hanno fatto crescere bene, al contrario dei miei, non significa che per questo devi scusarti."

"È solo che mi dà troppo fastidio che la tua infanzia non sia stata altrettanto felice," le spiegò Stuart.

"Dà fastidio anche a me. Però non me la sto cavando poi così male," concluse Monica. Per la prima volta, dopo tanto tempo, ci credeva davvero. Le avevano detto tantissime volte che non valeva nulla, che era buona solo per fare figli, che sarebbe riuscita ad accontentare un uomo solo appagandolo fisicamente quando gliel'avesse chiesto e tenendo pulita la casa. Invece nell'ultima settimana, con più tempo per pensare finalmente a se stessa, alla sua vita, Monica aveva capito che Stuart forse aveva ragione... lei era una donna dotata di una grande forza. Aveva superato un inferno tale che in tanti non le avrebbero creduto, se l'avesse raccontato per intero.

Monica mosse i monconi della mano sinistra e abbassò lo sguardo per osservarli. Eh sì, poteva ben dire di essere sopravvissuta, neanche troppo male, nonostante un'infanzia schifosa.

"Tutto bene?" le chiese Stuart.

Il tono preoccupato con cui si era rivolto a lei le fece distogliere lo sguardo dai monconi della mano sinistra. "Sì, tutto bene," gli rispose con convinzione.

"Ottimo. Hai già fatto la doccia?"

"No."

"Vuoi andare per prima, o vado io?"

Monica arricciò il naso in modo divertente, poi gli rispose: "Prima tu, di sicuro."

"Ehi," protestò lui, "per caso stai cercando di dirmi che puzzo?"

"Non sto cercando, te lo *sto* dicendo," ribatté lei.

Monica non poté far altro che guardare Stuart, che lasciò cadere la testa all'indietro mettendosi a ridere. Santo cielo, poteva starsene là seduta tutto il giorno a guardarlo. Non sarebbe stato affatto difficile, poco ma sicuro.

"Capito, vado io. Hai fatto colazione?"

"No, ma posso preparare qualcosa mentre ti fai la doccia," gli rispose lei.

"No no, ci penso io. Che ne dici di uova strapazzate, pancetta al sugo e cracker?"

"Non penso di mangiare così tanto."

"Oggi ci sarà molto da camminare, vedrai che avrai bisogno di calorie da bruciare." Stuart si alzò e si abbassò per baciarla sulla testa, lasciandola di stucco.

Fu un gesto spontaneo, tanto che persino *lui* sembrò cogliere se stesso di sorpresa.

"Scusa... non volevo essere inopportuno."

"Non c'è problema," gli rispose Monica, guardandolo negli occhi.

Stuart la fissò per un attimo, giusto per essere sicuro che lei dicesse sul serio, poi annuì. "Va bene, ora vado." Poi spalancò gli occhi in modo esagerato. "Non andare a curiosare in cucina, bellezza, dico sul serio. Penso io alla colazione."

"Va bene, ho capito, non ci vado. Me ne starò qui seduta a contare le galline finché non avrai finito," gli rispose lei.

"Ottimo. Ho la netta sensazione che tu non ti sia mai rilassata tanto in vita tua." Stuart si girò e andò in casa.

Monica sentiva il cuore battere forte... e per la prima volta cominciò a preoccuparsi: più tempo passava con Stuart, più i sentimenti che provava per lui si radicavano.

Suo padre sarebbe stato contento di sapere che lei si stava innamorando di un militare, pur sdegnando il fatto che Stuart fosse così integro nel suo onore. Le avrebbe detto che gli altri suoi compagni d'armi erano delle pappemolli per il modo in cui mostravano l'affetto nei confronti delle rispettive compagne. Avrebbe odiato Stuart, per la gentilezza che le riservava.

Monica non riusciva a ricordare una sola occasione in cui il padre avesse preparato da mangiare per lei e per la mamma; si aspettava sempre che fossero loro a svolgere le faccende "da donne" in casa. Cucinare, fare le pulizie, rammendare i vestiti... ogni cosa. Lui se ne stava seduto in poltrona a lamentarsi di tutto e di tutti, mentre loro lavoravano in casa.

Il fatto che Stuart insistesse spesso per cucinare era del tutto nuovo per lei, non ci era abituata, tanto che non lo trovava divertente: le piaceva proprio. Un sacco. Non tanto l'essere servita, quanto il fatto che Stuart volesse fare la sua parte di faccende domestiche.

Monica non aveva mai abitato insieme a un uomo, da quando se n'era andata di casa. Ovviamente senza contare gli incarichi professionali. Nelle case in cui lavorava non era ospite, era una dipendente. Doveva occuparsi dei bambini e fare tutto il necessario per tenerli ben nutriti, felici e divertiti.

Vivere con Stuart era completamente diverso da come se l'era immaginato. Era molto meglio.

Bevve l'ultimo sorso di caffè rimasto nella tazza, poi si alzò e andò in casa. Stuart non passava mai troppo tempo in doccia e all'improvviso a Monica venne voglia di dare inizio alla giornata. Voleva vedere tutti i luoghi e i panorami di cui le aveva parlato... sentiva persino un briciolo, per quanto minimo, di eccitazione per la cena di quella sera con gli amici.

CAPITOLO DIECI

Pid si stava preoccupando sempre di più. Monica lo aveva avvertito dicendogli che non era per nulla brava a socializzare, non aveva affatto esagerato.

Si erano trovati tutti al Duke's e all'inizio era andata abbastanza bene. Kenna si era presa la serata libera per potersi sedere al tavolo con gli altri e godersi la cena, invece di servire al tavolo del gruppo. C'erano Elodie, Lexie e anche Ashlyn. Carly invece non si era presentata, infatti Jag era visibilmente dispiaciuto, ma per il resto era una serata allegra ed erano tutti di buon umore.

Tutti tranne Monica.

Era seduta di fianco a lui, al centro di un tavolo rettangolare, sorseggiava un tè freddo, concentrata più che altro sul cibo che aveva di fronte. Aveva salutato tutti, ma poi non aveva più proferito parola.

Elodie aveva cercato di includerla nella conversazione, ma poi l'argomento principale era diventato la cerimonia di nozze in stile luau, in programma nel giro di poche settimane, su cui Monica non aveva nulla da dire. Pid aveva notato le occhiate preoccupate che gli amici gli lanciavano, ma aveva solo scosso un po' la testa e loro erano tornati a concentrarsi sulla conversazione.

Invece la giornata, prima dell'arrivo al Duke's, era andata estremamente bene. Monica aveva sorriso più di quanto lui le avesse visto fare prima, aveva persino acconsentito a farsi scattare un selfie con lui, da un punto di osservazione del parco di Puu Ualakaa. Era una fotografia che Pid avrebbe tenuto cara come un tesoro per sempre, lo sapeva. Lei aveva gli occhi chiusi e stava ridendo, con tanto di fossetta in piena vista. I capelli biondi le svolazzavano intorno alla testa, qualche ciocca si era intrecciata con i capelli di lui. Sembrava una donna senza un filo di preoccupazione, era così che lui voleva ricordarsela per sempre.

Avevano trascorso una giornata meravigliosa e lei aveva persino insistito a comprargli una statuetta di ragazza hula da mettere sul cruscotto del minivan. Lui non aveva alcuna intenzione di imbrattare il prezioso veicolo con quell'oggetto pacchiano, quindi pensava di sistemarlo sul davanzale interno della finestra sopra il lavandino della cucina, dove l'avrebbe comunque visto ogni giorno, pensando a lei.

Monica gli piaceva più di quanto lui si aspettasse. Non aveva mai passato tanto tempo a conoscere una donna solo come amico. Da parte sua, l'amicizia si stava lentamente plasmando in qualcosa di diverso. Non vedeva l'ora di incontrarla, quando si svegliava, mentre la sera rinviava la buona notte il più possibile, prima di tornarsene da solo in camera da letto.

Però la donna che aveva conosciuto nelle ultime due settimane, in particolare nelle ultime ore, non era la stessa che gli stava seduta al fianco quella sera. Quella donna aveva una smorfia piantata in viso e non sembrava affatto interessata a interagire con gli altri.

"Vuoi vedere la spiaggia?" le chiese, dopo che i piatti furono portati via, in attesa che fossero serviti i dessert.

"Certo," gli rispose sommessamente.

"Torniamo subito," disse Pid agli altri.

"Ci trovate qui," rispose Elodie scherzosa.

Pid aiutò Monica ad alzarsi tenendole ferma la sedia, poi le mise una mano dietro la schiena e si incamminò con lei attraverso il ristorante, verso le scale che portavano al tratto di spiaggia sul retro.

Una volta distanti dalle luci e dal rumore del ristorante, Pid le chiese: "Stai bene?"

Lei sospirò. "Te l'avevo detto che non sono brava a socializzare."

"Però con *me* non hai avuto problemi," ribatté lui, "anche quando eri con i miei compagni di squadra, eri più rilassata."

"Non mi inserisco," gli disse sottovoce, "non mi ambiento *mai*, non so cosa dire per aggiungere qualcosa alla conversazione e l'ultima cosa che voglio è dire qualcosa di stupido e dare agli altri l'impressione di essere una scema."

"Mo," intervenne Pid, interrompendola e facendola girare per guardarla in faccia, poi le mise le mani sulle spalle. "Non devi fare altro che essere te stessa."

Lei scosse la testa. "È proprio ciò che temo: Monica Collins non è una persona molto interessante."

"Cazzate," sbottò lui, "hai un gran senso dell'umorismo e c'è più empatia nel tuo dito mignolo che in tutto il corpo di tante altre persone. Devi solo rilassarti, smettila di preoccuparti di cosa devi dire e dillo. Le altre donne del gruppo non ti giudicheranno, ci *mancherebbe*."

"Proverò."

Senza chiederle il permesso, Pid la tirò più vicina, le avvolse le braccia intorno al corpo e la strinse in un abbraccio lungo e sentito. La sentì rilassarsi contro di lui e non trattenne un sospiro di contentezza per quella sensazione. Lei gli appoggiò una guancia sul petto all'altezza del cuore, gli afferrò la maglia sui fianchi e rimase in silenzio in quell'abbraccio.

"Va meglio?"

Lei annuì. "Ho mangiato benissimo."

"Vedrai che anche la torta hula è deliziosa, te lo garantisco."

Dopo un altro momento, si incamminarono per rientrare nel ristorante. Le torte erano state servite mentre loro erano fuori. Appena tornato al proprio posto, Pid non esitò a mettersene in bocca una bella forchettata.

Risero tutti per il suo entusiasmo smisurato.

"Non so cosa ci mettano in questa cosa, ma dev'essere qualche sostanza non proprio legale," commentò lui con la bocca piena.

Per contro, Monica assaggiò un boccone più contenuto, ma il suo gemito di apprezzamento per la torta hula del Duke's che stava gustando per la prima volta si fece sentire.

"Te l'avevo detto," le disse Pid dandole un colpetto di gomito.

"Davvero," confermò lei.

Pid la vide prender fiato e voltarsi verso Elodie per dirle tranquillamente: "Stuart mi ha raccontato che sei una cuoca fantastica, ha proprio ragione. Le pietanze che mi hai fatto avere erano proprio deliziose. Qual è la tua ricetta preferita da preparare?"

Era la domanda giusta con cui partire. Elodie fece un sorriso raggiante e si lanciò subito a spiegare alcune delle sue pietanze preferite. Per quanto Monica non avesse partecipato molto alla conversazione che seguì, almeno faceva attenzione e annuiva ad alcuni interventi delle altre.

Pid era fiero di lei. Chiaramente non era ancora a suo agio, ma almeno ci stava provando. Lui non chiedeva altro.

Quando Ashlyn gli domandò cosa avessero fatto lui e Monica durante il giorno, Pid raccontò a tutti della gita di piacere e della fortuna col tempo, che aveva contribuito

creando gli scenari perfetti per scattare delle foto pano-
ramiche.

"Dovresti portarla alla North Shore così la fai conoscere a
Baker," propose Elodie con un sorriso sornione.

"Baker?" domandò Monica.

"Baker è stato un SEAL, è un *figo* e fa surf!" spiegò Elodie.

"Ehi, attenta, se no mi tocca pensare che ti piace più lui di
me," brontolò Mustang.

Elodie si avvicinò al marito e lo baciò sulla guancia,
dandogli un colpetto sul petto. "Non sia mai." Poi tornò a
rivolgersi a Monica. "È un tipo misterioso, anche un po'
inquietante, ma santo cielo, è uno spettacolo per gli occhi."

"Oh, e allora, El?" intervenne Mustang di nuovo facendosi
sentire.

Pid vide Monica accennare un sorrisetto, non era mai
stato tanto contento in vita sua.

"Elodie ha ragione," aggiunse Kenna, "pensavo di farmela
sotto quando mi si è avvicinato per dirmi con tono minaccioso: 'Non si scherza con i SEAL'," aggiunse con voce
contraffatta, tremando con enfasi. "È un po' come James
Bond, con un accento diverso e molto, molto più bello."

"Quale James Bond?" chiese Ashlyn. "Perché sono stati
molti gli attori che hanno interpretato 007 ed erano tutti
molto affascinanti."

"Eh no, nessuno di loro supera Baker," aggiunse Lexie.

"Va bene, possiamo smetterla di parlare di quanto è figo
Baker Rawlins?" chiese Jag lamentandosi.

Tutte le donne risero.

"L'idea di El non è poi così male," concordò Mustang,
quando le signore ripresero il controllo. "Baker ha dei contatti
e ha ancora le mani in pasta, per così dire, potrebbe avere
qualche idea in più per aiutare Monica a riconoscere quel tipo."

Pid annuì. Avrebbe dovuto pensarci anche lui. "Hai

ragione. Vedrò di organizzare al più presto, ne parlerò anche con Huttner. Il comandante potrebbe aver già spiegato a Baker tutto quello che sta succedendo."

"Vero," confermò Mustang.

"Ehm, se questo tipo è così inquietante come sembra... magari potremmo solo telefonargli?" chiese Monica.

Allora Kenna si sporse in avanti e appoggiò i gomiti sul tavolo, guardando Monica con un'espressione penetrante. "Baker *è* inquietante, su questo non ci piove, ma è anche molto bravo. Pensa che ha incontrato un *boss* della mafia per assicurarsi che Elodie fosse al sicuro e che nessuno la venisse più a cercare. Poi si è impegnato a fare di tutto per trovare il figlio di Shawn, per avere la certezza che anche *io* fossi al sicuro. Ha un'integrità talmente intensa che fa quasi paura. Però sta dalla parte giusta, per quanto sia difficile crederlo, a vederlo."

Il telefono di Lexie squillò prima che qualcun altro potesse intervenire. Lei non si preoccupò nemmeno di alzarsi dal tavolo, si scusò dicendo: "È Natalie: non mi chiamerebbe a quest'ora della domenica, se non fosse successo qualcosa."

Rimasero tutti in silenzio ad ascoltare Lexie che parlava con la sua coordinatrice, la responsabile di Food For All.

"Ciao Nat, che c'è? Oh santo cielo, ma davvero? Va bene, posso venire anche subito. Adesso sono a Waikiki, quindi per arrivare ci metterò una ventina di minuti, va bene? Ottimo. Ma la polizia è già arrivata? Ecco, meno male. Va bene, grazie. No no, goditi la vacanza, ti chiamo appena ho parlato con la polizia e so quali sono i danni. Esatto. Va bene, ci sentiamo dopo. Ciao."

"Cos'è successo?" domandò Aleck appena lei riattaccò.

"Natalie ha detto che è scattato l'allarme al centro di Food For All a Barbers Point. Mi ha chiesto se posso andare a controllare, anche per dire alla polizia se manca qualcosa. Ha detto che nessuno si è fatto male, ovviamente, anche perché era chiuso. Però la vetrina anteriore è frantumata, per questo è scattato l'allarme."

"Capito, allora andiamo," disse Midas.

"Vengo anch'io," intervenne Ashlyn, "voglio controllare che nessuno abbia incasinato le nostre provviste, le avevo sistemate così bene."

"Ti accompagno," le disse Slate.

"Voglio venire anch'io," aggiunse Elodie, "per controllare la mia cucina."

"Se andate tutte, vengo anch'io," insisté Kenna.

"Cazzo, a questo punto andiamo tutti a Barbers Point," propose Jag alzandosi in piedi.

"Al conto ci penso io domani, quando vengo al lavoro," annunciò Kenna.

"Eh no, al conto ci penso io quando ti accompagno al lavoro domani," insisté Aleck.

"Vabbè," rispose Kenna alzando gli occhi al cielo.

Pid mise una mano sotto al gomito di Monica mentre si alzava in piedi con lei. "Ti va bene se andiamo anche noi al centro a vedere cos'è successo?"

"Certo," gli rispose lei, "mi interessa vedere quel posto, ho sentito Lexie e Ashlyn che ne parlavano."

La conferma che Monica *stava* ascoltando la conversazione che era emersa ogni tanto durante la cena fu rassicurante. Pid ebbe la netta sensazione che a Monica sarebbero servite alcune uscite con le altre per sentirsi a suo agio, ma immaginava che le occasioni si sarebbero presentate.

Si diressero tutti verso l'uscita. Pid non era sicuro di cosa avrebbero trovato al centro di Food for All, ma sperava si trattasse di un atto qualunque di vandalismo, slegato da tutti i problemi che le altre donne avevano superato. L'ultima cosa che i SEAL della squadra volevano era che Elodie, Lexie o Kenna dovessero sopportare di nuovo ciò che avevano già sofferto.

CAPITOLO UNDICI

MONICA non si aspettava che la serata finisse in quel modo: in piedi in un parcheggio a due isolati dal centro di Food For All insieme a Elodie, Lexie, Kenna, Ashlyn e Slate, mentre gli altri ragazzi andavano in fondo alla strada per parlare con la polizia di quanto accaduto, per assicurarsi che la zona dell'irruzione fosse ormai sicura e anche le altre si potessero avvicinare.

Aveva assistito alla metamorfosi di quegli uomini alla mano, che si erano trasformati in soldati micidiali e avevano insistito che le donne rimanessero dov'erano mentre loro intervenivano. Monica fu sorpresa di notare che non si sentiva poi troppo nervosa, stando con loro. Persino Slate non la innervosiva, nonostante la corporatura imponente, mentre faceva la guardia alle cinque donne nel parcheggio.

Fu una vera e propria rivelazione, su cui Monica sapeva di dover rimuginare più tardi; in quel momento era solo ansiosa di sapere che fosse tutto a posto nel centro in cui si preparavano i pasti per gli assistiti. Lei non ci lavorava, non aveva nemmeno mai visto quell'edificio, ma aveva ascoltato le altre donne parlare con grande passione delle persone che aiutavano, aveva sentito la loro preoccupazione per quell'irruzione, che poteva avere conseguenze sul servizio essenziale che si forniva nel centro, quindi anche lei al pari delle altre era interessata a conoscere l'entità dei danni.

Il telefono di Slate suonò per la notifica di un messaggio, che lui lesse abbassando lo sguardo. "Va bene, possiamo andare," informò le altre.

Lexie ed Elodie si mossero ancora prima che lui finisse di parlare, ovviamente desiderose di entrare nell'edificio per constatare in prima persona ciò che era successo.

Dopo una decina di passi, un uomo uscì dall'ombra e si mise davanti a loro.

Slate si mosse con una velocità che Monica non aveva mai visto prima e si trovò in un batter d'occhio davanti alle due amiche.

"Va tutto bene, Slate, è Theo," gli disse Lexie mettendo una mano sul braccio del SEAL.

Monica non sapeva chi fosse Theo, ma evidentemente Slate lo conosceva, perché annuì e rilassò visibilmente i muscoli.

"Ciao Theo, stasera c'è stato un po' di trambusto da queste parti, vero?" gli chiese Lexie.

Monica si accorse quasi subito che quell'uomo non era del tutto a posto mentalmente: teneva gli occhi bassi sul cemento, si guardava i piedi, ondeggiava leggermente avanti e indietro.

"Theo, ti senti bene?" gli domandò Lexie.

Monica immaginava che quell'uomo avesse tra i quaranta e i cinquant'anni, ma quando lo sentì parlare le sembrò molto più giovane. "Sono successe brutte cose," disse Theo.

"Li hai visti?" gli chiese Lexie dolcemente.

"Kevin McCallister," disse Theo, sempre senza alzare lo sguardo; sembrava esaminare il cemento del parcheggio come se fosse la cosa più interessante che avesse mai visto.

"Chi è?"

"Stasera. Kevin McCallister," ripeté Theo.

Lexie alzò lo sguardo verso Slate e fece spallucce. "Non conosco nessuno con quel nome."

"Nemmeno io," concordò Elodie, "ma potrebbe essere un senzatetto, uno che lui conosce e che vive per strada."

"Andiamo, vuoi venire con noi a Food For All? Se vuoi posso prepararti uno spuntino. Hai mangiato stasera?" gli chiese Lexie.

"No, no spuntino," rispose Theo agitandosi.

Monica non era sicura di poter intervenire, ma si sentiva in dovere di aiutare. Oltre ai bambini, le persone con cui sembrava legare più facilmente erano quelle con problemi mentali, forse perché le trovava sotto molti aspetti simili a bambini rinchiusi in corpi di adulti. Si avvicinò al punto in cui Lexie ed Elodie stavano parlando con quell'uomo e disse: "Ciao Theo, mi chiamo Monica, piacere di conoscerti."

Theo alzò lo sguardo, poi abbassò di nuovo gli occhi sul pavimento, muovendosi con agitazione.

"Theo è uno dei miei amici," le disse Lexie, "mi ha aiutata quando un brutto ceffo mi ha fatto del male, è stato anche ferito. Vive qui vicino in un monolocale."

Monica voleva senz'altro conoscere la storia a cui Lexie faceva riferimento, ma in quel momento era più interessata a far calmare Theo.

Il telefono di Slate segnalò di nuovo una notifica. "I ragazzi si stanno preoccupando," disse, "dovremmo andare."

"Forza, Theo, vieni con noi," lo invitò Lexie.

Lui scosse la testa quasi con violenza e ripeté: "Kevin McCallister."

"Andate avanti voi, io vedo se riesco a farlo parlare," suggerì Monica.

"Sei sicura?" le chiese Lexie.

"Sì, sono sicura. Da qui riesco a vedere la facciata dell'edificio, andrà tutto bene."

"Ti mando Pid appena arrivo al centro di Food For All," le disse Slate.

"Non c'è bisogno..." cominciò a protestare Monica, ma poi vide lo sguardo sul volto di Slate e strinse le labbra, tagliando corto tutto il resto che voleva dire.

"Grazie per esserti offerta di parlare con lui," le disse Lexie a voce bassa, dopo aver distolto lo sguardo da quell'uomo agitato. "Da quando si è trasferito da queste parti, è molto più tranquillo. Non lo vedo così turbato da tanto tempo."

Monica annuì e dopo aver visto partire tutti per il centro di Food For All, cercò di nuovo di parlare con Theo. "Puoi parlarmi di questo Kevin McCallister?" gli chiese.

"È me, sono lui," disse Theo.

Monica si accigliò. Sapeva che Theo stava cercando di dirle qualcosa, ma non era sicura di capire. Per lui doveva essere frustrante. "Hai visto chi è stato a entrare in Food For All?" gli chiese.

Theo annuì oscillando avanti e indietro.

"Hai parlato con lui?"

Theo scosse la testa.

"L'hai mai visto prima?"

Lui annuì di nuovo.

Monica capì che doveva farlo sapere alla polizia. Se Theo conosceva il responsabile dell'irruzione, probabilmente lo conoscevano anche Lexie ed Elodie. "Hai paura di tornare a Food For All?"

Theo annuì.

"L'uomo che ha fatto irruzione se n'è andato. Adesso ci sono i poliziotti, ti terranno al sicuro."

Monica notò che il viso di Theo impallidiva. "No, mi sbattono dentro."

"Theo, puoi guardarmi?" Passò un minuto intero, poi però Monica fu orgogliosa di vederlo alzare la testa per guardarla negli occhi. "Nessuno ti sbatterà dentro, non hai fatto niente di male," gli disse.

"Kevin McCallister," ripeté di nuovo Theo.

Monica si fece seria: cosa stava cercando di dirle?

Con la coda dell'occhio, vide Stuart che si avvicinava. Doveva avvertire Theo perché non si spaventasse. "Adesso arriva Stuart... probabilmente lo conosci come Pid."

Theo si guardò alle spalle di sfuggita, poi annuì di nuovo.

Se era rimasto in piedi in quel punto, doveva esserci un motivo. Una persona spaventata in quel modo probabilmente se ne sarebbe tornata a casa, o in un posto più familiare e sicuro. Invece lui era uscito a cercare Lexie ed era rimasto, anche se Monica per lui era un'estranea. Qualunque cosa cercasse di farle capire, doveva essere importante.

"Ciao," disse Stuart avvicinandosi.

All'improvviso, a Monica venne un'idea. Non era sicura di essere sulla strada giusta, ma valeva la pena tentare. Alzò una mano verso Stuart, che si fermò a un paio di metri dal punto in cui si trovava Theo. Non c'era tempo per spiegare a Stuart cosa stava succedendo, ma Monica sperava di lasciare al suo nuovo amico un po' di spazio, perché non si distraesse o non fosse intimidito.

"Kevin McCallister era il ragazzino che ha perso l'aereo, vero?" gli chiese, ricordando quanto i bambini che accudiva amassero quella serie di film.

Theo alzò la testa di scatto e la guardò negli occhi annuendo. "Uh-huh."

"Hai detto che sei tu, che lui è te?" gli chiese.

Theo annuì con più entusiasmo. "Di New York, non Chicago."

"Ecco, è il secondo film, quello in cui sale sull'aereo sbagliato e finisce a New York da solo," spiegò Monica.

"Sì. Negozio di giocattoli, tortora selvatica," aggiunse Theo.

"Perché tu sei Kevin?" gli chiese.

Theo abbassò lo sguardo e le sue labbra cominciarono a tremare.

Monica odiava vederlo così agitato. "Posso toccarti?" gli chiese: sapeva bene che era meglio non sfiorare qualcuno come Theo senza chiedergli prima il permesso.

Lui si mosse così rapidamente che Monica si spaventò. Le prese la mano sinistra e gliela strinse come se fosse una questione di vita o di morte. Normalmente, lei avrebbe ritirato la mano martoriata per evitare che qualcuno gliela toccasse, ma era troppo impensierita da ciò che Theo stava cercando di farle capire.

"Negozio di giocattoli, ladri nella casa delle bambole," le disse con agitazione.

"Hai ragione, i ladri si sono nascosti nel negozio e hanno aspettato che chiudesse, poi sono usciti per rapinarlo. È così che è andata al centro di Food For All?" gli chiese.

Theo scosse la testa. "Dopo."

Monica si sforzò di ricordare cosa succedesse nel film. Poi le venne in mente. Senza voltarsi verso Stuart, alzò appena la voce e gli chiese: "Che danni ha subito l'edificio?"

Lui tenne la voce bassa e Monica pensò di non avere mai apprezzato tanto un'astuzia come quella di Stuart. "Non ci sono tracce di effrazione, la porta non è stata sfondata, la serratura è intatta. Però la vetrina anteriore è stata frantumata con un mattone."

Monica annuì e strinse la mano di Theo. "Hai visto un uomo all'interno e hai rotto la vetrina, vero?"

Gli occhi di Theo si riempirono di lacrime. "È scappato via, la polizia mi sbatterà dentro."

Monica scosse la testa. "No, non andrai dentro, hai solo cercato di aiutare, per far scattare l'allarme, vero?"

Theo annuì di nuovo e tornò a guardare il pavimento.

"Sei stato bravissimo, Theo. Che fortuna che sei riuscito a vedere chi c'era dentro. Come hai fatto a capire che era un malintenzionato e che dovevi rompere la vetrina per far intervenire la polizia?"

"Era tutto vestito di nero, non ha acceso le luci e c'era buio, aveva una borsa e l'ho visto metterci dentro qualcosa. A Lexie non fa piacere."

"No, non le fa piacere. Grazie per avermi raccontato cos'è successo. Se ti prometto che non ti accadrà nulla di male, vieni con me al centro di Food For All? Rimarrò al tuo fianco così la polizia non ti porterà via."

"Promesso?"

Il suono della voce impaurita di Theo fece vibrare una corda nel cuore di Monica. "Te lo prometto."

"Va bene, se mi stai vicino."

"Ti starò vicino. Lexie ed Elodie saranno tanto fiere di te, proprio come il signor Duncan era fiero di Kevin."

A quel punto, Monica vide un sorrisetto comparire sul volto di Theo. "Mi fido di te," le disse.

Quelle parole furono come una scossa per Monica. Quel bambinone, che lei aveva appena incontrato, si fidava di lei... e lei invece non riusciva a fidarsi di nessuno, anche dopo settimane di conoscenza. Era un po' deprimente.

Spingendo via quel pensiero, sempre senza lasciar andare la mano di Theo, Monica si voltò a guardare Stuart per la prima volta. Lo sguardo di ammirazione che gli trovò in volto fu come una rivelazione. Non riusciva a ricordare un momento in cui qualcuno che non fosse un bambino l'avesse guardata in quel modo.

"Ciao Theo, se vai avanti così farai venire a me e agli altri un complesso: siamo venuti qui pronti a diventare degli eroi, invece abbiamo scoperto ancora una volta che l'eroe della serata sei tu," gli disse Stuart.

Monica si accorse che l'uomo che aveva vicino drizzò un poco la schiena. "Theo è un eroe," dichiarò Theo.

"Sì, hai ragione, amico," confermò Stuart, che si avvicinò al fianco destro di Monica e fece per prenderle la mano.

Si incamminarono così, lei in mezzo, Theo e Stuart che le tenevano le mani, lungo il marciapiede che portava al centro di Food For All, ormai illuminato da tutte le luci interne, accese e scintillanti nella notte.

Fecero una pausa prima di entrare e Monica domandò a Theo: "Sei pronto?"

"Pronto," confermò lui.

Monica si sentì appena tirare la mano destra e guardò Stuart, che le disse a bassa voce: "Sei meravigliosa." Poi la baciò rapidamente sulla tempia, le strinse la mano e la lasciò andare.

Sentendosi scaldata e addolcita dentro, Monica accompagnò Theo nell'edificio facendo attenzione ai vetri rotti sparpagliati su tutto il pavimento all'interno.

———

Dopo una ventina di minuti, in cui Theo ammise di aver rotto la vetrina e disse ai poliziotti ciò che aveva visto, lui e Monica si sedettero a uno dei tavoli. Qualcuno aveva reperito un foglio e una matita e li aveva dati a Theo, che stava disegnando con la schiena curva sul tavolo.

Pid era di fianco a Monica, in piedi, non le toglieva gli occhi di dosso. Il modo in cui l'aveva vista parlare con Theo e la pazienza con cui era riuscita ad arrivare in fondo a ciò che lui stava cercando di spiegare l'avevano impressionato. Per forza era così brava nel suo lavoro e il figlio dell'ambasciatore si era tanto preoccupato per lei, in Algeria.

Pid sentì qualcuno avvicinarsi da dietro e si girò, per

trovare Elodie che lo prese sottobraccio e gli appoggiò la testa sul bicipite.

"Mi piace," disse Elodie sottovoce.

Pid non trattenne un sorriso. "Bene."

"Cioè, all'inizio non ero sicura di come prenderla. Voi due sembrate molto diversi e lei non dava l'impressione di essere tanto interessata a conoscerci."

"Era solo nervosa."

"La capisco, non è facile entrare in un gruppo di amici già affiatati. Mustang mi ha raccontato qualcosina di lei, ma non molto. Non ero sicura di cosa aspettarmi, poi lei non cercava nemmeno di inserirsi nella nostra conversazione, a cena, per cui ero molto perplessa. Però dopo che l'hai accompagnata in spiaggia, quando siete tornati, è andata meglio."

Pid annuì.

"Allora ho capito che forse stava solo cercando di capire le dinamiche del nostro gruppo. So che noi donne a volte possiamo essere come una valanga, ma hai visto come si è comportata con Theo? Come ha scoperto che stava parlando di quel Kevin McCallister del film? La vedi adesso? Ora l'ho inquadrata."

"Cos'hai inquadrato?" le chiese Pid, ormai incuriosito.

"È una persona tranquilla, introspettiva. Non le piace attirare l'attenzione, non sarà mai super estroversa, specialmente in un luogo pubblico. Però mettila vicino a uno come Theo e si schiude come un girasole che accoglie i primi raggi del mattino."

Lui annuì. "È solo che le serve un po' di tempo per acclimatarsi alle persone," le disse, "pensa che con *me* è riuscita a essere se stessa solo dopo due settimane."

Elodie annuì e gli lasciò andare il braccio. "Se non te la tieni stretta, Pid, sei un matto."

"Ha un lavoro, una carriera, Elodie," ribatté lui, "le probabilità che rimanga sono davvero pochine."

"Falle cambiare idea," replicò lei.

"Non è che sia proprio facilissimo."

"Perché no? Io sono rimasta. Anche Lexie. Dalle un buon *motivo* per rimanere, Pid."

"Ehi, El, puoi venire qui un attimino?" gridò Lexie dall'altra parte della sala, dove stava ancora parlando con la polizia.

"Arrivo!" gridò lei di rimando all'amica. Poi tornò a rivolgersi a lui. "Mi sembri... contento. Non ti ho mai visto così rilassato, da quando ti conosco. Se la lasci andar via, te ne pentirai." Poi si girò e attraversò il salone per andare a vedere di cosa avesse bisogno Lexie.

"Porta pazienza, amico mio," gli disse Mustang avvicinandosi.

"Hai sentito?" domandò Pid all'amico.

"In buona parte. Elodie si è messa in testa che tutti quelli della squadra devono essere felici come noi due."

Pid annuì, ma non commentò.

"Per la cronaca, sembra quasi che Monica abbia un effetto calmante su di te. Ultimamente mi sembri più centrato, non so se mi spiego," disse Mustang.

Pid lo capiva perfettamente, perché si sentiva proprio come gli aveva detto l'amico. Non vedeva l'ora di passare le serate con Monica, con cui stava bene e si sentiva a suo agio; invece di guardare ossessivamente i telegiornali per cercare di capire dove sarebbe stata la missione successiva, passava il tempo parlando con lei per cercare di farla sorridere.

Mustang gli diede una pacca sulla schiena e attraversò il salone per raggiungere la moglie.

Slate se n'era già andato da un po' per riportare Ashlyn a casa, mentre Jag se n'era andato solo dopo essersi assicurato che la situazione fosse gestita nella maniera più adeguata. Lexie ed Elodie avevano insistito perché anche Kenna andasse a casa con Aleck: avevano un incontro con Robert nel mattino, dovevano rivedere alcuni dettagli per la cerimonia di nozze, quindi non potevano fare troppo tardi.

Pid era perso nei propri pensieri, ripercorreva le parole di Elodie, quando vide Monica che gli si avvicinava con un foglio di carta in mano.

"Che c'è?" le chiese preoccupato.

"Theo ha disegnato questo, penso che sia il tipo che ha visto qui dentro questa sera."

Abbassando lo sguardo sul foglio, Pid vide il ritratto perfetto di un uomo. "Porca vacca, Theo è davvero bravo a disegnare!" esclamò.

"Lo so. Cioè, lo sapevo che era bravo: guarda che bel murale che c'è su quella parete. Però capita che qualcuno abbia un talento in un tipo di arte e non in un altro, quindi non ero sicura che fosse capace di fare dei bei ritratti; però quando ci siamo seduti l'ho un po' incoraggiato a tentare... ecco qui il risultato."

"Perché non lo porti a Lexie e agli altri, così magari lo riconoscono? Se non altro, sarà utile alla polizia per cercare di scoprire chi è."

Monica esitò. "Pensavo che potresti portarglielo *tu*."

Pid allungò una mano e le mise le dita sotto al mento, invitandola a guardarlo negli occhi. "Di che cosa hai paura?" le chiese con un tono profondo.

Monica scrollò le spalle. "La serata non è stata grandiosa. Lo so io, lo sai tu, lo sanno anche loro. Pensavo filerebbe tutto meglio se io rimanessi con Theo finché non arriva il momento di andar via."

"Non essere così dura con te stessa, Mo. A noi due è servito un po' di tempo per comportarci con naturalezza. Perché ti aspettavi che andasse diversamente con i miei amici?"

L'espressione negli occhi di Monica fu struggente per Pid:

era ovvio che volesse diventare amica delle altre, ma non sapeva come fare.

"Vengo con te, dai," le disse senza lasciarle il tempo di discutere. Le prese di nuovo la mano e quando lei se la lasciò prendere senza tirarla via, per lui fu come una vittoria. Si incamminarono verso il punto in cui Elodie e Lexie stavano parlando con due poliziotti. Si voltarono tutti verso di loro, vedendoli avvicinarsi.

"Ho chiesto a Theo di disegnare un ritratto dell'uomo che ha visto stasera nell'edificio," disse Monica senza troppi preamboli, alzando la mano con cui teneva il foglio.

Lexie diede un'occhiata e ansimò. "Che mi venga un colpo, ma quello è Cash!"

Elodie allungò lo sguardo e annuì. "Sì sì, è proprio lui."

"Chi è Cash?" chiese uno dei poliziotti.

"È uno che abbiamo assunto di recente per sostituirmi al centro di Food For All che c'è in città," spiegò Lexie.

"Aveva la chiave per entrare in questo edificio?" domandò il poliziotto.

"Non dovrebbe avere la chiave, ma è possibile che abbia trovato il modo di farne una copia. Non è nemmeno troppo difficile che sia riuscito a scoprire il codice per disinserire l'allarme, per poter entrare senza farlo scattare."

"Indagheremo su di lui," disse l'altro poliziotto. "Quel ritratto è davvero preciso, accidenti."

"Grazie," disse Lexie a Monica.

Lei fece spallucce. "Non ho fatto niente."

"Invece sì: hai scoperto che era stato Theo a rompere la vetrata, apposta per far scattare l'allarme, poi l'hai messo a suo agio per fargli disegnare questo. Praticamente hai risolto il caso per conto tuo," le disse Lexie.

Le guance di Monica si colorarono di rosa. "Sono contenta di essere stata utile," rispose, "ma davvero, è tutto merito di Theo."

"Come preferisci, ma intanto considerati parte del nostro clan," disse Lexie con decisione. "So che non ti senti ancora a tuo agio con tutti noi, ma vedrai che ci arriveremo."

Monica la guardò con sorpresa, ormai con le guance rosse. "Oh, ehm... va bene."

"Guarda, anche se non sai bene per quanto tempo ti fermerai, se potessi andarci piano con i profili e le foto che il comandante ti ha chiesto di esaminare, almeno potresti partecipare alla festa di addio al nubilato di Kenna e poi alle nozze, ne saremmo tutti molto felici."

Pid e Mustang scoppiarono a ridere.

"Cosa c'è?" chiese Lexie. "Voglio solo che si fermi il più a lungo possibile."

"Non sono certo che chiederle di ostacolare un'indagine federale, proprio davanti a due militari e a due poliziotti, sia un'idea geniale," disse Midas avvicinandosi e avvolgendola con un braccio.

"Non la sto ostacolando!" protestò Lexie con innocenza, "voglio solo che Monica sappia che la vogliamo presente alle nozze, tra un paio di settimane."

Pid notò che Monica stava regalando ai nuovi amici un sorrisetto mentre rispondeva: "Vedrò che posso fare."

"Ottimo!" esclamò Lexie.

"Fantastico!" le fece eco Elodie.

"Adesso vi lascio così potete andare avanti con le vostre cose, io vado laggiù con Theo," disse Monica indicando il tavolo dall'altra parte della sala, dove Theo era ricurvo su un altro foglio di carta.

Dopo che se ne fu andata, Lexie si girò verso Pid dicendogli: "È fantastica."

Lui non riuscì a trattenere un gran sorriso. "Eh sì."

"Qui abbiamo quasi finito," disse un poliziotto a Lexie.

Lei si voltò verso il poliziotto e Pid si incamminò dall'altra parte del salone, raggiungendo un punto vicino alla parete, non lontano da Theo e Monica. Da lì, riusciva a sentire la conversazione; Monica alzò lo sguardo e incontrò i suoi occhi. Lui le sorrise per rassicurarla, lei ricambiò il sorriso.

Vedendo quella fossetta adorabile, Pid sentì di nuovo il cuore battergli più forte. Ascoltò distrattamente la conversazione: Monica spiegava a Theo che ai poliziotti era piaciuto il suo disegno, poi Theo disse che non gli piacevano i panini con la crosta e che odiava i waffle.

Monica gli chiese se gli piacesse l'appartamento in cui viveva, lì vicino, Theo le rispose che gli piaceva moltissimo. Almeno poteva dormire senza il pensiero che qualcuno gli rubasse le sue cose.

"Ti ci senti più sicuro?" gli chiese Monica.

"Sì, sicuro."

"È importante sentirsi al sicuro," gli disse Monica con dolcezza.

Theo alzò lo sguardo e le chiese: "*Tu* ti senti sicura?"

I muscoli di Pid si tesero nell'attesa di una risposta. Monica rispose alla domanda di Theo con gli occhi fissi su Pid: "Sai che ti dico? Sì, mi sento al sicuro."

"Bene," le disse Theo dandole un colpetto sulla mano sinistra.

Pid sapeva che lei non si sentiva a suo agio quando le toccavano le dita martoriate, eppure a lei non sembrò dar fastidio il gesto di Theo.

"Pid è un brav'uomo," le disse Theo, "adesso che ti ha trovato, ti tiene al sicuro."

Monica tornò a guardare Theo chiedendogli: "Mi tiene al sicuro?"

Theo annuì, come se potesse vedere il futuro e sapesse cosa sarebbe successo. "Sì, Pid è grosso e forte."

"*Questo* è certo," confermò Monica con una risatina.

La conversazione tornò ai cibi preferiti di Theo, Pid non si mosse dal punto in cui era, vicino alla parete. Non gli sfuggì il modo in cui Monica continuava a guardarlo di tanto in tanto, mentre teneva compagnia a Theo, intanto che Lexie ed Elodie finivano di parlare con i poliziotti.

Quando gli agenti dissero di avere tutti dati necessari per il momento, Pid aiutò Mustang e Midas a chiudere la vetrina con delle assi di legno; dopo una mezz'oretta furono tutti pronti ad andarsene. Midas contattò una ditta di riparazioni perché mandasse qualcuno il giorno dopo a sostituire il vetro distrutto.

Theo salutò Monica con un abbraccio, poi volle abbracciare anche tutti gli altri. Infine si avviò sul marciapiede verso il suo appartamento, mentre gli altri si incamminavano verso il parcheggio in cui avevano lasciato le macchine.

Dopo che Lexie promise di tenere Monica aggiornata sulle indagini, finalmente ognuno andò per la propria strada.

Pid si voltò verso Monica e la vide con la testa all'indietro, appoggiata allo schienale del sedile, con gli occhi chiusi. "Va tutto bene?" le chiese.

"Sì," gli rispose senza esitare.

"Non è esattamente questo il finale che mi ero immaginato per la serata," commentò lui con un po' di ironia.

"Di sicuro è stato emozionante," rispose lei riaprendo gli occhi e voltandosi verso di lui, senza staccare la testa dallo schienale. "Mi dispiace di non aver fatto un'impressione migliore."

"Mo, smettila, è andato tutto bene. Peraltro, Theo piace a tutte, e non solo perché si è letteralmente trascinato sul pavimento mentre sanguinava come un animale al macello, per cercare di raggiungere Lexie, perché la sapeva in pericolo. In tanti non lo trattano molto bene. Non si può negare che l'odore non sia un gran che, è un tipo strano, a volte difficile da capire. Eppure tu hai fatto amicizia con lui senza alcuna esitazione. Sei riuscita a farlo confidare, è bastato questo per conquistarti un posticino speciale nei cuori di tutti noi."

"A me piace avere a che fare con i bambini e con le persone con difficoltà mentali," rispose lei, "e io piaccio a loro. So che al ristorante la serata non stava procedendo benissimo. Io ci ho provato... è solo che in genere non sono a mio agio con gli adulti."

"Non c'è problema," la rassicurò Pid, "è solo che ti serve più tempo per affiatarti con qualcuno. Non c'è niente di male. Dopo quel che ti ha detto Lexie stasera, penso che sia ovvio che non hai nulla di cui preoccuparti."

Monica fece una risatina. "Pensavo che Mustang stesse per svenire, quando Lexie mi ha detto di rallentare la disamina dei profili."

"Vero?" concordò Pid. "Santo cielo, Lexie è una donna meravigliosa, ma di sicuro non era né il momento né il posto giusto per quel tipo di proposta."

"Posso dirti una cosa?"

"Puoi dirmi quello che vuoi," le rispose Pid.

"Per la prima volta nella vita non vedo l'ora di passare del tempo con delle altre donne."

"Son contento. Sono donne molto amichevoli, so che vi divertirete, anche se sarò un po' geloso."

"Geloso?" riecheggiò Monica.

"Sì. Se esci con loro per l'addio al nubilato di Kenna, vuol dire che passerò una sera in meno in tua compagnia."

Dato che lei non rispondeva, Pid si pentì di aver parlato: aveva scoperto le proprie carte troppo presto spaventandola... eppure...

"Noi passiamo ogni serata insieme," gli disse lei dopo un po'.

"Sì," confermò lui.

"È... è bello," sussurrò Monica.

Pid sentì come uno strano presentimento. Per alcune donne, un commento del genere sarebbe stato poco più che un tiepido complimento di circostanza; molti avrebbero dedotto che in realtà lei non fosse molto contenta del tempo che passavano insieme. Detto da Monica, però, diventava un elogio molto importante.

"Sì, è bello."

Rimasero in silenzio per il resto del tragitto verso casa. Pid parcheggiò e la aspettò davanti al minivan, le appoggiò una mano dietro la schiena e si incamminarono insieme verso l'ingresso. Pid aprì la porta e appena dentro accese la luce.

Mentre lei stava andando verso il corridoio, per andare in camera sua, Pid la chiamò. "Mo?"

Lei si fermò e si girò per guardarlo in faccia. "Sì?"

Lui si incamminò lentamente verso di lei, fissandola negli occhi. Se avesse visto anche il minimo segno di disagio o di nervosismo, perché le si stava avvicinando, si sarebbe fermato e le avrebbe detto un semplice "buona notte".

Invece negli occhi di Monica scorse un desiderio che gli riecheggiò nel profondo dell'anima.

Lei si leccò le labbra fissandolo negli occhi.

"Adesso ti bacio," sbottò Pid, aspettandosi una reazione.

Lei spalancò gli occhi e... come per miracolo, annuì.

Muovendosi lentamente, Pid si abbassò verso di lei, le coprì le labbra con le proprie e sentì subito delle scintille percorrerlo dalla bocca fino alle punte dei piedi. Nessuna donna l'aveva mai conquistato in modo così viscerale. Non sapeva bene nemmeno lui cosa pensare... tranne che non avrebbe mai voluto smettere di toccarla.

Però non alzò le braccia per avvolgerla, non la tirò contro di sé come desiderava, inclinò solo la testa e approfondì gradualmente il bacio. Lei allungò timidamente la lingua per trovare quella di Pid, che a quel punto se lo sentì duro come mai era stato in vita sua.

Quel minimo gesto di fiducia fu per lui un richiamo del destino. Voleva quella donna con ogni fibra di sé, ma sapeva di doversi muovere lentamente. Guadagnare la fiducia di Monica era più importante di qualunque altra cosa.

Avrebbe potuto continuare a baciarla per tutta la notte, ma si costrinse a staccare le labbra da quelle di lei. Quando Pid si allontanò e la vide leccarsi le labbra con le pupille dilatate, dovette trattenersi per evitare di abbracciarla di slancio.

"Ehm... wow," gli disse sottovoce.

Pid fece un gran sorriso. "Eh sì," poi si abbassò di nuovo su di lei per baciarla sulla fronte con dolcezza. "Dormi bene, Mo."

Lei lo guardò confusa per un secondo, poi annuì. "Anche tu."

Pid ebbe la sensazione che lei si aspettasse di più e si accorse che gli piaceva sorprenderla. Non voleva comportarsi come tutti gli altri uomini che lei aveva conosciuto, ma quel bacio serviva per farle sapere che gli interessava a un livello più profondo di una semplice amicizia platonica. Si sarebbe adattato al ritmo che lei preferiva, ma la svolta nel loro rapporto lo faceva già sentire meglio. Pregava solo che, il mattino dopo, lei non avesse cambiato idea sull'andamento del loro rapporto.

Fu quasi un dolore fisico per Pid girarsi e andarsene in camera, ma ci andò. Monica doveva sapere che poteva fidarsi di lui. Quella sera, aveva detto a Theo che si sentiva al sicuro in quella casa, e Pid avrebbe preferito tagliarsi una mano, piuttosto che mettere un'ombra nei progressi che Monica aveva fatto.

Gli era come entrata dentro e lui non aveva né il modo né l'intenzione di tornare indietro. Non era cambiato nulla, probabilmente se ne sarebbe andata presto, ma lui aveva superato il punto di non ritorno. Ormai c'era dentro fino al collo. Sperava solo che anche lei provasse gli stessi sentimenti.

CAPITOLO DODICI

MONICA PASSÒ tutti i giorni della settimana successiva alla base per esaminare altri profili, ma non ne trovò nessuno che somigliasse nemmeno lontanamente all'uomo che aveva visto. Lei e Stuart trascorrevano le serate insieme, come sempre; dopo quel primo bacio, però, il loro rapporto era cambiato. Lui cercava di più il contatto fisico; non superava mai il limite, non faceva mai nulla che la mettesse a disagio o in difficoltà, ma ad esempio le toccava la schiena quando le passava dietro in cucina, oppure la baciava continuamente sulla testa; le teneva persino la mano, mentre erano seduti sul retro, la sera.

Stuart le raccontò più storie sulla sua infanzia in Alaska, su alcuni dei luoghi in cui la marina l'aveva inviato in missione. Quando lei gli chiese cosa fosse successo a Lexie, lui condivise quei ricordi senza esitare. Poi le raccontò anche la terribile esperienza di Kenna e la storia personale di Elodie.

Sentendo cos'avevano passato quelle tre donne, Monica si sentì più vicina a loro. Non le aveva più riviste da quella prima uscita di gruppo, quando erano andati tutti a cena e poi c'era stata l'irruzione al centro di Food For All, ma si erano scambiate dei messaggi. Monica stava sia pur lentamente cominciando a legare un po' meglio con le altre e viceversa.

Sapevano tutte cosa volesse dire soffrire. Ciascuna di loro aveva superato momenti molto difficili, ma erano sopravvissute, proprio come Monica, anche se lei aveva l'impressione che le altre avessero avuto meno ripercussioni sul presente di quante ne sentisse lei. Però ci stava lavorando. Frequentare Stuart e gli altri, vedere come quegli uomini trattavano le donne, le faceva venire una voglia disperata di scrollarsi di dosso la brutta eredità che il padre le aveva attaccato. Voleva diventare una donna forte, divertente, spensierata. Voleva plasmare il proprio giudizio sugli altri in base a ciò che facevano, non in base al lavoro o all'uniforme che indossavano.

La festa di addio al nubilato era organizzata per il fine settimana seguente. Il sabato sera avrebbero fatto tutte insieme un giro dei migliori locali di Waikiki, poi sarebbero tornate all'attico di Kenna e Aleck per passarci la notte. Monica non era ancora convinta di fermarsi a dormire, ma quando Kenna le aveva raccontato i piani per la serata, lei si era scoperta in sintonia, con lo stesso entusiasmo.

Aleck si sarebbe fermato a dormire a casa di Slate, in modo da lasciare alle donne lo spazio nell'attico per fare ciò che volevano senza doversi preoccupare di avere uomini intorno.

Il giorno prima, quando Stuart era passato a prenderla alla base, se l'era un po' presa perché lei aveva gli occhi arrossati e gonfi. Fissare lo schermo del computer tutto il giorno cominciava ad avere delle conseguenze su di lei, per quanto Monica facesse del suo meglio perché lui non se ne accorgesse.

Sì, magari... invece lui era andato a passo di marcia nell'ufficio del comandante per dirgli che Monica si prendeva un giorno libero quel venerdì, perché aveva bisogno di staccare. Per fortuna il comandante non aveva avuto nulla da ridire, del resto lei non era una sottoposta. Certo, era alla base su richiesta del comandante, ma insomma...

Il comandante non solo aveva accettato, ma si era di nuovo scusato... in pratica aveva detto a Monica che poteva interrompere quando voleva. Lui era ancora disperato, voleva trovare quella canaglia di ex SEAL, ma non aveva il diritto di costringerla a venire alle Hawaii contro la sua volontà.

Lei dapprima aveva reagito con stupore, per usare un eufemismo, e aveva garantito a Huttner che, dato che ormai si trovava alla base e che l'incarico come tata dell'ambasciatore era stato affidato a un'altra dall'agenzia per cui lavorava, anche lei voleva andare fino in fondo a quella faccenda. Voleva rimanere e continuare la ricerca per identificare l'uomo che aveva visto in Algeria.

Quella risposta aveva sorpreso il comandante Huttner, ma *soprattutto* Stuart, però avevano fatto entrambi del loro meglio per nascondere la loro reazione. Il comandante l'aveva ringraziata... ma Monica non riusciva a interpretare l'espressione negli occhi di Stuart; preferì pensare che fosse contento di quella decisione.

Era arrivato il venerdì, un inatteso giorno libero, Stuart la stava accompagnando a incontrare il famigerato Baker di cui aveva tanto sentito parlare. Quando lei aveva mandato un messaggio alle altre per condividere l'intento di Stuart, aveva ricevuto un turbinio di risposte su quell'uomo. Elodie le aveva chiesto di fargli una foto di nascosto, se poteva, anche Lexie e Kenna si erano unite al coro.

Monica si era accorta di star sorridendo, al pensiero di far finta di scattare una foto del panorama o di qualcosa di interessante per far rientrare di nascosto Baker nell'inquadratura. Dopo aver sentito quanto fosse deciso e anche un po' inquietante, non avrebbe per nulla al mondo rischiato di farsi beccare a scattargli una foto senza il permesso. Peraltro, se qualcuno le avesse scattato una foto senza farglielo sapere, a lei non avrebbe fatto piacere... eppure non riusciva a frenare una certa curiosità di scoprire se quel tipo fosse o meno tanto bello come sostenevano le altre.

"Oggi mi sembri diversa," le disse Stuart mentre guidava verso le famose spiagge di North Shore. "Più rilassata, qualcosa del genere."

"È vero," rispose lei, "Penso che l'aver saputo di potermene andare dalla base quando voglio mi abbia tolto della pressione inutile."

"Hai più sentito dall'agenzia per cui lavori se hanno un altro incarico da proporti?"

Monica cercò di interpretare la domanda di Stuart, ma senza successo. *Voleva* che lei se ne andasse? Glielo stava chiedendo solo per educazione o aveva un altro motivo?

Quasi come leggendole nella mente, Stuart le disse: "Per la cronaca, sono contento al cento per cento che tu rimanga quanto tempo vuoi. Penso di aver chiarito l'altra sera che mi piaci, Mo."

A quelle parole, lei sentì un certo calore diffondersi dentro. Era mai successo che qualcuno le avesse parlato chiaro, chiedendole di non andarsene? No. Per quanti incarichi da tata aveva accettato negli anni passati, nessuno dei suoi datori di lavoro le aveva mai chiesto di rimanere dopo la scadenza del contratto. "Ho mandato un'email per aggiornare l'agenzia della mia situazione, ma ho chiesto di aspettare prima di inserirmi di nuovo nell'elenco delle persone disponibili."

Il sorriso che Stuart lanciò verso di lei fece sì che il calore che sentiva si trasformasse in qualcosa di molto più bollente.

"Bene."

Una parola. Bastò una sola parola per far andare Monica in brodo di giuggiole.

Ciò che provava per Stuart stava rapidamente cambiando; prima era grata perché le aveva offerto un alloggio, per non farla rimanere nella base della marina, ma poi la gratitudine si era trasformata in qualcosa di più... personale... intimo. Il bacio che si erano dati la settimana prima era stato diverso da qualunque altro bacio lei avesse mai ricevuto. Le aveva donato più soddisfazione. Era stato senz'altro più eccitante.

A lei Stuart piaceva davvero. Le piaceva averlo vicino, le piaceva proprio come persona e poteva anche ammettere che, più tempo rimaneva lì, più quel "piacere" si intensificava, diventando altro. Un qualcosa che avrebbe dovuto spaventarla a morte... invece, quando pensava a un vero rapporto con lui, l'idea quasi la elettrizzava.

"Lo sai," proseguì lui, "che ci sono un sacco di persone sull'isola di Oahu a cui una tata farebbe davvero comodo?"

Monica rimase immobile, mentre assorbiva quelle parole. Incredibile, a lei non era nemmeno passato per la testa.

"Non sto cercando di dirti cosa devi fare nella vita. Sei un'adulta e ormai è tanto tempo che decidi per conto tuo, ma un lato positivo del tuo lavoro è che di genitori con bambini che hanno bisogno di una tata ce ne sono dappertutto."

Non aveva tutti i torti.

Monica annuì, le girava la testa. Non era sicura che l'agenzia per cui lavorava fosse in grado di trovarle impiego alle Hawaii, perché in generale era in contatto con rappresentanti del corpo diplomatico inviati all'estero, ma lei aveva ormai una lunga esperienza e non si aspettava grandi difficoltà a trovare lavoro presso una famiglia che cercava una tata per i figli. Forse sarebbe stato più difficile trovare un incarico con vitto e alloggio inclusi.

"Mi piace l'espressione che hai adesso," le disse Stuart.

Lei lo guardò di sfuggita: guidava col sorriso.

Avrebbe voluto dirgli un sacco di cose, ma pensare a tutte le opzioni per il futuro le faceva girare la testa. Era matta a pensare di fermarsi? Probabile. Tuttavia, per la prima volta da secoli (forse da sempre), guardava al futuro con entusiasmo.

Non trovava le parole per spiegare a Stuart cosa stava pensando, ma non voleva fargli credere che stesse ignorando quel suggerimento. Così alzò un braccio per andargli a toccare la mano che lui teneva appoggiata sulla console tra i due sedili anteriori.

Solo quando lui le strinse la mano, lei si accorse di aver usato la sinistra. Le bastò quello per farla bloccare dallo stupore. Lei non si dimenticava mai, proprio *mai* delle dita martoriate. Invece, quando aveva allungato la mano per toccare quella di Stuart, l'unico pensiero che aveva avuto era cercare il contatto con lui.

Quando l'aveva toccato, il sorriso sul viso di Stuart era cresciuto così tanto che Monica non voleva più staccarsi. Così proseguirono il viaggio verso nord tenendosi per mano, lui con un sorriso sornione stampato in faccia, lei pensando fin troppo intensamente ai prossimi passi nella sua vita, ma anche meravigliata per il fatto che un uomo meraviglioso come Stuart sembrasse interessato a lei.

Dopo un'ora, Stuart accostò nel parcheggio di una spiaggia enorme, era quasi completamente pieno. Trovò un posto un po' lontano dall'oceano; quando spense il motore e Monica fece per uscire, lui le strinse la mano. "Mo?"

Lei si voltò per guardarlo. "Sì?" gli chiese: chissà perché, si sentiva intimidita.

"So che mentre venivamo qui ti sono passati per la mente tanti pensieri. Mi dispiace che Huttner in pratica ti abbia costretta a venire alle Hawaii, ma sono felice di aver avuto l'opportunità di conoscerti meglio. Per la cronaca... mi farebbe molto piacere se decidessi di rimanere; ma qualora preferissi partire, voglio comunque tenermi in contatto, perché penso che tu sia davvero meravigliosa."

Lei deglutì a fatica; non era ancora pronta a mettere sul tavolo tutto ciò che pensava e provava. Stuart le piaceva... ma poteva fidarsi di lui? Poteva farle male, *molto*, dopo tutto il tempo che lei aveva passato a proteggere i propri sentimenti.

Però voleva anche fargli sapere quanto apprezzasse tutto ciò che lui aveva fatto per lei. Non era costretto ad accoglierla in casa sua, non era in dovere di difenderla con il comandante, non doveva farsi in quattro per farla integrare con gli amici e le amiche; eppure aveva fatto tutto ciò.

"Non so ancora cosa deciderò, per adesso preferisco continuare a esaminare i profili per cercare l'uomo che ho visto. Non può andare avanti a fare quello che vuole, se sono l'unica che può identificarlo, *devo* continuare a cercarlo. Però... anche a me farebbe piacere rimanere in contatto."

Monica si accorse che quelle parole non erano esattamente ciò che Stuart si aspettava di sentirsi dire, ma almeno lui non insisté per sentire qualcos'altro. Ormai lei sapeva che non le avrebbe mai fatto pressioni per convincerla quando non voleva o non era pronta a decidere di propria iniziativa.

"Dai, andiamo a guardare i surfisti che si divertono come matti sulle onde." Poi si portò la mano martoriata di Monica alla bocca e ne baciò il dorso.

Lei trattenne il fiato mentre osservava l'espressione sul viso di Stuart: non ci vide né disgusto né compassione. Anzi, forse la reazione che intravide fu ammirazione, affetto. Poi la lasciò andare e si girò per uscire dal minivan.

Senza pensarci, anche lei uscì e gli andò incontro sul retro del veicolo. Come se fosse il gesto più naturale al mondo, lui la prese di nuovo per mano (la sinistra) e si incamminarono insieme per raggiungere la spiaggia.

Il vento soffiava costantemente, tanto che Monica rimpianse di non essersi legata i capelli dietro la testa, prima di partire. Le ciocche bionde le svolazzavano davanti al viso e lei le spostava arricciando il naso.

"Prendi."

Quando abbassò lo sguardo per vedere cosa le stesse

porgendo Stuart, Monica fu colpita di vedergli in mano uno dei suoi elastici per capelli.

"Cosa... come...?" si ritrovò a balbettare.

Lui scrollò le spalle. "Ho notato che ti capita spesso di dimenticarti questi accessori, quindi me ne sono messo in tasca uno prima di uscire, può tornare utile."

Se non l'avesse tenuta per mano, Monica probabilmente sarebbe collassata al suolo dalla sorpresa. Stuart era un *maschio*, accidenti, era un SEAL della marina! Eppure si era messo in tasca un elastico per capelli, per lei? *Può tornare utile?"*

Porca vacca.

Lei lo prese e si fermò per tirarsi indietro i capelli. Ben sapendo di avere addosso gli occhi di Stuart, si raccolse i capelli ribelli e se li legò insieme alla svelta in uno chignon un po' raffazzonato ma accettabile.

"Lo fai sembrare un gesto semplice," commentò lui quando lei ebbe finito e ricominciarono a camminare.

"Non è certo meccanica quantistica," replicò lei con serietà.

Stuart si limitò a farle un gran sorriso. Camminarono mano nella mano verso la spiaggia, dove onde enormi si infrangevano sulla riva.

"Wow," commentò Monica davanti a delle onde grandi come non ne aveva mai viste. "Non riesco a credere che qualcuno si addentri nell'oceano volontariamente."

Stuart fece una risatina. "Non fa per me, ma i surfisti sono attirati da queste ondate.

"Ciao!" sentirono da una voce femminile sulla destra.

Girandosi, Monica vide una donna tra i quaranta e i cinquanta anni seduta a un tavolino da pic-nic all'ombra. Al suo fianco, aveva un frigo portatile e sul tavolo era appoggiato un binocolo. I capelli castano scuro svolazzavano, mossi dalla brezza che risaliva dall'oceano, gli occhi marroni sembravano gentili e accoglienti.

"Tiro a indovinare, per caso sei uno degli amici di Baker?" domandò la donna con un sorriso astuto.

Stuart annuì e si incamminò verso il tavolo a cui quella donna era seduta. "Infatti, hai indovinato. Io sono Pid e lei è Monica."

"Io sono Jodelle, ma mi chiamano tutti Jody."

"Piacere di conoscerti," disse Monica, mentre Stuart faceva un cenno col capo.

"Avete fame?" chiese Jody. "Se volete, ho dei panini."

"Io sono a posto così, e tu, Mo?"

Monica scosse la testa, poi sbottò: "Offri da mangiare a tutti gli estranei che incontri sulla spiaggia?"

Jody si mise a ridere in maniera libera e semplice. "Più o meno, sì, ma porto degli spuntini soprattutto per i miei ragazzi. Vengo qui il mattino, prima della scuola e mi assicuro che i ragazzi non continuino a fare surf anche quando cominciano le lezioni. In tanti vanno direttamente a scuola dalla spiaggia, so per certo che non mangerebbero nulla per colazione, se non dessi loro una tortilla prima di vederli saltare in macchina per scheggiare via. Poi, dopo la scuola, voglio essere sicura che abbiano abbastanza energie per fare le loro magie sulle onde in tutta sicurezza. Per questo preparo dei panini, per darglieli."

"Wow," commentò Monica.

Jody fece un'altra risata. "Eh, lo so, tanti pensano che sia una pazza, ma a me non interessa. La comunità dei surfisti si è occupata di me quando ne avevo molto bisogno, quindi sono contenta di ricambiare, questo è l'unico modo in cui posso essere riconoscente."

Monica la scrutò con attenzione. Dietro quella donna dall'atteggiamento aperto e accogliente, ci vide... dolore. Le era successo qualcosa di brutto, qualcosa che ancora la stava tormentando.

Monica ne sapeva qualcosa.

"Come fai a sapere che sono amico di Baker?" chiese Stuart.

Jody alzò gli occhi al cielo. "Ma ti sei visto?" gli domandò retoricamente.

Monica non riuscì a trattenere una risata, vedendo la reazione confusa negli occhi di Stuart.

"Cosa c'è?" le chiese lui corrugando la fronte.

Il che fece ridere Monica ancor più di gusto. Jody si unì subito a lei.

In tutta risposta, fu *Stuart* a fare un'espressione esasperata.

Chiaramente intenerita verso di lui, Jody gli spiegò: "È solo che si vede, non hai l'aspetto del surfista, non sei qui per cavalcare le onde. Hai un'aura dello stesso tipo di quella di Baker."

"Un'aura, eh?" ripeté Stuart.

"Sì, sembra quasi che se qualcuno osa respirare nel modo sbagliato, tu sei pronto a occupartene," sbottò Monica.

Stuart la guardò negli occhi.

"Precisamente," commentò Jody con enfasi.

"Allora è un'aura positiva?" domandò lui, rivolgendosi però a Monica, non alla donna seduta al tavolo.

"Oh, sì," rispose Monica sottovoce, proprio mentre Jody rispondeva: "Ma certo."

Monica fissò Stuart negli occhi, non riusciva a distogliere lo sguardo. Fu lui a fare la prima mossa per interrompere il momento intimo di magia che si era creato tra loro, voltandosi verso Jody. "Baker è qui?"

"Sì, è là fuori a tener d'occhio uno dei miei ragazzi." Jody fece un cenno col mento verso l'oceano.

Monica guardò in mare aperto e intravide qualche testa scura tra le creste delle onde, nient'altro. Poi vide qualcuno alzarsi, come camminando sulle acque, per poi cavalcare un'onda gigantesca che cresceva avvicinandosi a riva.

Fu una visione poetica, bella, ma da rabbrividire. Lei non si sarebbe mai fatta convincere ad avvicinarsi a un oceano tanto potente, di sicuro non per cavalcare la cresta di un'onda gigante, destinata a infrangersi a riva.

Invece chi stava sulla tavola da surf riusciva chissà come a scendere dall'onda all'ultimo secondo, per poi tornare in mare aperto vogando con le mani, mentre l'acqua che aveva sostenuto e spinto il surf si schiantava producendo schizzi rabbiosi e schiuma spumosa.

"Un bel panorama, vero?" domandò Jody.

Davvero un bello spettacolo, pensò Monica, ma l'intensità di quelle onde ne sovrastava la bellezza. Però annuì comunque.

"Immagino che salirà a riva appena vi vedrà," proseguì Jody.

"Perché si accorgerà che c'è qualcuno che parla *con te*," disse Stuart; non era una domanda.

Jody fece spallucce. "È protettivo nei confronti di tutte le persone che conosce," rispose lei, sforzandosi di parlare con nonchalance, ma senza riuscirci troppo.

Monica ebbe la netta sensazione che tra Jody e il misterioso Baker ci fosse di più di una semplice amicizia, ma non conosceva nessuno dei due a sufficienza per poterlo dedurre.

Passarono dieci minuti, poi videro un uomo emergere dall'oceano agitato. A Monica venne in mente Aquaman che sorgeva dalle acque, come immune alla furia potente dell'oceano. Aveva una tavola da surf sottobraccio, procedeva verso di loro con falcate lunghe e decise.

Monica sentì lo stomaco preso da una strana sensazione di disagio. Ricordò tutte le storie che le avevano raccontato le altre su Baker, dandole l'impressione che fosse un tipo molto diverso da Stuart e dagli altri che lei aveva conosciuto.

Mentre lo osservava avvicinarsi, Monica notò che indossava una muta subacquea a maniche lunghe. Il materiale impermeabile era così attillato che sembrava quasi una seconda pelle, che gli metteva in evidenza i muscoli del petto e delle cosce. La muta si fermava appena sopra le ginocchia, i polpacci si contraevano mentre camminava sulla sabbia.

Monica non riuscì a smettere di fissarlo anche quando fu molto vicino. Elodie e le altre avevano ragione: era un uomo dal fascino magico. Sembrava sulla cinquantina, ma chiaramente si teneva in ottima forma. Aveva i capelli leggermente brizzolati e la barba ben tenuta, a sottolineare la sua mascolinità senza farlo sembrare più anziano. Era un uomo di mezza età molto piacente, il tipo fascino sale e pepe, come l'aveva sentito soprannominare online da qualcuno che descriveva un divo di Hollywood.

Però aveva anche un che di inquietante. Monica si accorse che stava facendo un passo indietro, mentre lui si avvicinava al tavolo da pic-nic.

Lui si prese un momento per appoggiare la tavola da surf contro un albero vicino, poi si avvicinò. "Pid," disse annuendo.

"Ciao Baker."

"Cosa ti porta nel mio angolo di paradiso? Tutto bene con le signore? Carly ha più sentito nulla dal figlio dell'ex?"

"Stanno tutte bene, a proposito di Carly, non lo so, ma non penso. Jag ne avrebbe parlato," rispose Stuart.

Baker annuì.

"Di sicuro avrai sentito delle nozze di Aleck e Kenna, tra un paio di settimane, vero?"

"La cerimonia luau sulla spiaggia? Certo."

Monica osservò Stuart e Baker che parlavano, notando l'evidente rispetto che i due si mostravano a vicenda. Poi gli occhi verdi come la giada di Baker si rivolsero a lei.

"Monica Collins, immagino?" le chiese.

Lei poté solo annuire.

"Piacere di conoscerti. Grazie per non aver denunciato il comandante Huttner all'ispettore generale per abuso di potere: di sicuro ha esagerato, costringendo Pid e gli altri della squadra a portarti qui alle Hawaii, ma ha agito mosso da buone intenzioni."

"Ehm... non c'è di che."

"Non hai avuto fortuna nell'esaminare le foto, eh?" le chiese Baker, che poi proseguì, "del resto sei arrivata solo alla lettera H in ordine alfabetico, quindi c'era da aspettarselo."

Monica non aveva idea di come facesse lui a sapere così bene quel che lei faceva; aveva appena terminato di esaminare i profili con il cognome che cominciava dalla lettera H, proprio il giorno prima. "Sì," rispose blandamente.

"Beh, il tuo contributo è apprezzato," le disse lui, "nessuno infanga l'onore dei SEAL e la passa liscia."

Monica deglutì a fatica; non voleva scoprire cosa intendesse dire con precisione, quali fossero le conseguenze per un SEAL andato alla deriva, secondo lui.

"Hai conosciuto Jodelle."

"Come sono le condizioni dell'oceano, Baker?" chiese Jody.

Se Monica non avesse avuto gli occhi fissi su quell'uomo di mezza età, le sarebbe sfuggita la dolcezza che gli ammorbidì l'espressione quando parlò Jody.

"Non male. I ragazzi se la cavano bene. Ho detto loro che si sta facendo tardi, dovrebbero cominciare presto a venire a riva, devono andare a casa a fare i compiti."

Jody gli rivolse un sorriso soddisfatto. "Ottimo."

Baker si voltò di nuovo verso Stuart. "Allora? Cosa ti porta fin qui, se non è per le ragazze?"

Monica pensò di farsi una risata, per il modo in cui Baker chiamava Elodie, Lexie e Kenna "ragazze", ma si sforzò di non mostrare apertamente ciò che pensava.

"Mo aveva bisogno di staccare dal lavoro in ufficio e io volevo fartela conoscere. Magari poi ci fermiamo al Matsumoto's così le presento anche le migliori granite dell'isola. Mi chiedevo anche se tu potessi avere qualche informazione in più su quel bastardo che ha fatto girare le palle così tanto al comandante, per scoprire chi è."

A quel punto Monica sghignazzò.

"Che c'è?" le chiese Stuart sorridendo. "Sono sicuro che gli girano, ma del resto lo capisco."

"Vorrei tanto aiutarti," rispose Baker, "sono sempre in contatto con Huttner, abbiamo discusso di alcune possibilità, ma senza altre informazioni siamo come in un circolo vizioso."

"Senza altre informazioni vuol dire se io non riesco a scoprire altro," disse Monica sottovoce.

Baker alzò le spalle, Monica lo interpretò come un sì.

Le dava fastidio non riuscire a descrivere quell'uomo con chiarezza sufficiente per un ritratto. Aveva anche considerato di chiedere a Theo di provare a fare un disegno, visto quanto era stato bravo a ritrarre l'uomo che aveva fatto irruzione nel centro di Food For All, ma era sinceramente convinta di non averlo visto abbastanza bene per descriverlo. Le sembrava quasi di fallire, anche se non era stata lei a chiedere di assumersi la responsabilità di scoprire chi fosse quel tipo, tanto per cominciare.

"Asciugamano?" chiese Jody a Baker, porgendogli un telo mare blu scuro molto morbido.

"Grazie," rispose Baker prendendolo.

Lo sguardo di desiderio sul volto di Jody era inconfondibile. Nel momento stesso in cui lei si voltò, uno sguardo identico si rifletté sul viso di Baker.

Per un secondo, Monica si immaginò di fare da Cupido della situazione. Si vide, mentre diceva a Kenna e alle altre ciò che aveva notato, chiedendo se fosse possibile magari organizzare qualcosa per le nozze, far bere Jody e Baker finché non fossero diventati un po' brilli per scoprire se, in preda ai fumi dell'alcol, avrebbero palesato le scintille così evidenti tra loro.

Poi però ci pensò meglio; ebbe la sensazione che *nessuno* potesse interferire con la vita di Baker, perché lui non l'avrebbe permesso. Capì anche che, se lui avesse voluto veramente Jody, allora non avrebbe esitato a comportarsi di conseguenza. Quindi doveva esserci un motivo se non aveva dato seguito a quell'attrazione; l'ultima cosa che Monica voleva era farlo incazzare interferendo, o spargendo voci per far sì che Elodie e le altre ficcassero il naso nella vita di quell'uomo.

Baker e Stuart chiacchierarono di persone che lei non conosceva, così Monica distolse l'attenzione da loro. Quando Baker cominciò a togliersi la muta subacquea, sfilandola dal petto e dalle braccia, lei si voltò per fissare l'oceano. Non che lui si stesse denudando proprio lì, sulla spiaggia; si stava solo sfilando la muta per asciugarsi, ma a lei sembrava comunque imbarazzante starlo a guardare.

Sentì Stuart che raccontava a Baker di un'esercitazione recente e non si trattenne dal dare un'occhiatina verso quell'uomo di mezza età. Giustificò a se stessa quell'occhiata dicendosi che Lexie e le altre le avrebbero chiesto un racconto dettagliato dell'incontro con Baker, quando si sarebbero trovate alla festa di addio al nubilato, il weekend della settimana successiva. Sentendo che l'aveva trovato con la muta subacquea, le avrebbero chiesto con insistenza tutti i dettagli più succosi.

Nell'attimo stesso in cui i suoi occhi si posarono sul petto nudo di Baker, con la muta che gli pendeva intorno alla vita, dalla sua mente svanirono tutti i pensieri delle altre... dimenticò persino dove si trovava. Fu riportata di colpo con violenza alla casa in Algeria, in piedi al centro del salotto, mentre fissava l'uomo con gli occhi malvagi che le ordinava di aprire la porta presentandosi come un SEAL della marina... cercando di convincerla a fidarsi di lui.

All'improvviso incapace di pensare ad altro, se non ad allontanarsi, Monica fece un passo indietro e inciampò subito su una roccia dietro di lei. Cadde violentemente sul sedere, ma non distolse lo sguardo dalla minaccia che aveva davanti.

"Cazzo... Mo? Stai bene?" le chiese Stuart; ma lei nemmeno lo sentì. L'unico pensiero di Monica era mettere più distanza possibile tra sé e l'uomo con il tatuaggio nero sull'avambraccio.

Gattonò all'indietro, arrancando per allontanarsi da lui.

"Ma che cazzo...?" le chiese, facendo un passo verso di lei e porgendole la mano.

Monica sussultò e scattò in piedi; poi cominciò a correre, senza pensare a dove andare: sapeva solo che doveva scappare. *Subito!*

Due forti braccia la catturarono intorno alla vita e la tirarono verso un petto muscoloso.

Si dimenò, disperatamente, ma fu tutto inutile...

"Monica! Sono io, Stuart. Calmati!"

Quelle parole la sfiorarono appena. Era persa in un altro tempo, in un altro luogo. Nella mente le comparvero come dei flash le immagini dell'uomo con il tatuaggio sui monitor di sicurezza, all'interno della stanza segreta. Il pensiero di ciò che le avrebbe fatto, se avesse messo le mani su di lei, si intrecciò con le parole rabbiose che il padre le aveva rivolto per anni. Sentì la mano pulsare di dolore mentre lo sentiva dire: *"Devi arrangiarti da sola. Se chiedi aiuto, alla lunga sei solo fottuta."*

"Monica!" ripeté una voce con tono duro.

L'uomo dietro di lei la fece abbassare con sé sulla sabbia, costringendola a sedersi sulle sue gambe. Tenne le braccia intorno a lei, che sentì sull'orecchio il suo fiato caldo. Le servì più di qualche momento per cominciare ad ascoltare veramente la litania di parole che le rivolgeva... ma quando finalmente le capì, si bloccò e smise di lottare.

"Sono io, Stuart. Sei al sicuro, dico davvero. Qualunque cosa sia successa, la affronteremo insieme. Torna da me. Ecco, brava, così. Ci sono io, qui con te. Respira, Mo. Fai un bel respiro profondo... Brava. Un altro. Ma che brava! Sento il tuo cuore che batte a mille all'ora. Adesso rilassati."

"Stuart?" sussurrò lei.

"Sì, sono qui."

Monica si raccapezzò di dov'era... alla North Shore con Stuart. C'erano anche Jody e Baker... e lei si era appena messa in un imbarazzo dell'altro mondo. In quel momento, però, essersi ridicolizzata era l'ultimo dei suoi pensieri. Strizzò gli occhi e fece un respiro profondo; sentì il profumo dell'aria salata e la brezza dell'oceano che le colpiva le guance.

"Mi hai fatto spaventare a morte," le disse Stuart sottovoce. "Vuoi dirmi il motivo di questo attacco di panico?"

Lei non voleva, ma sapeva di doverglielo. "Il tatuaggio," gli rispose con un filo di voce, mentre tremava da capo a piedi.

"Che tatuaggio?" le chiese.

"Il mio," rispose una voce che li sovrastava.

Monica non aprì gli occhi, sentendo parlare Baker. Si limitò ad annuire.

"L'hai già visto prima?" le chiese.

Lei annuì di nuovo. "L'ho visto sull'uomo che ha sparato nella casa ad Algeri. Sapevo che aveva un tatuaggio, ma non riuscivo a ricostruirlo a memoria. Era solo una macchia nera sfocata. Però nell'attimo stesso in cui ho visto il tuo, mi è tornato in mente."

"*Cazzo*," commentò Baker con una voce talmente terrificante che fece sussultare Monica, che si aggrappò con tutte le forze alle braccia di Stuart, che l'avvolgevano.

"Calma, Mo. Qui sei al sicuro."

Era davvero al sicuro? Il fatto che l'uomo inquietante che aveva davanti portasse lo stesso tatuaggio del tipo accusato di stupri e omicidi di donne, oltre che di saccheggio e di incitazione alla violenza, non era certo rassicurante.

Anche Baker era immischiato? Forniva informazioni a quell'altro? Stuart aveva detto che Baker era estremamente bravo con l'elettronica, anche meglio di lui. Poteva trovare informazioni a cui nessun altro aveva accesso. Se anche lui faceva parte delle trame dell'altro uomo... lei si trovava nei guai fino al collo.

Più che sentire, percepì qualcuno che si muoveva, poi la voce di Baker che proveniva proprio di fronte a lei. "Aprì gli occhi," le ordinò, "guardami."

"Baker," intervenne Stuart, pronunciando quell'unica parola con un tono aspro e minaccioso.

Fu proprio il tono protettivo della voce di Stuart a dare a Monica la forza di cui aveva bisogno per aprire gli occhi. Baker era accovacciato davanti a lei, seduto sui talloni. Negli occhi aveva una rabbia che le fece venir voglia di volatilizzarsi, ma lei deglutì a fatica e si tenne forte... per quanto poté.

"Devi essere sicura," le disse un po' burberamente. Le porse il braccio, mostrandole il tatuaggio da vicino.

La vista dell'inchiostro sulla pelle le fece venire la pelle d'oca e uno strano presentimento, ma lei non distolse lo sguardo.

Le venne in mente un altro ricordo d'infanzia, quando aveva trovato una cucciolata di gattini di una gatta randagia che viveva nel terreno di famiglia. Lei li stava coccolando, quando il padre l'aveva scoperta: l'aveva costretta a guardare mentre lui prendeva in mano quei micetti di una settimana e li uccideva. Quando lei aveva cercato di guardare da un'altra parte, lui l'aveva colpita con forza, dicendole che doveva guardare, altrimenti avrebbe picchiato a sangue anche la moglie.

Monica aveva cinque, forse sei anni. Ormai aveva già

imparato che era meglio non disobbedire al padre, perché avrebbe mantenuto a tutti i costi la propria minaccia.

Lei non si aspettava che Baker la picchiasse se si fosse rifiutata di guardargli il braccio, ma non era disposta a correre alcun rischio.

"Respira, Mo," le disse Stuart. Lei sentì che le appoggiava il mento sulla spalla. Poteva avvertire sulla guancia il suo respiro. Si sentiva circondata da lui... meravigliandosi, si accorse che si stava rilassando un poco.

Guardò di nuovo il braccio di Baker, l'inchiostro del tatuaggio sulla pelle. Era un drago. La coda si allungava fino ad avvolgere il bicipite, la bocca era aperta, sbuffava mostrando i tanti denti. Lei ricordò di aver detto al comandante che forse aveva scorto le sembianze di un serpente, in quel momento si ricordò di aver visto la coda che si avviluppava sul braccio di quell'uomo.

"È lo stesso disegno," disse Monica.

"Sei sicura?"

"Sì."

"Quanto sicura?" le chiese Baker.

Lei a quel punto lo guardò negli occhi, cercando di non farsi intimorire dalla scintilla di rabbia che vi trovò. Chissà come, sapeva che quella rabbia non era per lei. "Sono tanto sicura quanto ero certa che, se non fossi scappata dalla casa di mio padre in tempo, sarei morta nel giro di un mese."

Non aveva idea se l'uomo che aveva davanti sapesse comprenderla, ma lo vide annuire e alzarsi in piedi, quindi immaginò che il messaggio fosse passato. Stuart le aveva detto che Baker aveva il talento di riuscire a scoprire tutto di tutti. Quando gliel'aveva detto, lei aveva minimizzato. Invece a quel punto si convinse che aveva fatto delle ricerche su di lei. Probabilmente si era informato nell'attimo stesso in cui aveva sentito che il comandante l'aveva obbligata a venire alle

Hawaii per cercare di identificare l'ex SEAL diventato criminale.

"Hai capito chi è?" domandò Stuart.

"Ho un'idea ben precisa," rispose Baker.

Più che sentire, Monica si accorse che Stuart fece un gemito di frustrazione. Poi le chiese con un tono dolce: "Pensi di riuscire ad alzarti?"

Lei non ne era certa, ma annuì comunque. Non aveva di che preoccuparsi: Stuart non la lasciò andare per un secondo mentre l'aiutava ad alzarsi dalle sue ginocchia per mettersi in piedi. Poi l'accompagnò al tavolo a cui Jody era rimasta seduta; con un'espressione estremamente preoccupata, le fece cenno di accomodarsi sulla panca.

Monica si sedette volentieri: era già caduta col sedere per terra una volta davanti a quelle persone, non voleva certo ripetersi.

"Chi è?" chiese Stuart.

"Shane 'Bull' Beyer. Eravamo nella stessa squadra. Una notte, dopo una missione particolarmente intricata, ci siamo fatti tutti lo stesso tatuaggio. Eravamo tra le squadre più compatte e coese... ma col passare degli anni nella testa di Bull è successo qualcosa. È diventato irrequieto, ha cominciato a perdere il controllo... è diventato pericoloso. È arrivato al punto da costringermi a fargli rapporto al comandante, per iscritto. Dopo una valutazione psicologica, è stato escluso dalla squadra e gli hanno imposto un ciclo di psicoterapia. Lui si è rifiutato e allora l'hanno congedato per PPG."

Stuart emise un fischio basso.

Monica si accigliò: "Che significa?"

"Problemi Psicofisici Generali," spiegò Baker. "È un'espressione che si usa quando qualcuno soffre di disturbi non sufficienti da qualificarlo come un disabile, però ha un problema che interferisce con i doveri e gli standard dei SEAL."

"Non l'avrà presa affatto bene," commentò Stuart. Non era una domanda.

Baker fece una risatina, ma non era un suono allegro. "No, senz'altro non l'ha presa bene. Ho cercato di convincerlo a farsi aiutare, dopo che è uscito, ma lui mi ha mandato a quel paese. Mi ha detto che l'avevo già aiutato *abbastanza*. Per un po' ho seguito le sue tracce, ma poi è riuscito a sparire. Immagino che a quel punto si fosse comprato delle identità fasulle."

"Allora adesso che si fa?" domandò Stuart.

"Adesso comincio la caccia," rispose Baker.

Monica tremò, sentendo quel tono minaccioso.

"Se avessi intuito che era disposto a cadere così in basso, ce ne saremmo occupati prima. Telefono a Huttner e ci facciamo una chiacchierata, gli devo raccontare i miei sospetti."

"Non vi servono delle prove?" chiese Monica, trovando il coraggio di intervenire. "Cioè, come fate a sapere che è lui e non uno degli altri della squadra? Oppure qualcuno a cui piacciono i draghi e se n'è fatto tatuare uno?"

"Ho letto la descrizione dell'uomo che hai visto," rispose Baker. Non camminava avanti e indietro, non sembrava agitato. Le stava davanti, immobile mentre spiegava, tanto da diventare persino *più* inquietante. "La tua descrizione calza a pennello con Bull. È tanto precisa che avrei dovuto capirlo prima, che era lui. È solo che sono passati degli anni da quando ho avuto sue notizie per l'ultima volta. Almeno dieci anni."

"Dove vuole arrivare?" domandò Stuart.

"Chi lo sa? Vuole creare più casino possibile? Metterlo in quel posto agli Stati Uniti? Probabilmente si avvicina alle donne presentandosi come SEAL e poi le terrorizza. Forse è il suo modo di 'vendicarsi' con l'organizzazione da cui si è sentito abbandonato."

"Ci sono dentro anch'io," affermò Stuart.

Baker scosse subito la testa. "Assolutamente escluso."

"Ho qualcosa di importante in ballo," spiegò.

"Lo capisco," ribatté Baker, guardando di sfuggita Monica, prima di tornare a rivolgersi a Stuart. "Però tu sei ancora in servizio attivo. Non ho intenzione di lasciarti fare qualcosa che potrebbe metterti nei guai. Tra l'altro... è una questione personale tra me e Bull."

"Baker?" lo chiamò Jody.

Bastò quello: Baker frenò all'istante la rabbia. Abbassò visibilmente le spalle e fece un respiro profondo, poi si voltò verso la donna ancora seduta al tavolo. "Scusami tanto, Jodelle," le disse.

Lei scosse la testa. "Non so cosa stia succedendo, ma immagino che dovrai partire per un po', di nuovo?"

"Può darsi," le rispose Baker.

"Però stai attento," gli disse lei sottovoce. "Non posso perdere qualcun altro a cui tengo."

"Non mi perderai," la rassicurò lui.

Monica si sentì quasi una terza incomoda in una conversazione molto intima. C'era sicuramente qualcosa di più tra loro due, probabilmente più di quanto erano disposti ad ammettere.

"Voglio che mi informi di tutto ciò che scopri," disse Stuart a Baker. "Anzi, ora che ci penso, dato che Monica è l'unica in grado di identificarlo, potrebbe trovarsi in serio pericolo, se lui scoprisse che gli stai dando la caccia."

Baker scosse la testa. "Senza offesa per Monica, ma non penso che si preoccuperà di lei. Penso che sarà molto felice di scoprire che ha fatto impazzire la marina... e me. Sarà assolutamente *radioso* quando scoprirà che lo sto braccando. Per lui è un gioco. Probabilmente sarà incazzato perché non l'abbiamo ancora identificato, si sarà concesso un po' di distrazione."

"Si è lasciato vedere da Monica?" chiese Stuart.

"Eh sì. Non mi sorprenderebbe sapere che troveremo altri indizi, che ora diventeranno ovvi. Non penso che la tua donna sia in pericolo," spiegò Baker.

Monica non ebbe il tempo di elaborare quel "la tua donna" quando Stuart ribatté: "E la tua?"

I due si fissarono a vicenda per un lungo momento, poi Baker sospirò e rispose: "Ti terrò aggiornato."

"Bene. Sei pronta ad andare, Mo?"

Lei lo guardò: Stuart *non* sembrava felice. L'atteggiamento rilassato di quando era arrivato era completamente svanito. La causa era *lei*... e si odiava per questo.

Gli rispose solo annuendo.

Stuart le appoggiò una mano sotto al gomito e appena lei fu in piedi le mise un braccio intorno alla vita. Le fece piacere, la faceva sentire confortata. Monica sapeva di doversi staccare, ma aveva bisogno di assorbire quanto supporto poteva, almeno per un po' di tempo.

"Piacere di averti conosciuto," disse Monica a Jody.

"Piacere mio."

"Mi dispiace per com'è andata a finire," aggiunse, senza riuscire a trattenersi.

"E perché? Da quel che ho capito, mi sembra che il motivo di base per cui sei alle Hawaii, sulla nostra bella isola, si sia risolto nell'ultima decina di minuti."

Aveva ragione. Monica non aveva più motivo di fermarsi. Poteva telefonare all'agenzia di collocamento per comunicare che le trovassero subito un altro impiego.

Due settimane prima, avrebbe accolto la notizia con salti di gioia. Invece ormai non era più sicura di *cosa* volere.

"Ci sentiamo," disse Stuart a Baker, con un cenno del mento.

"Ci sentiremo," replicò Baker.

Monica si guardò alle spalle, mentre camminava verso il parcheggio con Stuart, per andare al minivan; vide Baker seduto sulla spiaggia, vicino a Jody. Alzava una mano per sistemarle una ciocca di capelli, un gesto intimo, che dimostrava un legame che andava oltre la semplice amicizia.

Nonostante tutto ciò che era appena successo, Monica dovette ammettere che Elodie, Lexie e Kenna avevano ragione: Baker era un uomo davvero affascinante... anche se l'aveva spaventata a morte.

CAPITOLO TREDICI

Pid faceva molta fatica, non riusciva a scuotersi di dosso la frustrazione, la rabbia. Era incazzato nero con quel tipo, quel Bull... ma la frustrazione nasceva soprattutto dal non sapere dove fosse Monica con la testa. Lo aveva spaventato a morte, quando l'aveva vista sbiancare in volto e le era venuto un attacco di panico. Se non l'avesse raggiunta prima che potesse scappar via, Monica avrebbe potuto farsi davvero del male.

Da quel momento, lui non aveva più idea di cosa le passasse per la testa. Intendeva chiedergli con fermezza di farsi portare a casa, per poter fare le valigie e svignarsela dalle Hawaii una volta per tutte? Voleva tornare a lavorare come tata?

Non la conosceva da tanto tempo, ma il pensiero di non rivederla gli faceva venire i conati di vomito. Le si era affezionato. Non ne aveva l'intenzione, si era ripetuto più volte che le stava solo facendo un favore, ospitandola a casa, per quanto quella compagnia gli piacesse sempre di più. Però avrebbe dovuto capirlo dopo due giorni... quando gli era venuta l'idea di costruirle in camera una stanza segreta. Non lo avrebbe mai fatto per una persona a cui non avesse tenuto... profondamente.

Il lunedì successivo all'incontro con Baker, quando era scoppiata la notizia bomba, lui era andato con Monica alla base per parlare con Huttner. Il comandante non aveva detto molto, aveva solo ascoltato Monica spiegare perché pensava che il tatuaggio di Baker fosse lo stesso che aveva visto addosso all'uomo misterioso, poi l'aveva ringraziata e per quel giorno l'aveva congedata. Quindi Pid l'aveva riportata a casa, lei aveva insistito che stava bene, che avrebbe approfittato di quella giornata libera per rilassarsi.

Lui invece non aveva altra scelta, doveva tornare al lavoro, pur sapendo che si sarebbe preoccupato per lei di continuo.

Il martedì mattina, aveva telefonato al comandante prima di partire, per sapere se Monica doveva andare alla base, in modo da evitare di dover fare tutto il percorso solo per scoprire che doveva fare inversione e riportarla a casa. Huttner aveva risposto dicendo di aver parlato con Baker, che la situazione si stava sviluppando, che forse avrebbe chiesto a Monica di tornare alla base per rispondere ad alcune domande, per esaminare altre foto, ma che l'avrebbe convocata lui al momento opportuno. Quindi lei aveva trascorso un'altra giornata a casa da sola, mentre lui era alla base.

Le serate erano passate un po' in sordina. Monica non aveva avuto tanta voglia di parlare, quindi Pid le aveva lasciato un po' di spazio, ma ormai non ne poteva più. Era preoccupato per lei, aveva bisogno di parlarle.

Così, dopo un'esercitazione con gli altri della squadra e alcune riunioni nel mattino, quel mercoledì pomeriggio tornò a casa presto. Gli era venuta un'idea per cercare di far rilassare meglio Monica. Sperava tanto che funzionasse, che lei non la prendesse come un passo falso, una mossa eccessiva.

Le aveva inviato un messaggio prima di uscire dalla base per farle sapere che tornava a casa. L'ultima cosa che voleva era spaventarla, presentandosi senza preavviso. Quando entrò dall'uscio, lei lo aspettava con ansia, in piedi in salotto, muovendo nervosamente le mani.

"Cos'è successo?" gli chiese appena lo vide entrare in casa.

"Nulla."

"Allora perché sei uscito prima dal lavoro? L'hanno trovato? Quel tipo, Bull?"

"Sono tornato prima perché sono preoccupato per te. Comunque no, per quanto ne so, non hanno ancora trovato Bull, ma lo troveranno, specialmente con Baker così incazzato."

Lei si accigliò. "Sei preoccupato per me? E perché?"

"Ma fai sul serio?"

Monica sembrò ancor più confusa. "Sì."

Pid camminò verso di lei e non si fermò finché non le fu davanti. Le prese la testa fra le mani e gliela fece inclinare all'indietro per poterla guardare meglio negli occhi. "Sto cercando di non sentirmi offeso dal tuo bisogno di chieder-melo. È ovvio che non ho fatto un buon lavoro nel farti capire quanto mi interessi, quanto mi fa piacere la tua presenza in casa, parlare con te ogni sera, discutere di come siano andate le nostre giornate, anche solo passare il tempo con te, in generale. Ho anche cercando di andarci piano... per non spaventarti con il mio interesse nei tuoi confronti. Però forse sono andato *troppo* piano. Da quando ti ho baciata, i miei sentimenti si sono radicati sempre di più, Monica. Adesso che sei quasi libera di andartene, non faccio altro che pensare a come convincerti a restare."

Fece un respiro profondo e proseguì. "Sono preoccupato per te, perché da quando siamo tornati da North Shore ti sei chiusa in te stessa, sei molto tranquilla, anche più del solito... e ho paura che tu mi dica che hai parlato col tuo capo e che stai per andar via."

Monica lo fissò con gli occhi blu spalancati, ma non ribatté nulla.

Pid non capiva se fosse un buon segno o uno cattivo, quindi continuò a parlare. "Mi sono preso un permesso per il resto della giornata per farti evadere da queste quattro mura, nella speranza di toglierti dalla mente ciò che è successo. Così ho prenotato in un posto che spero farà proprio al caso nostro."

"Che posto?" gli chiese lei sottovoce.

"È una sorpresa."

Monica arricciò il naso. "Un'altra sorpresa?"

Pid fece una risatina. "L'ultima sorpresa che ti ho fatto ti è piaciuta."

"È vero," rispose lei.

"Nel caso non sia stato abbastanza chiaro... non voglio che tu vada via. Ho paura che i sentimenti che provo per te non siano ricambiati, che tu vada avanti con la tua vita senza guardarti indietro."

Lei si leccò le labbra e lui trattenne il fiato, poi fu lei a prender fiato per parlare. "Sono ricambiati."

Pid si lasciò andare a un lungo sospiro di sollievo.

"Però io non sono la scelta migliore per un rapporto, Stuart. Non so se sarò *mai più* in grado di tornare a fidarmi di un uomo, dopo tutto quello che mi ha fatto mio papà. Vivere qui con te è stato bello, ma io sono abituata ad arrangiarmi, a mantenermi da sola. Mi è sembrato giusto rimanere qui con te, mentre ero costretta a rimanere, ma adesso che si è scoperto chi è quel tipo... adesso che tocca a *me* decidere se rimanere o se andarmene... non mi sembra giusto approfittare di te mentre decido cosa fare."

"Non ti stai approfittando di me," le rispose Pid, "e per quanto vada contro ogni mio principio, se proprio ti serve per sentirti meglio, ti farò pagare l'affitto."

Lei lo guardò sorpresa. "Davvero?"

"Sì. Che ne dici di un centone al mese?" le chiese con un sorriso.

Monica alzò gli occhi al cielo. "Dico che è come se non mi ascoltassi."

Dal viso di Pid scomparve ogni traccia di umorismo. "Ti sto ascoltando, Mo. Mi dà molto fastidio che tu ti senta così, ma ti capisco. Possiamo trovare insieme una soluzione che vada bene a entrambi. L'ultima cosa che voglio è toglierti la tua indipendenza. Però non fraintendere la mia preoccupazione per te, la mia riluttanza a chiederti dei soldi, con un atteggiamento invadente o con una mania di controllo. Io ho imparato sulla mia pelle che i soldi non significano quasi nulla. Sì, ti rendono la vita più semplice, sotto molti aspetti, ma quando arrivi a fine corsa, nella vita, il saldo del tuo conto in banca o le cianfrusaglie e i ninnoli che hai accumulato negli anni non contano più un bel niente."

Monica annuì.

Pid sapeva di doverle lasciar andare la faccia, ma gli piaceva troppo toccarla. Le sfiorò una guancia col pollice, meravigliandosi per quella pelle molto... morbida. "Allora? Ti fermerai?" le chiese.

Le vedeva negli occhi la paura e gli dava fastidio. Tremendamente *fastidio*. Voleva dirle che poteva fidarsi ciecamente di lui, che non le avrebbe mai fatto del male, che non avrebbe mai agito in modo da crearle ulteriori patemi; che era sul punto di innamorarsi di lei, anche se sapeva che così non le avrebbe alleviato l'ansia, dato che stava succedendo tutto molto alla svelta. Non poteva fare altro che dimostrarle coi fatti quando fosse al sicuro con lui. Fisicamente, mentalmente, sentimentalmente.

"Per ora rimango. Però promettimi che quando non sarò più la benvenuta, se tra noi non funziona, me lo dirai."

Pid si accorse di quel *quando*, invece di un "se", ma non lo puntualizzò. "D'accordo," confermò subito, ben sapendo che quel giorno non sarebbe mai arrivato. Era molto più probabile che fosse Monica a decidere di non poter fare la compagna di un SEAL della marina, o a stancarsi per le missioni troppo frequenti, per l'incertezza sui luoghi in cui lo avrebbero mandato, su quando sarebbe tornato... troppo, da gestire.

"Non sono pronta per..." la voce di Monica svanì.

"Nessuna pressione, Mo. È vero, vorrei un rapporto con te, ma non sono un adolescente incontrollato o uno stronzo che si aspetta di fare sesso anche se tu non sei pronta o se non ti interessa. A me *piacerebbe* un maggiore contatto, proprio come adesso. Mi piacerebbe tenerti per mano, magari baciarti, ogni tanto. A te farebbe piacere?"

Il rossore che le invase le guance mentre annuiva gli piacque tantissimo.

"Posso essere un vero rompiscatole," l'avvertì Pid, "ma ti prometto che non mi sfogherò mai con te per una giornataccia e che non mi spingerò mai oltre, se non ti senti a tuo agio. Sia fisicamente, che con gli amici o anche solo quando stiamo parlando. Voglio sapere tutto di te, tutto quello che ti hanno fatto quegli stronzi dei tuoi genitori... ma posso aspettare il momento in cui avrai voglia di raccontarmelo."

"Non mi piace parlare di quella roba," gli disse Monica.

"Perché non hai mai trovato qualcuno di cui ti fidassi abbastanza per aprirti. Ne sono certo. Io mi sono prefisso come obiettivo quello di diventare il tuo porto sicuro, Mo. L'unica persona che tu conosca a cui poter dire *tutto* senza timore di incontrare dei pregiudizi, della rabbia, delle accuse."

"Stuart, non sono sicura..."

Pid la interruppe passandole con dolcezza un dito sulle labbra. "Io sono sicuro abbastanza per entrambi," le sussurrò, poi si abbassò lentamente su di lei, dandole il tempo di allontanarsi.

Lei però non si allontanò. Anzi, si alzò in punta di piedi e gli mise una mano dietro al collo, tirandolo più vicino.

Quando le loro labbra si incontrarono, Pid stava sorridendo: gli faceva piacere saperla tanto desiderosa di un contatto quanto lo era lui. Fu un bacio lungo e profondo, intenso tanto quanto la prima volta.

Pid si accorse di doversi staccare prima che quel bacio andasse troppo oltre, dato che lei non era ancora pronta; non voleva che lei cambiasse idea e decidesse di non rimanere più ad abitare con lui, così si sforzò di alzare la testa. Le labbra di Monica erano gonfie per il bacio, teneva gli occhi socchiusi. Sembrava presa dal piacere... e lui non trattenne l'idea di vederla a letto con lo stesso sguardo, dopo aver fatto l'amore con lei con passione, lentamente.

"Adesso mi cambio, poi dobbiamo avviarci per arrivare in tempo," le disse.

"In tempo per cosa?" gli chiese lei.

"Lo vedrai."

Lei si fece seria. "Non puoi darmi almeno un indizio?" gli chiese fingendosi imbronciata.

"No no." Pid si abbassò e la baciò sulla fronte. "So che la scelta se rimanere o meno alle Hawaii è una decisione molto importante, quindi ho intenzione di fare tutto ciò che è in mio potere per non fartene pentire, se rimarrai." Staccò le mani da lei e le lasciò cadere, voltandosi verso il corridoio e avviandosi verso la camera da letto prima di fare una pazzia... come gettare fuori dalla finestra tutti i progetti per quel pomeriggio e rimanere a casa con Monica a pomiciare.

———

Due ore più tardi, Pid osservava Monica che giocava con due bambine, seduta sul pavimento dello Head Start Child Care Center, un centro di educazione per l'infanzia. La fossetta sulla guancia, quella stessa fossetta che lui faticava sempre tanto a far saltar fuori, era al massimo dello splendore da quando avevano accostato per parcheggiare.

Le aveva spiegato che aveva telefonato per sapere se il centro avesse bisogno di altri volontari, la direttrice aveva accettato ben volentieri di incontrarli e si era entusiasmata ancor di più nel sapere quanta esperienza avesse Monica con i bambini.

Pid aveva passato un po' di tempo ad aiutare nel montaggio di alcune mensole in una camera... poi gli avevano affidato un bambino piccolo, all'incirca di sette mesi, che non aveva smesso di piangere da quando lui e Monica erano arrivati. Pid non era sicurissimo di cosa fare, ma dopo aver cullato il pargolo per qualche minuto, tenendolo appoggiato al petto, questi si era finalmente stancato e gli si era addormentato in braccio.

Monica non aveva nemmeno notato che Pid era là in piedi, appoggiato al muro, e lui non voleva disturbarla. Sembrava immersa in una conversazione importante con le bambine sulle avventure vissute di recente dalle loro bambole.

Era stata una delle idee più brillanti che gli fossero venute. Monica sembrava centomila volte meno stressata rispetto a quella stessa mattina. Era evidente che la vicinanza di quelle bambine la rasserenava nel profondo, in un modo unico. Lui non aveva mai visto qualcuno legare così rapidamente, a quel livello. A Monica interessava sinceramente il benessere di quelle bimbe, con loro era talmente a suo agio che diventava persino raggiante.

Mentre lui la osservava, sempre con il pargolo addormentato in braccio, lei alzò lo sguardo e i loro occhi si incontrarono. Lo fissò per un lungo momento, poi con le labbra accennò un *grazie*.

Pid annuì appena prima che una delle bimbe tirasse la maglia di Monica e lei tornasse a prestare attenzione a ciò che le stava dicendo.

Bastò quello, per far capire a Pid ciò che desiderava: Monica che giocava con le loro due figlie, mentre lui teneva in braccio loro figlio. Fu come una brama viscerale che gli nacque dentro, all'improvviso sospettò di essere disposto a tutto pur di realizzarla.

Quello era il suo futuro... e col cavolo che se lo sarebbe lasciato sfuggire. Non aveva idea di come riuscirci, se non continuando a cercare di guadagnare la fiducia di Mo, fino a convincerla di poterle dare proprio quello: una famiglia, l'amore.

"È fantastica con le bimbe," osservò Sylvia, la direttrice, avvicinandosi con circospezione.

"Davvero fantastica," concordò Pid.

"Anche tu non te la cavi poi malaccio," gli disse lei con un gran sorriso, indicando il frugoletto che lui teneva in braccio.

Pid fece spallucce. "Si è sfinito a forza di piangere, non è merito mio."

Sylvia scosse la testa. "Ti sorprenderà sapere che non si addormenta tanto facilmente. Fidati, l'ho messo in braccio a tantissime persone, ma lui diventava paonazzo a forza di gridare, nonostante tutti i tentativi di calmarlo. Tu invece l'hai preso in braccio e si è calmato in... cos'è, due minuti?"

Pid abbassò lo sguardo sul bambino che teneva in braccio. Aveva la pelle bruna che sprizzava salute da ogni poro, i capelli neri spiccavano sulla copertina azzurra in cui era avvolto. Stringeva le labbra, Pid immaginò che stesse sognando gli angioletti. Gli sembrò il bambino più bello che avesse mai visto.

"Non è che Monica sta cercando un impiego?" domandò Sylvia.

Pid non riuscì a trattenere il sorriso che gli incurvò le labbra. "Chissà."

Sylvia sorrise raggiante. "Ma è meraviglioso. Se anche tu

decidessi di mollare il lavoro in marina, potremmo trovare un posticino anche per te, probabilmente."

Lo stava un po' prendendo in giro, ma lui le disse comunque: "Lo terrò presente."

"Mi raccomando." Poi Sylvia si fece seria. "Faccio questo mestiere da tanto tempo, ho lavorato coi bambini quasi tutta la vita e raramente ho incontrato qualcuno che legasse con loro così alla svelta come la tua ragazza. Ha quel talento in più, un talento speciale che attira i più piccoli. Non so come spiegarlo, qualcuno potrebbe anche dire che sono pazza a fare di queste considerazioni; però mi è capitato pochissime volte. Monica ha senz'altro un talento speciale."

Pid non poteva che concordare. Se n'era già reso conto in Algeria, con il figlio dell'ambasciatore, e al centro infantile ne aveva avuto un'altra conferma. Il mondo era un posto migliore, grazie a Monica. Lui si chiedeva se ciò fosse vero *per via* di ciò che le era successo da piccola, o *nonostante* quell'infanzia. In fin dei conti non importava. Monica aveva bisogno dei bambini per essere felice, tanto quanto loro avevano bisogno di lei.

La conversazione fu interrotta dall'ingresso di una donna nell'edificio, era una mamma che veniva a prendere il figlio.

Pid non aveva programmato di rimanere tanto a lungo, ma non aveva avuto il coraggio di portar via Monica da quelle bambine. Scoccarono le sei e mezza, prima che se ne andassero dall'edificio di Head Start. Monica aveva lasciato l'indirizzo email a Sylvia, che aveva espresso il desiderio di inviarle altre informazioni sul volontariato e sugli sbocchi professionali del centro. L'espressione soddisfatta e felice di Monica era uno spettacolo che Pid avrebbe voluto osservare più spesso.

"Hai fame?" le chiese aprendo per lei lo sportello sul lato passeggero del minivan.

Lei si accomodò sul sedile e annuì. "Muoio di fame."

Pid non si allontanò dallo sportello. Non ce la faceva. Il sorriso sul volto di Monica era enorme, diversissimo dall'espressione che teneva di solito, tanto da sconvolgerlo.

"Stuart? C'è qualcosa che non va?"

In tutta risposta, lui si avvicinò di un passo, alzò una mano e gliela appoggiò dietro la nuca. Poi appoggiò la fronte contro quella di lei in un abbraccio intimo. "Avrei dovuto accorgermi prima di quanto avevi bisogno di una giornata come questa."

Monica gli posò le mani sulle spalle, spingendo appena, e lui si allontanò subito. Poi lei lo sorprese mettendogli le mani sulle guance. Pid pensò che fosse al massimo la seconda volta che lo toccava spontaneamente con la mano martoriata. "*Io stessa* non mi ero accorta di quanto ne avessi bisogno," replicò lei, "come facevi a saperlo?"

Pid le appoggiò una mano sulla coscia, tenendola bene vicino al ginocchio, mentre appoggiava l'altra alla mano che lei gli teneva sulla guancia. "Non mi riescono poi tanto male, queste sorprese, eh?" le disse provocandola.

Monica fece una risatina. "Finora sei a punteggio pieno, due su due."

Proprio in quel momento, si sentì lo stomaco di Monica brontolare sonoramente.

Lui sorrise, le staccò la mano dalla propria guancia e ne baciò il palmo, poi disse: "Andiamo a mangiare, che ne dici di un ristorante vietnamita?"

"Mai provato, ma di solito riesco a trovare sempre qualcosa che mi piace."

"Ottimo. Conosco un ristorantino fantastico, si chiama The Pig & The Lady, è sulla strada per casa, possiamo ordinare da asporto."

"Ottima idea," gli rispose lei.

Pid le chiuse lo sportello e fece il giro del veicolo saltellando, per andare a mettersi al volante. Dopo essersi seduto, non riuscì a trattenersi dal sistemarle una ciocca di capelli ribelli.

Monica arricciò il naso. "Sarò tutta in disordine," gli disse un po' in soggezione.

"Sei bellissima," dichiarò lui spontaneamente.

Lei arrossì e Pid decise di farle più spesso dei complimenti: aveva la sensazione che non gliene fossero arrivati molti, nella vita.

Mentre lui faceva manovra per uscire dal parcheggio, Monica gli strinse una mano tra le proprie.

Per quanto fosse una donna titubante, per quanto si stessero muovendo con calma, Pid non poteva negare che il contatto con lei dava un senso a tutto il suo mondo.

CAPITOLO QUATTORDICI

Monica non era del tutto convinta della festa di addio al nubilato.

Prima di tutto, non era mai stata a una festa del genere, quindi non sapeva cosa aspettarsi. Spogliarellisti? Costumi bizzarri? Tutte ubriache al punto da non riuscire più a camminare?

In secondo luogo, la parte che senz'altro non la entusiasmava era dormire in un'altra casa, con tutte le altre. In trent'anni di vita, non aveva mai dormito a casa di qualcun altro... a parte quella di Stuart, che per lei era diverso. Da piccola, le era stato impossibile invitare qualcuno a casa: non sapeva cosa aspettarsi dal padre, chissà che avrebbe combinato, e comunque non glielo avrebbero permesso. Tra l'altro, da ragazzina non aveva amiche.

Le procurava una certa tristezza sapere che, a trent'anni, avrebbe dormito fuori casa per la prima volta. Stuart le aveva detto che, qualora si fosse sentita a disagio, in qualunque momento poteva mandargli un messaggio e lui sarebbe passato a prenderla.

A lei piacevano Kenna, Lexie ed Elodie. Non conosceva

ancora bene Ashlyn, poi Kenna sperava che partecipasse anche la sua amica Carly, ma non si era detta sicura. A prescindere, con tutti gli interrogativi ancora aperti su Luke Keyes (per non parlare di quel Bull) Kenna aveva posto il veto al giro dei locali di Waikiki, quindi avevano optato per l'attico di Aleck.

A Monica andava benissimo: dato che lei non beveva alcol, i locali notturni non le interessavano affatto.

Stuart accostò davanti al complesso residenziale di Coral Springs e si voltò verso di lei. "Respira, Mo, dovrebbe essere una serata divertente."

"Lo so," gli rispose.

"Sii te stessa, tutto qua. Lo sanno già tutte che non sei una chiacchierona, non si aspetteranno di punto in bianco che tu ti metta a parlare a raffica, solo perché state passando il tempo insieme."

Monica annuì. Lo sapeva. Cacchio, Elodie, Lexie e *anche* Kenna le avevano tutte assicurato varie volte con molti messaggi che non vedevano l'ora di trascorrere del tempo insieme a lei. Era anche logico: se avesse deciso di rimanere alle Hawaii, voleva trovarsi bene con quelle donne.

Per lei era difficile crederci, ma stava davvero soppesando l'idea di fermarsi per via di un uomo. Non era proprio da lei. Del resto, però, Stuart era diverso da qualunque altro uomo avesse incontrato. Si fidava di lui? Non esattamente... anche se ci stava malissimo. Però le piaceva. Un sacco. Quando stava con lui si sentiva al sicuro... per quanto potesse sentirsi al sicuro con *qualunque* uomo. Ma una fiducia al cento per cento, tale da mettere le sorti della propria vita nelle sue mani? Proprio non lo sapeva.

Monica *sapeva* di aver perso probabilmente del tutto la capacità di fidarsi degli altri. Suo padre era riuscito a toglierle quella facoltà a forza di maltrattamenti. Se c'era una ragione più di tutte per cui lo odiava, era proprio quella.

Però ci stava provando. Un passo alla volta. Le piaceva tantissimo starsene seduta sul retro della casa di Stuart, in giardino, a chiacchierare con lui del più e del meno. Le piaceva cucinare con lui. Le piaceva *un sacco* baciarlo. Doveva bastare... almeno per il momento.

"Mo?" Stuart la chiamò preoccupato.

Lei si accorse di essere ancora seduta in macchina, persa nei propri pensieri, durati un po' troppo a lungo. Si girò e gli regalò un sorriso di coraggio. "Andrà tutto bene."

Lui alzò una mano e le accarezzò una guancia con il pollice, proprio dove si aspettava che la fossetta comparisse. Le aveva detto la sera prima quanto gli piacesse. Lei era sempre stata convinta che quella fossetta la facesse sembrare un po' puerile, ma considerando la gioia evidente che lui mostrava quando la vedeva, anche lei cominciava a pensare che non fosse poi così male.

"Ma certo che andrà tutto bene. Non devi sottovalutare te stessa o le altre. Se però in *qualunque* momento ti senti a disagio, fammelo sapere che vengo a prenderti. Anche se sono le due di notte. Dico sul serio, va bene?"

"Perché mi sembra di avere di nuovo otto anni? Sembra quasi che mi stai accompagnando a una festicciola o qualcosa del genere," borbottò Monica.

"Di sicuro io non ti vedo come una bambina di otto anni," replicò Stuart con un tono che lasciava facilmente trapelare la passione; lei sentì il corpo reagire in tutta risposta.

Anche quell'aspetto la sorprendeva: quanto Stuart la eccitava. Lei aveva fatto sesso in passato, forse non aveva avuto esperienze grandiose; non aveva mai capito le donne dei romanzi e dei film, quel descrivere scintille e formicolii, quel desiderare qualcuno più del proprio respiro.

Però stava cominciando a capire.

Monica si avvicinò a Stuart, che prontamente le andò incontro tra i sedili. Il bacio che si scambiarono la elettrizzò fino alla punta dei piedi. Un'altra reazione che nessun uomo in passato le aveva mai innescato.

Stuart si allontanò e le accarezzò di nuovo la guancia dicendole: "Vai, prima che ti rapisca per riportarti nel mio covo."

Monica non trattenne una risata. "Ehm... ma io ci vivo nel tuo covo," gli disse.

Stuart cominciò ad agitare le sopracciglia in su e in giù ammiccando: "Tu vivi a casa mia, non nel mio covo."

Monica si accorse che stava arrossendo, così aprì di getto la portiera per cercare di nascondere la propria reazione. Si stava abituando al contatto con Stuart al punto da desiderarlo: era di sicuro un uomo a cui piaceva il contatto, e lei ne era entusiasta. La toccava continuamente in volto, le metteva una mano dietro la schiena, voleva tenerla per mano. La sera prima, si era accoccolato dietro di lei sul divano mentre guardavano la TV. All'inizio lei si era irrigidita, ma poi si era rilassata addosso a lui.

Solo una volta era entrata nella camera da letto di Stuart, quando lui le aveva fatto fare il giro della casa. Il pensiero di lui che l'avvolgeva a cucchiaio da dietro nel letto le fece scaldare ancor di più le guance. Lo desiderava? Sì, ma anche no. L'abbraccio della sera prima le era piaciuto più di quanto lei ritenesse possibile... ma sospettava che, avvicinandosi sempre di più a lui, qualora non avesse funzionato, il dolore sarebbe stato enorme.

Monica aprì lo sportello scorrevole del minivan e afferrò la borsa che si era preparata per passare la notte fuori casa. Poi si avvicinò al finestrino anteriore sul lato passeggero e salutò Stuart con un piccolo cenno della mano. "Ci vediamo domani."

"Divertiti," le rispose lui, "come sai, io vado a casa di Slate, ci troviamo con gli altri. Faremo un falò sulla spiaggia e passeremo il tempo in compagnia."

Monica annuì. Stuart le aveva spiegato che il suo amico aveva una casetta con accesso sulla spiaggia, non troppo lontano da Coral Springs. In realtà l'indirizzo era una strada più in là, non proprio *sulla* spiaggia, ma era comunque vicino e c'era molto spazio, potevano trovarsi tutti e starci comodamente.

Monica lo salutò di nuovo con un cenno della mano, poi si fece coraggio e si incamminò verso le porte del complesso residenziale. Stuart attese di vederla entrare e poi avviò la macchina per andarsene; un modo in più per proteggerla, anche da lontano.

"Ciao, tu devi essere Monica," le disse un signore seduto al banco della sicurezza, nell'enorme atrio.

"Sì, sono io," confermò lei.

"Io sono Robert, le altre signore sono già di sopra, ma non preoccuparti, la signora Greene è appena arrivata quindi non ti aspettano da molto. Se posso chiederti un documento e una firmetta qui, così poi sei libera di andare."

Monica fu impressionata dall'efficienza di quell'uomo e dal livello di sicurezza di quel complesso residenziale, ma non ne fu del tutto sorpresa: Kenna aveva parlato molto sia del complesso che di Robert, dicendo che la stava aiutando parecchio a organizzare le nozze ormai prossime.

In pochi minuti, si trovò in ascensore per salire all'attico. Cercò di non respirare con affanno, ripetendosi che sarebbe andato tutto bene, poi uscì dalla cabina dell'ascensore e percorse il corridoio verso l'ingresso dell'attico in cui abitavano Kenna e Aleck.

La porta si aprì prima ancora che lei la raggiungesse.

"Benvenuta!" esclamò Kenna. "Prima che ti spaventi e che pensi che io veda attraverso le porte, Robert ha citofonato dicendo che stavi salendo." Monica non vide alcun segno di finzione in quel sorriso enorme ed accogliente.

"Grazie," le disse.

"Sono contentissima che tu sia venuta. So che non sei ancora completamente a tuo agio con tutte noi, perché non ci conosciamo da tanto tempo, ma ti garantisco che siamo innocue," le assicurò Kenna, che non le lasciò il tempo di rispondere e le prese la borsa; forse era meglio così, dato che Monica non sapeva che dire. "Questa per adesso la metto qui, vicino alla porta, poi decideremo i posti letto." Poi Kenna abbassò il tono della voce, come a confidare a Monica un segreto. "Però se vuoi prenotare un posto sul balcone, ricordati di dirlo subito, perché è uno dei punti migliori per farsi una dormita."

Monica non trattenne un sorriso. "Va bene."

"Va bene," le fece eco Kenna con un sorriso raggiante. "Andiamo. Elodie è in cucina che cerca di trovare la proporzione giusta di margarita e tequila, penso proprio che ci farà ubriacare tutte al primo colpo, se non la teniamo a freno. Ha la mano un po' pesante con l'alcol."

Monica si sentì subito un po' più a suo agio di quanto si aspettasse e seguì Kenna nell'altra stanza. L'appartamento era affascinante, il panorama che si godeva dal balcone era a dir poco meraviglioso, proprio come le avevano anticipato.

"Monica!" esclamarono Lexie ed Elodie vedendola.

"Ciao!" si aggiunse Ashlyn. "Piacere di ritrovarti."

"Carly non c'è," disse Kenna, proseguendo in cucina verso Elodie. "L'ho pregata, ma ha detto che non veniva perché così eravamo più al sicuro. Che cavolata, ma lei non si è lasciata convincere."

"È stato il suo ex che si è presentato al Duke's con indosso un giubbotto esplosivo," spiegò Lexie a Monica, "si è fatto saltare in aria, è andato in mille pezzi (uno schifo unico, anche se guardando la spiaggia non si direbbe), ma siccome il figlio di quel tipo è sparito e nessuno lo trova, nemmeno Baker (che è parecchio incazzato), Carly ha mollato il lavoro e se ne rimane sempre chiusa nel suo appartamento, con gran dispiacere di Jag."

"Wow, *quella* sì che è una sentenza a vita," commentò Ashlyn con sarcasmo.

"Eh, tu non hai avuto alcun problema a venire, invece?" domandò Lexie. "Che importanza ha?"

"Quanto margarita hai già assaggiato?" le chiese Kenna inarcando un sopracciglio.

Lexie ridacchiò. "Un pochino."

"Santo cielo, sarà una nottata bella lunga," aggiunse Kenna alzando lo sguardo al soffitto. "Non si vomita sulla moquette, hai capito?" le ordinò.

Risero tutte. "Non si vomita da nessuna parte," ribatté Elodie. "Siamo tutte donne adulte e rispettose, non c'è bisogno di ubriacarsi come delle spugne."

"Basta un goccetto," disse Lexie.

"Magari una bottiglia," ribatté Ashlyn.

"Monica sarà la responsabile dei drink," annunciò Kenna.

Monica la guardò sorpresa.

"Dato che lei non beve alcolici, può controllare che non esageriamo. Se pensa che una sia troppo ubriaca, ci darà dell'acqua e noi saremo costrette a berla, siamo tutte d'accordo?"

Monica stava per protestare: non se la sentiva di fare da guardiana dell'alcol, ma le altre accettarono tutte immediatamente, quindi pensò di non avere scelta.

"Non usare tutto il mix del margarita, Elodie," aggiunse Kenna, "ne deve rimanere abbastanza per preparare qualche cocktail analcolico per Monica."

Di nuovo, Monica fu sorpresa. Si era immaginata di bere acqua tutta la sera. Perlomeno, si aspettava che le altre se la prendessero un poco, perché lei non beveva con loro. Invece si impegnavano a coinvolgerla il più possibile. Le fece piacere.

Dopo un'ora, qualcuno bussò alla porta. Kenna saltò su gridando: "È arrivato da mangiare!" Poi andò verso l'atrio.

Tornò nel salotto seguita da quattro uomini, tutti con delle buste che sembravano stracolme. Robert aveva ordinato di tutto, ogni manicaretto che un gruppo di amiche potesse apprezzare. C'erano antipasti a volontà, stuzzichini da sbocconcellare ogni tanto, quando veniva appetito, alette di pollo, involtini primavera, verdure con hummus, patatine fritte, uova alla diavola, polpette all'hawaiana, salsa di ananas, kebab alla frutta, pollo speziato in stile luau, bocconcini di manzo alla giapponese, e ovviamente malasada per dessert.

Dopo che ognuna si fu riempita un piatto, si trovarono tutte in balcone per guardare il tramonto e chiacchierare.

Monica si limitò più che altro ad ascoltare le altre che parlottavano, ma nessuna sembrò prendersela perché lei non interveniva. Anzi, ormai si erano abituate al suo silenzio, più dell'altra sera al Duke's.

A un certo punto, Elodie si voltò verso di lei per chiederle: "Allora, avevamo ragione su Baker?"

Monica masticò con cura il cibo che aveva in bocca, poi deglutì e chiese: "Ragione in che senso?"

"Nel senso che è un figo."

Risero tutte, guardando Monica nell'attesa di una sua reazione.

"Ehm... sì?"

"Dai, amica mia, dacci qualche dettaglio in più," cercò di convincerla Lexie.

"Aspettate. Prima di tutto... ti sta bene parlare di lui?" le chiese Kenna. "Cioè, Aleck mi ha raccontato della tua reazione, quando gli hai visto il tatuaggio, che ti ha fatto tornare in mente il tipo che avevi incontrato, quello che voleva farti male."

Fu un gesto davvero molto gentile quello di controllare che le andasse bene parlare di quanto era successo. Ancora una volta, Monica sentì una sensazione di calore. "Sì, mi sta bene. È vero, ho avuto una specie di attacco di panico, quando mi sono accorta che il tatuaggio sul suo avambraccio era lo stesso di quell'altro tipo. Se non ci fosse stato Stuart, probabilmente mi sarei messa a correre dritta nell'oceano, o chissà che cosa. Non avevo in mente altro che scappare."

"Che bello, che lo chiami Stuart," sospirò Elodie.

Ashlyn alzò gli occhi al cielo. "Solo perché tu chiami Mustang con il suo vero nome."

Elodie fece spallucce. "Probabile."

"Shh, lasciate parlare Monica," intervenne Kenna.

Si girarono tutte di nuovo verso di lei e Monica si sforzò di non sentirsi a disagio, per essere al centro dell'attenzione. "Sono inciampata e caduta col culo per terra, prima di cercare di scappare," disse scherzando.

"Scommetto che Pid era incazzato," commentò Lexie, "non con te, ma con quel tipo, per il rischio che hai corso."

Monica capì che, se lei si era preoccupata, anche *lui* si era parecchio alterato. In quegli attimi non se n'era accorta perché era troppo concentrata sul tatuaggio di Baker... ma Lexie aveva ragione. "Non era certo contento," rispose dopo un momento.

"Con i nostri uomini, direi che 'non contento' è l'eufemismo del secolo," commentò Kenna.

"Allora? Baker? Vero che è uno spettacolo per gli occhi? Ma allo stesso tempo super intenso?" le chiese Elodie.

Monica sentì l'istinto di stuzzicare le altre, il che non era da lei. "Era carino," rispose con la massima nonchalance.

"Ma mi prendi in giro? Solo carino?" le chiese Lexie incredula. "Con quei capelli brizzolati? E quella barba?"

"Sì, gli sta bene la barba," disse Monica, "mi sono sorpresa nel vedere qualche pelo grigio anche sul petto."

Quattro paia di occhi quasi fuori dalle orbite la fissarono.

Elodie fu la prima a trovare le parole. "Hai visto il suo petto nudo?" le chiese.

"Sì, stava facendo surf quando siamo arrivati. È uscito dall'acqua con la tavola sottobraccio e non aveva altro che la muta da sub. Maniche lunghe, aderente, gli arrivava appena al ginocchio..." Monica abbassò il tono rallentando.

"Mamma cara!" esclamò Elodie con un filo di voce.

"Sul serio?" chiese Kenna.

"Voglio davvero incontrare questo tipo," brontolò Ashlyn.

"Sul serio," rispose Monica, "poi se l'è tolta lentamente, l'ha tirata giù dalle braccia e dal petto... è stato allora che ho visto bene il tatuaggio."

"Viene alle nozze, vero?" chiese Ashlyn a Kenna.

Kenna scrollò le spalle distrattamente. "Lo spero, l'abbiamo invitato."

"Wow, quindi l'hai visto quasi nudo," commentò Lexie.

Monica rise alzando gli occhi al cielo. "In realtà no, non stavo prestando molta attenzione, dopo aver visto il tatuaggio. Tra l'altro, penso che Jody avrebbe avuto da ridire se l'avessi mangiato con gli occhi."

"Chi è Jody?" chiese Ashlyn.

"Il nome per intero è Jodelle, infatti Baker la chiama così. Da perderci la testa, secondo me, perché ha detto che tutti gli altri la chiamano Jody. Penso che passi il tempo alla spiaggia e porti dei panini per i surfisti più giovani, è un po' come se si sentisse responsabile per loro. Era anche alquanto evidente che tra lei e Baker ci fosse qualcosa, si piacciono."

"Aspetta, è una donna minuta, sui quarantacinque, capelli scuri, con un furgone Volkswagen a colori vivaci?" le chiese Lexie.

Monica fece spallucce. "Non ho visto che veicolo avesse, ma sì, per il resto corrisponde."

"L'ho vista quando siamo andati alla North Shore," spiegò

Lexie, "non l'ho conosciuta, ma Baker è andato dritto al suo furgone appena l'ha vista accostare."

"Allora gli piace?" domandò Elodie.

"Direi di sì," confermò Monica.

"Che forte. Cioè, mi aveva dato l'impressione di essere un solitario," commentò Kenna, "faccio fatica a immaginarlo in un rapporto vero."

"Sì, con me all'inizio ha fatto lo stronzo," aggiunse Lexie, "ma era solo per proteggere Midas, quindi dopo un po' l'ho capito. Insomma..."

"Però è un bello spettacolo," disse Elodie, "gli hai fatto una foto?"

Monica non trattenne una risata. "Eh no, scusate, ero troppo presa dal mio attacco di panico per cercare di scattargli una foto di nascosto."

Elodie rise. "Non fa niente, ma scommetto che con quella muta abbassata era davvero forte."

"Anche se avrà una cinquantina d'anni, si tiene davvero in forma," confermò Monica.

"Immagino che tutti i nostri uomini saranno probabilmente come lui, tra una ventina d'anni," intervenne Kenna, "non credo proprio che smetteranno di allenarsi appena usciti dalla Marina."

Il discorso si spostò sugli uomini della squadra e su che aspetto avrebbero avuto, passati i cinquant'anni, poi sull'ingiustizia di come alcuni uomini invecchiassero molto meglio di alcune donne; a quel punto Monica si alzò e raccolse tutti i piatti, poi andò all'interno, in cucina e pensò che con tutto quello che le altre avevano mangiato si poteva fare un altro giro di alcolici.

Quando portò fuori in balcone la brocca fu accolta dalle grida di gioia di tutte.

Dopo diverse ore, quando il tramonto era ormai passato da un pezzo e dopo altri due giri di drink, si spostarono al chiuso in salotto, per giocare sul pavimento al gioco della verità. Monica si dimenticò chi avesse suggerito per prima quel gioco, ma le sembrava imbarazzante non partecipare, quindi si unì alle altre.

Elodie, Lexie, Kenna e Ashlyn non risentivano affatto dei margarita che si erano bevute per tutta la sera. Erano allegre e ridacchiavano. Monica non intervenne mentre parlavano dei ragazzi avuti in passato; poi ascoltò con interesse Kenna parlottare dei programmi già stilati per le nozze.

"Obbligo o verità?" domandò Kenna a Elodie.

"Verità," rispose lei.

"Quanti orgasmi hai avuto la prima notte di nozze?" le chiese Kenna.

"Perché, vuoi provare a superare il mio record?" le domandò Elodie.

"Chissà," replicò Kenna con un sorriso sornione.

"Tre," rispose Elodie.

"Tre?" ripeté Ashlyn ovviamente incredula. "Per me è una balla."

"Dico sul serio," insisté Elodie, "ma solo perché eravamo stanchi."

Risero tutte.

"Tocca a te," disse Kenna a Lexie.

Lexie si guardò intorno e alla fine puntò gli occhi su Ashlyn. "Obbligo o verità?"

"Obbligo," rispose Ashlyn decisa. "Ho una vaga idea di cosa mi chiedereste, se dicessi 'verità'."

"Vuoi dire che cavolo c'è tra te e Slate?" sbottò Elodie.

Ashlyn arrossì. "Ecco, ma dato che ho scelto 'obbligo', non me lo puoi chiedere."

Monica voleva ridere, ma si limitò a un sorriso.

"Va bene. Obbligo, obbligo, obbligo..." mormorò Lexie. "Ti sfido a inviare in questo preciso istante una tua foto a Slate."

"Che ragazzata," commentò Ashlyn, le cui guance divennero ancor più rosse rispetto a prima.

"Allora ti rifiuti?" le chiese Lexie. "Così perdi."

"Cosa perdo?" domandò Ashlyn.

"Non lo so. La partita?" rispose Lexie.

"Oooh, sarebbe una tragedia," replicò Ashlyn con sarcasmo.

"Dai, forza," brontolò Lexie.

"Va bene, lo faccio. Monica, dato che sei l'unica non ubriaca, me la scatti tu la foto? Fammi carina," le chiese Ashlyn.

Monica le prese il telefono e annuì quando fu pronta.

Ashlyn inclinò la testa, tirò fuori la lingua, guardò in alto e alzò le mani facendo il segno della pace con le dita vicino al viso. Monica cliccò il pulsante, anche se stava ridendo così di gusto che poteva a malapena vedere. Anche le altre si erano unite alla risata.

"Oh, così sì che lo tirerai su di morale," scherzò Kenna.

Ashlyn sorrise appena e riprese il telefono da Monica. Cliccò alcune volte e disse: "Ecco fatto."

"Aspetta, voglio vedere cosa ti risponde quando la riceve," disse Elodie.

Attesero tutte con una certa ansia di sapere cosa avrebbe mandato Slate in risposta. Monica guardò l'orologio e si sorprese accorgendosi che era quasi l'una di notte. "Ehm, ragazze, può anche darsi che non sia sveglio, è tardi."

"Porco cane, non mi ero accorta che era già passata mezzanotte," commentò Elodie.

"Che c'è, di solito ti trasformi in una zucca o che, intorno a mezzanotte?" le chiese Kenna.

"No, di solito mi addormento alle nove," rispose Elodie.

"Che tristezza," la provocò Lexie.

"Tu non sei tanto meglio e lo sai," ribatté Elodie all'amica.

A Monica piacevano quei botta e risposta con cui tutte si

stuzzicavano senza prendersela e riconobbe che Elodie e Lexie le stavano ancor più simpatiche, sapendo che andavano a letto presto come lei. Le dava la sensazione di avere qualcosa in comune, per quanto fosse solo un dettaglio.

"Oh! Sta scrivendo!" avvertì Ashlyn. "Maledizione, che odio, quei tre puntini... deve imparare a digitare più veloce." Fissarono tutte lo schermo del telefono e cominciarono le risatine.

"Cosa? Che ha scritto?" Nell'allegria data dai fumi dell'alcol, Ashlyn rideva troppo di gusto per rispondere, così passò il telefono a Monica, che lesse ad alta voce il messaggio di Slate. "Allora: 'A quanto pare vi state divertendo.' Oh, aspettate... ha appena inviato un altro messaggio," aggiunse, poi lesse ad alta voce anche quello. "Leggo: 'Se stavi cercando di allontanarmi, non ha funzionato. Penso che tu sia sexy a prescindere dalla faccia che fai'."

Rimasero tutte in silenzio per un lungo momento, poi scoppiarono a ridere mentre Ashlyn riprendeva di slancio il telefono.

"Lo sapevo!" esclamò Kenna. "Lo sapevo che c'era qualcosa tra voi due!"

"Non c'è niente," insisté Ashlyn, "semplicemente gli piace prendermi in giro e mi corteggia solo perché gli ho detto che non mi interessa."

Elodie smise immediatamente di ridere. "Slate *non* è il tipo che prende in giro," le disse con serietà. "Nessuno dei nostri uomini è così."

"Insomma," replicò Ashlyn, "è alto, abbronzato, affascinante, è *pure* un SEAL della Marina, senz'altro potrà trovare passere dove e quando vuole."

"No, non è così," insisté Elodie, "cioè, non che io lo sappia direttamente, ma da quel che mi dice Scott, i ragazzi hanno superato quel periodo della vita. Certo, quando avevano vent'anni e uscivano spesso... ma adesso? No."

"Non mi interessa frequentare qualcuno," spiegò Ashlyn.

Monica ebbe come la sensazione di sentire un filo di disperazione in quelle parole, quasi come se Ashlyn stesse pregando le altre di crederle.

"Dopo aver seguito Franklin alle Hawaii, ho chiuso con gli uomini. Io e Carly rimarremo single per un bel po' di tempo," annunciò.

"Sì, buona fortuna," mormorò Lexie.

"Tocca a me," proseguì Ashlyn voltandosi verso Monica. "Obbligo o verità?"

Monica si irrigidì. Si sentiva una fifona, di sicuro non voleva inviare a Stuart un selfie o mettersi in imbarazzo in altri modi. Però aveva una paura tremenda di ciò che le altre potevano chiederle, se avesse scelto di dover dire la verità.

Dopo una lunga pausa, alla fine sbottò: "Verità."

"Se vuoi puoi anche passare e ti faccio un'altra domanda, ma mi stavo chiedendo... cosa ti è successo alla mano? Sei nata così?"

Monica deglutì a fatica. Poteva scegliere: l'opzione più codarda di rifiutare di rispondere, chiedendo una domanda diversa, oppure l'opzione di essere onesta, aprendosi alle altre. Qualora avesse deciso di rimanere alle Hawaii, se *davvero* voleva creare con loro un'amicizia sincera, doveva aprirsi.

Così raccontò loro la sua storia, senza nascondere alcun dettaglio. Spiegò il perché e il come suo padre l'aveva ferita. Raccontò quanto le avesse fatto male, quando la mano si era infettata, la fatica di soffrire in silenzio, pur di non chiedere al padre di essere portata dal medico. Spiegò alle altre che si era svegliata dopo l'operazione, tutta sola, impaurita a morte. Disse che le dita le facevano ancora male, pur non essendoci più.

Quando ebbe finito, nella stanza era piombato un silenzio

tombale... e Monica rimpianse di aver abbattuto in quel modo il morale della serata.

Quando Monica era sul punto di scusarsi, Kenna esclamò: "Che stronzo *bastardo*!"

"Sì, chi diavolo pensava di essere? Far del male così a una bambina? Proprio a sua figlia!" aggiunse Lexie.

"Spero che gli si sia seccato l'uccello e che gli sia caduto!" esclamò Elodie.

A quel commento, Monica non poté far altro che ridere.

"Come fai a riderci sopra?" le chiese sottovoce Ashlyn.

"È solo che... immagino che il suo pene si sia staccato *davvero*," spiegò Monica, prima di raccontare che il padre era morto congelato.

"Bene."

"Ha avuto ciò che meritava."

"Maledetto!"

"Hai raccontato questa storia a Pid?" Era stata Elodie a chiederglielo.

"Sì."

"Scommetto che si è *incazzato*."

"Eh sì, si è incazzato," ammise Monica.

Elodie annuì, come se quella conferma corrispondesse a qualcosa che stava già pensando. "Ora tocca a te," disse a Monica.

"Che cosa?"

"Tocca a te scegliere una di noi per giocare."

Per Monica fu difficile staccare la testa da quei brutti ricordi. In un certo senso, si aspettava che dopo quella storia la festa si interrompesse, invece le sue nuove amiche avevano espresso disgusto nei confronti di suo padre, ma poi avevano voltato pagina. A lei piacque un sacco e così stette al gioco. "Lexie, obbligo o verità?"

"Obbligo."

Monica si spremé le meningi per trovare una degna punizione. Poi le venne in mente qualcosa che aveva visto su internet qualche giorno prima. Prese il telefono e fece una ricerca rapida per trovare la foto giusta da usare e la inviò a Lexie.

"Così mi spaventi, Monica," disse Lexie con una risata.

"Scusa, ti ho appena inviato una foto. La sfida è che devi inviare la foto a Midas e chiedergli che taglia vuole perché ordini un capo uguale per te e per lui."

"Santo cielo, da morir dal ridere!" disse Lexie dopo aver guardato il telefono. "Dobbiamo inviarla *tutte* e confrontare le risposte."

"Cosa? Ma che foto è?" domandò Kenna.

Lexie girò il telefono e mostrò alle altre l'immagine che Monica le aveva inviato. C'era un uomo in piedi su sfondo bianco, indossava una maglia enorme che gli arrivava al ginocchio. In pratica sembrava una camicia da notte di colore azzurro con dei ricami blu scuro sull'orlo e intorno al collo e alle braccia. C'era anche un taschino sul petto, sulla sinistra.

"Accidenti, voglio proprio vedere cosa risponde Scott," disse Elodie.

"Vedrete che Marshall risponderà 'col cavolo'," borbottò Kenna.

"Dai, anche tu, Monica," insisté Lexie mentre inviava la foto alle altre.

"Solo se lo fa anche Ashlyn," rispose Monica, sorprendendo se stessa.

"Va bene, ma dato che io e Slate non stiamo insieme, con lui non funzionerà," rispose Ashlyn.

Rimasero tutte in silenzio mentre digitavano il messaggio.

"Pronte?" chiese Lexie. "Conto fino a tre, poi clicchiamo insieme su 'invia'. Uno, due, *tre!*"

Ridacchiarono tutte mentre aspettavano di vedere cos'avrebbero risposto i loro uomini una volta letto il messaggio. Una alla volta, arrivarono le risposte.

· · ·

Marshall: Ti amo, tesoro, ma no.

Scott: Ma quanto hai bevuto?

Midas: Lo indosso solo se tu indosserai quello che ho comprato *per te*.

Slate: L'ho visto su internet l'altro ieri. Non sto al gioco.

"Cos'ha risposto Pid?" chiese Lexie a Monica.

Monica fissava il messaggio con gli occhi bassi e un'espressione incredula. Poi alzò lo sguardo verso le altre e lesse ad alta voce la risposta: "Mi piace l'azzurro."

A quel punto tutte si lasciarono andare a una risata tanto potente da far venire le lacrime agli occhi.

"Santo cielo, si è davvero preso *una cotta* per te," le disse Kenna.

Monica non si accorse del sorrisetto che prese forma sulla sua bocca. Nessun uomo avrebbe mai accettato di indossare una specie di camicia da notte come quella della foto, a meno che non fosse assolutamente sicuro della propria mascolinità (come Stuart), oppure non volesse davvero, *davvero* accontentare la donna che gliel'aveva comprata.

Il gioco proseguì, Monica si sforzò di togliersi dalla testa la risposta di Stuart, ma le riuscì impossibile. Non riusciva a credere che lui fosse disposto a indossare quella maglia, solo perché glielo chiedeva lei.

Dopo qualche altro giro di Obbligo o Verità, fu ovvio che la festa si stava spegnendo. Lexie fu la prima a suggerire di interrompere, poi si avviò nella camera degli ospiti che condivideva con Ashlyn. Elodie si addormentò sul divano poco dopo, Ashlyn aiutò a dare una ripulita e poi si diresse in corridoio, per andare a letto.

Kenna fece cenno a Monica di raggiungerla fuori in

balcone. Anche se Monica era stanca, non era ancora pronta a dormire. Aveva la mente in subbuglio per i troppi pensieri, ripercorreva la serata, contenta di essersi trovata bene con tutte.

Lei e Kenna si accomodarono sugli sdraio con una bottiglia d'acqua ciascuna, a fissare la luna sospesa sull'oceano in lontananza.

"È stato l'addio al nubilato più bello di sempre," disse Kenna.

"Anche se non c'erano spogliarellisti, nessuna corona o festone con scritto 'futura sposa'?" le chiese Monica stuzzicandola.

"Specialmente per quel motivo," rispose Kenna. "Scusa sai, ma gli spogliarellisti mi fanno un po' impressione. Perché mai vorrei farmi strusciare da un estraneo dell'unto in faccia? Che schifo. Non mi dispiace ammirare un uomo affascinante da lontano, ma uno oliato dalla testa ai piedi che mi si strofina contro? No, grazie."

"Uno come Baker?" le chiese Monica.

"Esattamente," rispose Kenna con un sorriso. "Tu stai bene?" le chiese.

Monica la guardò. "In che senso?"

"So che probabilmente non ti aspettavi di dover spifferare alcuni episodi del tuo passato, questa sera, ma spero che non ti sia sentita sotto pressione."

"*Non* me lo aspettavo," le disse Monica, "ma sai che c'è? Non mi ha dato alcun fastidio."

"Ottimo. Direi che l'episodio della mano la dice lunga più su quel bastardo di tuo padre che su di te... ma non è del tutto vero. Il fatto che tu sia una donna dolce e gentile nonostante tutto quello che hai vissuto e che hai dovuto superare la dice *lunga* sulla persona che sei. Sei una donna fortissima, Monica, sono orgogliosa di averti come amica."

Monica sapeva che Kenna era ancora un po' brilla, ma

quelle parole furono comunque molto importanti. "Idem," le rispose. Le sembrava troppo pietoso ammettere che Kenna e le altre erano in pratica le uniche vere amiche che lei avesse avuto in tutta la vita, quindi si tenne per sé quel commento e le chiese: "Quanto sei agitata per le nozze?"

"Tanto agitata che non mi sopporto," ammise Kenna, "non mi interessano i ballerini hawaiani tradizionali o le pietanze, non mi interessa nemmeno della cerimonia sulla spiaggia. A me interessa solo Marshall. Lo amo tantissimo. Mi accetta per come sono: una estroversa che si è prefissata come missione nella vita quella di fare amicizia con tutti quelli che incontra, felicissima di fare la cameriera per sempre, una a cui non interessa un fico secco di quanti soldi ci sono nel conto in banca del suo uomo."

"È ricco, eh?"

Kenna rise e indicò il complesso residenziale che avevano alle spalle. "Eh sì."

"Ecco. Sei una donna fortunata."

"È vero," confermò subito Kenna, "sono felice che ci saranno i nostri genitori, ma a dire il vero sarei stata altrettanto contenta di andare in comune a fare una cerimonia civile. A me non interessano i festeggiamenti sfarzosi, ma solo poter passare il resto della vita con l'uomo che amo, l'uomo di cui mi fido più di chiunque altro abbia mai conosciuto."

Monica annuì sorseggiando dell'acqua. Poi si sorprese da sola chiedendo: "Come hai capito che ti fidavi di lui?"

"Vuoi dire quando?"

Non intendeva quando, ma Monica annuì comunque. In realtà voleva proprio sapere *come* fidarsi di qualcuno, perché lei non aveva idea di come funzionasse.

"Non so bene se posso rispondere. È stata una cosa graduale, ma quando ero sulla spiaggia con Shawn che voleva rapirmi e torturarmi, l'unica mia certezza era che Marshall non l'avrebbe consentito. Ero sicura senza ombra di dubbio che, nella peggiore delle ipotesi, se Shawn fosse riuscito a portarmi via da quella spiaggia, l'uomo che amavo non avrebbe trovato pace se non dopo avermi ritrovata... e dopo aver ucciso *chiunque* avesse osato alzare anche solo un dito su di me."

Monica sospirò. Le faceva un immenso piacere per la sua nuova amica, ma ancora non aveva trovato risposta alla sua domanda.

Come accorgendosi che aveva bisogno di sentirsi dire altro, Kenna proseguì: "Penso che la fiducia non sia un qualcosa che c'è o che non c'è. Non ci si pensa troppo ogni giorno, ma quando ne hai più bisogno, ti accorgi nel profondo dell'animo che qualcuno sta dalla tua parte, quando succedono i casini."

Era proprio ciò che Monica temeva: arrivare a credere che qualcuno stesse dalla sua parte, proprio come avrebbe dovuto fare il padre, solo per ritrovarsi di nuovo sola e abbandonata.

"Grazie per avermi invitata questa sera," le disse cambiando argomento.

"Grazie per essere venuta e per esserti occupata di noi. So che a volte diventiamo un po' esagerate," le disse Kenna.

"Ma no, non è vero." Non le avevano dato quell'impressione. Certo, avevano bevuto, fatto qualche scemenza, ma non si erano ubriacate in maniera esagerata o pesante, la serata era stata davvero molto divertente.

"Vuoi dormire qui fuori con me?" le chiese Kenna.

"Sì."

"Bene, perché sono troppo stanca per tornare dentro."

Monica si alzò e afferrò due coperte appese dietro una sedia vicina e coprì dolcemente Kenna.

"Grazie," le disse lei assonnata.

Monica si accomodò sull'altro sdraio, sotto la sua coperta, poi tirò fuori il telefono. Erano le due e quarantacinque, piena notte, ma non poté evitare di scrivere un messaggio.

· · ·

Monica: Volevo solo farti sapere che è andato tutto bene, sto bene e adesso vado a dormire.

Non sapeva il perché di quel bisogno di scrivere a Stuart, che probabilmente stava già dormendo. Voleva solo comunicare con lui, sia pur senza risposta.

Invece, con sua gran sorpresa, vide sullo schermo i tre puntini lampeggianti che le indicavano che dall'altra parte lui le stava rispondendo.

Stuart: Lo sapevo che sarebbe andato tutto bene. Ah, Mo?

Lui confidava in lei più di Monica stessa.

Monica: Sì?

Stuart: Se mi compri quella camiciona tremenda, troverò il modo di vendicarmi. :)

Lei si mise a ridere. Chiaramente Stuart aveva capito che si trattava solo di uno scherzo ed era stato al gioco. Gli mandò come risposta un facchino sorridente, poi appoggiò il telefono sul tavolino vicino, chiuse gli occhi e si addormentò quasi subito, felice e contenta.

———

Shane "Bull" Beyer era seduto sulla sabbia scura della spiaggia non lontana dal complesso di Coral Springs, con un binocolo molto potente appeso al collo. Fumava una sigaretta e fissava le onde dell'oceano, con una piccola smorfia in viso.

Aveva aspettato per anni il momento giusto per tornare dall'uomo contro cui aveva giurato vendetta. Finalmente quel momento era arrivato.

Quando era stato cacciato dalla Marina, si era perso: la Marina era tutta la sua vita. Aveva sempre vissuto per diventare un SEAL, era la sua identità. Dopo tutto quello che aveva fatto, tutti i sacrifici, era stato scartato come un nulla, quasi come un killer maniaco.

Era diventato ciò in cui la Marina l'aveva *trasformato*.

Gli era servito un sacco di tempo per pensare a quanto gli era successo. La conclusione? L'umiliazione subita era riconducibile tutta a una persona sola.

Baker "Meat" Rawlins.

Era stato *lui* a valutarlo negativamente, dando inizio alla catena di eventi che l'avevano visto scacciato dalla marina. Ecco perché Bull aveva giurato di fargliela pagare.

La marina pensava che Baker fosse il militare perfetto per antonomasia. Il perfetto SEAL. Aveva ricevuto riconoscimenti uno dopo l'altro, quando in realtà non era nemmeno la *metà* del SEAL che era Bull. Era solo geloso del record di persone uccise da Bull.

Per anni, Bull aveva fatto tutto il possibile per gettare discredito sull'istituzione che l'aveva abbandonato. Aveva inviato indizi a vari comandanti dei SEAL, ma nessuno aveva capito quei suggerimenti velati. Che idioti. Tutti idioti. Evidentemente le squadre non erano più quelle di una volta, quando lui era in servizio. Lui avrebbe decifrato quelle email in due secondi netti.

Aveva persino lasciato che quella stronza in Algeria lo guardasse in faccia. Non aveva intenzione di ucciderla, voleva solo giocare un po' con lei, per poi lasciarla scappare, in modo che raccontasse tutta la storia ai responsabili dell'evacuazione dell'ambasciata. Invece lei era riuscita a sfuggirgli.

Era stata una vera frustrazione, non potersi divertire come era nei suoi piani l'aveva fatto incazzare così tanto che poi, con l'*altra* stronza, aveva perso il controllo.

Con la dipendente dell'ambasciatore come testimone oculare, c'era da aspettarsi che il governo lo identificasse nel giro di pochi giorni, specialmente dopo la mail che aveva inviato, con allegate le foto della stronza ammazzata.

Invece non era andata così. La scema che gli era sfuggita doveva essere una stupida o chissà che, se non era nemmeno riuscita a scoprire chi fosse.

Finalmente anche lui era alle Hawaii. Proprio sotto il naso di tutti, eppure *nessuno* aveva ancora capito chi fosse.

Pazienza: si era stufato di lasciare indizi velati. *Voleva* che quegli stronzi della marina sapessero chi era... voleva che macerassero nella continua frustrazione di non riuscire mai a catturarlo. Però c'era solo un uomo che lui voleva affrontare di persona: il suo ex capo squadra, Meat.

E aveva già programmato come fare.

Con un sorriso, Bull alzò gli occhi in direzione del balcone che monitorava da un po' di tempo. Aveva scoperto che alcuni amici SEAL di Baker si erano sposati, o fidanzati, e che le loro compagne erano amiche. Non sarebbe stato tanto difficile separarne una dal gruppo per usarla come esca. La persona perfetta era proprio là, agli antipodi rispetto a dove l'aveva vista l'ultima volta.

Quella stronza di Algeri.

Era incredibile la fortuna di essersela ritrovata davanti, alle Hawaii. Lui stava solo cercando un modo per arrivare a Meat, e aveva trovato lei. Gli era passato per la mente di usare l'altra scema, quella più anziana che stava sempre in spiaggia tutte le mattine, ma aveva rinunciato a quell'idea, perché Baker non passava mai il tempo con lei, se non sulla spiaggia.

No, la stronza di Algeri era il bersaglio perfetto. L'aveva vista insieme a un altro SEAL due giorni prima, alla North Shore, quando aveva incontrato l'ex caposquadra. Vederla in preda a un attacco di panico, nello scoprire il tatuaggio, lo aveva emozionato. Aveva capito all'istante che quel tatuaggio era stato la chiave per identificarlo.

Si era anche accorto della preoccupazione di Meat, per quella reazione.

Quella stronza ci aveva messo fin troppo tempo per capire tutto; lui si era tirato su le maniche apposta, prima di entrare in quella casa ad Algeri, invece quegli stupidi del governo *ancora* non avevano trovato il collegamento.

Quando quella tipa aveva visto il tatuaggio di Meat, era stata come un'epifania. Finalmente la Marina lo aveva identificato... ma ormai era troppo tardi. Maledettamente tardi. Dovevano rassegnarsi a perdere un altro ragazzo prodigio. Quel maledetto Baker Rawlins.

Sfruttare la stronza di Algeri avrebbe ferito anche un altro SEAL, quello con cui lei se la faceva. Un dolce effetto collaterale. Più servi del governo si facevano del male, meglio era per lui.

Nella testa i piani prendevano forma turbinosamente, piani a cui lavorava da settimane, da quando aveva scoperto che Meat viveva alle Hawaii.

"Divertitevi, ragazze," disse Bull con un filo di voce, prima di alzarsi in piedi. "Perché la vostra vita sta per diventare più interessante." Poi si avviò verso il veicolo che aveva parcheggiato qualche isolato più in là, sempre col sorriso sulle labbra.

CAPITOLO QUINDICI

Pid lanciò un'occhiata verso Monica, che era in piedi in cucina: aveva gli occhi bassi e guardava il telefono con un sorrisetto sornione in viso. Dopo la nottata tra amiche di due sere prima, per l'addio al nubilato di Kenna, il telefono di Monica aveva continuato a squillare senza sosta per le notifiche dei messaggi. Kenna aveva creato una chat di gruppo con tutte le amiche, che si messaggiavano di continuo.

Monica non scriveva spesso, almeno lui non la vedeva intervenire frequentemente, ma dall'espressione contenta sul viso si capiva che era felice di farne parte.

"Di cosa stanno parlando?" le chiese.

Monica lo guardò e allargò il sorriso. Pid si sentì attratto da lei come un'ape dal fiore. Le si avvicinò, alzò una mano e le sistemò una ciocca di capelli dietro un orecchio. Ultimamente non riusciva a tenere le mani a posto, ma per fortuna a lei non sembrava dispiacere.

"Kenna dice che vuole preparare delle bamboline hula fatte apposta come lei, Aleck le dovrebbe distribuire come bomboniere," spiegò Monica.

Pid alzò gli occhi al cielo. L'onnipresenza di quelle bamboline, così popolari tra i turisti, raggiungeva il ridicolo. Ciononostante, anche lui ne aveva messa una sul cruscotto, quella che gli aveva comprato Monica, anche se all'inizio la voleva mettere in cucina e aveva giurato che l'avrebbe tenuta a debita distanza dal suo minivan, almeno dieci metri, aveva detto.

Si mise a ridere e le disse: "Scommetto che Aleck ha posto il veto sull'idea."

Lei alzò la testa allungando il collo perplessa. "Infatti, ma come facevi a saperlo?"

"Lo so perché l'ultima cosa che vorrei è che qualcuno si mettesse una bambolina hula mezza nuda, con la tua faccia, sul cruscotto per guardarla tutto il giorno."

Monica rise.

Ecco un altro passo avanti che lo emozionava molto: la vedeva ridere sempre più spesso, ultimamente. Quando l'aveva incontrata per la prima volta, Monica sì e no aveva accennato un sorriso. Invece negli ultimi giorni sorrideva e sghignazzava continuamente. Era una vera bellezza.

"Cosa c'è?" gli chiese. "Perché mi guardi in questo modo?"

"Perché sei bellissima, accidenti."

Lei arrossì. "Se lo dici tu."

"È la verità," insisté lui, "e sono contentissimo che tu sia ancora qui." Voleva chiederle se avesse avuto notizie dalla sua agenzia, per un nuovo impiego, ma a dire il vero preferiva non saperlo. "Sei quasi pronta ad andare?"

Pid doveva accompagnarla al centro per l'infanzia Head Start mentre andava alla base, doveva darsi una mossa per non arrivare in ritardo. Monica aveva accettato di fare la volontaria, mentre era sull'isola; Pid sapeva che passare il tempo con i bambini l'avrebbe fatta rilassare ancor di più. Era come un fiore che finalmente riceveva il nutrimento necessario per sbocciare.

"Sono pronta. Ah, Stuart?"

"Sì?"

Monica guardò dietro di lui, dove aveva lasciato il telefono, poi gli fissò il petto, infine fece un respiro profondo e gli disse: "Mi piace, qui."

Pid alzò una mano e le mise un dito sotto al mento, facendole inclinare la testa per poterla guardare negli occhi. "Mi fa piacere."

"Non me l'aspettavo. Cioè, sono stata contenta di aver visitato altri paesi, di aver conosciuto culture diverse, ma le Hawaii mi affascinano, anche se non ho ancora cominciato davvero ad approfondirne la cultura esplorando l'isola. Non mi aspettavo nemmeno di trovare delle amiche, invece le ho trovate; lo so che non è passato tanto tempo e che può sempre succedere di tutto... ma avevi ragione tu: Elodie e le altre non sembrano prendersela perché non sono estroversa come loro. Non me lo fanno pesare se sto seduta ad ascoltare, invece che intervenire in ogni discussione."

"Ottimo, Mo," le disse facendole scorrere una mano sulla schiena per andare a stringerla dietro la nuca.

"Mi piace anche stare qui con te."

Il sorriso di Pid si allargò. "Anche a me piace averti qui."

Lei si avvicinò di un passo e gli appoggiò con esitazione le mani sui fianchi. Bastò quel tocco innocente per fargli palpitare di corsa il cuore e fargli schizzare alle stelle il desiderio di lei. Monica deglutì a fatica e si avvicinò ancora di qualche centimetro, rilassandosi contro di lui.

Era la prima volta che prendeva l'iniziativa per un contatto più intimo di una mera mano nella mano. Lui si sentì un ragazzino imberbe con l'uccello che diventò subito duro come la roccia. Era impossibile nasconderle quella reazione, dato il modo in cui lei gli si era appiccicata addosso.

Alzando la testa per tornare a guardarlo negli occhi, Monica gli sussurrò: "Ti voglio."

Era una svolta molto brusca nel comportamento di

Monica, e Pid, forse anche per via dell'erezione, non ne capì bene il motivo. Certo, si erano baciati parecchio ultimamente, ma passare dal bacio al proporgli di fare l'amore era una bella differenza, per una persona come lei. La scrutò, cercando di capire cosa l'avesse spinta a tanto.

"No comment?" gli chiese lei, spegnendo un po' l'espressione.

"Anch'io ti voglio," le rispose: non voleva farle pensare il contrario, nemmeno per un millisecondo. "Però ho una domanda."

Lei inarcò un sopracciglio.

"Ti fidi di me?"

Il sorrisetto sul viso di Monica svanì. "Cosa c'entra la fiducia col volersi, adesso?" gli chiese.

"Io non voglio solo il tuo corpo, Mo. Io ti voglio *tutta*. Immagino che ti sia già capitato di fare l'amore, in passato, però trattenendo le parti più importanti di te. Io voglio ciò che non hai mai dato agli altri, voglio le tue speranze, i tuoi sogni. Anche i tuoi timori. Le tue imperfezioni, la tua passione... esattamente come voglio darti tutto di me. Il sesso è fantastico, ma non è solo questo, che voglio da te. Voglio tutto."

Pid stesso non riuscì a credere alle proprie parole. Avrebbe dovuto essere al settimo cielo, perché Monica gli proponeva di fare sesso. Se però avesse voluto solo spassarsela, avrebbe potuto uscire a divertirsi quando voleva. Si sentiva troppo vecchio per quel tipo di storie. Voleva ciò che aveva Mustang, ciò che avevano trovato Midas e Aleck. Voleva un legame profondo con la donna con cui andava a letto. Con *Monica*.

"Io... lo sai che non mi fido di nessuno," gli rispose lei tranquillamente.

"Lo so," le disse lui annuendo.

Monica distolse lo sguardo e Pid attese col fiato sospeso di sentire cosa gli avrebbe detto.

"Tanti uomini approfitterebbero a piè pari della proposta di fare sesso," gli borbottò.

"Ma io non sono 'tanti uomini'," replicò lui.

"Lo so," gli disse lei, che poi proseguì sussurrando: "Non posso... non ce la faccio a rischiare."

La delusione lo trafisse duramente, ma Pid mantenne un tono di voce dolce nel dirle: "Con me ce la puoi fare. So che la fiducia è un dono importante, non potrei mai, *mai* deluderti come hanno fatto gli altri."

"Non puoi capire," gli disse lei.

"Hai ragione, non posso," replicò lui, "ma ci sto provando. La verità è questa: mi sto innamorando di te, Monica. Voglio scivolare nel tuo corpo caldo e umido? Accidenti, certo che sì. Però voglio qualcosa di più di un semplice rapporto fisico. Voglio le nostre serate interminabili, seduti in giardino a parlare. Voglio tante risate e sorrisi, con la tua fossetta adorabile. Voglio vederti felice e rilassata, dopo aver passato il tempo con le altre. Dopo una missione difficile voglio che sia *tu* ad aspettarmi a casa. Voglio andare a dormire tenendoti tra le braccia e svegliarmi nella stessa posizione. Poi, un giorno o l'altro, se il nostro rapporto funziona come credo... vorrei vederti con i nostri figli. Sarai una madre fantastica, Mo, anche se non ti conosco da tanto tempo e non avevo mai pensato prima di diventare padre, so quello che voglio. Voglio te."

Gli occhi di Monica si riempirono di lacrime, era evidente la fatica di contenere le proprie emozioni.

"Però ho bisogno che anche tu voglia tutto questo. Non solo che tu stia con me perché pensi che potrei piacerti un po', o perché qui ci stai bene. Ho bisogno della tua fiducia, Mo. So di pretendere molto e probabilmente non è giusto che te lo chieda così presto, nel nostro rapporto... ma è così."

"Stuart..." esordì lei, palesando in una sola parola la propria disperazione.

"No," la interruppe lui scuotendo la testa, "non dire che non ce la fai. Io penso che tu ce la possa fare. *So* che puoi farcela, perché so di meritare la tua fiducia, perché non ti deluderò, Mo. Solo che devi desiderarlo quanto lo desidero io."

"Non è giusto," gli disse lei, "non è così facile dimenticare trent'anni di condizionamenti."

"Lo so che non è facile," le disse Pid, "e sarà una delle imprese più ardue che avrai mai superato. Però, se non ci provi, lascerai che vinca lui. Tuo padre controlla ancora la tua vita, nonostante tutti gli anni passati. Quello che ti ha messo in testa ti impedisce di lasciarti andare col cuore. Di me *puoi* fidarti, Mo. Quando ne sarai convinta, ti garantisco che ti sentirai finalmente libera. Sarai libera da quello stronzo che ti ha fatto del male tanti anni fa e che ti ha fatto pensare che appoggiarsi a qualcun altro sia una brutta cosa."

"Pensi di essere solo *tu* a volermi? Non hai idea di quanto sia difficile per me non prenderti e tirarti per il corridoio, buttarti sul letto, spogliarti completamente e dimostrarti con tanto impegno quanto *io* ti voglio? Lo farò... quando dirai con sincerità che ti fidi di me e del fatto che sto dalla tua parte, che tengo sempre nel cuore il tuo interesse, in ogni momento, come amante, come amico, come tuo rifugio. So che è un modo un po' all'antica di descrivere un rapporto, ma io sono fatto così."

Pid fissò la donna che teneva tra le braccia e pregò che riuscisse a superare tutto ciò che le aveva inculcato nella mente il suo genitore biologico.

"Lo capisco," gli disse Monica alla fine.

Pid le asciugò le poche lacrime che le erano sgorgate dagli occhi... ma sentì una stretta al cuore. Non poteva certo rimangiarsi ciò che le aveva detto, né voleva rimangiarselo: le parole gli erano venute dal cuore; non poteva stare con una donna che non si fidasse di lui.

Monica si avvicinò e gli appoggiò una guancia sul petto. Pid lo interpretò come un buon segno, almeno non si era allontanata dicendogli che era un matto. La tenne vicina, nuovamente meravigliandosi di quanto quel contatto gli sembrasse perfetto.

Dopo un po', Monica si staccò, si asciugò le lacrime e gli disse: "Dobbiamo darci una mossa, altrimenti arriverai in ritardo."

Pid avrebbe anche mandato a quel paese il lavoro. Voleva costringerla a parlargli per superare quel momento di stallo, ma sapeva anche che non era facile. Peraltro, non voleva che Monica gli dicesse ciò che lui voleva sentirsi dire: gli avrebbe spezzato il cuore scoprire un'eventuale bugia, solo per andare a letto insieme.

Era una situazione stramba, in cui lui non si era mai trovato prima. In pratica si stava rifiutando di fare sesso, ma era genuinamente convinto che, per far sì che un rapporto a lungo termine con Monica funzionasse, lei avrebbe dovuto fidarsi.

"Stai bene?" le chiese sottovoce.

Monica annuì. "Capisco la tua posizione," gli disse, "solo che non sono sicura di poterci arrivare."

"Tu desideri tutto ciò che desidero io?" le chiese Pid senza sapersi trattenere.

"Sì."

"È questo che mi interessa sapere. Io so essere paziente, Mo, posso darti tutto il tempo."

"Ma come faccio a saperlo?" gli chiese con una certa frustrazione. "Non mi sono mai fidata di nessuno prima d'ora, non so nemmeno come fare per capire che mi fido di te."

"Lo capirai," le disse Pid.

"Sei un rompiscatole," sbottò Monica con un sospiro.

Pid rise. "Eh sì. Comunque, Mo?"

"Che c'è?"

"Solo perché non mi sento pronto a fare l'amore, non significa che non voglia baciarti o toccarti."

Lei gli regalò un sorrisetto. "Anch'io."

"Son contento che la pensiamo allo stesso modo su questo," le disse Pid, abbassandosi.

Pomiciarono proprio là, in mezzo alla cucina, per un tempo che sembrò un'eternità. Quando alla fine lui si staccò, l'uccello gli era tornato duro e Monica si era aggrappata a lui come se non avesse voluto lasciarlo andare mai più. Respiravano entrambi con affanno, lei aveva le labbra gonfie e arrossate.

Era sensuale da impazzire, Pid fu sul punto di sbottare, dicendo di essersi sbagliato, di non avere bisogno di aspettare che lei si fidasse. Però si trattenne, sapendo che, per un rapporto a lungo termine che funzionasse, doveva farsi forza per entrambi.

"Adesso arriveremo tutti e due in ritardo," disse Monica, senza staccarsi dall'abbraccio.

"Almeno ne è valsa la pena," replicò Pid, "e poi non so dirti quante volte siano arrivati in ritardo Mustang, Midas e Aleck."

Monica fece una risatina.

Uscirono di casa mano nella mano; anche se quel mattino aveva preso una piega inaspettata, Pid non riusciva a dispiacersene. Gli piaceva la posizione che aveva preso con lei. Le aveva garantito di lasciarle tutto il tempo necessario per elaborare i suoi sentimenti, anche se sospettava che lei si fidasse già, in un certo qual modo, pur non essendosene accorta fino in fondo. Monica non avrebbe accettato di stare con lui, senza una base di fiducia. Non si trattava solo di far pace con il modo in cui era stata cresciuta, o di superare i danni psicologici che il padre le aveva arrecato.

Certo, era più facile a dirsi che a farsi, ma Pid conosceva anche qualche psicoterapeuta molto bravo da consigliarle, qualcuno con cui parlare per renderle la vita più semplice. Forse avrebbe dovuto proporglielo di già, ma l'avrebbe fatto presto. Voleva solo che Monica capisse che donna meravigliosa era. Esattamente per quello che *era*. Non doveva cambiare, per amare ed essere amata.

———

Monica ripensò per tutto il giorno a ciò che le aveva detto Stuart, mentre interagiva con i bambini del centro infantile Head Start. Una frase spiccava tra le altre come una luce al neon fluorescente e lampeggiante.

Voleva avere dei figli.

Con lei.

Monica aveva sognato di avere una famiglia, ma aveva allontanato spesso quel pensiero. Si sentiva troppo incasinata per sposarsi. Pur sapendo di poter avere dei bambini senza sposarsi, non avrebbe mai voluto mettere un bambino in quella situazione.

Una parte di lei, nel profondo, voleva realizzare ciò che leggeva nei libri, ciò che vedeva nei film. Desiderava un marito che l'amasse senza se e senza ma. Un uomo che le stesse vicino quando lei ne aveva bisogno, che fosse presente al cento per cento nel crescere i figli, che assistesse ai saggi di danza e alle partite di calcio. Un padre che cambiasse i pannolini e desse una mano a fare le pulizie di casa, che non desse di matto se qualcuno rompeva qualcosa o metteva in disordine.

Pensava fossero tutti sogni irrealizzabili, perché quello non era il mondo reale. Ecco perché si era impegnata a diventare la migliore tata possibile, per vivere una vita surrogata con i figli degli altri.

Poi aveva incontrato Stuart.

Non era un uomo perfetto. Era più disordinato dei bambini di cui lei si occupava, non teneva la casa molto pulita, anche se era evidente che si stava impegnando di più, da quando era arrivata lei. Lasciava la tavoletta del bagno sempre alzata; quando guardavano insieme la TV, tendeva a monopolizzare il telecomando; stranamente, non riusciva a gestire più attività allo stesso tempo. Lei si aspettava che un militare in servizio attivo nelle forze speciali fosse assolutamente in grado di svolgere due compiti in contemporanea, ma non era proprio il caso di Stuart. Almeno a quel che aveva potuto vedere lei.

Tuttavia, alla lunga, erano difetti davvero importanti? L'elenco di pregi meravigliosi era quattro volte più lungo dei difettucci che la infastidivano. Per cominciare, le aveva costruito una *stanza segreta* da impazzire. L'aveva accolta in casa, condividendo con lei il gruppo di amici.

Poi aveva ammesso spontaneamente di voler avere dei figli con lei.

Monica sentì di nuovo gli occhi gonfi di lacrime, ma sbatté le palpebre per respingerle. Anche lei voleva avere dei figli, solo che non era sicura di potersi mai fidare di un uomo nel modo in cui Stuart le chiedeva di fidarsi di lui. Ecco la vera seccatura.

Quando Pid arrivò a prenderla a fine giornata, ormai era riuscita a riprendere il controllo delle proprie emozioni. Le fu utile accorgersi che lui non si comportava in modo diverso dal solito. Dopo essere entrata nel minivan (un *minivan*, santo cielo! Pid era molto più predisposto ad avere figli di tanti altri uomini), lui si avvicinò e la tirò a sé, baciandola a lungo e con grande passione.

"Questo per che motivo?" gli chiese lei, quasi senza fiato.

"Mi sei mancata," le rispose, "mi ero abituato a vederti quando volevo, alla base. Passato bene la giornata?"

"Sì. Sylvia mi ha chiesto se avevo compilato i moduli che mi ha inviato via email," rispose Monica.

"E tu?"

"Io li ho compilati, ma non li ho ancora inviati," spiegò lei.

"È una decisione importante," commentò Stuart mentre guidava verso casa. "Immagino che la paga non sia la stessa di una tata con vitto e alloggio inclusi."

"Non è la stessa," confermò Monica.

"Prendersi cura dei bambini durante il giorno non è come occuparsene a tempo pieno," aggiunse lui.

"No, è diverso."

"Questi bambini sono anche molto diversi da quelli a cui sei abituata," disse Stuart.

"E allora?" chiese lei, un po' sulle difensive.

"No, niente, la mia era solo un'osservazione. Molti dei bambini del centro Head Start provengono da famiglie disagiate, mentre tu sei abituata a badare ai figli di ambasciatori o di famiglie benestanti."

Monica non era sicura che 'badare' fosse la parola giusta, ma non era quello il dettaglio che la infastidiva, nell'osservazione di Stuart. "Forse questi bambini hanno ancor *più* bisogno di me," gli spiegò con un certo cipiglio. "Il colore della pelle non mi fa alcuna differenza. Nemmeno i soldi delle famiglie. Peraltro, sarebbero tutte ragioni in più per lavorare con loro, per cercare di compensare le disparità che devono affrontare prima ancora di entrare nel sistema dell'educazione pubblica, in modo da farli partire allo stesso livello degli altri bambini."

Stuart stava guidando con un gran sorriso, che la irritò ancor di più. "Si può sapere cos'hai da sorridere?"

"Sei tu. Sai, non posso che essere d'accordo con te. Questi bambini *hanno* bisogno di te, Mo."

Lei si accorse all'improvviso che, in qualche modo, era passata dall'incertezza nello spedire la richiesta di lavoro, alla difesa dell'impiego presso Head Start, piuttosto che trovare un altro incarico per un ambasciatore o per un'altra famiglia ricca. "Sei impossibile," borbottò.

Stuart fece solo una risatina. "Ehi, ti ho soltanto chiesto com'era andata."

Monica non poté far altro che riconoscerlo: era stata lei a parlare della richiesta da compilare. "Probabilmente dovrei cercarmi un posto dove stare, se decido di rimanere," disse con semplicità, introducendo un argomento che avevano già affrontato in passato.

"No."

Monica aspettò, ma lui non aggiunse altro. "No?"

Pid sospirò. "Sai già che mi fa piacere averti a casa con me. *A te* piace abitare a casa mia. Hai una camera tutta tua, mi sto impegnando a non essere un convivente rompiscatole. Ti ho già detto che non ti farò pressioni e te lo ripeto. Non c'è motivo per andare a vivere altrove. Se ti serve per dimostrare che sei indipendente, non ce n'è bisogno. So già che sai essere indipendente, sei una donna adulta e sei stata eccezionale nel prenderti cura di te stessa da quando sei scappata da casa dei tuoi, quando avevi sedici anni. A me piace passare il tempo con te, parlare delle nostre giornate. Mi piace prepararti la colazione, mi piace tutto di te, Mo. Se c'è qualcosa che sto facendo, o che non sto facendo, che ti dà noia, devi solo dirmelo e mi correggerò."

"No, non sei tu," disse lei come in automatico, però era proprio *lui*: la confondeva, la faceva sentire sicura, la rendeva felice.

"Allora rimani," insisté lui cercando di persuaderla, "se hai bisogno di sentirti più indipendente, troveremo una macchina usata affidabile, così potrai muoverti per conto tuo. È solo che... non voglio che tu te ne vada," terminò sottovoce.

Lei faceva fatica persino a credere che stessero avendo quella conversazione, ma almeno lui stava guidando, così era tutto più semplice. Altrimenti, probabilmente l'avrebbe abbracciata e baciata come quel mattino, mandandole il cervello in corto circuito.

"Va bene, allora rimango."

"Ottimo. Adesso, cosa ti va per cena?"

Lei doveva ammettere che le piaceva il modo in cui lui rendeva degli argomenti scottanti... un po' meno... scottanti. "Hamburger."

"D'accordo," le disse con un sorriso.

Proseguirono il viaggio in macchina per qualche chilometro, poi Monica chiese con esitazione: "Allora, l'hanno trovato?"

Stuart capì a chi faceva riferimento. "Non ancora," le rispose, "ma pensano di aver ristretto il campo ad alcune identità alternative che sta usando. È solo una questione di tempo," concluse con sicurezza.

Monica fu dispiaciuta di non aver riconosciuto Shane Beyer vedendo il suo profilo, ma sapevano tutti che era una possibilità remota. L'uomo che aveva visto ad Algeri aveva il volto coperto a metà e aveva vent'anni in più, rispetto alle foto che lei aveva esaminato. Però il senso di colpa c'era comunque.

"Si sa almeno che piani abbia?" gli chiese.

Non le sfuggì lo sguardo preoccupato che Stuart le lanciò.

"So che è una faccenda segreta di cui non si vuol far sapere, ma io sono coinvolta, Stuart," gli disse con franchezza.

Lui sospirò. "Non si sa, ma adesso che Huttner conosce l'identità della persona che cerchiamo, alcune delle lettere e delle mail che ha inviato cominciano a creare dei nessi logici."

"Del tipo?" gli chiese Monica, quando lui smise di parlare.

"Ti ricordi la foto della donna uccisa che Huttner ti ha mostrato, appena sei arrivata alle Hawaii?"

Lei non poteva certo dimenticarsela. La foto della povera donna morta dissanguata sul suo piumino, coi bei fiori rosa imbrattati dalle chiazze di sangue, le era rimasta impressa nel cervello. Poteva esserci lei, al posto di quella donna, non fosse stato per la camera segreta a casa dell'ambasciatore. "Sì," gli rispose semplicemente.

"L'appunto allegato alla foto era pieno di indizi."

Monica si sforzò di ricordare cosa ci fosse scritto, ma senza riuscirci. Si era troppo concentrata sulla foto. "Cosa c'era scritto?"

Stuart recitò l'appunto con una semplicità tale che sembrava averlo letto ogni giorno da allora, dando anche enfasi alle parole più significative.

*"Per**meat**tetemi di presentarvi la mia opera d'arte più recente. Non è bella? Le foto sono come il Rock'n'**Rawl**. Non sono un **toro** in un negozio di porcellana. Ho avuto i migliori maestri. Hanno detto che ero pazzo... ma questo vi sembra opera di un matto?"*

"Santo cielo," commentò Monica.

"Sì, praticamente ci ha fatto un ritratto e nessuno se n'è accorto," proseguì Stuart disgustato. "Ha scritto m-e-a-t invece di m-e-t ma non era un errore: Meat era il soprannome di Baker quando era ancora in servizio attivo. Poi c'è il riferimento al cognome di Baker, *Rawl*ins, infine il soprannome di Beyer, Bull, il toro, erano tutti indizi. Ci sono altri messaggi ricevuti da Huttner e sono tutti molto simili."

"...e adesso?" domandò Monica, più scossa di quanto fosse disposta ad ammettere.

"Ci stiamo lavorando," rispose Stuart con decisione, "puoi scommettere che Baker non ci stia certo bene, sapendo che qualcuno di cui si fidava e con cui ha lavorato si è rivelato uno psicotico assassino, non è il massimo. Tanti anni fa, si era accorto che quell'uomo aveva bisogno di aiuto, ma a questo livello..." Stuart scosse la testa. "Non è una bella cosa."

Monica non era sicura di voler conoscere la risposta alla domanda che stava per porre, ma gli domandò comunque: "Sono in pericolo? Sai, perché l'ho visto."

"Noi pensiamo di no," le rispose Stuart, porgendole una mano.

Anche Monica gliela tese senza pensarci. Non le dava più pensieri farsi prendere la mano sinistra. Lui non aveva mai dato alcun segno di fastidio e lei ormai si era abituata a quel contatto.

"Bull sembra più che altro interessato a mettere in cattiva luce la Marina, per far capire ai responsabili che sta solo facendo ciò che gli è stato insegnato quando era un SEAL."

"Vi hanno insegnato a stuprare e uccidere delle donne?" sbottò Monica prima di pensarci meglio.

"Maledizione, certo che no! Ma *sappiamo* come entrare o uscire di soppiatto da paesi stranieri senza farci intercettare. Sappiamo uccidere, ma solo chi è una vera minaccia per la sicurezza nazionale. Baker aveva ragione, tanti anni fa: Bull è mentalmente instabile, non c'è che dire."

"Allora perché credete che non mi darà la caccia?" domandò Monica.

"Perché è più incazzato con Baker. Dopo aver letto tutti gli appunti e le lettere, è chiaro che la sua rabbia sia concentrata sul suo ex caposquadra. Gli dà la colpa perché l'hanno cacciato dalla Marina, tutto ciò che ha comunicato indica come bersaglio diretto Baker."

"Che follia," commentò Monica sottovoce.

"Infatti. Huttner voleva mettere Baker in custodia protettiva."

Monica non si trattenne: rise.

"Vero? Baker ha avuto più o meno la stessa reazione. È

perfettamente disposto a offrirsi come esca, se serve per fermare Bull."

Monica rifletté. "Non è una buona idea."

"No, infatti, ma mi fido di Baker."

"Non è nella tua squadra," puntualizzò Monica.

"Infatti, non è in squadra con me, ma è sempre un SEAL. Non mi interessa se non è più in servizio attivo da oltre un decennio. Ha dato una mano alla mia squadra in più di un'occasione, ha più principi morali nel suo dito mignolo che Bull in tutto il corpo. Adesso che sappiamo con certezza che è Bull, il tipo che hai visto e che sta dietro ai disordini in quei paesi all'estero, già in preda al caos, dove ha peggiorato la situazione stuprando e uccidendo delle donne, vedrai che lo troveremo. Se solo osa dare la caccia a Baker, sarà l'ultima cosa che fa."

Monica sentì un brivido. Non le piaceva la situazione, proprio per nulla. Però si sentiva sollevata perché non sembrava essere lei il bersaglio dell'ira di quel Bull. Poi le venne in mente un altro pensiero. "Ma Jody è al sicuro?"

"Chi?"

"La donna che piace a Baker."

"Ah, penso proprio di sì. Non stanno insieme, ma è impossibile che Baker lasci che qualcuno le torca un solo capello. Hai visto quanto è protettivo nei suoi confronti."

Monica l'aveva notato, ma se Bull voleva davvero vendicarsi, un buon modo per cominciare era dare la caccia alla donna che piaceva al suo antagonista. Non espresse questo pensiero ad alta voce. Non era lei l'esperta di situazioni del genere, gli esperti erano Baker e Stuart, gli altri della squadra e i loro superiori.

Stuart borbottò qualcosa con un filo di voce, Monica non lo capì. "Come dici, scusa?"

"Nulla, mi stavo solo insultando da solo per averti fatta preoccupare," rispose Stuart.

Lei gli strinse la mano. "Ma no, dai, se avessi ignorato le mie domande dicendomi che andava tutto bene, avrei capito che mi stavi mentendo. Non sarebbe la mossa giusta per farmi fidare di te."

Non intendeva dirlo, ma dopo aver finito di parlare non si pentì delle parole che aveva pronunciato.

"Hai ragione, Mo, ma ci saranno momenti in cui non potrò dirti tutto su di me e sul mio lavoro."

"Lo so; anzi, sinceramente non voglio sapere proprio tutto. So che nel mondo succedono tante schifezze, le ho vissute in prima persona, penso che se sentissi alcune delle azioni che compi in missione, l'angoscia mi tormenterebbe."

Fu il turno di Stuart di stringere *a lei* la mano.

"Però non vuol dire che dobbiamo issare un muro tra noi due, per il tuo lavoro," gli disse, accorgendosi della contraddizione, ma faticando a spiegarsi meglio.

"Lo capisco," rispose lui.

Certo che la capiva.

"Ti prometto che ti parlerò di ciò che posso... solo degli argomenti che non ti metteranno troppo a disagio. Vediamo un sacco di cose belle, in missione."

"Del tipo?"

"Del tipo, i bambini che aiutiamo a nascere, i cani randagi che riportiamo nei centri di recupero, le persone che ci ringraziano per quel che facciamo, i bambini che conosciamo."

A quel punto Monica sorrise. "Avete il tempo di conoscere dei bambini?"

"A volte sì, giochiamo anche con loro, soprattutto a calcio. Ci fanno il mazzo," commentò Stuart con un sorriso.

Monica poté immaginarsi facilmente Stuart, Mustang, Midas e gli altri in mezzo a una strada che davano calci al pallone con i bambini del posto, nel tempo libero.

"Sono fiera di te," gli disse con un po' di timidezza. "Grazie per il tuo servizio alla patria, Stuart."

"Di solito quando me lo dicono non mi trasmette molto," ammise lui, "ma sentirlo da te, diventa importantissimo." Alzò le loro mani intrecciate e baciò quella di Monica.

Lei sospirò e chiuse gli occhi, mentre lui continuava a guidare verso casa.

Casa.

Monica non era sicura di quando avesse cominciato a pensare a casa di Stuart come a casa propria, ma era così. Il fatto che quel pensiero non la innervosisse era ancor più inquietante.

Lavorando all'estero, aveva vissuto in enormi tenute, case fastose che il governo forniva agli ambasciatori, ma nessuno di quegli edifici era stato per lei una casa quanto l'abitazione in cui viveva con Stuart, con solo due camere da letto.

L'uomo che le stava seduto accanto era diventato molto importante per lei; come? Non ne aveva idea. Un attimo prima era il militare di cui lei aveva una paura folle, l'attimo dopo era l'uomo da cui lei non poteva nemmeno pensare di allontanarsi.

Che confusione... ma almeno per una volta nella vita, Monica decise di lasciarsi trasportare dagli eventi. Forse, chissà, magari sarebbe stata una svolta e da quel punto in avanti la sua vita sarebbe stata piacevolmente noiosa.

CAPITOLO SEDICI

MANCAVANO tre giorni alle nozze di Kenna e Aleck, la nuova amica di Monica stava dando di matto. Inviava messaggi di continuo a tutte le altre del gruppo, sostenendo che non c'era nulla di pronto. In realtà sapevano tutte per certo che Robert aveva tutto sotto controllo, perché Kenna aveva più volte ripetuto quanto fosse fantastico.

In città erano arrivati sia i genitori di Kenna che quelli di Aleck. La sera prima si erano trovati per cena ed erano andati perfettamente d'accordo. Il tempo per il giorno delle nozze era previsto sereno, quindi dal punto di vista di Monica, Kenna stava dando di matto senza motivo.

Seguire da vicino tutti i preparativi per la cerimonia fece capire a Monica che lei non voleva nulla del genere, nemmeno lontanamente. Se mai un giorno si fosse sposata, avrebbe preferito una cerimonia semplice e contenuta. Niente bomboniere, nessun ricevimento fastoso con tutti i dettagli da definire. Niente torta: solo lei e l'uomo che amava, che si scambiavano la promessa di stare insieme nella buona e nella cattiva sorte.

Il pensiero delle nozze le fece tornare in mente Stuart.

La sera prima si erano spinti oltre fisicamente, più di quanto non avessero mai fatto prima. Stavano pomiciando, ma Monica voleva molto di più. Ne aveva *bisogno*. Così l'aveva spinto sul divano e gli aveva alzato la maglia. Lui le aveva messo una mano dietro la testa, mentre lei gli leccava gli addominali scolpiti. Quando gli aveva baciato un capezzolo, l'aveva sentito indurirsi tra le labbra.

Sapere di avere un effetto così forte su di lui la inebriava. Lui era un uomo grande e grosso, forte e dava quasi sempre l'impressione di avere tutto sotto controllo. Però i gemiti che gli uscivano dalle labbra, mentre lei gli mordicchiava il capezzolo turgido le avevano fatto venire la pelle d'oca sulle braccia. Allora si era lasciata prendere dall'entusiasmo e gli aveva succhiato il petto vicino al capezzolo, lasciandogli un succhiotto; ma a lui non sembrava dispiacere. Vedere il proprio marchio su di lui le piaceva. Parecchio.

Poi gli aveva spostato le mani in mezzo alle gambe e per un momento fugace aveva sentito l'erezione potente, prima che lui le afferrasse la mano e le facesse cambiare posizione; prima ancora che lei se ne accorgesse, si era ritrovata sotto di lui, più che pronta a lasciarsi prendere... invece lui si era abbassato e l'aveva baciata con grande dolcezza, tanto da farle venire voglia di piangere; poi lui si era messo seduto.

Stuart faceva davvero sul serio. Da un lato, era quasi irritante. Gli uomini non avrebbero dovuto farsi tanti problemi a portare a letto una donna. Invece lei aveva trovato l'unico così scrupoloso. Monica avrebbe tanto *voluto* dirgli che si fidava di lui, solo che proprio non riusciva a pronunciare quelle parole.

D'altro lato, era innegabile che quel rifiuto di fare l'amore di corsa la faceva sentire speciale. Valorizzata. Diceva molto anche su di lui, sul suo carattere, dimostrando che non voleva portarla a letto solo perché era già lì.

Quindi era tornata a letto eccitata all'eccesso. Sfogarsi masturbandosi non le aveva dato la stessa soddisfazione che avrebbe ricevuto da Stuart. Il mattino dopo, era ancora un po' irritata con lui, che l'aveva presa tra le braccia e l'aveva stretta con dolcezza, con rispetto, dicendole tutte le parole giuste e facendole credere che andasse tutto bene.

Era vero?

Solo se fosse riuscita in qualche modo a riprogrammare la propria mente, smettendo di pensare che tutti gli uomini glie-l'avrebbero fatta pagare, prima o poi. Lei non pensava che anche Stuart fosse come gli altri, ma le bastava abbassare gli occhi e guardarsi la mano per ricordarsi duramente cos'era successo, quando aveva abbassato la guardia.

A fine giornata, era venuta Elodie ad aspettare Monica fuori dal centro di Head Start, al posto di Stuart.

"Stuart sta bene?" sbottò Monica raggiungendo il vecchio catorcio di Mustang che Elodie stava guidando.

"Sì, sta bene," rispose Elodie con un sorriso, "credo che i ragazzi siano impegnati in un incontro importantissimo convocato all'ultimo minuto, così mi ha chiesto se non mi dispiaceva venirti a prendere e portarti a casa."

"Ah, ho capito… grazie. Lo apprezzo. È tutto a posto, con la squadra?"

"Sì, ne sono certa. L'incontro potrebbe non voler dire nulla, oppure potrebbe essere una missione in arrivo da orga-nizzare."

"Vanno spesso in missione?" chiese Monica. Non aveva trovato l'occasione giusta per parlare con le altre della vita a fianco di un SEAL, come moglie o come compagna, quindi decise che quello era un momento buono come un altro.

"Dipende da cosa intendi per 'spesso'," le rispose Elodie. "La parte più difficile non è tanto la partenza, è non sapere quando torneranno. Potrebbero star via letteralmente per pochi giorni, o anche per qualche mese."

"Eh sì, che seccatura," concordò Monica.

"Però secondo me… il pensiero che mi fa andare avanti è

sapere che Scott sta rendendo il mondo un posto migliore," ammise Elodie, "so che è un'affermazione un po' mielosa, ma la marina non manda la squadra in missione per bere del tè con delle donne straniere o cose di questo tipo. Vanno a caccia di terroristi, salvano degli ostaggi. Oppure fanno operazioni come quella in cui sei stata coinvolta, togliendo i connazionali americani dai guai che si trovano ad affrontare."

A Monica piacque quel punto di vista sul lavoro di Stuart.

"Allora, anche se non so il motivo della riunione di oggi, so che è importante e che i ragazzi faranno tutto il necessario per tenerci tutte al sicuro."

Monica annuì.

"Non per cambiare argomento, ma sei pronta per fare baldoria, questo weekend?" le chiese Elodie.

Monica si mise a ridere. "Penso che non sia pronto nessuno."

"Vero, ma sarà un sacco divertente!"

Monica non poteva che essere d'accordo.

Il resto del viaggio verso casa fu molto tranquillo, tranne per un tipo che le seguì a distanza ravvicinata sulla super-strada. Aveva i vetri talmente oscurati che Monica non riuscì a vedere chi stesse guidando, ma si voltò lo stesso per dare un'occhiataccia.

"Odio guidare," si lamentò Elodie. "Ci sono troppi luna-tici per la strada."

"Però sei venuta lo stesso a prendermi?" le chiese Monica allo svincolo. Il veicolo che le seguiva da vicino sfrecciò davanti.

"Le amiche servono a questo," rispose Elodie con semplicità.

Quelle poche parole fecero quasi piangere Monica, che ultimamente si sentiva molto fragile emotivamente e non era sicura di esserne felice. Quando riprese il controllo delle proprie emozioni, proseguì: "Beh, lo apprezzo molto."

"Sono sicura che tu faresti lo stesso, per me."

"Lo farei," confermò Monica, "comunque i nostri uomini hanno dei gusti discutibili in campo di macchine."

Elodie rise. "Vero? A ogni modo questo veicolo sembrerà anche un catorcio, ma viaggia che è una meraviglia. Invece il minivan di Pid?" Sogghignò. "Quello è... non è il massimo, ma almeno non si dovrà convincere a comprarne uno, quando avrà dei figli."

Monica non trattenne un sorriso: era la sacrosanta verità. Ma lei pensò che, se anche Stuart avesse avuto un altro tipo di macchina, come una Mustang o un'auto simile, non avrebbe esitato a cambiarla per una station wagon più adatta a una famiglia.

Elodie accostò davanti a casa di Stuart e si voltò verso Monica. "Per la cronaca... spero proprio che tu decida di rimanere."

Quelle parole non sorpresero Monica.

"Sei gentile e divertente, e anche se non parli tanto quando ci troviamo tutte insieme, si capisce che ti interessa quello che ci diciamo. Poi, se hai qualcosa da dire, lo *dici*. Non solo, ma Theo non ha più smesso di chiedermi di te, da quando l'hai conosciuto. In ogni caso... ci staresti bene qui, Monica. Volevo solo essere sicura che lo sapessi."

Di nuovo, Monica dovette trattenere le lacrime. "Grazie. Questa mattina ho inviato la mail a Sylvia con la mia richiesta di impiego."

Elodie era raggiante: "Ma è meraviglioso!"

"Sì," confermò Monica, che in effetti provava un certo sollievo, sapendo di non dover fare le valigie per andar via in qualche paese straniero, almeno non nel prossimo futuro.

"Mandami un messaggio quando sei a casa," chiese Monica a Elodie.

"Va bene, allora a presto! Ci troviamo all'attico sabato

mattina, così aiutiamo Kenna a prepararsi e ci facciamo sistemare i capelli e il makeup, vero?"

"Non so se sarò molto utile," rispose Monica.

"Ma scherzi? Abbiamo bisogno di te, così non ci fai bere troppo! Non sarebbe il massimo, se Kenna si presentasse alle nozze camminando come la sorella del film *Sixteen Candles, un compleanno da ricordare*."

Monica non si trattenne e sogghignò. "È vero."

"Ottimo, allora ci vediamo là."

"Ciao." Monica salutò con un cenno della mano Elodie, che stava facendo manovra sul vialetto, poi si incamminò verso casa e aprì la porta, ricordandosi di mettere il chiavistello una volta dentro. Anche se in quella casa si sentiva al sicuro, non era il caso di fare stupidaggini. Era sempre una donna sola, in quella casa. Non chiudere a chiave la porta sarebbe equivalso a lasciarla spalancata, un modo per cercare rogne.

Monica si cambiò e indossò un paio di leggings e una maglia, poi controllò la posta elettronica. Sylvia aveva già risposto alla richiesta di impiego che Monica le aveva inviato quel mattino, con una mail ricca di entusiasmo e un sacco di punti esclamativi. In seguito, aprì anche una mail della responsabile dell'agenzia di collocamento per cui aveva lavorato: l'agenzia prendeva atto delle sue dimissioni... di cui lei non aveva ancora parlato a Stuart. Sperava di essere *lei* a fargli una sorpresa, almeno per una volta. La responsabile le offriva una lettera di raccomandazione molto favorevole, assicurandole che, qualora avesse deciso in futuro di tornare sui suoi passi, sarebbe sempre stata la benvenuta.

Con un certo ottimismo sul futuro, Monica si avviò entusiasta in cucina. Stava in piedi davanti al frigorifero, guardandoci dentro per farsi un'idea di cosa preparare per cena con quel che c'era (le scorte si stavano quasi esaurendo, bisognava andare a fare la spesa), quando un rumore sulla destra la distrasse.

Diede un'occhiata verso la porta che dava sul giardino e si bloccò quando vide un uomo in piedi.

Non un uomo qualunque... proprio lo stesso uomo che aveva visto ad Algeri.

Per un attimo, le sembrò di essere tornata in quella casa; solo che nel frattempo aveva saputo il nome di quell'uomo... e anche quanto fosse pericoloso.

Shane "Bull" Beyer picchiettava il vetro con l'estremità di un manganello d'acciaio. Sembrava proprio un accessorio preso dalla cinta di un poliziotto.

"Ti ricordi di me?" le chiese l'uomo canticchiando.

Monica non rimase ferma ad ascoltare.

Non si curò nemmeno di chiudere la porta del frigo: scattò verso il corridoio. Prima che raggiungesse camera sua, il suono ormai noto del vetro che andava in frantumi rieccheggiò in tutta la casa.

"Stavolta non potrai nasconderti ," gridò Shane.

"Vai al diavolo," mormorò Monica mentre premeva freneticamente il pulsante che apriva la falsa parete per la camera segreta. La porticina sembrò aprirsi dieci volte più lenta di quanto lei si ricordasse. Monica si fiondò letteralmente all'interno... ma quando si girò per guardarsi alle spalle, capì che era troppo tardi. La casa era semplicemente troppo piccola per darle il tempo di nascondersi e scappare dalla porticina che dava verso l'esterno, per andare a chiedere aiuto.

Shane l'acciuffò prima ancora che lei riuscisse a fare qualcosa, se non emettere un grido di spavento.

"Beccata," le disse trascinandola fuori dalla camera e costringendola a mettersi in piedi, poi le mise un braccio intorno al corpo da dietro, stringendola in una presa da strangolamento.

Monica si batté più forte di quanto non si fosse mai battuta in passato. Nella mente le passarono dei flash della donna uccisa che aveva visto in foto. Immagini di un coltello che le usciva dal petto la spinsero ad aggrapparsi con le unghie alla mano destra di Shane, nel tentativo disperato di liberarsi.

"Cazzo, sei scatenata," le disse Shane.

Ne sembrava quasi contento, un atteggiamento che fece agitare ancor di più Monica.

Lui camminò all'indietro, trascinandola nonostante i calci e le urla. Nulla di quanto Monica faceva lo costrinse ad allentare la presa. Non si muoveva con molto garbo, anzi, non gli importò quando lei colpì col ginocchio lo stipite della porta mentre la tirava fuori dalla camera da letto, o quando sbatté le gambe contro il muro, mentre lui si girava, trascinandola con sé. Lei sentì un forte dolore ai piedi, dato che non indossava le scarpe; più si avvicinavano ai cocci di vetro sul pavimento, più lei si spaventava.

Tuttavia, solo quando lui si voltò per gettarla di schiena sul tavolino da caffè, Monica fu presa *davvero* dal panico.

Aprì la bocca per gridare, ma Shane la colpì. *Forte.*

Lei era già stata picchiata prima, suo padre amava prenderla a botte, ma Shane era un professionista: la colpì col pugno chiuso nel ventre per farla tacere, e funzionò. Annaspando per respirare, Monica cercò di chiudersi a palla, ma non ci riuscì perché Shane la teneva spinta contro il pavimento, così lei non poté far altro che fissarlo, in preda al dolore.

Lui la colpì di nuovo. Monica a quel punto ebbe l'impressione che la stesse picchiando solo per puro piacere, non perché stesse cercando di farla star buona. Il fiato le mancò di nuovo. Voleva ribellarsi, sferrargli un calcio nelle palle e scappar via urlando da quella casa, ma quei pugni erano *potenti*. Ebbe l'impressione che, se anche fosse riuscita ad alzarsi in piedi, probabilmente non sarebbe stata in grado di andare tanto lontano, prima di crollare.

Shane frugò per un momento in tasca in cerca di qualcosa, poi tirò fuori una siringa con un sorrisetto in volto. "Adesso ti darò due scelte. Puoi star ferma intanto che ti faccio l'iniezione, oppure puoi cercare di lottare. Se preferisci lottare, sappi che per me fa lo stesso, ma prima ti picchierò a sangue, poi ti stuprerò e *alla fine* ti farò l'iniezione. Poi aspetterò che il tuo ragazzo torni a casa e gli pianterò un proiettile nella testa prima ancora che si accorga di che diavolo sta accadendo. Allora, cosa scegli?"

Beh, che scelta di merda, non le piaceva nessuna delle due scelte e ovviamente di lui non si fidava affatto. Anche se avesse deciso di non lottare e di lasciarsi fare l'iniezione (chissà che diavolo c'era in quella siringa) non c'era garanzia che lui non la stuprasse e poi non uccidesse Stuart.

Ma era il caso di correre quel rischio? No.

Così Monica rimase in silenzio con la schiena appoggiata al tavolino, continuando a fissarlo.

"Ottima scelta," la lodò lui, togliendo il tappino dall'ago.

Lei chiuse gli occhi appena sentì la puntura dell'ago nella pelle del collo.

"Brava bimba," canticchiò Shane.

Quel tono di voce la faceva star male, le fece venire in mente il padre, che la chiamava allo stesso modo quando lei obbediva, compiendo le follie che lui le imponeva.

Monica aprì gli occhi, e mentre la sostanza che le aveva iniettato cominciava a fare effetto, giurò a se stessa che avrebbe fatto di tutto per ucciderlo. Lei aveva imparato da un maestro... e in qualche modo, a un certo punto, avrebbe ucciso Shane Beyer... senza un briciolo di rimorso.

"Ecco, brava, rilassati. Per la cronaca, sappi che per me sei solo uno strumento per un altro fine, non sei tu che voglio, voglio Baker... tu sei solo la mia scorciatoia per arrivare a lui."

Lei non aveva idea di cosa le stesse dicendo: aveva incontrato Baker solo in un'occasione, per cui era la persona peggiore per adescare un ex SEAL in una trappola folle. Però non trovò le parole per dirglielo. Non riusciva nemmeno a tenere gli occhi aperti. Le sembrava che ogni muscolo del corpo pesasse quintali.

Si sentì sollevata e buttata sulla spalla di Shane, ma non riuscì a fare nulla per opporsi. Era floscia, come un sacco di patate.

"Quando il tuo uomo tornerà a casa e vedrà la mia opera d'arte andrà nel panico, per me è una soddisfazione in più," disse Shane con una risata.

Fu l'ultima cosa che lei sentì, prima di soccombere alla sostanza che le circolava nel sangue.

CAPITOLO DICIASSETTE

QUANDO FINALMENTE ARRIVÒ A CASA, Pid era sfinito. Era stata una giornata lunga e stressante. Stavano preparando un'altra missione, destinazione Tajikistan, un paese appena oltre la frontiera settentrionale dell'Afghanistan; era arrivata una soffiata che un obiettivo talebano di alto profilo potesse nascondersi in quel paese. Il governo del Tajikistan aveva chiesto aiuto per effettuare un raid nel probabile nascondiglio, quindi i SEAL della squadra sarebbero partiti ben presto.

I dettagli del presunto nascondiglio, però, erano poco chiari, così avevano passato la giornata a studiare con attenzione i rapporti di intelligence e le immagini satellitari di quella zona. Nulla che Pid e gli altri della squadra non avessero già fatto in passato, ma Aleck era ovviamente sotto stress perché c'era il rischio che dovesse partire prima delle nozze e che la cerimonia dovesse essere rinviata.

Durante una pausa, Jag aveva anche ammesso di essere sempre più preoccupato per Carly e per il fatto che Luke Keyes fosse introvabile. In fondo vivevano su un'isola, non sarebbe dovuto essere tanto difficile trovare qualcuno. Il fatto che il figlio dell'ex di Carly fosse molto probabilmente colui che avrebbe dovuto prelevare il padre e Carly, il giorno dell'attacco al Duke's, per portarli chissà dove, era estremamente preoccupante. Jag lo sapeva, Carly lo sapeva; era una situazione che innervosiva tutti.

Naturalmente, Mustang e Midas erano sempre nervosi di partire, lasciando a casa Elodie e Lexie. Accidenti, persino Slate non era tanto impaziente ed entusiasta di andare in missione. Pid sapeva il motivo: Ashlyn. Slate era preoccupato per lei, tanto quanto Jag era preoccupato per Carly. Ashlyn era una persona estroversa e cordiale, spesso agiva senza pensarci due volte e si metteva in situazioni discutibili, rischiando in prima persona.

Ovviamente Pid era nervoso per l'imminente partenza, perché sarebbe stata la prima volta, la prima missione dopo aver conosciuto Monica. Si preoccupava per lei, per il suo stato d'animo, durante la separazione. Voleva tanto conquistare la fiducia di Monica, ma non era semplice abbattere le mura che lei aveva eretto negli anni per proteggere se stessa. Di sicuro non poteva riuscirci nel breve tempo in cui si erano frequentati.

Però quelle mura si stavano sgretolando giorno dopo giorno. Lui se lo sentiva. Non aveva mai desiderato una donna tanto quanto desiderava lei, ma era disposto ad aspettare: Monica doveva convincersi che lui non avrebbe mai fatto *nulla* per ferirla. Pid sapeva bene che lo aspettava una strada tutta in salita e che probabilmente Monica avrebbe avuto bisogno di andare ancora in terapia per riuscire a superare quanto le era successo in passato, per mano di genitori inqualificabili. Però era diventata una donna coraggiosa e caparbia.

Doverle dire che stava per andare in missione non lo entusiasmava, ma Pid non vedeva l'ora di passare del tempo con lei, quindi aprì la porta di casa e la chiamò.

"Monica? Sono a casa."

Le stanze erano stranamente silenziose. L'istinto ben allenato di Pid si mise subito in allarme: si bloccò e rimase in ascolto. Di cosa, non lo sapeva. Di qualche rumore che indicasse la presenza della donna che amava. Ma non sentì nulla.

Pid avanzò con circospezione e senza fare rumore, ruotando la testa in cerca di un qualche indizio di cosa diamine ci fosse di tanto strano. Nell'attimo stesso in cui entrò in salotto, vide la porta del frigorifero completamente aperta. Poi inalò il profumo della plumeria che aveva in giardino...

Si voltò verso la porta scorrevole che dava sul retro e i muscoli di tutto il corpo si contrassero appena capì che non era aperta: era in frantumi. C'erano schegge di vetro su tutto il pavimento della casa, oltre che sulla pedana esterna.

Senza pensarci, Pid si girò di scatto e corse per il corridoio, verso la camera degli ospiti. La porta era aperta e Pid vide in un angolo il cesto della biancheria con i vestiti che Monica indossava l'ultima volta che l'aveva vista. Lei era una persona molto ordinata, fosse stato un qualunque altro giorno, lui avrebbe sorriso nel notare la prova di quanto lei tenesse all'ordine; ma la porta della stanza segreta che le aveva costruito era aperta e aveva già catturato la sua attenzione.

Si avvicinò all'ingresso, non sapendo bene cosa aspettarsi.

Il vano tra le due pareti era vuoto. La coperta che aveva messo nella cameretta era mezza dentro e mezza fuori da quello spazio... come se fosse stata trascinata. La porticina che dava all'esterno era ancora chiusa coi chiavistelli.

I vari scenari di cosa poteva esser successo gli passarono rapidamente in testa, Pid cominciò a star male. Si augurava di essere solo preda di un attacco di paranoia. Magari Monica aveva messo qualcosa nella cameretta segreta e si era dimenticata di chiuderla. Forse aveva accidentalmente rotto la porta in vetro ed era andata in negozio nella speranza di ripararla. Poteva trattarsi di un'irruzione qualunque, di cui Monica non era ancora a conoscenza perché era andata con Elodie direttamente a casa di Kenna per aiutarla nei preparativi per le nozze.

Ma nell'attimo stesso in cui quelle ipotesi si materializzavano nella sua mente, Pid le scartava. Era sicuro al cento per cento che Monica non sarebbe uscita lasciando aperta la porta del frigorifero. Se avesse rotto la vetrata, *l'ultima* cosa che avrebbe fatto sarebbe stata uscire di casa lasciando vetri sparsi ovunque e la casa aperta, per quanto volesse riparare il danno.

Quando Pid tirò fuori il telefono, si accorse che gli tremavano le mani. Cliccò sul contatto di Mustang e aspettò che l'amico rispondesse.

"Ciao, che c'è?" gli chiese Mustang.

"Per caso Monica è con Elodie?" gli chiese Pid, rendendosi conto di essere nel pallone ma non riuscendo a controllarsi.

"No, perché? Cos'è successo?"

"Non la trovo. È sparita. La porta scorrevole di vetro è in frantumi. Qualcuno l'ha portata via." Le ultime parole gli uscirono quasi sussurrate, come se, pronunciandole ad alta voce, diventassero vere. Pid però sapeva d'istinto cosa fosse successo.

"Arrivo subito," gli disse Mustang; Pid non fu mai tanto grato di averlo come amico e caposquadra quanto in quel preciso istante. "Dimmi cosa vedi. Si è fatta male? Ci sono tracce di sangue?"

Pid quasi smise di respirare. *Merda...* lui non ci aveva nemmeno pensato. Fece una panoramica della stanza, ma non vide tracce che Monica fosse stata ferita in una colluttazione; non sapeva bene se sentirsi sollevato oppure no. "In camera sua non c'è nulla. Aspetta."

Faceva fatica a concentrarsi. Si era già trovato in situazioni estreme, le peggiori che si potessero immaginare; durante le missioni doveva sempre fare attenzione a ogni mossa. Il piano

A e spesso anche il piano B dovevano lasciare la strada ai piani C, D o F... ma lui era sempre riuscito ad adattarsi senza alcun problema. Invece, in quel momento, a Pid sembrava di addentrarsi in una nebbia fitta e impenetrabile, nel tentativo di vedere oltre un palmo dal naso, ma senza alcuna fortuna.

Rimase in piedi in un angolo del salotto per guardarsi attorno. Cercò qualunque cosa fuori posto. Una frustrazione micidiale: non riuscì a notare nulla, se non la vetrata in frantumi.

"Non c'è sangue," disse a Mustang, "i coltelli sono ancora tutti a posto, nient'altro in disordine. È come se qualcuno avesse rotto la porta e fosse entrato indisturbato, mettendo fuori gioco Monica in qualche maniera e andandosene da dove è arrivato, fresco come una rosa e senza alcun tipo di problema."

"Merda," mormorò Mustang.

"Come dici?" gli chiese Pid, combattuto tra la voglia di sapere cosa stesse pensando l'amico e il desiderio di *non* sapere assolutamente nulla.

"Può darsi che sia Bull?"

Quelle poche parole furono come un campanello d'allarme per Pid. "Cazzo."

"Telefono a Huttner," disse Mustang.

Pid annuì, noncurante del fatto che Mustang non potesse vederlo.

"Stai calmo," gli ordinò Mustang, "sto già arrivando, la troveremo."

Pid non reagì.

"Pid?"

"Sì?" rispose mentre stava raggiungendo l'ingresso di casa.

"Mi hai sentito? La troveremo."

"Ti ho sentito."

"Chiama Midas e Slate. Dopo aver parlato col comandante, io telefono agli altri. Va bene?"

"Va bene," rispose Pid, che con la mente stava già pensando freneticamente a dove potesse averla portata Bull.

"A tra poco."

Pid chiuse la conversazione mentre usciva di casa, senza nemmeno curarsi di chiudere a chiave la porta d'ingresso. Se qualcuno voleva entrare a fare i propri comodi, facesse pure: a lui avevano già rubato la cosa più importante al mondo.

Si avvicinò a grandi falcate al minivan, rimpiangendo di non avere un'auto sportiva più dinamica e veloce, che l'avrebbe portato dove voleva in molto meno tempo.

Si sedette in macchina e cliccò sul primo nome nell'elenco dei contatti. Non era Midas, non era Slate.

"Baker," rispose la voce profonda all'altro telefono.

"Bull ha preso Monica," disse Pid al posto di salutare.

"Cosa?" chiese Baker.

Pid non poteva certo biasimare l'amico perché era confuso, del resto non si parlavano spesso ed era la prima volta che Pid gli telefonava, anche se si era salvato il numero da quando Baker aveva aiutato a risolvere i problemi di Elodie.

"Sono tornato a casa e la porta sul retro era in frantumi, proprio com'è successo in Algeria. Monica è completamente sparita. L'ha presa Bull, ne sono certo."

"*Cazzo*," commentò Baker, "adesso dove sei?"

"Sto per venire a nord, vengo da te," gli rispose Pid. Non poteva certo starsene impalato davanti a casa nell'attesa che Mustang lo raggiungesse. Doveva muoversi, *fare* qualcosa. Dato che Baker era l'unico a conoscere Bull, l'unico a conoscerlo veramente, bisognava andarlo a prendere.

"No," sbraitò Baker.

Pid si irrigidì: si sarebbe incazzato, se Baker si fosse rifiutato di aiutare.

"Vengo io da te," proseguì Baker. "Se io..." smise di parlare all'improvviso. "Aspetta, mi squilla l'altro numero."

Pid avrebbe voluto gridare, voleva dire all'ex SEAL che rispondere a un'altra telefonata quando Monica era in pericolo di vita sarebbe stato da stronzi, ma non ne ebbe il tempo, perché la comunicazione fu messa in pausa. Rimase seduto in macchina a fremere. Aveva un livello di adrenalina talmente alto che gli tremava tutto il corpo. Non si era mai sentito in quel modo prima, in tutta la vita. Mai.

Sentì uno scatto al telefono, era Baker che tornava in collegamento.

"È stato lui. Avevi ragione. Ha preso la tua donna."

Pid strinse il telefono con tanta forza che quasi credette di stritolarlo. "Dov'è?" chiese. "Cosa vuole da Mo?"

"Non vuole lei," sbottò Baker, "vuole *me*. Lei è solo un'esca."

Pid non sapeva se inorridire o sentirsi sollevato.

"Ti raggiungo subito."

"Ci metterai troppo tempo ad arrivare qui dalla North Shore," gli disse Pid.

"No, vedrai. Fidati di me."

Le parole scelte da Baker erano quasi ironiche. Per la prima volta, Pid capì esattamente quanto potesse essere irritante quella richiesta di fiducia. Non era possibile *dire* a qualcuno di fidarsi e aspettarsi una concessione immediata. Anche lui aveva chiesto a Monica la stessa identica cosa, sin da quando l'aveva conosciuta, e finalmente si rendeva conto di come dovesse sentirsi. Pid era incapace di affidare la vita di Monica a qualcun altro, nemmeno a un compagno SEAL come Baker, proprio come lei non poteva fidarsi di *lui* all'istante, per lo stesso motivo. Fu un pensiero liberatorio. Pregò di avere la possibilità di parlarle, per dirle di averla compresa, di aver capito come doveva sentirsi, ogni volta che le chiedeva fiducia.

In quel momento, probabilmente Monica era spaventata a

morte e non c'era modo di immaginare cose le stesse facendo quello psicopatico di Shane Beyer.

"Vuole me," ripeté Baker, riportando bruscamente Pid al presente. "Mi odia da quando gli ho fatto rapporto ed è stato cacciato dalla Marina, dopo la valutazione psicologica. Per lui è solo un gioco."

"Non è un gioco," replicò Pid quasi ringhiando.

"No, col cazzo che è un gioco," concordò Baker. "Arrivo tra un'ora. Preparati ad andare."

"Andare dove?"

"A salvare la tua donna."

———

Monica riprese i sensi un paio di volte, ma Shane intervenne subito con un'altra iniezione per farla ricadere in un sonno profondo.

Quando si risvegliò per la terza volta, si rese conto lentamente di essere su un'imbarcazione. Pensò che Shane non poteva sapere che lei soffriva il mal di mare, non che gli sarebbe interessato. Probabilmente era meglio così, l'effetto nei narcotici le impediva di trasformare quella barca in una centrale del vomito.

Shane non le fece altre punture, quando si accorse che si era svegliata. Le rivolse solo un sorriso e le chiese come stesse, come un vicino di casa curioso che si preoccupava per il suo benessere.

Lei non aveva idea di quanto tempo avesse passato priva di sensi o di dove fossero; quando glielo chiese, Shane non le rispose. Monica sapeva solo che si era fatto buio, che aveva paura e che aveva un pessimo presagio sul finale di quella vicenda, almeno per lei... specialmente quando Shane, invece di entrare in un porticciolo, fermò la barca, saltò fuori dalla cabina di pilotaggio e le porse la mano dicendo: "È ora di andare."

Lei non si mosse, rimase sdraiata sul fondo della barca. Per un secondo, pensò di afferrare il timone, o la barra, o come chiavolo si chiamava il volante della barca, ma Shane si mise a ridere.

"Non pensarci nemmeno. Adesso muoviti, prima che perda la pazienza. Ho un appuntamento molto importante."

Non avendo altre idee, Monica si alzò... ma quasi cadde con la faccia sul fondo della barca. Poi sollevò una mano e si aggrappò a una parete della timoniera. La barca era piccola, ma a giudicare dal motore enorme a poppa, era molto potente.

Monica cercò di vedere qualcosa a riva, ma era tutto buio pesto. Non c'erano luci. Nessun segnale che ci fosse qualcuno nelle vicinanze a cui chiedere aiuto.

"*Muoviti*, stronza!"

Il cambio nel tono di voce la fece sussultare. Era come se a parlare fossero state due persone diverse. Non avendo altra scelta, Monica si incamminò verso di lui. Appena fu a portata di mano, lui l'afferrò per un braccio e la strattonò verso di sé.

Lei sarebbe caduta, se lui non l'avesse tenuta ben salda. Nel momento stesso in cui mise un piede a riva, sussultò dal dolore. Ciò su cui si era appoggiata di peso faceva male. Molto male.

Shane rise di nuovo. "Dimenticavo che sei senza scarpe. Adesso hai due scelte."

Monica si era stufata di sentirglielo dire. Le scelte che le dava non le piacevano mai.

"Puoi camminare, se no ti porto io."

"Cammino," rispose lei immediatamente: non voleva che quel tipo le mettesse le mani addosso. Peraltro, camminando avrebbe potuto cercare l'occasione di filarsela.

Shane fece una smorfia. "Va bene, allora andiamo." Le

lasciò andare il braccio e si voltò di spalle, addentrandosi a riva.

Monica fece un altro passo e sussultò di nuovo. Poi un altro passo e urlò perché un sasso molto appuntito le aveva bucato la pelle sotto al piede. Era impossibile camminare su quei sassi senza scarpe. Le possibilità di mettersi a correre per scappare erano pari a zero.

Shane si girò verso di lei. "Cambiato idea?" le chiese sogghignando.

"Dove siamo? Non potevi lasciarmi sulla barca e andare al tuo appuntamento senza di me?" gli chiese.

Lui le venne incontro, ma Monica si rifiutò di indietreggiare. "Siamo alle Hawaii. Sull'isola, non nello stato, tanto per chiarire. Il terreno che stai pestando è composto da lava. Quando indurisce e raffredda, diventa maledettamente affilata. Ultimamente, Kilauea ha ricominciato a eruttare, così mi è venuta un'idea, ma per mettere in atto il mio piano mi serve un'esca. Tu, cara mia, tu *sei* proprio quell'esca. Senza offesa."

Monica lo fissò confusa.

"Volevo prendere un'altra donna, ma io e te abbiamo un conto in sospeso. Mi sei sfuggita una volta, non potevo consentirlo di nuovo. Avrei fatto una brutta figura." Rise di nuovo, con un suono che ormai dava sui nervi a Monica... e che le fece capire che nella testa di quell'uomo c'era senz'altro qualcosa che non funzionava.

"Adesso non ci rimane molto tempo per arrivare al luogo dell'incontro. Ho già chiamato il mio amico e so che farà tutto il necessario per arrivare qui più veloce che può."

Poi Shane si mosse, avvicinandosi a lei con tanta rapidità che Monica non ebbe il tempo di arretrare. Non ne sarebbe stata in grado, con quella lava affilatissima sotto i piedi.

La prese per il polso e la tirò brutalmente verso di lui. Poi spostò la presa sul bicipite e lo strinse con molta forza, tanto da farle capire che le sarebbe venuto un brutto livido. Ma quello era l'ultimo dei suoi pensieri.

"Non pensarci nemmeno a tentare di scappare. Non puoi andare da nessuna parte, la lava scorre più rapida e si sta espandendo più di qualche anno fa. Qui non c'è nessuno, tutte le case sono state distrutte dalla lava del vulcano Kilauea. Siamo assolutamente da soli. L'ultima cosa che vuoi è ritrovarti al buio circondata dalla lava, giusto?" Poi si mise di nuovo a ridere. "Adesso saltami sulla schiena," le ordinò.

Monica voleva dirgli di no, voleva protestare, ribellarsi, fare *qualcosa*; ma lui aveva il coltello dalla parte del manico e lo sapevano entrambi.

Sentendosi più spaventata che mai, persino più di quanto lo fosse stata a causa del padre, Monica saltò goffamente sulla schiena di Shane. Era una notte buia, non si vedevano luci in alcuna direzione. Sembrava quasi di essere su un altro pianeta. Un pianeta deserto.

Dopo aver cliccato su una luce che teneva intorno alla testa, Shane le mise le mani sotto al sedere, facendole venire i brividi, poi si incamminò nell'oscurità.

Monica chiuse gli occhi e pregò che chi stava per arrivare all'appuntamento nel bel mezzo di quell'inferno potesse aiutarla. Se però si fosse trattato di qualcuno, o qualcuna che collaborava con Shane, qualcuno di immorale e malvagio come lui, per lei la situazione si sarebbe fatta disperata.

Andò con la mente a Stuart, mentre Shane la trasportava arrancando verso l'entroterra. Si chiese cosa avesse pensato, tornando a casa e accorgendosi che lei non c'era e che la porta in vetro sul giardino era in frantumi. Era riuscito a capire chi l'aveva presa? Forse... ma il pensiero più deprimente erano le scarse probabilità che riuscisse a *trovarla*. Perché mai Stuart avrebbe dovuto pensare di andarla a cercare su un'altra isola, in mezzo a un fiume di lava?

Chiaramente era rimasta da sola e doveva trovare un modo per scappare.

Doveva sopravvivere... perché aveva trovato un tesoro meraviglioso e non l'aveva capito se non in quel momento.

Stuart era un brav'uomo, uno dei migliori. Non aveva nulla a che vedere con il padre di Monica, neanche con i suoi amici militari. Non somigliava nemmeno lontanamente all'uomo perfido che la stava usando in quel momento, uno sconosciuto che voleva vendicarsi di qualcun altro.

Negli anni, Monica era andata in terapia da vari psicologi e le avevano ribadito tutti esattamente ciò che le aveva detto anche Stuart: stava lasciando che l'esperienza negativa dell'infanzia condizionasse anche la sua vita adulta. Lei però si era rifiutata di ascoltarli veramente. Nessuno aveva sofferto come *lei*. Nessuno poteva capirla.

Mentre si sentiva trasportata su un maledetto *tappeto di magma*, però, tutto ciò che gli altri avevano tentato di inculcarle finalmente si radicò in lei.

La vita era breve, troppo breve. Poteva passarla chiudendosi nell'amarezza per l'invalidità che le era rimasta alla mano sinistra... oppure poteva decidere consapevolmente di essere felice, di non lasciare che fosse il padre a dettarle il corso della vita, non più di quanto avesse già fatto. Fino a quel giorno, gli aveva lasciato il potere che lui aveva sempre voluto.

Stuart le aveva garantito più volte che di lui poteva fidarsi, lei aveva minimizzato quelle parole. Però era finita nelle mani di un folle, un uomo molto simile al padre, e aveva capito che l'uomo di cui rifiutava di fidarsi (nonostante fosse paziente, gentile e generoso) era la sua occasione migliore per farsi salvare.

Monica aveva molti rimpianti nella vita, ma non fidarsi di Stuart era arrivato al primo posto in classifica.

No. Stuart non aveva nulla in comune con il padre di Monica. Anche tutte le persone che aveva incontrato grazie a

Stuart erano altrettanto meritevoli, altrettanto gentili. Essere un militare non significava per forza essere un mostro. Lei aveva trattato i militari come se fossero stati tutti uguali, tutti macchiati. Che sfortuna, era dovuto succedere un dramma per farle capire quanto amasse Stuart.

Per farle capire che di lui si fidava veramente.

Monica non sapeva come sarebbe andata a finire, ma sperava di avere l'opportunità di rivedere Stuart almeno una volta, per dirgli quanto ci teneva a lui, perché sapeva che era un brav'uomo; per dirgli che si fidava di lui con tutta se stessa.

Chiuse gli occhi e si aggrappò al suo rapitore, pregando che i suoi piani, quali che fossero, non portassero alla morte di entrambi: lei *e* l'amico misterioso che stavano andando a incontrare.

———

Shane "Bull" Beyer sorrise mentre camminava nel paesaggio brullo e desolato. Aveva aspettato per anni quel momento. Ripensò alla breve telefonata con il suo ex caposquadra. Meat si era *incazzato*; lo si capiva chiaramente dalla voce. Aveva detto a Bull che se avesse fatto del male a Monica lui gliel'avrebbe fatta pagare molto cara.

Bull si era messo a ridere. Ormai non era più Meat a comandare. Non aveva più il potere di dargli degli ordini; nulla di ciò che gli aveva detto poteva cambiare il corso degli eventi. Quello stronzo avrebbe fatto senza dubbio esattamente ciò che gli aveva ordinato, facendosi trovare alle coordinate che Bull gli aveva comunicato. Meat era un pollo, una mezza cartuccia. Lo era sempre stato.

Anche ai vecchi tempi, quando andavano in missione, Meat si rifiutava di far del male alle donne e ai bambini. Bull aveva litigato con lui più volte, imprecando e sostenendo che quelle stronze erano letali tanto quanto gli uomini. Meat non l'aveva mai ascoltato.

Finalmente lo stava ascoltando.

Grazie a Monica, Meat si sarebbe presentato presto per una chiacchierata. Peccato che Bull non voleva parlare. Non voleva ascoltare *alcunché* di ciò che Meat aveva da dirgli. No. Voleva solo ammazzare il suo ex caposquadra, per poi liberarsi di quella stronza. In seguito, la lava avrebbe cancellato le sue tracce, facendo sparire anche i corpi.

Bull sarebbe sparito di nuovo, libero di vivere con i soldi che aveva accumulato negli ultimi dieci anni.

Con un sorriso più pronunciato, Bull affrettò il passo, quasi gongolando per la vendetta finalmente a portata di mano. Quella stronza era più pesante di quanto sembrasse, per una così bassa, ma lui si stava avvicinando al punto d'incontro. Aveva scelto una zona distrutta qualche anno prima dalla lava. Una zona completamente deserta, in cui il rischio di essere disturbati da qualcuno era pari a zero.

Non solo... la lava che proveniva dal vulcano si dirigeva verso la stessa zona che aveva distrutto anni prima.

Bull fece una sonora risata e sentì la donna che portava sulla schiena che si irrigidiva. Bene. Sperava proprio di spaventarla a morte. Era solo un'esca per raggiungere un fine, un danno collaterale, lui non provava alcun rimorso per ciò che stava per accaderle. La sua morte era colpa di Meat. Era lui ad avere *tutte* le colpe. Se fosse stato un uomo migliore, più *furbo*, tanti anni prima, se avesse considerato Bull per quel che era (un SEAL eccezionale, un bene prezioso per la Marina), non sarebbe successo nulla.

Bull sentiva scorrergli nelle vene il gusto della vittoria. Moriva dalla voglia di rivedere Baker "Meat" Rawlins, per poi guardarlo morire di una morte lenta e dolorosa.

CAPITOLO DICIOTTO

PID CAMMINAVA AVANTI e indietro nel suo giardino mentre gli altri della squadra erano impegnati a cercare di scoprire dove Bull avesse portato Monica. Il comandante Huttner stava smuovendo mari e monti per rintracciarlo; doveva essere arrivato alle Hawaii con un altro dei suoi documenti falsi. Nessuno si era accorto del suo arrivo, un imbarazzo incredibile. La Marina degli Stati Uniti, che doveva essere l'esempio, il meglio del meglio, non riusciva nemmeno a intercettare un ricercato? Già era vergognoso che fosse servito tanto tempo per scoprire chi stesse causando tutti quei problemi, da troppi anni, ma il fatto che il criminale provenisse proprio dalla marina? Un uomo addestrato con enormi investimenti in tempo e denaro? Uno smacco indicibile.

A Pid però non interessava nulla, a lui importava solo di trovare Monica. Erano passati esattamente cinquantatré minuti e mezzo da quando aveva parlato con Baker, poi non l'aveva più risentito. Era impossibile che lo raggiungesse a casa in un'ora, a meno che...

I suoi pensieri furono interrotti da un suono molto familiare; anche se la notte era buia, Pid alzò gli occhi al cielo e notò la lucina di un elicottero che si avvicinava sempre di più. Non era un elicottero militare, sembrava piuttosto uno dei modelli usati per trasportare i turisti che facevano giri panoramici dell'isola.

Sentendo quel rumore, tutti gli altri della squadra alzarono lo sguardo, mentre l'elicottero cominciava la discesa. Per fortuna, Pid viveva in un terreno ampio e aperto. Il padrone di casa forse si stava chiedendo perché diavolo ci fosse un elicottero che atterrava nel suo campo, ma Pid ci pensò solo per un attimo.

Non appena i pattini dell'elicottero toccarono terra, Pid e gli altri si misero a correre verso il velivolo. Lo sportello si aprì e Baker fece capolino.

"Tu!" urlò sul rumore delle pale indicando Pid. "Sali!"

Pid continuò a correre verso l'elicottero, ma Midas lo prese per un braccio costringendolo ad aspettare. "Spiegaci tutto, Baker, che cazzo sta succedendo?"

Non era quello il momento di mettersi a parlare. Monica era in pericolo, chissà dove, con Bull; ogni secondo che passava con lui era un secondo in più in cui rischiava di farsi del male.

"Bull vuole me. Dice che ucciderà Monica se non mi presento alle coordinate che mi ha comunicato."

"Dov'è?" gli chiese Jag.

"Leilani Estates!" urlò Baker.

"Cazzo, sull'isola di Hawaii?" chiese Midas.

Baker annuì. "C'è posto solo per uno," aggiunse, "Bull ha detto di presentarmi da solo, ma se ci fosse la *mia* donna, io non vorrei rimanere escluso."

"Precisamente," grugnì Pid.

"Telefono a Huttner," disse Mustang, "vediamo se c'è un secondo elicottero disponibile per intervenire."

"Se vi avvicinate troppo, la uccide," avvertì Baker, che poi guardò negli occhi ciascuno degli altri SEAL e concluse:

"Lasciate che me ne occupi io. Lo sistemo una volta per tutte. Bull è una minaccia per la società, un maledetto psicopatico, continuerà a uccidere. È ora di farla finita."

"Vai," disse Mustang a Pid, lasciandogli andare il braccio e dandogli una leggera spinta verso l'elicottero.

Pid saltò sul velivolo con l'aiuto di Baker; non aveva idea di quale fosse il piano, ma una cosa era certa: non sarebbe tornato a casa senza Monica, non l'avrebbe persa. Specialmente non a causa di un SEAL impazzito. Forse lei non avrebbe più voluto nulla a che vedere con lui: aveva vissuto tutta la vita nella paura dei militari, per poi ritrovarsi in una situazione potenzialmente letale proprio a causa di uno di loro.

Ancor prima di sistemarsi, Pid sentì l'elicottero prendere quota; senza perdere tempo, indossò le cuffie che Baker gli aveva passato. "Mi dici cosa sta succedendo davvero, Baker?"

"Bull è fuori di testa, ecco cosa sta succedendo," gli rispose Baker, "non che prima ci fossero dei dubbi. L'ha portata in mezzo alla zona lavica di Kilauea. Le coordinate che mi ha comunicato portano dritto al centro di uno spiazzo occupato dalla lava qualche anno fa. Lo stesso spiazzo in cui la lava si sta riversando in questi giorni."

"Merda!"

"Infatti. Come ti dicevo, mi ha chiesto di presentarmi da solo, quindi non dovrai farti vedere."

"Come hai fatto a reperire un elicottero?" gli chiese Pid.

Baker scrollò appena le spalle. "Qualcuno mi doveva un favore."

Doveva essere un favore importante. Pid guardò il pilota: era concentrato sulle manovre e non mostrava alcun interesse nella loro conversazione. Doveva essere un ex militare, Pid ci avrebbe messo la mano sul fuoco, ma in quel momento era solo grato a Baker per aver procurato il mezzo di trasporto perfetto per arrivare alla svelta sull'altra isola.

"Qual è il piano?"

"Ci facciamo mollare il più vicino possibile alle coordinate, il punto esatto dipende dal flusso di lava e dalle temperature limitrofe. Io vado incontro a Bull, lo uccido, porto indietro la tua donna e poi ce la filiamo."

Non era un piano molto elaborato, sapevano bene entrambi che moltissimi dettagli potevano andare storti, ma era impossibile formulare una qualche strategia senza sapere in che tipo di situazione si stavano gettando.

"La vita di Monica è la priorità," dichiarò Pid, sentendosi in obbligo di spiegare, "so che tra te e il tuo ex compagno di squadra c'è una questione aperta, ma se si arriva a un bivio, la vita di Monica viene prima della vendetta. Se Bull scappa, scappa."

Baker guardò Pid con una certa irritazione. "Pensi davvero che sacrificherei la tua donna per vendicarmi?"

Pid non fece una piega, nonostante l'ira negli occhi dell'amico. Baker conosceva delle persone molto inquietanti e poteva emanare vibrazioni da killer di prima categoria, ma per come la vedeva Pid, era *lui* l'uomo di cui Bull avrebbe dovuto preoccuparsi, non l'ex compagno di squadra. Rimase in silenzio senza rispondere alla domanda di Baker.

"L'obiettivo della missione è trovare Monica e filarcela alla svelta," concesse Baker alla fine, "ma se ne avrò l'occasione, Bull è un uomo morto."

Pid annuì. A lui andava più che bene. L'ultima cosa che ognuno di loro voleva era doversi preoccupare che Bull tornasse una seconda volta per attaccare qualcuno vicino a Baker.

I due rimasero in silenzio, mentre l'elicottero sorvolava l'oceano per raggiungere la Grande Isola.

———

Monica gemette per il dolore, quando Shane si fermò all'improvviso e se la scrollò dalla schiena. Lei riuscì a malapena a non cadere col sedere per terra, ma i sassi di roccia lavica erano affilatissimi e le facevano molto male ai piedi.

"Siamo arrivati," le annunciò lui con un certo entusiasmo.

Guardandosi attorno, lei non riuscì a vedere molto, a parte la luce sulla testa di Shane: non c'erano stelle nel cielo, niente luna, probabilmente le nuvole coprivano la volta celeste. In tutto il tempo di quel percorso, non si era vista alcuna forma di illuminazione. Non solo, ma il calore circostante era cresciuto man mano che Bull camminava. Monica aveva intravisto solo tettucci di veicoli e altri sprazzi di civiltà inghiottiti dalla lava qualche anno prima.

Shane si abbassò e prese un sasso, lo gettò in aria e poi lo riprese al volo, sorrise e si voltò verso di lei.

Monica sussultò e si protesse gli occhi dalla forte luce della lampada puntata direttamente su di lei.

"Scusa," le disse Shane, come fosse un amico che l'aveva portata a fare una passeggiata divertente di notte. Si tolse la lampada dalla testa e si guardò attorno, poi si avviò verso una pila di sassi e vi appoggiò la luce, che illuminò tutta la zona circostante. "Ecco," disse soddisfatto.

Poi prese un altro sasso e ci giocherellò con le dita, infine se lo mise in tasca.

"Porta sfortuna," sbottò Monica prima ancora di accorgersene.

Lui accennò appena una risata e le disse: "Io non credo nella sfortuna. Ho studiato a lungo e duramente per diventare bravo in quello che faccio, la fortuna non c'entra niente."

"Non conosci la maledizione della dea Pele?" gli chiese Monica. "Chiunque sottragga della sabbia o della roccia dalle isole soccombe alla sfortuna fintanto che non riporta indietro ciò che ha sgraffignato."

Shane scosse la testa. "Sono tutte cazzate. È solo una

storia inventata da qualche guardiano del parco seccato dal numero delle rocce che gli sparivano da sotto al naso. Se credi a queste cavolate sei proprio una stupida. Tra l'altro, voglio tenermi un ricordino per rievocare la notte in cui finalmente mi sono vendicato dell'uomo che mi ha rovinato la vita."

Allora l'appuntamento era con Baker. Monica sperava che Shane non avesse un complice sull'isola. Tra Baker e il matto che aveva davanti, lei avrebbe puntato sulla vittoria di Baker senza il minimo dubbio. Monica avrebbe voluto dire a Shane che l'unica persona che gli aveva rovinato la vita era lui stesso, ma pensò che probabilmente non era una buona idea irritarlo in quel momento.

Mentre gli occhi si abituavano al buio della notte, si guardò intorno di nuovo e si accorse che quel luogo (ovunque fosse) non era proprio del tutto buio pesto, in fondo. Da lontano riusciva a intravedere ogni tanto come dei lampi di luce... ma dopo un momento capì che si trattava di lava rovente, che avanzava con lentezza. Fiamme brillanti facevano capolino quando qualche oggetto si infuocava, per poi essere inghiottito dalla lava.

Lei aveva visto un documentario sulla lava, tanto tempo prima; aveva trovato intrigante il fatto che la lava fosse più scura in superficie, a contatto con l'aria più fresca, mentre sotto scorreva un fiume viscoso assolutamente letale, che distruggeva tutto ciò che incontrava sul proprio cammino. A quel tempo, l'aveva trovato affascinante e quasi bello, in un certo senso.

Invece in quel momento era tutt'altro: un pensiero maledettamente *orribile*, quella lava disciolta che si muoveva verso di lei a velocità lenta ma costante, a una temperatura di mille gradi. Anche da una certa distanza, quel calore intenso stava cominciando a farla sudare. Vide altre fiammate di color rosso-giallastro che si avvicinavano inesorabilmente e le venne l'istinto di scappare. Doveva svignarsela, ma non aveva idea della direzione da prendere e senza scarpe non sarebbe arrivata tanto lontana. Era bloccata e senza alcuna via di scampo. Doveva solo sperare che Baker arrivasse presto... e che riuscisse in qualche modo a tirarla fuori da là.

Sull'onda di quel pensiero, si accorse all'improvviso di non avere dubbi: Stuart avrebbe accompagnato l'amico, non se ne sarebbe stato fermo a guardare, mentre Baker cercava tutto solo di liberarla da Bull.

Quasi come richiamato da quel pensiero, il suono di un elicottero interruppe il silenzio della notte.

"È arrivato," commentò Shane con un sorriso, "adesso comincia il bello."

Monica voleva vomitare, voleva gridare; invece non poté far altro che starsene ferma immobile a pregare.

———

Pid guardò Baker scivolare fuori dall'elicottero e calarsi con la corda fino a terra. L'elicottero non era militare, quindi non era dotato di attrezzature di sicurezza speciali per le missioni di soccorso.

Avevano raggiunto una distanza di mezzo miglio nautico, quasi un chilometro dalle coordinate che Bull aveva comunicato a Baker. L'arrivo dell'elicottero aveva fatto rumore, ma il silenzio non era necessario: Bull aspettava l'arrivo di Baker, l'aveva costretto lui... la questione era cosa sarebbe scaturito da quel faccia a faccia.

Pid stava per togliersi le cuffie per uscire dall'elicottero e calarsi rapidamente con la corda, quando il pilota lo chiamò: "Ehi! La lava emana un calore molto intenso. Posso arrivare alle coordinate che mi avete dato, ma è chiaro che non posso atterrare e non posso avvicinarmi tanto quanto adesso. Visto come si sta muovendo il magma, il punto delle coordinate ne sarà circondato tra pochi minuti. Ci sono nuovi sfoghi vulcanici tutt'intorno a noi, ci dev'essere una nuova eruzione che spinge la lava e crea altre aperture. L'unico modo per evitare di cuocersi è salire."

Pid annuì e si girò per guardarlo. "Ti avverto via radio quando siamo pronti. Anche se dovevi un favore a Baker, ora sono io in debito con te."

"Non mi devi un cazzo," gli rispose il pilota, "se quel tipo aveva del rancido con Baker doveva prendersela *con lui* e non coinvolgere una donna innocente. Era mio dovere, nessuno mi deve nulla."

Avrebbero avuto tempo più avanti per discutere chi dovesse un favore a chi; per il momento, Pid aveva una donna da salvare. Si tolse le cuffie, afferrò la corda e uscì dall'elicottero. Sapere che la lava li stava circondando non era una buona notizia, sarebbe stato difficile anche solo far salire Monica sull'elicottero, senza una scaletta di corda o un cesto di recupero, senza un'imbracatura o altro tipo di attrezzature professionali. A prescindere da tutto, avrebbero trovato un modo per filarsela a gambe levate da quel vero e proprio inferno.

Appena messo piede a terra, Pid comunicò via radio al pilota che era libero di ritirare la corda e allontanarsi; lui e Baker guardarono il velivolo che se ne andava. Si sarebbe fermato non troppo lontano e il pilota avrebbe atteso il segnale concordato per tornare a riprenderli.

"Non farti vedere," lo avvertì Baker, ripetendogli ciò che lui già sapeva, "Bull non esiterà a uccidere Monica se dovesse anche solo *pensare* che ci sia qualcun altro con me. Non è un idiota, di sicuro se lo aspetta, ma è abbastanza presuntuoso da credere che non farà alcuna differenza. Userà qualunque scusa per ucciderla, solo perché sa che ti farebbe soffrire e che mi farebbe incazzare."

In preda alla frustrazione e alla rabbia, Pid avrebbe voluto ribattere fieramente dicendo di non trattarlo da pivello, perché anche lui sapeva come muoversi, ma un accesso di rabbia non sarebbe servito a niente e a nessuno... men che meno a Monica. Così annuì semplicemente, sia pur seccato. "Non c'è molto tempo."

"Lo so. Vedrai che faremo alla svelta," gli promise Baker, che poi si girò e senza dire altro si avviò verso il punto in cui l'ex compagno lo stava aspettando.

Pid lo seguì come poteva; inciampò varie volte, ma non si concesse di rallentare. Quando arrivarono vicini alle coordinate, rimase più indietro. Non potersi gettare nella mischia di ciò che stava per succedere era una difficoltà atroce, ma lui sapeva che era meglio così per Monica: in quel momento era lei l'unica cosa che contava.

Quando sentì Bull urlare il nome di Baker, Pid si accovacciò. L'unica arma che aveva a disposizione era una pistola non molto efficace a quella distanza. Non aveva più il tempo di raggiungere il punto in cui si trovavano Baker e Bull, sarebbe arrivato troppo tardi. Doveva fidarsi di Baker, credere che avrebbe fatto ciò per cui era venuto... tenendo anche Monica al sicuro.

Eccola ancora, la parola su cui si imperniava tutto... la fiducia. Si sentiva uno stupido. Assillare Monica perché si fidasse di lui come se fosse stato qualcosa che lei poteva attivare o disattivare con un pulsante... in realtà la fiducia era forse uno dei sentimenti più difficili da sviluppare nei confronti di qualcun altro, specialmente quando si arrivava a mettere in gioco la vita.

Una volta riportata a casa Monica, Pid avrebbe dovuto affrontare con lei una lunga chiacchierata col cuore in mano. Una confessione, in realtà. Non gli serviva che lei si fidasse... aveva bisogno *di lei*. L'avrebbe accettata in qualunque forma possibile, perché ne valeva la pena... lei meritava tutto.

Una luce, proveniente da un qualche tipo di torcia, illuminò la zona in cui stavano Bull e Monica, creando delle sagome nella notte buia. Pid scosse la testa stupefatto: Bull, un ex SEAL, avrebbe dovuto sapere che la luce l'avrebbe svantaggiato. Evidentemente Baker aveva ragione: quel matto era troppo sicuro di sé e presuntuoso al punto di fregarsene.

Pid non perse il tempo di chiedersi a che cazzo stesse pensando Bull, fu solo grato che la luce gli permettesse di avvicinarsi più di quanto avrebbe potuto al buio. Si mise pancia a terra, ignorando le rocce vulcaniche che lo pungevano e che arrivavano alla pelle anche attraverso i vestiti. Strisciò più vicino, cambiando direzione per evitare di essere accecato dalla luce; si avvicinò da un lato, portandosi verso l'azione.

Si fermò appena trovò un punto con una buona visuale, dietro un masso enorme di lava indurita, a una distanza di una ventina di metri. Estrasse la pistola, sapendo che da quella distanza non sarebbe stata molto efficace, ma non poteva certo entrare in azione disarmato e impreparato. Si tirò su con le braccia tese e gli occhi puntati su Bull, in attesa.

Nell'attimo in cui Bull vide Baker comparire dall'oscurità, abbassò le mani per estrarre una pistola. No... due pistole. Ne puntò una verso Monica e l'altra verso Baker.

"Sapevo che saresti venuto," gridò Bull.

Pid sentiva l'adrenalina che gli scorreva nelle vene. Non voleva far altro che sparare a quel bastardo che aveva osato minacciare Monica, la donna che Pid amava. Era inaccettabile, ma si sforzò di mantenere la furia sotto controllo con un respiro profondo. Sapeva che Baker non l'avrebbe tirata per le lunghe: appena ci fosse stata un'occasione, lui ne avrebbe approfittato.

"Resisti, Mo," mormorò con un sussurro impercettibile.

———

Monica sussultò dalla sorpresa quando Shane disse: "Sapevo che saresti venuto."

Si voltò e vide un uomo che camminava nella ristretta zona circolare illuminata dalla torcia. Per un secondo pensò che fosse Stuart, poi si accorse che era Baker. Si era presentato, proprio come voleva Shane.

Quando tornò a rivolgersi verso Shane, con sua sorpresa si ritrovò a fissare la canna di una pistola. Non aveva idea da dove fosse uscita, ma avrebbe dovuto aspettarselo.

"Ti direi anche che è un piacere rivederti, Bull" esordì Baker parlando con lentezza, "ma sarebbe una bugia."

Shane sghignazzò. "Idem, stronzo. Idem. Fermati là," gli ordinò indicando un punto alla sua sinistra.

"No."

Nient'altro. Solo un no.

Monica trattenne il fiato. Baker se ne stava là come senza pensieri, sembrava quasi in gita di piacere in quel paesaggio brullo e devastato, un tempo zona residenziale di Hawaii, divenuta una landa tetra e deprimente di rocce nere che si perdevano a vista d'occhio. Beh... almeno per quanto si potesse vedere durante il giorno, non nel pieno della notte.

"Sarà meglio che non ci sia nessun altro," disse Shane.

"Sono solo," gli rispose Baker.

"Sei sempre stato un maledetto bugiardo," ribatté Shane senza alcuna vena di ironia. "Lo *so* che non sei da solo."

"Basta con queste cazzate, Bull. Sei *sempre* stato troppo teatrale, questo spettacolino è solo una riprova. Facciamola finita. Se vuoi spararmi, sparami," gli disse Baker senza alcuna preoccupazione di fare da esca per un pazzo pronto a tutto.

"Non sei tu a decidere."

"E pensi di essere *tu* a decidere?" gli sbraitò Baker con una risata tutt'altro che divertita. "Ma guardati alle spalle, stronzo."

"Sì, come se fossi così scemo da cascarci," replicò Shane deridendolo.

Baker alzò le mani in avanti. "Sono disarmato. Davvero, senti: non so qual era il tuo piano per questa bella scampagnata, ma immagino che non intendessi farti inghiottire dal magma rovente."

Monica deglutì sonoramente e guardò dietro Shane per vedere cosa intendesse Baker. La lava che lei pensava ancora a una distanza piuttosto sicura li aveva invece quasi raggiunti. Il flusso di magma rovente e letale non zampillava a fiotti come durante un'esplosione vulcanica, ma non se la prendeva certo comoda.

Nell'attimo stesso in cui Shane girò la testa per darsi una rapida occhiata alle spalle, Baker scattò.

Pur non avendo una pistola tra le mani, era comunque ben armato. Eseguì una mossa rapida e complessa, piroettando con una gamba completamente estesa per scaraventare via una delle pistole di Shane.

Quasi allo stesso tempo, l'altra pistola sparò.

Monica lasciò partire un grido, ma prima che potesse pensare a cosa fare per aiutare Baker, qualcuno la prese da dietro, trascinandola via per i piedi. Lei si agitò e lottò con frenesia, ma inutilmente. Chiunque la tenesse, non la lasciava andare.

Proprio quando stava per aprire la bocca e urlare a squarciagola, una voce familiare le parlò in un orecchio.

"Sono io."

Ogni muscolo nel corpo teso di Monica si rilassò. Era Stuart. Non era mai stata tanto felice in vita sua di vedere qualcuno. Stuart la tirò indietro, più lontano dal punto in cui i due uomini stavano lottando per prendere il controllo dell'altra pistola che Shane teneva ancora in mano.

Proprio mentre li stavano osservando, partì un altro colpo e Stuart si gettò a terra sempre tenendola stretta, circondandola con tutto il corpo nel tentativo di proteggerla.

Il cuore di Monica le batteva velocissimo nel petto, tanto che quasi le faceva male, un po' per la paura, un po' perché Stuart si stava mettendo di nuovo tra lei e un potenziale proiettile, proprio come aveva fatto ad Algeri.

"Vai ad aiutare Baker!" lo incitò, cercando di liberarsi dalla presa.

Lui però strinse le braccia dicendole con la massima sicurezza: "Ci pensa Baker." La fiducia che Stuart nutriva nei confronti del compagno SEAL non sfuggì a Monica. Se lui poteva fidarsi dell'amico quando le loro vite dipendevano dall'abilità di Baker di sopraffare Shane... poteva fidarsi anche lei.

Monica trattenne il fiato mentre i due continuavano a lottare senza sosta. Stranamente, nessuno dei due parlava, nessuno urlava... solo dei brevi grugniti che punteggiavano il silenzio, mentre entrambi si sforzavano al massimo per vincere il nemico. Era difficile vedere chi fosse chi, al buio; passò un tempo indefinito, sembravano diversi minuti, ma probabilmente furono solo dieci o quindici secondi, poi si sentì un altro colpo di arma da fuoco riecheggiare nella notte buia e inquietante.

Al suono dello sparo, Monica sussultò e guardò oltre il braccio di Stuart, che la teneva ancora più stretta... e vide Baker in piedi che sovrastava Shane. La torcia era stata urtata durante la lotta ed era caduta dalla roccia nelle vicinanze, illuminando la scena. Una macchia scura si stava allargando vicino alla coscia di Shane, che chiaramente era stato colpito dal proiettile.

"Che peccato," disse Baker scuotendo la testa.

"Vaffanculo!" gli urlò Shane.

"No, vaffanculo *tu!*" ribatté Baker. "Eri uno dei migliori della squadra, ma io mi sono accorto che c'era qualcosa che non andava in te, ho notato dei segnali preoccupanti. Ho cercato di aiutarti, amico mio... ma come al solito tu hai pensato di essere più furbo di tutti. Stasera non hai fatto altro che dimostrare che in *realtà* sei solo un maledetto stupido. Rapire la donna di un SEAL non è una bella mossa, Bull, anzi, è una stronzata pazzesca.”

“Tu mi hai rovinato!” esclamò Shane con un filo di voce, “e io...”

Baker però non gli lasciò il tempo di aggiungere altro. “Sbagliato! Ti sei rovinato da solo, io non c’entro niente.”

“Stai bene, Mo?” le domandò Stuart, distraendola da Baker e Shane.

Lei annuì di scatto, anche se stava cominciando a tremare per la scarica di adrenalina che le scorreva nelle vene.

“Non è finita, bastardo!” urlò Shane. “Non mi interessa quanto tempo servirà, chi dovrò corrompere, quanto mi costerà... te la farò pagare. Ucciderò tutte le persone a cui tieni. I tuoi amichetti SEAL? Sono tutti morti! Le loro donne? Pagherò qualunque cifra per farle stuprare e torturare prima che *anche loro* siano morte ammazzate. Non ti libererai mai di me. *Mai!*”

Il veleno nel tono della voce di Shane fece rabbrividire Monica.

Stuart allentò la presa sorprendendola, poi si alzò in piedi e si incamminò allontanandosi da lei per raggiungere Baker e Shane.

Lei osservò l’uomo che amava più di quanto pensasse possibile mentre raggiungeva Shane e gli puntava contro una pistola di cui lei nemmeno si era accorta, per poi premere il grilletto.

Shane lanciò un grido agonizzante. Monica avrebbe voluto guardare da un’altra parte, ma non ci riuscì: osservò con un certo fascino morboso, doveva sapere cosa stesse succedendo, sapere di essere al sicuro.

Shane si agitava per terra tenendosi un ginocchio.

Baker alzò un braccio e puntò la pistola che teneva in mano.

Il secondo sparo non la colse impreparata.

Avevano sparato alle rotule di Shane, era impossibile che potesse rimettersi in piedi. L'avevano messo completamente fuori gioco, pur non essendo ferite letali.

"Chiama il pilota via radio," ordinò Baker a Stuart, poi si accovacciò vicino a Shane abbassando il tono di voce. Monica non riuscì più a sentire cosa dicesse.

"Parla Pid, siamo pronti," disse Stuart tornando verso di lei, parlava in una cuffia dall'aspetto molto sofisticato.

"Resisti, Mo, ce la svigniamo in men che non si dica," le disse a voce bassa inginocchiandosi vicino a lei.

Monica pensò per un attimo che Stuart potesse anche essere guardato con sospetto: aveva appena sparato a sangue freddo a qualcuno, dimostrando una spietatezza inquietante, simile a quella del padre. Ma c'era una differenza: il padre di Monica godeva della violenza che infliggeva... invece Stuart chiaramente non aveva provato alcun gusto per ciò che aveva appena fatto. Inoltre, il padre di Monica non si sarebbe mai comportato come Stuart solo per proteggere *lei*. Peraltro, dopo quello che Shane aveva detto... gli avrebbe sparato anche lei.

Monica avrebbe voluto sentirsi sollevata: Baker e Stuart avevano prevalso. Avevano impedito a Shane di farle del male, ponendo fine a tutti gli effetti a qualunque minaccia immediata nei confronti di altri. Ma nel tempo che era servito per sconfiggerlo, per quanto breve, il calore proveniente dal magma in avvicinamento era decuplicato. Il sudore le scendeva copiosamente ai lati del viso. Anche Stuart stava sudando, ma per il resto sembrava calmo, come se fosse abituato a stare in piedi in un fiume di lava ogni giorno.

"Non potete lasciarmi qui!" gridò Shane.

Monica tornò a osservare gli altri due. Baker si era rimesso in piedi.

"Perché no? Era quello che avevi in serbo per me e per la signorina Collins, non è vero?"

"Un SEAL non lascia mai dietro un altro SEAL!" urlò Shane, ormai disperato.

Baker scosse la testa. "Gli unici SEAL che vedo qui siamo io e Pid. Nel momento stesso in cui hai usato il tuo addestramento contro di noi, hai smesso di essere un SEAL e sei diventato un terrorista. Il tuo percorso di malvagità finisce qui. Hai fatto il bullo per l'ultima volta. Se fossi in te, comincerei a pregare e chiedere perdono a Dio."

Poi Baker rimise la pistola nella fondina che teneva dietro la schiena e si incamminò verso Monica e Stuart.

"Il pilota sta arrivando?" chiese Baker.

Prima che Stuart potesse parlare, il suono dell'elicottero rispose alla domanda.

"Dico davvero... aiutatemi!" implorò Shane.

"Dobbiamo allontanarci dal magma in avvicinamento," affermò Baker con calma, ignorando l'ex compagno di squadra.

Monica si sentì male, sapendo cosa stava per accadere al suo rapitore; ma ripensò a quello che aveva detto Shane, al modo in cui pensava di terrorizzare Baker e uccidere tutti coloro che lo conoscevano e che gli volevano bene, inclusi lei e Stuart: non poteva dispiacersi per quell'uomo, con tutte le case che aveva razziato, con tutte le donne, gli uomini e i bambini che aveva ucciso, con tutti gli atti di terrorismo che aveva compiuto contro il suo paese... stava solo raccogliendo ciò che aveva seminato.

Fece un passo d'istinto per allontanarsi dal punto in cui Shane giaceva, implorante per aver salva la vita, e non riuscì a trattenere il gemito di dolore che le sfuggì.

"Che c'è? Cosa c'è che non va?" le chiese subito Stuart.

"I piedi," gli rispose Monica, "non porto le scarpe e le rocce fanno un male cane."

Ancor prima di finire di parlare, Monica si sentì sollevata da terra. Stuart la teneva in braccio saldamente. Si rilassò e gli appoggiò la testa sulla spalla, aggrappandosi a lui. Le braccia di Stuart non tradivano spasmi di dolore o di paura, era meraviglioso: non l'avrebbe mai lasciata cadere. Mai. Lei lo sapeva senza ombra di dubbio.

La portò in braccio a una quindicina di metri dal punto in cui giaceva Shane, che gridava ancora dietro di loro, passando dall'implorare pietà alle grida di rabbia. Urlava parolacce volgari che Monica non aveva mai nemmeno sentito, dando del pezzo di merda a Baker. Lei lo fissò, mentre il magma rovente gli si avvicinava sempre più.

Stuart si girò per dare le spalle a Shane, cercando di evitare che Monica vedesse ciò che stava per succedergli. "Non guardare," le disse.

"Non voglio... ma devo," gli rispose lei, non sapendo bene come spiegare il perché dovesse assistere a uno spettacolo così macabro.

"Cazzo. Appena arriviamo a casa ti prenoto uno psicologo," mormorò Stuart, che si girò di nuovo verso Shane.

Monica avrebbe anche riso, ma non era quello il momento giusto per l'umorismo. Tornò a osservare Shane, che tentava disperatamente di allontanarsi arrancando dal magma. La torcia a terra lo illuminava quel minimo per farle vedere la fine di quell'uomo.

Nell'attimo stesso in cui la lava gli toccò lo stivaletto, una fiamma si accese e la suola di gomma prese immediatamente fuoco.

Shane a quel punto gridò... fu un suono talmente penetrante e straziante che Monica non l'avrebbe mai saputo dimenticare.

Il grido si smorzò quasi subito. Monica osservò il fascino

macabro della lava che avanzava inesorabilmente, ricoprendogli i piedi... poi i polpacci... le cosce...

Nel giro di qualche secondo, Shane "Bull" Beyer non esisteva più: era stato cremato sul posto.

Monica non poté che ripensare alla maledizione della dea Pele. Ormai si era convinta che fosse una realtà inoppugnabile.

I capelli cominciarono a turbinarle intorno al viso e Monica si accorse che, mentre lei fissava un uomo bruciato vivo, un elicottero era arrivato proprio sopra la sua testa.

"Vado prima io," disse Stuart a Baker, alzando la voce in modo da farsi sentire sul rumore delle pale del rotore. "Faccio un cappio con la corda."

Baker annuì e porse le braccia in avanti.

Stuart guardò Monica per un momento. "È quasi finita, Mo, resisti ancora un pochino, va bene?"

Lei annuì. Che altro poteva fare? I capricci non avrebbero aiutato in quel momento, nemmeno mettersi a piangere o dare di matto. Non poteva fare altro che seguire la ritrovata fiducia in Stuart. Poco prima, aveva avuto come una rivelazione; non era il caso di metterla subito in dubbio.

Stuart le diede un bacio rapido ma sentito, poi la consegnò alle braccia di Baker. Lei osservò Stuart che afferrava una corda che svolazzava selvaggiamente per aria, mossa dalle turbolenze create dalle pale dell'elicottero, e poi cominciava a scalarla. Sembrava molto semplice, ma lei aveva già provato, nel percorso a ostacoli del padre, e sapeva che non era affatto facile.

"Sto bene, puoi mettermi giù, Baker," gli disse portando l'attenzione sull'uomo che l'aveva presa in braccio.

"No," le rispose lui semplicemente, senza togliere gli occhi da Stuart, che stava ancora scalando la corda, sopra di loro.

Senza altra scelta, se non quella di rimanere dov'era, Monica strinse la presa intorno al collo di Baker e girò la testa per seguire i progressi di Stuart. Solo quando lo vide arrivare a mezza altezza, Monica si accorse che, se fosse caduto, sarebbe senz'altro morto. Era impossibile sopravvivere a una caduta da quell'altezza. Per non parlare della lava che ormai li circondava.

"Va tutto bene, ce la farà," le disse Baker; ecco, un altro SEAL che poteva leggerle nella mente.

Monica trattenne il fiato, sollevata quando Stuart raggiunse i pattini dell'elicottero. Lo vide staccare una mano dalla corda per afferrare il pattino. Monica ansimò quando Pid si staccò completamente dalla corda e oscillò in aria per un lungo momento, per poi usare una forza incredibile per tirarsi su e mettersi in piedi sul pattino, e infine saltare all'interno dallo sportello aperto.

"Porca vacca," sussurrò Monica con un tono che non pensava abbastanza potente da sovrastare il rumore dell'elicottero, finché non sentì Baker ridere, facendola sobbalzare leggermente.

"Sei pronta per fare un giretto?" le chiese.

Lei lo guardò con scetticismo. "Ehm... ma voi lo *sapete* che per me è impossibile risalire quella corda, vero?"

"Certo. Infatti non dovrai fare altro che tenerti stretta. Pid ti tirerà su appena sei fissata alla corda."

Lei non era sicura se fosse il caso di sentirsi meglio, ma strinse i denti e guardò di nuovo in alto.

Stuart nel frattempo aveva recuperato la corda nell'elicottero, dove lo si intravedeva armeggiare.

"Attenta," l'avvertì Baker facendo un passo indietro.

La corda ricomparve a qualche metro di altezza sopra le loro teste, ma con un enorme cappio all'estremità.

Monica sentì Baker che parlava con il pilota, dandogli indicazioni su come manovrare per abbassarsi. Appena la corda fu a portata di mano, Baker la mise lentamente coi piedi a terra sul terreno roccioso. Lei riuscì a non sussultare quando i piedi, probabilmente già lividi e sanguinanti, toccarono il suolo. Baker le tenne un braccio intorno al corpo per stabilizzarla mentre prendeva la corda, poi, senza dire una parola, gliela infilò dalla testa fin sotto le braccia. Poi le fece stringere la corda con le mani e le disse: "Qualunque cosa succeda, non mollare la presa, hai capito?"

Monica avrebbe quasi alzato gli occhi al cielo: mai e poi mai avrebbe mollato quella corda.

"Non sarà una salita divertente, ma vedrai che Pid ti tira su in un batter d'occhio."

Baker fece un passo indietro e fece un segno circolare con la mano; Monica sentì la corda che si tendeva e all'improvviso fu sollevata da terra e si trovò a mezz'aria.

Ansimando per la sorpresa, mentre la corda le si stringeva intorno alla schiena e sotto le ascelle, si impegnò per non andare del tutto nel pallone. Dando un'occhiata in basso, si accorse per la prima volta del grave rischio che stavano correndo. La luce che Shane aveva portato con sé non si vedeva più, era stata inghiottita dallo stesso magma che lo aveva bruciato vivo; ma non serviva certo una torcia per capire che Baker se la stava vedendo molto brutta.

La lava si stava di sicuro avvicinando pericolosamente e sembrava sobbollire in modo più aggressivo rispetto a quando lei e Shane erano arrivati. Non ne capiva il motivo, forse si era aperto un altro sfogo dal sottosuolo, o forse tutto il terreno stava per cedere? Lei non lo sapeva; sapeva solo che Baker non poteva andare da nessuna parte, perché era circondato da quel magma letale. Stuart doveva tirarla sull'elicottero alla svelta e abbassare la corda per Baker, che altrimenti avrebbe subito la stessa fine dell'ex compagno di squadra.

Monica decise che era meglio guardare in su che osservare la lava guadagnare terreno su Baker, così girò la testa verso l'alto. L'elicottero sembrava lontanissimo, ma lei stava risalendo con una certa velocità. Pid doveva essere stanco, dopo essersi tirato su di peso da solo, ma da come la issava non si sarebbe mai detto. Monica sentiva gli strattoni della corda ogni volta che lui la tirava.

Prima ancora che lei se ne accorgesse, vide i pattini avvicinarsi. Proprio quando le sembrò di essere sul punto di colpirli con la testa, si fermò. Il suo corpo oscillava come in cerchio, in balia delle turbolenze prodotte dalle pale, si domandò come diamine fare per raggiungere l'interno dell'elicottero.

Poi le venne quasi un infarto, quando Stuart uscì dalla cabina e si mise a cavalcioni su un pattino. Non aveva addosso alcuna imbracatura di sicurezza. Lo vide abbassarsi tenendosi saldamente con una mano a un appiglio vicino allo sportello, mentre le porgeva l'altra mano.

I loro sguardi si incontrarono e Monica notò nei suoi occhi solo sicurezza: Stuart sembrava sapere esattamente cosa stava facendo. Pur essendo a chissà quale quota, sopra un mare di lava in movimento, con Baker a pochi minuti dall'essere bruciato vivo, Stuart era a cavalcioni su un pattino dell'elicottero e sembrava calmo e composto.

Per una frazione di secondo, Monica sentì riecheggiare nella mente un ricordo familiare. Era piccola e non riusciva a scalare quel muro, il papà che l'attendeva impaziente in cima, lei che gli chiedeva aiuto e lui che abbassava la mano, proprio come stava facendo Stuart in quel momento. Poi seguì il ricordo del dolore peggiore che avesse mai provato in tutta la vita. La mano sinistra le formicolava ancora, a monito di quel dolore.

Non fidarti di nessuno, solo di te stessa.

Le parole del padre le tornarono in mente. Monica si bloccò con gli occhi fissi sulle dita che la cercavano. Poi mosse gli occhi sulla mano, sul braccio, fino al viso.

Quello non era il padre.

Era Stuart, un uomo che le aveva dimostrato più volte che

non le avrebbe mai fatto del male. Un uomo di cui poteva fidarsi e di cui *si fidava*, con tutta se stessa.

Se non si fosse data subito una mossa, Baker sarebbe morto: non poteva consentirlo.

Senza altri pensieri, Monica lasciò andare la corda con la mano destra e alzò il braccio. Nel giro di un secondo, sentì la forte presa di Stuart che le prendeva la mano.

"Ti tengo io!" le urlò.

La teneva saldamente.

Stuart la issò sfruttando solo la propria forza. Quando lei fu in ginocchio sul pattino, lui si tirò di nuovo nella cabina dell'elicottero senza mai lasciarle andare la mano. Alla fine anche Monica fu dentro, tra le braccia di Stuart, aggrappandosi a lui senza volerlo più lasciare.

Però doveva lasciarlo: Baker era in pericolo. Non poteva essere appiccicosa quando lui stava per essere inghiottito dal magma.

Monica si costrinse a lasciar andare Stuart, che la guardò per una frazione di secondo con un'espressione indecifrabile, poi le tolse di dosso la corda muovendosi con efficacia e rapidità, si voltò e lasciò cadere la corda dallo sportello.

Monica gattonò per allontanarsi dal portellone aperto. L'ultima cosa che voleva era intralciare l'accesso di Baker, impedendogli di entrare. Sentì l'elicottero che si muoveva e per un attimo fu presa dal panico perché Baker non era ancora in salvo.

Come sentendola in apprensione, Stuart si voltò verso di lei urlandole: "È sulla corda, dobbiamo spostarci per via del calore!"

Monica annuì e fece un respiro profondo: era salva, erano *tutti* in salvo.

Sentì la differenza, quando non si trovarono più sul tappeto di magma: la temperatura dell'aria era scesa considerevolmente. Nel giro di qualche secondo, Baker fece capolino dal portellone e salì all'interno, muovendosi con rapidità sulle mani e sulle ginocchia. Annuì a Stuart, che chiuse lo sportello. Subito il rumore all'interno dell'elicottero diminuì della metà. Era ancora troppo potente per poter parlare comodamente, ma in quel momento Monica non aveva troppa voglia di fare conversazione.

Appena lo sportello fu ben chiuso, Stuart le andò incontro e si accasciò accanto a lei, che gli si accoccolò subito contro. Lui se la tirò sulle gambe e lei chiuse gli occhi, sospirando dalla contentezza e rilassando ogni muscolo del corpo. Ormai era al sicuro. Tra le braccia di Stuart.

CAPITOLO DICIANNOVE

Il viaggio di ritorno a Oahu trascorse molto rapidamente. Pid non si convinceva a lasciar andare Monica abbastanza a lungo per controllare che non fosse ferita. Non aveva idea di cosa le avesse fatto Bull nelle ore in cui era rimasto da solo con lei. Il pensiero che anche solo l'avesse sfiorata gli faceva venire voglia di tornare indietro e ucciderlo di nuovo.

Il fatto che la morte di Bull non fosse stata indolore lo aiutava psicologicamente. Forse era morto un po' troppo alla svelta, secondo l'idea di Pid, ma almeno nessuno si sarebbe più dovuto preoccupare di vederselo comparire davanti, in futuro. Sicuramente ci sarebbero state tante riunioni a cui partecipare, tante spiegazioni da dare, ma per il momento a lui interessava solo di tenere tra le braccia Monica, viva e vegeta.

Farla salire sull'elicottero era stato difficile. Pid si aspettava che allungarle una mano per aiutarla avrebbe innescato dei brutti ricordi, ma non aveva scelta; in effetti, le aveva scorto negli occhi un'espressione di panico, dovuta ai brutti ricordi che le tornavano in mente come dei flash, ma con grande soddisfazione e orgoglio l'aveva vista vincere ogni paura, mentre gli afferrava la mano.

Sentì un tocco sulla gamba e si girò, vide Baker che indicava il pavimento della cabina, sollevando poi un dito. Pid si era dimenticato di indossare le cuffie, spinto più dal bisogno di tenerla tra le braccia che dall'esigenza di comunicare con il pilota o con l'amico.

Annuì per mostrare di aver capito, poi strinse le braccia intorno a Mo, che si era afflosciata contro di lui dal momento in cui se l'era tirata sulle gambe. Monica aveva subito un lieve attacco di panico e Pid aveva temuto che perdesse i sensi, ma poi l'aveva vista resistere e l'aveva tenuta abbracciata per tutto il tempo.

L'atterraggio non fu altro che un colpetto dolce, poi il pilota spense subito il motore.

Monica alzò la testa e fissò Pid dicendogli: "È finita."

"Sì, è finita."

Lo sportello dell'elicottero si aprì e Pid vide senza sorpresa Mustang e Slate che aspettavano in piedi; dietro di loro c'erano Midas, Aleck e Jag.

"Sta bene?" gli chiese Mustang, con un tono di voce chiaramente stressato.

"Non lo so," gli rispose Pid, mentre allo stesso tempo Monica diceva: "Sì."

Poi lei cercò di tirarsi su, ma Pid non era ancora pronto a lasciarla andare, non dopo la paura che aveva appena superato. "Calma, Mo, ti aiuto io."

Lei si rilassò subito contro di lui, che la tenne con grande sollievo.

Mustang saltò sul velivolo e prese un braccio di Pid, mentre Baker gli prendeva l'altro. Con l'aiuto dei due amici, Pid si alzò in piedi continuando a sostenere Monica. Quando arrivò allo sportello, Slate e Aleck lo aiutarono a saltar giù, sempre riuscendo a non far sobbalzare troppo Mo.

Quando Pid mise i piedi a terra, fu un po' sorpreso di accorgersi che era sul suo terreno. Il pilota aveva fatto atterrare l'elicottero proprio nel giardino di casa sua.

Voltandosi, Pid incontrò lo sguardo di Baker. "Grazie."

Baker annuì.

Pid si voltò per andarsene, ma Monica lo fermò. "Aspetta!"

Lui si bloccò immediatamente.

"Baker?" disse lei con tono indeciso.

"Sì, cara?" le rispose lui.

"Mi dispiace per il tuo amico."

"Non era mio amico," le disse con voce bassa e roca. "Nessuno dei miei amici farebbe *mai* ciò che ha fatto Bull. Se l'è meritato... non provare dispiacere nemmeno per un secondo."

"Però mi dispiace lo stesso."

"So che ti dispiace, perché sei una brava persona, Mo." Baker tornò a bordo dell'elicottero ma Monica lo chiamò di nuovo.

"Baker?"

Lui sospirò quasi irritato mentre tornava a voltarsi, con un'espressione un po' divertita. "Che c'è?"

"Sono contenta che abbia preso me e non Jody," gli disse sottovoce.

Baker deglutì un po' a fatica, poi si incamminò verso Monica sempre guardandola negli occhi.

Pid si aspettava che lei si irrigidisse, specialmente considerando l'intensità dello sguardo di Baker, invece non la sentì cambiare di molto, nemmeno quando l'altro SEAL si fermò davanti a loro.

Poi Baker alzò una mano e gliela mise su una guancia, si sporse in avanti e la baciò sulla testa, la fissò per un lungo momento e poi si girò per tornare sull'elicottero, il tutto senza dire una parola.

Gli altri SEAL della squadra rimasero a debita distanza,

quando il pilota riavviò il motore del velivolo. Pid pensò che di sicuro i vicini di casa si sarebbero arrabbiati, perché era estremamente tardi (o troppo presto, a seconda del punto di vista), ma in quel momento non gli interessava particolarmente.

Senza aspettare che l'elicottero decollasse, si avviò verso casa. Voleva esaminare per bene i piedi di Monica: era stata costretta a camminare sulla roccia lavica per troppo tempo, bisognava pulirglieli e disinfettare le ferite.

Aprì la porta d'ingresso e non fu sorpreso di vedere che i suoi compagni di squadra avevano già ripulito, togliendo ogni scheggia di vetro. Avevano anche chiuso la porta sul retro con delle assi di legno e molto probabilmente avevano già avvisato qualcuno che venisse a sostituire il vetro l'indomani.

Appoggiò Monica sul tavolo della cucina e le mise le mani intorno alla faccia. La fissò per un lungo momento, finalmente rendendosi conto di averla riportata a casa sana e salva.

"Sto bene," gli confermò lei afferrandolo per i polsi.

Pid sembrava incapace di far uscire la voce dal groppo che gli si era formato in gola.

"Pid?" Aleck lo chiamò da vicino. "Dov'è ferita?"

Pid deglutì a fatica e trovò la forza di parlare. "Ai piedi. Quel bastardo l'ha fatta camminare sulla roccia lavica a piedi nudi." Voleva controllare le ferite, ma davvero non riusciva a convincersi a lasciarla andare. Continuava a passargli per la testa tutto ciò che avrebbe potuto succederle, come in un orribile circolo vizioso senza fine.

Aleck sembrò capire come si sentisse Pid e gli diede una spinta leggera sul fianco.

Pid prese la mano sinistra di Monica e la strinse, mentre Aleck si inginocchiava e prendeva in mano un piede; esaminò entrambi i piedi di Monica, poi si alzò.

"Ci sono delle escoriazioni e alcune lesioni, ma nulla di

grave. Penso che si risolverà tutto con un buon pediluvio. Ti fa male da qualche altra parte?" domandò a Monica.

"No, nient'altro, solo i piedi."

"Adesso non è il momento di fare gli eroi," le disse Pid, quasi come facendole una dolce ramanzina, "qualunque cosa sia successa, ce ne occuperemo."

Monica alzò una mano e la mise su una guancia di Pid, che sentì quel contatto fin nel profondo dell'anima. "Sto bene. Cioè, sì, mi ha fatto male, mi ha picchiata alcune volte, ma sono rimasta priva di sensi per quasi tutto il viaggio in barca fino all'isola. Mi ha dato dei sedativi, probabilmente è stato meglio così, perché il mare mi fa venire la nausea: avrei vomitato l'anima," gli disse. "Ha raggiunto la riva in un punto molto vicino a dove ci siamo incontrati. Mi ha portata sulla schiena per quasi tutto il tragitto, poi abbiamo aspettato che arrivaste."

Pid chiuse gli occhi sollevato; sarebbe stato straziante sapere che Bull l'aveva molestata, anche se non avrebbe mutato i sentimenti che provava per lei. Quelli sarebbero rimasti gli stessi.

"Se sei sicura di star bene, allora andiamo," disse Mustang. "Se ti serve qualcosa, sai che non devi fare altro che chiedere. Sono sicuro che El vorrà passare a vedere come state, magari domani."

"Lo stesso vale per Lexie," aggiunse Midas.

"Anche Kenna," si aggregò Aleck.

"Non mi sorprenderebbe, se Ashlyn passasse da queste parti," intervenne Slate.

Pid era grato agli amici per tutto quel sostegno, ma l'ultima cosa che voleva era che Monica dovesse intrattenersi con così tante persone, subito dopo ciò che era successo. Così aprì la bocca per parlare, ma Monica lo anticipò.

"Lo apprezzo moltissimo, domani mando un messaggio a tutte, ma forse voi potreste... pensate che si offenderanno se chiedo loro di aspettare un giorno prima di passare?" domandò Monica. "Penso che Stuart abbia bisogno di un po' di tempo."

Pid sussultò dalla sorpresa, mentre gli altri fecero dei cenni di intesa.

"Ma certo. Solo che... quando è sotto stress, Elodie si mette a cucinare. Ti dispiacerebbe se domani passassimo a lasciarvi qualcosa da mangiare?" chiese Mustang.

"Ma certo, nessun problema."

"Lexie sarà contenta di aspettare, basta che le mandi un messaggio," le disse Midas.

"Anche per Kenna sarà tutto a posto, l'importante è che tu ci sia alle nozze, questo fine settimana," aggiunse Aleck. "Pensi di venire, *vero?*"

"Non ce le perderemmo per nulla al mondo," rispose Monica.

Pid sapeva che toccava a lui rassicurare gli amici, ma in quel momento era ancora troppo scosso. Aveva quasi perso Mo, prima ancora di consolidare il loro rapporto. Monica sembrava a postissimo... a lui invece serviva del tempo.

"Stavo pensando che Huttner vorrà parlare con voi due al più presto," disse Mustang, "ma vedo se riesco a guadagnare un po' di tempo. Può darsi che vi chieda di venire alla base per parlarvi domani pomeriggio."

Pid annuì. Non gli faceva piacere quell'impegno, ma sapeva di dover fare rapporto al comandante. Dovevano entrambi riferire sull'accaduto. Baker si sarebbe fatto senz'altro sentire con Huttner per fargli sapere cos'era successo con Bull, ma anche Pid e Monica avrebbero dovuto raccontare i fatti come li avevano vissuti, se non altro, per proteggere Baker.

"Sono proprio contento che stiate bene," concluse Slate stringendo con una mano la spalla di Pid, prima di avviarsi verso la porta.

"Idem," aggiunse Aleck, "anche se non mi sorprende: la tua donna è bella tosta, cavolo."

Tutti gli altri compagni di squadra si dissero d'accordo col commento di Aleck, poi andarono fuori, lasciando finalmente Pid da solo con Monica.

Pid le mise le braccia sotto il corpo e la sollevò, portandola verso la camera degli ospiti; la posò sul letto e le disse: "Stai qui."

Lei sorrise e la fossetta sulla guancia gli fece venire voglia di inginocchiarsi. Era andato vicinissimo a non rivederla mai più.

"Cosa sono, un cane?"

"No," le rispose Pid con tono serio, "ma sei mia."

Poi si girò e disse qualcosa sottovoce, qualcosa che lei non era pronta a sentire, mentre andava in bagno. Quando lui ebbe finito di preparare un catino d'acqua calda saponata e un asciugamano tiepido, tornò in camera e la trovò in piedi vicino alla cassettiera: si era già cambiata.

Lui avrebbe voluto riprenderla, perché si era messa in piedi da sola, nonostante le ferite, ma lasciò perdere. Anche perché Monica aveva messo una delle maglie di Pid e... a quanto poteva intravedere, non indossava altro.

"Spero che non ti dispiaccia. In pratica, ti ho rubato questa maglia l'altro ieri, quando ho avviato la lavatrice. Le tue maglie sono molto comode per dormirci rispetto ai pigiami che mi sono comprata."

Pid si schiarì la gola e le rispose: "Non mi dispiace, ogni qualvolta ti venisse voglia di rubarmi dei vestiti, sentiti pure libera."

Lei gli sorrise di nuovo. "Non credo che mi possano andar bene gli altri tuoi vestiti."

Lui posò sul pavimento il catino d'acqua calda e le porse una mano. Lei la prese senza esitare e ancora una volta gli fece sciogliere il cuore. Pid la invitò a sedersi sul letto e, dopo che lei si fu sistemata, le lavò i piedi con estrema dolcezza.

Aleck aveva ragione: per fortuna non c'erano tagli profondi sotto ai piedi. Più che altro erano graffi. Monica era stata fortunata... molto fortunata. Se avesse dovuto scappare di corsa da Bull, o camminare più a lungo sulla roccia lavica affilata, i danni sarebbero stati molto peggiori.

Pid le asciugò i piedi e rimase in ginocchio davanti a lei.

"Stuart?" lo chiamò lei un po' incerta.

"Sei stata brava, sull'isola," sbottò lui, "non c'era il tempo di spiegare cosa stesse succedendo, ma tu non ti sei fatta prendere dal panico. Specialmente quando ti sei trovata sulla corda, per salire sull'elicottero."

Le parole che Monica pronunciò subito dopo lo colpirono particolarmente: "Avevo paura, ma sapevo che non mi sarebbe successo niente perché c'eri tu. Mi sono fidata di te, sapevo che mi avresti trovata e che mi avresti portata via da là."

"Ti sei fidata di me?" rispose lui con voce rotta dall'emozione.

"Sì. Ammetto che, per un attimo, quando ero appesa alla corda come un pesce alla lenza e tu hai allungato un braccio verso di me, ho fatto molta fatica a non lasciarmi vincere dalle immagini del passato. Però mi sono resa conto di dov'ero e di chi era la mano che mi si offriva. Tu mi hai detto che per poter andare oltre nel nostro rapporto, intendo fisicamente, dovevo fidarmi di te; io non lo credevo possibile... ma quando mi sono trovata in quella situazione di merda ho capito che potevo affidarti la vita."

"Mo," la chiamò Pid con tono sommesso.

"Sei un brav'uomo, Stuart," gli disse lei, "non sei per nulla come mio padre o come gli altri militari che mi circondavano quando ero piccola. Mi fido di te, al cento per cento."

Pid si alzò lentamente e salì sul letto vicino a lei; Monica si fece da parte e sospirò quando lui l'avvolse con le braccia, sdraiandosi insieme a lei.

Monica si accoccolò con lui e Pid non seppe ricordare un altro momento in cui fosse tanto contento come in quel preciso istante. Rimasero sdraiati e abbracciati per un lungo momento, poi lei parlò, mormorandogli contro il petto: "Stai qui?"

Nemmeno un branco di cavalli selvaggi avrebbe potuto allontanarlo da lei. Pid annuì e la baciò sulla tempia.

"Stuart?"

"Sì, Mo?"

"Adesso penso di essere troppo stanca per andare oltre... ma mi aspetto che tu domani realizzi alcune mie fantasie... sai, adesso che mi fido di te... hai capito..."

Pid non riuscì a trattenersi e si mise a ridere. "Non c'è alcuna fretta."

Monica si spinse su un gomito. "Sbagliato. Ti voglio, Stuart, e me l'hai promesso."

A lui piaceva quel suo lato deciso.

"A meno che tu non abbia cambiato idea," gli disse con un po' di incertezza.

In tutta risposta, Pid la tirò a sé e le coprì le labbra con le proprie. Fu un bacio un po' aggressivo, ma lui non ce la faceva più: gli dava fastidio che Monica dubitasse anche solo per un secondo di ciò che lui provava per lei.

Dopo vari minuti di baci, si staccò da lei il minimo indispensabile per permettere a entrambi di respirare. Poi le sfiorò il naso col proprio e le disse: "Ti amo, Monica Collins. Non avevo capito quanto finché non ti hanno quasi portata via da me. Voglio che tu rimanga qui, alle Hawaii. Puoi accettare l'incarico al centro Head Start, sappiamo bene entrambi che Sylvia ti offrirà un impiego, poi ci sposeremo e avremo tutti i figli che vuoi."

Lei sorrise. "Ah sì?"

"Eh sì."

"Va bene."

"Va bene?" ripeté lui stupito, accorgendosi di aver parlato con un po' di presunzione. Sì, insomma, con molta presunzione.

"Uh-huh."

Pid attese un attimo, poi annuì. "Questa diventerà la nostra camera da letto, per via della stanza segreta. Anche se è un po' più piccola, non ci serve un lettone enorme... soprattutto se intendi dormire così ogni notte."

Lei sghignazzò. "Forse sarà meglio aspettare prima di decidere. Potrei essere terribile, mentre dormo. Magari continuo a muovermi, a cambiare posizione e scalciare. Un letto a due piazze sarebbe una scelta migliore."

"Non sia mai," affermò lui.

"Che stranezza," proseguì lei, "siamo qui che parliamo di matrimonio e di figli, quando non abbiamo mai nemmeno dormito una notte nello stesso letto."

"Va bene, allora ne riparliamo domattina, dopo che avremo dormito insieme."

Monica rise, poi tornò seria. "Sei sicuro che non ti dispiacerà prendere questa, come camera matrimoniale?"

"Se mi dispiacesse, non l'avrei proposto," la rassicurò lui.

"Non ho fatto in tempo... quando lui è arrivato," gli disse Monica con tranquillità.

A Pid dava fastidio che lei pensasse ancora a quel bastardo, ma sapeva che l'accaduto l'avrebbe tormentata ancora per un po' di tempo, così le fece appoggiare la testa sul proprio collo, passandole le dita nei capelli lisci come la seta. Non sapeva cosa dirle per farla star meglio, quindi rimase zitto e la tenne stretta a sé.

La sentì sospirare e poi muovere la testa. "Sto bene," lo rassicurò Monica con decisione, "non farà più male a nessuno."

“Infatti, a nessuno.”

Poi lei appoggiò di nuovo la testa e gli accarezzò il petto con la mano sinistra. Si tirò su e si fece pensosa. “Di solito odiavo usare questa mano,” gli disse, “pensavo fosse orrenda, mi ricordava il dolore che ho sofferto quando me l’ha schiacciata. Ogni volta che la vedevo, pensavo a mio padre, a ciò che mi ha fatto, a quel che mi ha insegnato. Ma sai che c’è?”

“Che c’è, amore?”

“È solo una mano.”

Pid gliela prese e ne baciò il palmo, poi se la mise sul cuore. “È la *tua* mano, per questo è così bella.”

La sentì sbuffare contro di lui e sorrise.

“Ti amo, Stuart. Dirtelo mi spaventa da morire, ma so che non mi fiderei di te, se non ti amassi. E non ti amerei, se non mi fidassi di te. Per me, le due cose vanno di pari passo. È solo che... insomma, volevo fartelo sapere.”

Pid pensò che il cuore gli scoppiasse nel petto. “Anch’io ti amo. Domani, quando saremo entrambi ben riposati e tutto ciò che è successo stanotte non sarà più così fresco nella memoria, ti mostrerò quanto ti amo.”

“Magari sarò *io* a mostrartelo,” ribatté lei.

A Pid piaceva il tratto esuberante di Monica, anche se non l’aveva ancora vissuto molto. “Affare fatto,” le rispose, “adesso dormi.”

“La luce è accesa,” gli disse lei.

“Sì.”

“Non ti darà fastidio?” gli chiese.

“A me no, e a te?”

“No, per me va bene. Dopo tutto quello che è successo, penso di preferire la luce accesa. Almeno per stanotte.”

Pid decise che sarebbe andato al più presto a comprare un abat-jour. Magari poteva mandare un messaggio a Mustang per chiedergli di comprarne una al volo e portargliela, quando sarebbe passato a consegnare le cibarie che Elodie aveva preparato per loro.

Sentì il movimento e il suono del sospiro di Monica, che si lasciò completamente andare su di lui.

Pensò di rimanere sveglio a ripassare mentalmente quanto era accaduto, ma appena lei cominciò a respirare profondamente e a soffiargli aria calda sul collo, Pid si rilassò del tutto e si lasciò andare a un sonno profondo e liberatorio.

CAPITOLO VENTI

MONICA SI RISVEGLIÒ LENTAMENTE; si sentiva meglio di quanto si fosse mai sentita in tantissimo tempo. Solo quando avvertì una mano che le accarezzava la coscia si accorse di non essere da sola e tutto le tornò in mente all'improvviso.

Shane. La barca. L'arrivo di Baker. Shane che veniva bruciato vivo dal magma. Stuart. La corda fin sull'elicottero. Stuart che le porgeva la mano.

Poi le diceva di amarla e lei gli rispondeva con le stesse parole.

Riaprì gli occhi e guardò l'orologio. Erano quasi le sette. Non dormiva mai fino a tardi, ma del resto si era addormentata poco prima dell'alba.

"Buongiorno," le disse Stuart con voce profonda e vibrante.

"Buondì," rispose Monica provando a stiracchiarsi. Eh sì, era sorprendente quanto si sentisse bene, tutto sommato. Muovendosi urtò la mano di Stuart e ne sentì le dita contro la pelle sensibile dell'interno coscia.

"Ti senti bene? Come vanno i piedi?"

Le riusciva difficile percepire altri segnali dal corpo, oltre al tocco di Stuart, ma cercò di concentrarsi. Era indolenzita, ma i piedi le sembravano a posto. "Sto alla grande," gli rispose, "stando sdraiata, mi sembra che i piedi stiano bene. Chiedimelo ancora appena mi alzo."

Lui annuì e spostò di nuovo la mano, passandogliela tra le gambe e quasi toccandola proprio dove lei ne aveva più bisogno.

"Stuart?"

"Hmmmm?" le mormorò lui.

Quando Monica si accorse che con le dita la stava solo stuzzicando e che cominciava ad accarezzarle col pollice l'interno coscia, si agitò con impazienza. "Allora, hai intenzione di toccarmi o che?"

Lui alzò gli occhi per trovare quelli di lei. "Hai voglia?"

"Sì." Fu una risposta breve ma incisiva.

"Ti amo," le disse lui, fissandola con un'espressione che non lasciava spazio a equivoci.

"Anch'io ti amo," gli disse lei. Le parole le uscirono dalle labbra senza la minima esitazione.

Stuart le regalò un sorrisetto che la ripagò di ogni angoscia sofferta di recente. Il mondo di Monica si era trasformato in un modo che lei non avrebbe mai potuto prevedere, ma non avrebbe cambiato nulla di ciò che le era successo, perché alla fine si era ritrovata là, in quel momento, con Stuart.

Senza interrompere il contatto visivo, lui finalmente spostò la mano proprio dove lei desiderava. Le sfiorò delicatamente il sesso con la punta delle dita, ma la barriera delle mutandine le impedì di sentire appieno quel contatto.

Senza dire una parola, Monica allungò le mani per spingere giù dai fianchi l'elastico dell'intimo, sollevò il sedere dal letto e si sforzò di abbassarsi le mutandine. Stuart non l'aiutò minimamente: si limitò a guardarla mentre lei faticava a togliersele.

"Ma mi aiuti?" gli chiese lei.

Lui le spostò le mani e con molta lentezza le abbassò le mutandine di cotone lungo le gambe, senza mai distogliere lo sguardo. Era incredibilmente seducente. Quando lei riuscì a scalciare via l'indumento, Stuart le riportò la mano tra le gambe.

La maglia che Monica indossava le era risalita lungo i fianchi, lasciandola scoperta, esposta alle dita di Stuart, che si spostò all'indietro lungo il corpo di lei fino a trovarsi tra le gambe. Ormai non la guardava più negli occhi: era completamente concentrato sulla passera.

Per qualche motivo, Monica si aspettava che Stuart fosse dolce, in particolare perché era la prima volta che facevano l'amore insieme. Non si aspettava che lui partisse leccandogliela, ma di sicuro non intendeva lamentarsi.

Quando lui la prese per le cosce e gliele aprì di getto, Monica non si trattenne e ansimò.

Lui se ne accorse e per un momento le strinse le cosce con le dita, poi lei lo vide serrare i denti. "Scusa," le mormorò, accarezzandole la pelle sensibile delle cosce con i pollici, quasi come scusandosi.

"È solo che mi hai colto di sorpresa," gli disse.

Stuart respirò profondamente, poi le spiegò: "Sono talmente eccitato che non so quanto saprò essere dolce."

Con chiunque altro, Monica sarebbe stata frenata e avrebbe cercato di rallentare, ma non con Stuart: di lui si fidava. Era una sensazione inebriante. Allungò una mano e gli passò le dita tra i capelli. "Non ti preoccupare della dolcezza, non mi romperò."

Quelle parole erano tutto ciò che lui sperava di sentirsi dire: le strinse di nuovo le cosce con le mani e si abbassò di poco, mettendo la bocca proprio sulla passera, già bagnata. "Se a un certo punto esagero, non devi fare altro che dirmelo," la rassicurò Stuart.

Monica annuì e aprì la bocca per dirgli che si fidava di lui, ma non ne ebbe il tempo. Le uscì solo un verso strozzato, perché lui aveva già abbassato la testa e la stava gustando come un pasto succulento... in preda a un uomo particolarmente affamato.

Stuart le tenne aperte le labbra con i pollici e si impegnò al massimo per farla impazzire. Fu deciso e frenetico, ma lei sentì l'effetto di ogni singola leccata fino alla punta dei piedi. Quando lui agganciò con la bocca il clitoride e lo succhiò, lei quasi cadde dal letto.

"Stuart!" gli gridò, aggrappandosi ai suoi capelli. Lei lo sentì sorridere contro la pelle delicata, ma lui non si fermò. Con la mano le accarezzava le cosce, mentre la divorava. Famelico, ecco l'unica parola che Monica riuscì a trovare per descrivere l'entusiasmo e l'energia con cui la stava leccando.

Non passò molto tempo prima che Monica sentisse l'orgasmo che cominciava a vibrarle dentro. Poi però lui spostò la bocca dal clitoride per infilarle dentro la lingua. Anche se le piaceva sentire la sua lingua dentro, fu comunque delusa e gemette con un filo di voce: "C'ero quasi."

"Lo so," le rispose Stuart con un tono vagamente ironico che lei colse.

"Stuart," lo riprese.

"Pazienza," le disse, facendole sentire il fiato caldo sulla pelle dove il sole non batteva spesso, fino a farle venire i brividi. "Ti farò venire, Mo, non vedo l'ora di sentirti esplodere tra le mie braccia."

Spostò una mano per poterle sollecitare il clitoride con il pollice. Lei sobbalzò a quel contatto, pur leggero.

"Quanto sei sensibile," le mormorò. Poi la penetrò con un dito, ma invece di muoversi con delicatezza cominciò a spingere rapidamente.

Monica non riuscì più a controllare il proprio corpo, che cominciò a ondeggiare, stringendosi intorno a quell'intrusione inattesa.

"Cazzo, dai, così," le disse Stuart, che continuò a scoparla con il dito. Lei era eccitata, ma non abbastanza.

"Di più," lo implorò.

A quel punto lui non si tirò indietro: aggiunse un altro dito e continuò a scoparla. Lei ogni volta alzava i fianchi per andargli incontro, a ogni movimento sentiva il rumore dei colpi sui propri succhi, mentre lui entrava e usciva con le dita.

A un certo punto, lui smise di muoversi, tenendole dentro le dita. Lei si agitò: voleva di più. Però Stuart sembrava sapere meglio di lei ciò che le serviva: si abbassò e le mise la bocca sul clitoride.

Di nuovo, non se la prese comoda: la succhiò con forza. Lei si agitava e inarcava la schiena, ma lui la tenne facilmente con la mano libera, mentre la portava rapidamente sull'orlo dell'orgasmo.

"Ci sono quasi!" esclamò lei ansimando, non sapendo bene che altro dirgli. Lui doveva essersene accorto: le tremavano le gambe e i muscoli di tutto il corpo si contrassero, quando lei fu sul punto di esplodere.

Stuart non le rispose a parole, ma le fece sentire il dito dentro che si fletteva. Monica non si era mai trovata in una situazione tanto intima con un uomo. Non era mai stata così vulnerabile, ma non si sentiva a disagio, no... si sentiva libera. Poteva lasciarsi andare senza doversi preoccupare del proprio aspetto, dei propri gemiti, di cosa Stuart potesse pensare di lei...

Nell'attimo stesso in cui quel pensiero le passò per la mente, Monica cominciò a venire. Agitò la schiena con violenza staccando il sedere dal letto e le sembrò di esplodere dall'interno.

Stava ancora venendo, quando Stuart spostò la testa ed estrasse le dita, gattonando verso di lei. Indossava un paio di pantaloni comodi (doveva essersi cambiato prima che lei si svegliasse) e non fece altro che sfilarseli per scoprire l'erezione incredibilmente dura, poi si sporse verso il comodino. Appena Monica smise di tremare per l'orgasmo più potente che avesse mai vissuto, Stuart infilò l'uccello nel preservativo e tornò da lei.

Di nuovo, lei aveva pensato a una partenza più dolce, dato che era la prima volta, ma lui era di tutt'altro avviso: si appoggiò al letto con una mano, le fece divaricare di nuovo le gambe, si aiutò con l'altra mano e la penetrò.

Lei era ancora estremamente sensibile; aprì meglio le gambe per poterlo accogliere.

Stuart si infilò in lei con una sola, lunga spinta.

Monica sentì un pizzico di dolore, che si assestò in una sensazione di piacere intenso.

Lui fece un verso di gola e le appoggiò l'altra mano vicino alla spalla, sovrastandola; aveva le pupille talmente dilatate dal piacere che sembrava quasi avere gli occhi neri.

"Porco cane," disse con un filo di voce, prima di tirarsi indietro e di spingersi ancora dentro di lei.

Non fu il massimo del romanticismo, ma Monica gli sorrise lo stesso.

"Cazzo, quella fossetta mi farà morire," le disse Stuart.

Lei allargò il sorriso.

Stuart cominciò a spingere con tutto se stesso, ogni spinta diventava sempre meglio; l'impatto le faceva rimbalzare i seni sul petto. L'orgasmo l'aveva fatta bagnare moltissimo, e lui sembrava riempire ogni vuoto residuo dentro di lei.

"Cazzo... che... bello," le disse parlando a tempo con le spinte.

"Piace anche a me," lo rassicurò, afferrandogli il bicipite e affondando le unghie nella pelle, mentre la scopava. Monica chiuse gli occhi, la sensazione di piacere la stava invadendo di nuovo.

"No, no... guardami," le chiese Stuart.

Monica non se lo era immaginato in quel modo. Stuart era

deciso, determinato. In passato era sempre stato molto paziente, delicato. Però le piaceva quella determinazione, le piaceva moltissimo. Spalancò gli occhi e fissò il viso dell'uomo che amava e che la stava scopando fino a farle perdere ogni cognizione del tempo e dello spazio.

In qualunque altro frangente, il suono del sesso sfrenato l'avrebbe imbarazzata; ma lui la faceva stare troppo bene, tanto che del resto non le importava. Stuart indossava ancora la maglia e i pantaloni, lei la maglia che gli aveva preso in prestito. Non era l'atto d'amore lento e dolce che pensava di volere: era intenso, travolgente, frenetico... il sesso migliore della sua vita. Strinse i muscoli interni intorno a lui e fu premiata da un grugnito.

Lui cambiò posizione, si mise in ginocchio e le sostenne il fondoschiena con una mano, tenendola stretta a sé mentre spingeva con più forza, più alla svelta. Monica ansimò quando lui portò una mano tra i loro corpi e le stimolò il clitoride col pollice.

Di nuovo, non le chiese se le piacesse, non le sfiorò il clitoride con delicatezza: la prese proprio come ne aveva voglia, mandandola in estasi.

Lei raggiunse l'orgasmo all'improvviso, esplodendo senza alcun preavviso. Le pareti interne tremarono e si strinsero intorno a lui.

"Cazzo se sei stretta!" esclamò Stuart con un sibilo a denti stretti, mentre continuava a scoparla. Monica non poté far altro che tener duro, le sembrava di essere sul punto di rompersi in mille pezzi e volar via.

Stuart spingeva con frenesia e riportò l'attenzione sul clitoride. Lei si sentiva troppo sensibile... eppure, incredibile, sentì crescere le onde di un altro piccolo orgasmo.

Finalmente Stuart grugnì e si spinse più in fondo che poté, tenendola attaccata a sé con le mani sotto al sedere, con un verso lungo e profondo.

Monica sentì l'uccello dentro che pulsava, stava venendo. Non aveva mai visto nulla di tanto bello quanto l'espressione sul volto di Stuart. Fuori da quel contesto, l'avrebbe interpretata come una smorfia di dolore, ma continuando a osservarlo notò che si rilassava man mano, trasformandosi in un sorriso soddisfatto.

Lasciò andare un gemito quando lui le tolse le mani da sotto al sedere, calandosi all'improvviso su di lei e facendo attenzione a non caderle addosso di peso.

Monica si sentiva circondata da lui, che le stava ancora dentro; non avrebbe mai voluto spingerlo fuori. Monica non aveva paura, non sentiva la minima preoccupazione. Le piaceva averlo addosso, tutto intorno. Si sentiva protetta.

"Cazzo, che donna," le disse Stuart mentre si abbassava lentamente di lato, portandola con sé.

Lei gli si accoccolò addosso con la voglia di sentirlo a contatto di pelle. "Siamo troppo vestiti," gli borbottò.

"Scusa, non ce la facevo ad aspettare," le rispose.

"Eh, neanch'io."

"Mo?"

"Sì?"

"Sei... ti è piaciuto?"

Lei alzò la testa per guardarlo negli occhi. "Ma stai scherzando?"

"No. Sono... non volevo essere tanto..."

"Meraviglioso? Perfetto?" gli chiese lei, cercando di trovare la parola giusta per completare quella frase.

Fu premiata con un sorriso. "Veramente volevo dire *energico*. Che buon sapore che hai; quando mi sei venuta sulle dita, è come se mi fosse andato in cortocircuito il cervello. Non vedevo l'ora di sentirti stringere intorno al mio uccello nello stesso modo."

Lei alzò una mano e gliela passò tra i capelli. "Non ti nascondo che vederti trasformato in una specie di maschio alfa dominante mi ha un po' sorpreso, ma in senso positivo. Dovevo aspettarmelo, cioè, sei sempre un SEAL, sei abituato a farti obbedire, a prendere in mano la situazione. Io... mi è piaciuto," gli disse con un po' di titubanza.

A quelle parole, Monica poté sentire i muscoli del corpo di Stuart che da tesi si rilassavano. "La prossima volta andrà meglio," le promise lui.

"Meglio?" riecheggiò lei. "Stuart, già *questa* volta mi hai schiantata."

Lui sghignazzò, poi tornò a farsi serio. "Sei bellissima, Mo. Sono l'uomo più fortunato in questo accidenti di mondo e farò tutto ciò che posso per cercare di non incasinare il nostro rapporto."

"Anch'io," gli rispose lei. "Ti amo, Stuart, e mi fido di te."

"Non farò mai nulla per perdere la tua fiducia," le disse, "è il dono più bello che abbia mai ricevuto e lo difenderò, lo proteggerò con tutto me stesso."

Stuart capiva bene che la fiducia era un dono ancor più importante dell'amore. Le parole "ti amo" erano facili da pronunciare, ma la fiducia, per lei? Tutt'altro che semplice.

L'uccello si ammorbidì e finì per scivolare fuori dal corpo di Monica, al che gemettero entrambi.

"Grazie per aver usato un profilattico," gli disse lei, "siamo andati tanto di fretta che la protezione era l'ultimo dei miei pensieri."

"Voglio avere dei figli con te, Mo," le disse Stuart in tutta risposta. "Voglio vederti crescere il pancione con dentro il mio bambino. Voglio guardarti mentre nutri e ami i nostri figli. Però prima voglio sapere se lo vuoi *anche tu* e sono abbastanza egoista da desiderare un po' di tempo solo con te, prima. Ti proteggerò sempre, anche da me stesso."

Monica si sentì come sciogliere sul letto, in quel momento. Che uomo. Oddio, ma era un sogno? Prima le aveva costruito una stanza segreta, poi si era offerto di spostarsi nella camera degli ospiti, per quanto più piccola dell'altra camera, solo per metterla a suo agio. Infine si era messo un preservativo senza la minima lagnanza... e le diceva che l'avrebbe sempre protetta, a prescindere? Non se lo sarebbe mai fatto sfuggire. Mai.

"Io voglio dei bambini," gli disse, "ma non tra nove mesi." Fece una pausa, poi un respiro profondo, infine aggiunse: "Magari tra un anno."

Stuart annuì... poi si bloccò. "Intendi... rimanere *incinta* tra un anno?" le chiese.

Lei fece un gran sorriso. "Avere un figlio tra un anno," chiarì.

"Tra tre mesi ci sposiamo," dichiarò Stuart. "La prima notte di nozze ti scopo senza preservativo senza sosta, così spero di metterti incinta. Un anno. L'hai detto tu. Adesso non puoi più rimangiartelo."

Ecco di nuovo il maschio alfa dominante. "Non voglio affatto rimangiarmelo."

A quelle parole, Stuart praticamente saltò giù dal letto, si abbassò i pantaloni e si strappò di dosso la maglia. Poi si tolse sul posto il profilattico usato, senza curarsi di andare in bagno per non farsi vedere.

Monica arrossì: non era abituata a quel livello di intimità, ma non si voltò e continuò a guardarlo. Stuart allungò una mano verso il comodino, si masturbò qualche volta e gli tornò subito duro. Si infilò un secondo profilattico e tornò a letto. Poi prese il bordo della maglia che indossava Monica; lei lo aiutò a farsela togliere.

Non si sentiva minimamente imbarazzata a stare completamente nuda davanti a lui. Chissà come, Stuart faceva sembrare del tutto naturale e bello ciò che in passato la metteva a disagio.

Le mise una mano tra le gambe e la massaggiò ancora. Non le chiese se fosse indolenzita, se fosse pronta. Quando si accorse che era ancora bagnata fradicia, la penetrò di nuovo.

Lei sospirò, sentendolo entrare alla massima profondità.

"Non vedo l'ora di farlo senza, per sentire il tuo corpo caldo e bagnato che mi accoglie senza alcuna barriera," le disse.

"Anch'io," gli rispose Monica.

"Stavolta sarò delicato e ci andrò piano," disse Stuart, più a se stesso che a lei, come per ricordarselo.

Lei ebbe l'impressione che farlo lentamente e con delicatezza sarebbe sempre stato difficile, ma annuì comunque, mentre il suo uomo cominciava a oscillare avanti e indietro.

Dopo una quindicina di minuti, passati al volo, Monica si ritrovò accasciata sull'uomo che amava e di cui si fidava, completamente esausta.

Era stato delicato e lento per circa un minuto, poi Stuart aveva perso il controllo e aveva cominciato di nuovo a scoparla con forza. Si era girato e l'aveva messa di sopra, per farsi scopare *da lei*. Poi aveva giocato con le tette che le rimbalzavano sul petto, lei aveva ricambiato pizzicandogli i capezzoli. Lui le aveva stimolato il clitoride mentre lei lo cavalcava, finché lei non aveva potuto far altro che tremare sfinita sull'uccello, in preda all'orgasmo. Allora lui le aveva sollevato leggermente i fianchi e con la forza incredibile degli addominali l'aveva scopata da sotto.

Era stata l'esperienza più erotica che Monica avesse mai vissuto, non si era mai sentita tanto apprezzata.

Quando infine era uscito da lei, Stuart aveva lasciato la stanza, tornando dopo un minuto con un asciugamano caldo. L'aveva pulita con ossequio, poi si era sdraiato al suo fianco, prendendola di nuovo tra le braccia.

"Dovremmo alzarci," gli disse Monica... che poi fece uno sbadiglio enorme.

"Più tardi."

"Ma Elodie e Mustang passeranno tra poco, probabilmente," insisté lei.

"Sono già passati," le rivelò lui con nonchalance.

"Cosa?" gli chiese Monica sollevandosi su un gomito.

Lui la invitò a riabbassare la testa, accompagnandola sulla propria spalla e abbracciandola. "Li ho sentiti mentre tu stavi ancora dormendo. Mustang mi ha mandato un messaggio e gli ho risposto di usare la sua chiave per entrare e di mettere in frigo le prelibatezze che Elodie ha preparato."

"Ah beh... allora va bene."

"Puoi farti un riposino."

Monica sbottò: "Un riposino, mi sono appena svegliata dopo aver dormito tutta la notte. Certo."

"Tutta la notte è un po' esagerato, comunque io ho voglia di rimanere qui sdraiato ad abbracciarti."

Come poteva dirgli di no? "Va bene."

"Avremo bisogno di una casa più grande."

Lei sbatté le palpebre per quel cambio di argomento. "Ah, e perché?"

"Qui ci sono solo due camere da letto, ci servono almeno uno o due bagni in più, non voglio usare lo stesso bagno dei bambini," concluse rabbrividendo.

Monica si sentì percorsa da un'ondata di contentezza. "Va bene," gli rispose, "senza fretta."

Stuart la abbracciò e la baciò sulla testa. "Vedrai che funzionerà tutto," le disse quasi con enfasi.

"Tutto?" gli chiese lei.

"Noi due," le chiarì, "ci sposeremo, avremo dei figli e vivremo per sempre felici e contenti. Avere un compagno militare non è semplicissimo, stare con un SEAL comporta delle particolari difficoltà, ma farò i salti mortali per fare in modo che tu non ti penta di stare con me."

"Va bene. So di avere ancora molto da imparare sui militari... o forse dovrei *disimparare* tanto di ciò che mio padre mi ha insegnato, però farò del mio meglio per essere la donna di cui tu potrai essere fiero."

"Sono già fiero di te."

Poche, semplici parole le bastarono per farle venire gli occhi lucidi. Monica nascose le lacrime tenendo la testa bassa, appoggiata alla spalla di Stuart. "Ti amo," riuscì a dirgli.

"Anch'io ti amo. Ora dormi, io sono qua che ti proteggo."

"Grazie per essere venuto a prendermi, ieri notte," gli disse, "sei arrivato alla svelta."

"Niente potrà mai tenermi lontano da te," le disse Stuart con un tono che in passato avrebbe potuto spaventarla, ma che ormai le trasmetteva solo calore e la toccava intimamente.

Monica avrebbe voluto chiedere se Baker stava bene, avrebbe voluto sapere di Huttner e dell'incontro a cui forse avrebbe dovuto presenziare quel pomeriggio, ma aveva gli occhi pesanti, si sentiva soddisfatta e circondata d'affetto; stare tra le braccia di Stuart le trasmetteva la sensazione più piacevole che avesse mai provato in tantissimo tempo.

Quindi chiuse gli occhi e si rilassò, fidandosi del fatto che Stuart l'avrebbe protetta, mentre lei dormiva.

CAPITOLO VENTUNO

PID PASSAVA il pollice avanti e indietro sulla mano di Monica, mentre Kenna camminava sulla sabbia, verso il futuro marito.

Gli ultimi giorni erano stati frastornanti. C'erano state le riunioni alla base, per via di Bull e di quanto era successo l'altra notte, poi altre riunioni della squadra per via di quanto stava succedendo in Tajikistan, c'erano da preparare i piani per la missione; Pid aveva avuto pochissimo tempo per rilassarsi.

Finalmente era arrivato il giorno di Kenna e Aleck. Erano presenti i genitori di entrambi, la sera prima si erano ritrovati tutti al Duke's per una bella festa a ora di cena. L'unica che non aveva partecipato era stata Carly. Kenna ci era rimasta male, anche Jag, ma almeno si era presentata per la cerimonia nuziale.

Robert, il responsabile della sicurezza al complesso di Coral Springs, si era superato. Per il banchetto nuziale, non tanto lontano dal luogo della cerimonia, c'era un maiale che arrostiva sotto terra; le danzatrici con gli hula erano già pronte a intrattenere gli ospiti, c'era da mangiare per cinquecento persone, molte più di quelle veramente presenti. Nulla sarebbe andato perduto, però, perché i fornitori si erano impegnati a impacchettare il cibo rimasto, in modo che Lexie ed Elodie potessero portarlo la domenica al centro di Food For All e distribuirlo agli assistiti.

Pid guardò oltre Monica e fece un gran sorriso. Theo era seduto di fianco a lei, dall'altra parte, le teneva la mano destra e sorrideva contento. Probabilmente non era mai stato a una cerimonia nuziale e quando l'avevano invitato si era entusiasmato, soprattutto quando era arrivato e aveva visto Monica.

Tutto sommato, era andata bene. Bull avrebbe potuto molestare e uccidere Monica prima ancora di telefonare a Baker. Avrebbe potuto spararle appena dopo l'arrivo di Baker. Accidenti, lo stesso Baker poteva farsi ammazzare. Bull era una persona gravemente instabile e disturbata mentalmente. Pid non era affatto dispiaciuto di quella morte orribile, anzi, era sollevato e non se ne sarebbe fatto un problema.

Baker non si era presentato alla cerimonia, ma nessuno se n'era sorpreso: non era proprio un tipo socievole, anche se si era fatto in quattro per aiutare più volte le compagne degli amici SEAL.

Kenna e Aleck avevano deciso di non circondarsi di damigelle e accompagnatori vari: erano in piedi da soli davanti agli ospiti, seduti in più file. Monica strinse la mano a Pid quando Kenna raggiunse Aleck, lui non riuscì a resisterle e la tirò a sé abbracciandola e baciandola con molta passione.

"Il bacio dovrebbe avvenire solo dopo che vi dichiaro marito e moglie," spiegò l'officiante con una risatina.

Aleck rispose con altrettanta verve: "È tutt'oggi che non la vedo, adesso me la ritrovo così... bellissima al punto che mi fanno male gli occhi. È impossibile che *non* la baci."

Sghignazzarono tutti.

"Appunto, allora andiamo avanti con la cerimonia, così non ci sarà bisogno di altre gaffe."

Pid smise di ascoltare il celebrante e guardò di nuovo

verso Monica. Certo, Kenna era bellissima quel giorno (doveva esserlo, il giorno delle nozze), ma nella mente e nel cuore di Pid era imparagonabile, rispetto alla donna che gli stava seduta accanto.

Monica aveva trascorso la mattinata all'attico di Aleck e Kenna, preparandosi con le altre per la cerimonia. Un parrucchiere le aveva sistemato i capelli biondi tirandoglieli su e fermandoli con numerose forcine, ma la brezza dell'oceano glieli stava scompigliando lentamente, senza tregua. Alcune sottili ciocche le svolazzavano davanti al volto e dato che lei aveva le mani impegnate, Pid sarebbe stato contento di aiutarla a sistemarsi i capelli, lisciandoglieli dietro le orecchie.

Monica indossava un semplice prendisole blu con spalline sottili. Le arrivava alle ginocchia e aveva una specie di reggiseno incorporato che lasciava intravedere una bella scollatura. Si era messa un filo di trucco in più del solito, ma non era quello il motivo per cui Pid le teneva gli occhi incollati addosso.

Era il sorriso che le vedeva sempre stampato in volto, da quando l'aveva raggiunta per accompagnarla in spiaggia. Ormai Monica sorrideva sempre e la sua fossetta gli faceva regolarmente tremare le ginocchia. Era quasi difficile ricordare quanto fosse chiusa, la prima volta che si erano incontrati. Era diffidente, seria, temeva tutto e tutti ed era in costante conflitto.

Quel mattino, prima di partire e incontrare le altre a casa di Aleck, lo aveva svegliato prendendogli l'uccello in bocca e facendogli il servizietto più memorabile di cui lui avesse mai goduto. Era palese che non avesse una lunga esperienza a succhiare uccelli, circostanza che lo eccitava ancor di più.

Quando lei aveva alzato lo sguardo, tentando di sorridergli mentre con le labbra gli stringeva il membro, quella fossetta così in evidenza l'aveva quasi fatto venire. L'aveva presa molto più bruscamente di quanto avesse voluto, prendendola e gettandola sul letto di schiena, anche se non ne andava particolarmente fiero. Si era infilato un preservativo a tempo di record e l'aveva penetrata fino ai testicoli prima ancora di accorgersene.

Per tutto il tempo, nonostante i movimenti ruvidi, Monica non aveva mai smesso di sorridere. Quella fossetta gli faceva l'occhiolino, rassicurandolo del fatto che le piacesse anche un sesso più duro e deciso. L'aveva scopata con forza, rapidamente, come sempre, lei l'aveva preso tutto, con un gran sorriso sempre stampato in volto.

"Dovresti guardare loro, non me," gli sussurrò Monica.

Pid non fu minimamente in imbarazzo per essere stato beccato mentre la fissava. Non si trattenne, si abbassò e le baciò la fossetta che gli piaceva tanto. "Ti amo," le sussurrò.

Prima ancora che lei potesse rispondere, Theo gli fece cenno di tacere.

Pid annuì verso di lui, poi strinse la mano di Monica, che sorrise e per rispondergli mimò con le labbra: "Ti amo".

Rilassandosi sulla sedia, Pid capì di non essersi mai sentito tanto in pace come in quel momento. Aveva passato tutti gli anni della sua vita da uomo adulto sempre sul chi va là, in cerca dei pericoli ovunque andasse. Ce l'aveva dentro... grazie alla Marina.

Normalmente, poco prima di una missione, era ancor più in allerta. Invece quel giorno, pur sapendo che la squadra sarebbe dovuta partire presto per andare all'estero, era comunque calmo. Tutto grazie alla donna che aveva al fianco. Sapere che lei lo amava e si fidava di lui gli bastava per calmarsi fin nel profondo dell'anima.

Quella serata era dedicata all'amore, anche all'amore reciproco di Aleck e Kenna. La festa sulla spiaggia sarebbe durata fino a tardi, avrebbero riso e fatto una gran baldoria. Ben presto sarebbero andati in missione, ma prima potevano godersi tutto il bene che arricchiva le loro vite.

"Rimani," disse Jag a Carly con insistenza, dopo che Aleck e Kenna erano stati dichiarati ufficialmente marito e moglie. Il personale del complesso di Coral Springs stava spostando le sedie per metterle intorno ai tavoli, che erano stati sistemati per la festa luau in stile hawaiano. Più avanti, sulla spiaggia, era stato eretto un palco per lo spettacolo di danza, previsto per dopo cena.

Era stato difficilissimo convincere Carly a partecipare alle nozze. Più tempo passava senza trovare Luke Keyes, il figlio dell'ex che l'aveva perseguitata, più lei si chiudeva a guscio, diventando l'ombra della donna che era stata.

Quando Jag l'aveva incontrata la prima volta, lei era ancora sorridente, cordiale ed estroversa. Invece ormai era sempre con le spalle curve, come per proteggersi da chiunque potesse farle del male. Con gli occhi si guardava costantemente attorno, sempre alla ricerca di Luke.

Jag odiava vederla così; avrebbe dovuto ridere e scherzare con le amiche, non vivere spaventata e impazzire ogni volta che usciva dal suo appartamento.

"Devo tornare a casa," insisté Carly.

"No, devi smetterla di darla vinta al tuo ex e a suo figlio," sbottò Jag non riuscendo a frenarsi.

L'aveva sempre sostenuta, era stato paziente, non le aveva mai fatto pressioni, ma era ora che anche lei cominciasse a riprendere in mano le redini della propria vita. Poteva sempre fare attenzione, ma non poteva rimanere rintanata in casa per sempre. Doveva pur vivere.

Carly lo guardò in faccia e Jag fu quasi entusiasta di vederla arrabbiata. Aveva arrancato dalla notte in cui il suo ex si era presentato al Duke's per affrontarla, con un giubbotto esplosivo, per farla soffrire; ma lei quella notte era andata a casa presto perché non si sentiva bene. Allora lui aveva preso Kenna in ostaggio.

"Tu non puoi capire," gli disse a denti stretti.

"Cos'è che non posso capire?" le domandò lui senza cedere.

Lei lo fissò per un lungo momento, poi sbottò: "Non puoi capire cosa significhi sentirsi vulnerabile! Tu sei un *SEAL*, il meglio del meglio. Tu i proiettili li *rincorri* invece di scansarli. Non hai idea di come mi sento!"

Si sbagliava di grosso, ma non era quello il momento, non era il luogo adatto per raccontarle del proprio passato, di ciò che aveva dovuto sopportare. Jag si avvicinò a lei di un passo, alzò una mano e gliela mise dietro al collo per tirarla più vicino.

Lei spalancò gli occhi dalla sorpresa, gli appoggiò le mani sul petto fissandolo.

"Lo so che sei fuori di te dalla paura," le disse Jag tranquillamente, "sei terrorizzata da quel che potrebbe fare Luke se ti prendesse alla sprovvista. Però non capisci che ci sono io a proteggerti. Non posso garantirti che quello stronzo non ci provi, anzi, è probabile che tenti di fare qualcosa, anche perché era disposto a scappare sulla barca con il tuo ex, sapendo che voleva rapirti. Però ti dico qui e adesso che *non esiste* al mondo un posto in cui lui possa portarti, senza che io ti ritrovi, Carly. Puoi davvero pensare che il marito di Kenna se ne starebbe seduto a far niente, se Luke ti rapisse? O Mustang? O Midas? Cacchio, anche Pid e Slate! Per non parlare di Baker Rawlins."

"Ti dimentichi che dalla tua parte c'è *tutta* una squadra di SEAL. Nasconderti non risolverà il problema. Affrontalo, *affrontalo*, probabilmente sarà più efficace. Penso che Luke si ecciti un mondo a vedere quanto sei spaventata. Devi riprendere a vivere la tua vita."

Lei sbuffò, ma senza agitarsi per togliersi dalla presa di

Jag. "Pensi che se cominciassi ad andare a zonzo saltellando allegramente senza la minima preoccupazione, lui desisterebbe dal darmi la caccia?"

"No," le rispose Jag d'istinto. "Ma è proprio questo il punto. Se cercherà di vendicare la morte del padre, lo farà comunque, che tu sia chiusa in casa o meno."

Lei lo squadrò. "Non sono rintanata in casa."

Jag non si degnò nemmeno di risponderle.

"È solo che..." Carly sospirò. "Kenna è quasi *morta* per colpa mia," gli sussurrò.

"Però non è morta," ribatté Jag, "non puoi vivere pensando ai 'se', altrimenti finirai per impazzire."

Nessuno dei due parlò per un lungo momento, rimasero solo a fissarsi.

Poi Carly abbassò lo sguardo e gli disse sottovoce: "Devo tornare a casa."

Lui sospirò. Per un momento aveva pensato di averla convinta, sperava che Carly approfittasse di quella giornata per tentare di rilassarsi davvero, per la prima volta dopo tanti mesi. Tuttavia, anche se alla fine lei aveva ceduto, ricadendo nella solita routine (cioè andare a nascondersi nel suo appartamento), almeno le aveva visto negli occhi una reazione... una scintilla. A Carly non piaceva perdersi la vita delle amiche, non le piaceva starsene a casa in preda alla paura.

Dopo la missione in Tajikistan, una volta tornato a casa, non le avrebbe più consentito di nascondersi.

Jag le accarezzò col pollice il lato del collo e fu premiato da un leggero brivido. Quella donna ormai gli era entrata dentro e Jag era abbastanza fiducioso da pensare di aver avuto lo stesso effetto su di lei. Tuttavia, se voleva lo stesso rapporto che i suoi compagni di squadra avevano trovato, chiaramente avrebbe dovuto conquistarselo a fatica. Una fatica che era più che pronto ad affrontare.

NOTE

CAPITOLO UNO

1. Slate significa "ardesia", Stone significa "pietra". [NdT]

Difendere Morgan
Difendere Harlow
Difendere Everly
Difendere Zara
Difendere Raven

Delta Force Heroes

Salvare Rayne
Salvare Emily
Salvare Harley
Il Matrimonio di Emily
Salvare Kassie
Salvare Bryn
Salvare Casey
Salvare Sadie
Salvare Wendy
Salvare Mary
Salvare Macie
Salvare Annie

Armi e Amori

Proteggere Caroline
Proteggere Alabama
Proteggere Fiona
Il Matrimonio di Caroline
Proteggere Summer
Proteggere Cheyenne
Proteggere Jessyka
Proteggere Julie
Proteggere Melody
Proteggere il Futuro
Proteggere Kiera
Proteggere i figli di Alabama
Proteggere Dakota

Ace Security

Il riscatto di Grace
Il riscatto di Alexis
Il riscatto di Bailey
Il riscatto di Felicity
Il riscatto di Sarah

Una raccolta di storie brevi

Un momento nel tempo

BIOGRAFIA

L'autrice

Susan Stoker è annoverata da *New York Times*, *USA Today* e *Wall Street Journal* quale scrittrice di successo, le cui collane di libri includono Badge of Honor: Texas Heroes, SEAL of Protection e Delta Force Heroes. Sposata con un sottufficiale dell'esercito in pensione, Stoker ha vissuto in ogni dove negli Stati Uniti - dal Missouri alla California e al Colorado - e attualmente vive sotto i grandi cieli del Texas. Quale vera sostenitrice del "vissero felici e contenti", Stoker ama scrivere romanzi in cui una relazione romantica si trasforma in amore.

Per ulteriori informazioni sull'autrice e il suo lavoro, visita il sito web www.stokeraces.com